Tudo o que somos juntos

Alice Kellen

Tudo o que Somos juntos

Duologia Deixe Acontecer • Livro 2

Tradução
Eliane Leal Damasceno

Copyright © Alice Kellen, 2019
Autora representada pela Editabundo Agencia Literaria, S. L.
© Editorial Planeta, S. A., 2019
Copyright © Editora Planeta do Brasil, 2024
Copyright da tradução © Eliane Leal Damasceno, 2024
Todos os direitos reservados.
Título original: *Todo lo que somos juntos*

Não é permitida a reprodução total ou parcial deste livro, nem sua incorporação para um sistema de computador, nem sua transmissão de qualquer forma ou por qualquer meio, seja eletrônico, mecânico, fotocópia, gravação ou outro, sem a permissão prévia por escrito do editor. A violação dos direitos acima mencionados pode constituir crime contra a propriedade intelectual.

Preparação: Mariana Rimoli
Revisão: Natália Mori e Camila Gonçalves
Projeto gráfico e diagramação: Márcia Matos
Ilustração de capa: Camis Gray
Composição de capa: Renata Spolidoro

Dados Internacionais de Catalogação na Publicação (CIP)
Angélica Ilacqua CRB-8/7057

Kellen, Alice
 Tudo o que somos juntos : duologia deixe acontecer 2 / Alice Kellen ; tradução de Eliane Leal Damasceno. - São Paulo : Planeta do Brasil, 2024
 320 p.

 ISBN 978-85-422-2508-2
 Título original: Todo lo que somos juntos

 1. . Ficção espanhola I. Título II. Leal Damasceno, Eliane

 23-6536 CDD 860

Índice para catálogo sistemático:
1. Ficção espanhola

Ao escolher este livro, você está apoiando o manejo responsável das florestas do mundo

2024
Todos os direitos desta edição reservados à
EDITORA PLANETA DO BRASIL LTDA.
Rua Bela Cintra, 986 – 4º andar
01415-002 – Consolação – São Paulo-SP
www.planetadelivros.com.br
faleconosco@editoraplaneta.com.br

Para Elena, Dunia e Lorena, obrigada por me
acompanharem nessa viagem

> Todo mundo sabe:
> quando alguém parte seu coração em mil pedaços
> e você se abaixa para recolhê-los,
> você encontra apenas novecentas e noventa e nove partes.
>
> Chris Pueyo, *Aqui dentro sempre chove*

Nota da autora

Em todos os meus romances existem canções que acompanham as cenas que coloco no papel. A música é uma inspiração. Nesta história, é mais que isso. Em alguns momentos, a música é um invólucro, um fio que de certa maneira conduz os personagens. Vocês podem encontrar a lista completa das músicas que ouvi enquanto escrevia, mas, se quiserem, convido vocês a ouvir algumas das mais importantes no momento exato em que aparecem na história. No capítulo 50, "Too Young To Burn". No 48, "Let It Be". E no epílogo, "Twist and Shout".

Prólogo

Me assustava ver que a linha entre o ódio e o amor era tão frágil e tênue, ao ponto de ir de um extremo ao outro em apenas um salto. Eu o amava... eu o amava do fundo da alma, com os olhos, com o coração; o meu corpo inteiro reagia quando ele estava por perto. Mas outra parte de mim também o odiava. Eu o odiava pelas lembranças, pelas palavras nunca ditas, pelo ressentimento e pelo perdão que eu não era capaz de dar a ele de peito aberto, por mais que eu quisesse. Ao olhar para ele, eu via o preto, o vermelho, o roxo-latente; as emoções transbordando. E sentir por ele algo tão caótico me machucava, porque Axel era uma parte de mim. E sempre seria. Apesar de tudo.

Novembro

[PRIMAVERA. AUSTRÁLIA]

1
Leah

AINDA ESTAVA COM OS OLHOS FECHADOS QUANDO SENTI OS LÁBIOS DESLIZANDO pela curva do meu ombro, antes de descer um pouco mais e deixar um rastro de beijos ao lado do meu umbigo; beijos doces e delicados, daqueles que fazem estremecer. Sorri. E logo o sorriso desapareceu quando senti a respiração quente perto das minhas costelas. Perto dele. Das palavras que um dia Axel tinha traçado com os dedos na minha pele, aquele "Let It Be" tatuado em mim.

Eu me remexi inquieta antes de abrir os olhos. Coloquei uma das mãos no rosto dele e o puxei para cima até que sua boca encontrou a minha e uma sensação calma me preencheu. Tiramos as roupas no silêncio daquela manhã calma e ensolarada de um sábado qualquer. Eu o abracei quando ele entrou em mim. Lento. Profundo. Fácil. Curvei as costas quando precisei de mais, daquele empurrão final duro e intenso. Não o encontrei. Coloquei uma mão entre nós e me acariciei com os dedos. Gozamos juntos. Eu, respirando agitada. Ele, gemendo meu nome.

Ele virou de lado e eu fiquei olhando para o teto branco e liso do quarto. Não demorou muito para eu me sentar na cama e ele me segurar pelo pulso.

— Já vai embora? — A voz era suave.

— Sim, tenho um monte de coisas para fazer.

Levantei e fui descalça até a cadeira onde eu tinha deixado jogadas as roupas na noite anterior. Enquanto me vestia, Landon me observava, ainda deitado entre os lençóis, com as mãos atrás do pescoço. Ajustei o cinto da saia e vesti a regata. Pendurei no ombro a maleta que meu irmão tinha me dado de presente de Natal e no caminho até a porta prendi o cabelo num rabo de cavalo.

— Ei, espera. Um beijo antes de ir, né?

Sorrindo, me aproximei da cama e me inclinei para beijá-lo. Ele acariciou minha bochecha com ternura antes de suspirar satisfeito.

— Nos vemos hoje à noite? — perguntou.

— Não posso, vou ficar no estúdio até tarde.

— Mas hoje é sábado — insistiu. — Vamos, Leah.

— Desculpa... Jantamos juntos amanhã?

— Tá bom.

— Eu te ligo.

Desci pelas escadas do edifício. A luz do dia me recebeu calorosamente sob o céu cinzento. Tirei o fone de ouvido da maleta enquanto caminhava, peguei um pirulito e o coloquei na boca. Atravessei correndo por uma faixa de pedestres quando o semáforo estava prestes a ficar vermelho e cruzei um parque repleto de flores que servia como atalho até o meu estúdio.

Na verdade não era meu; não totalmente.

Mas eu tinha trabalhado duro durante aqueles anos de universidade para conseguir uma bolsa de estudos que me permitisse ter um pequeno espaço.

Quando cheguei, o cheiro de tinta envolvia todo o ambiente. Coloquei as coisas em cima de uma poltrona redonda e peguei o avental que estava pendurado atrás da porta. Enquanto eu o amarrava, fui me aproximando do quadro que se destacava naquele velho sótão.

Estremeci ao contemplar os traços delicados da curvatura das ondas, os respingos de espuma e a luz solar cintilante que parecia deslizar sobre a tela. Peguei a paleta de madeira e misturei algumas cores enquanto continuava olhando de canto de olho para aquela pintura que parecia me desafiar de alguma forma que eu não entendia. Segurei o pincel e senti minha mão tremer quando as lembranças transbordaram. Meu estômago se revirou ao lembrar daquela noite em que tive que ir correndo para lá porque, de repente, senti a necessidade de pintar aquele trecho de praia que eu conhecia tão bem, apesar de já fazer três anos que eu não pisava ali...

Três anos sem aquele pedaço de mar diferente dos demais.

Três anos nos quais eu havia mudado muito.

Três anos sem vê-lo. Três anos sem Axel.

2

Axel

Deslizei pela parede da onda sob o sol pálido do amanhecer antes de cair na água. Fechei os olhos enquanto afundava e os sons do mundo exterior se tornaram distantes. Subi para a superfície quando percebi que estava me afogando.

Com esforço, consegui segurar a prancha. Inspirei fundo. Uma e outra vez. Mas nenhuma dessas inspirações me preencheu. Fiquei ali, flutuando na solidão do meu mar, contemplando o rastro de espuma e a luz pontilhada que brilhava entre as ondas enquanto eu me perguntava quando voltaria a respirar.

3

Leah

PASSEI A SEMANA INTEIRA TRABALHANDO SEM DESCANSO. ÀS VEZES ME ASSUSTAVA pensar que não era simplesmente trabalho, era mais uma necessidade, ou uma mistura das duas coisas. A pintura era o motor da minha vida, a razão pela qual eu me mantinha de pé, forte, cheia de ideias para capturar e colocar na tela. Eu me lembro do dia em que Axel me perguntou como eu conseguia fazer isso e respondi que não sabia, eu apenas fazia. Se ele tivesse feito essa pergunta algum tempo depois, eu não teria respondido a mesma coisa. Teria confessado que era a minha válvula de escape. Que as coisas que eu não sabia expressar com palavras eu transmitia com cores, formas e texturas. Que aquilo era meu e apenas meu, mais do que qualquer outra coisa no mundo.

Se não fosse meu aniversário, naquela noite eu teria ficado até bem mais tarde pintando em meu pequeno sótão, como fazia com frequência nos fins de semana... Mas meus amigos da faculdade se empenharam em organizar uma festa para mim, e eu não tinha como recusar. Troquei de roupa enquanto me lembrava da ligação de Blair algumas horas antes para me parabenizar e também para contar que o bebê que ela estava esperando com Kevin era um menino. Foi o melhor presente que eu poderia receber naquele dia, sem dúvida.

Fui até o espelho para fazer uma trança. Meu cabelo estava tão comprido que quase nunca o deixava solto; eu tinha pensado em cortá-lo várias vezes, mas o cabelo longo me fazia lembrar de quando eu vivia descalça e morava em uma casa isolada do resto do mundo, dias em que eu não me preocupava muito se devia ou não pentear o cabelo. Até nisso eu tinha mudado. A forma de me vestir, mais cuidada. Tentava me controlar quando sentia algum tipo de impulso me puxando, porque tinha aprendido que os estímulos nem sempre nos levam aos caminhos mais adequados. Procurava ficar mais tranquila, pensava bem antes de saltar no vazio e fazia o esforço de pesar as consequências.

O telefone tocou de novo. Como sempre, meu coração parecia que ia pular para fora cada vez que via aquele sobrenome na tela: Georgia Nguyen. Respirei fundo antes de atender.

— Feliz aniversário, querida! — exclamou. — Vinte e três anos já. É incrível como o tempo passa rápido, parece que foi ontem que eu te pegava no colo e te levava para passear no jardim para te fazer parar de chorar.

Sentei na beira da cama e sorri.

— Obrigada por ligar. Como vocês estão?

— Bem. Estamos no embarque, quase entrando no avião. — Começou a rir feito criança porque, pelo que parecia, seu marido estava tentando fazer-lhe cócegas para tirar o telefone dela. — Não seja chato, Daniel, espera e eu já te deixo falar! Como estava dizendo, querida, estamos no aeroporto de San Francisco e daqui a uma hora sai o nosso voo para Punta Cana.

— Uau, que roteiro incrível... Que inveja!

— Te ligo daqui uns dias para conversar com calma e sem interrupções.

— Fica tranquila, deixa eu falar com Daniel.

— Feliz aniversário, Leah! — ele exclamou imediatamente. — Vai comemorar com seus colegas? Divirta-se. Aproveite.

— Obrigada, Daniel. Vou tentar.

Desliguei e fiquei encarando a tela do telefone por alguns segundos, melancólica, pensando em todas as felicitações que eu tinha recebido naquele dia... e também nas que não tinha.

Era uma bobagem. Uma dessas que de vez em quando me perturbavam porque, afinal, as lembranças das pessoas permanecem nos detalhes que parecem pequenos, mas que acabam sendo o que realmente importa. Axel sempre foi uma presença importante em todos os meus aniversários; a única pessoa que eu queria ver quando chegava o dia de comemorar. Era ele quem me dava os presentes de que eu mais gostava e quem fazia parte dos meus desejos ao apagar as velinhas desde quando eu era apenas uma menina.

Parecia que tinha sido há uma eternidade...

Olhei de novo para o celular. Não sei o que eu esperava, mas o telefone não tocou.

Respirei fundo e me levantei para me aproximar do espelho alongado, que continuava apoiado na parede, exatamente no mesmo lugar onde Oliver o havia colocado quase três anos antes, quando o comprei por impulso numa loja perto da residência estudantil.

Toquei distraída na ponta da trança, sem deixar de olhar para o meu reflexo. "Você vai ficar bem", repeti, mais por hábito do que por qualquer outra coisa. "Vai sim".

Já estava anoitecendo quando saí caminhando até o restaurante onde havíamos combinado. Eu tinha dado alguns poucos passos quando ele apareceu.

— O que você está fazendo aqui? — Dei risada.

— Queria te acompanhar. — Landon me ofereceu a rosa que estava em sua mão e me deu um beijo lento.

Olhei para a flor quando ele se afastou e acariciei as pétalas vermelho-escarlate. Levei-a ao nariz para sentir o perfume enquanto retomávamos o passo em silêncio.

— E aí, o que você fez hoje? O dia rendeu?

— Sim, estou quase terminando um quadro... — Engoli em seco ao lembrar daquele trecho de mar que era tão meu, tão nosso, e balancei a cabeça. — Mas não quero te aborrecer com isso. Me fala de você.

Landon me contou com detalhes como havia sido a semana dele; o quanto ele tinha trabalhado no projeto de fim de curso da faculdade; como esteve ansioso para me ver nos últimos três dias em que não conseguimos nos encontrar; como eu estava bonita naquela noite...

Diminuímos o ritmo quando avistamos o restaurante.

— Espero que você goste da sua festa sem surpresa — brincou, e depois ficou sério. — Todo mundo veio. Às vezes, quando você se fecha naquele sótão e em você mesma, eu me preocupo, Leah. Quero que aproveite esta noite.

As palavras dele me comoveram e eu o abracei com força.

Eu prometi a ele que aproveitaria.

Dei um sorriso imenso quando passei pela entrada do restaurante e vi nossos amigos se levantando da mesa e cantando "Parabéns pra você". Recebi abraços e beijos antes de me sentar com eles. Quase todo mundo que fazia parte da minha vida em Brisbane estava lá: alguns colegas de turma e Morgan e Lucy, as meninas que conheci no primeiro mês na residência estudantil e de quem não havia me separado desde então. Elas foram as primeiras a me entregar um presente.

Desembrulhei com cuidado, bem diferente da forma como eu fazia no passado, impaciente. Tirei a fita adesiva com a unha e dobrei o papel antes de agradecer quando vi os materiais de desenho que elas sabiam que eu precisava.

— Vocês são incríveis, não precisava...

— Não vale chorar! — gritou Morgan na mesma hora.

— Mas eu não ia...

— A gente te conhece — Lucy me cortou.

Dei risada quando vi a expressão dela.

— Tá bom, nada de lágrimas, só diversão! — Olhei para Landon, que sorria satisfeito e piscou para mim do outro lado da mesa.

**

Já era de madrugada quando a festa terminou, e eu tinha bebido mais do que o aconselhável, considerando que meu irmão, Oliver, viria me visitar no dia seguinte. Mas não me importei. Porque, sob as luzes daquele lugar onde acabamos bebendo um pouco a mais, eu me senti bem, feliz, acolhida entre os braços de Landon e as risadas das minhas amigas. Deixei de pensar naqueles que não estavam lá, na voz rouca de Axel me parabenizando e no que ele teria me dado de presente naquele ano, em uma outra realidade na qual continuávamos sendo as mesmas pessoas que acreditavam que jamais se afastariam.

Demorei um tempo para entender, mas... a vida continua. Axel não tinha sido o destino, apenas o trecho inicial de um caminho que percorremos juntos e de mãos dadas até que ele decidisse fazer um desvio.

**

Deitei na cama meio bêbada, e o quarto parecia girar ao meu redor. Abracei o travesseiro. Havia épocas em que eu mal pensava em Axel, ocupada entre as aulas, as horas que passava no sótão e as que passava com Landon ou com as meninas, mas ele sempre voltava. Ele. Aquela sensação de ainda carregá-lo na pele me incomodava cada vez mais. As lembranças vinham nos momentos menos esperados: ao ver um desconhecido segurando um cigarro entre o polegar e o indicador, ao sentir cheiro de chá, ao ouvir uma música, notar um gesto bobo... por qualquer detalhe.

Lembrei do que estava guardado na primeira gaveta da minha mesa de cabeceira, mas segurei a vontade de abri-la e pegar aquele objeto que eu tinha comprado em uma feira logo depois de chegar em Brisbane.

Fechei os olhos com força. Tudo continuava girando.

E me perguntei o que ele estaria fazendo naquele momento...

4

Axel

Dei uma última olhada na galeria antes de sair e voltar para casa. Fui caminhando, porque não tinha pressa para chegar. Afinal, não havia ninguém me esperando.

Mas naquele dia eu me enganei.

Oliver estava sentado no degrau da porta.

Por algum motivo, fiquei tão impactado quanto na primeira vez que eu o vi naquele mesmo lugar, quatro meses atrás. Porque eu não esperava por isso, claro, e porque... caralho, porque fiquei sem ar ao perceber como eu tinha sentido a falta dele naqueles anos de ausência.

E então Oliver voltou à minha vida uma tarde qualquer, de repente, da mesma forma como tinha ido embora.

Fiquei paralisado e demorei alguns segundos para me convencer de que era real; estava igual, como se nada tivesse mudado. Ele me olhou um pouco constrangido e, quando abri a porta da minha casa e perguntei se ele queria entrar, ele não disse nada, simplesmente me seguiu para dentro. Pegou a cerveja que ofereci, saímos para a varanda e fumamos um cigarro em silêncio. Não sei quanto tempo ficamos ali, se foram horas ou apenas vinte minutos; eu estava tão perdido em meus pensamentos que nem me atentei a isso. Só sei que quando ele se levantou me abraçou com raiva e com carinho ao mesmo tempo, tudo misturado, e foi embora sem se despedir.

Repetiu aquilo algumas vezes mais. Isso de aparecer de surpresa na minha casa. Eu sabia que essas vindas aconteciam quando ele ia visitar a irmã em Brisbane. Como Byron Bay estava no caminho, ele sempre tentava passar para fazer uma visita rápida à minha família. Durante os três anos que tinham se passado desde a última vez que nos vimos, ele fez isso sem se preocupar em passar para me dar um oi. Até que, um dia, não sei o que o impeliu a mudar de atitude e aparecer na minha porta. E eu não perguntei. E também não voltamos a falar de Leah. Foi um acordo tácito entre os dois, sem que houvesse a necessidade de definir as normas, porque ambos sabíamos quais eram. E voltamos a ser amigos. Mas foi uma amizade... diferente. Porque, quando algo se quebra e é colado depois, nunca fica perfeito como antes; sempre aparecem algumas fendas e bordas desiguais.

— Eu não sabia que você viria — falei na quarta vez que ele me visitou.

— Nem eu. — Ele me seguiu quando entrei em casa. — Na verdade não tinha dias de folga, mas consegui fazer umas mudanças de última hora para...

"O aniversário de Leah." Caralho. Fechei os olhos.

— Uma cerveja? — interrompi.

— Bem gelada. Que calor dos infernos.

— Claro, com essa roupa que você está usando...

— É o que acontece quando não se vive como um bicho do mato.

Balancei a cabeça depois de dar outra olhada para aquela calça escura e a camisa que continuava parecendo quente mesmo com as mangas arregaçadas.

— Está tudo bem, Oliver? — Saímos para a varanda.

— Sim, e você com a galeria? — perguntou.

— Não posso reclamar. É divertido. Diferente.

Fazia pouco mais de um ano que eu tinha começado a trabalhar naquela pequena galeria de Byron Bay em que, um dia muito distante, eu desejei expor as minhas obras. E que também estava relacionada com uma promessa. Mas não tinha aceitado o emprego por isso, na verdade eu tinha decidido porque... não havia encontrado nenhuma razão para recusar. Eu tinha poucas coisas a fazer. Estava entediado. O silêncio às vezes se tornava pesado demais. E pensei que me faria bem passar por ali para ajudar ocasionalmente, sem horário fixo.

Não me enganei. Foi uma das poucas decisões acertadas que eu tomei nos últimos tempos. Continuava ilustrando, mas agora eu era mais exigente com as encomendas que aceitava.

O requisito fundamental para que uma galeria funcione corretamente é ter um projeto claro e sólido. Eu tinha me encarregado de traçar esse projeto, definir que tipo de arte e que tipo de artistas iríamos promover, algo que era, essencialmente, o trabalho básico que sustentava aquele negócio. O dono da galeria, Hans, era um empresário que aparecia só de vez em quando e que me dava liberdade para fazer e desfazer o que eu quisesse, sempre apoiado na gestão de Sam, que trabalhava em período integral.

Os primeiros meses foram duros, mas no fim conseguimos chegar a um catálogo mais definido, uniforme e coerente, graças aos vínculos que estabelecíamos entre os estilos dos artistas que representávamos. Eu me ocupava de encontrá-los e convencê-los a fazer parte do nosso projeto, animando-os a organizar uma primeira exposição em Byron Bay, e depois Sam se encarregava de manter uma relação mais próxima com eles. Ela era muito boa nisso que os galeristas costumam considerar "a poesia de seu trabalho", talvez por ser uma mulher doce, mãe de três filhos e com uma paciência infinita, capaz de aguentar o ego de qualquer artista envaidecido, algo que eu não estava nem perto de tolerar. Eu sabia qual era a magia desse processo para Sam: ver o crescimento das jovens promessas em que tínhamos confiado, estar em contato regular com os artistas e, acima de tudo, visitar seus estúdios.

Para mim, continuava difícil me envolver completamente.

Tinha algo... algo que me travava.

— Com quantos artistas você está agora? — Oliver me olhou com curiosidade enquanto brincava com a borda da etiqueta da cerveja.

— Eu? — Levantei as sobrancelhas. — Com nenhum.

— Você sabe do que estou falando.

— Sam é quem lida com eles. Eu apenas os encontro e os atraio para a galeria.

Ficamos em silêncio enquanto o sol caía no horizonte. Ter Oliver de volta em minha vida me dava uma falsa sensação de normalidade, porque tudo era diferente, claro. Ou talvez fosse eu que tinha mudado muito desde aqueles anos de faculdade, quando éramos inseparáveis. Ele continuava sendo uma das pessoas que eu mais apreciava, mas eu tinha a sensação de que pouco a pouco colocamos alguns tijolos em nossa relação, até que surgiu uma parede entre nós. Pior ainda. Parecia que conversávamos separados por essa parede. E que começamos a fazer isso antes mesmo da minha relação com a irmã dele. Aquela certeza de saber que a outra pessoa te ouve e assente, mas não te entende completamente, não porque não quer, mas porque não consegue. E eu odiava sentir essa incompreensão no ar quando conversávamos, porque me lembrava que a única pessoa que eu sabia que me tinha visto por completo, camada por camada, pedaço por pedaço, era uma garota que tinha sabor de morango e de quem eu sentia muita falta...

5

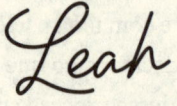

Fiquei bastante nervosa quando a professora Linda Martin me chamou no final da aula para marcar um horário de tutoria comigo. Enquanto aguardava na sala de espera, eu não conseguia parar de mordiscar a unha do meu dedo mindinho. Ela abriu a porta do escritório um minuto depois do horário marcado e sorriu, o que me tranquilizou um pouco. Eu tinha ficado tão focada nos estudos que me aterrorizava a ideia de ter cometido algum erro no último exame, de ter baixado a média ou de decepcionar alguém.

Ela se sentou em sua cadeira assim que eu me acomodei do outro lado da mesa. Mordi o lábio inferior para tentar me controlar, mas foi em vão.

— O que foi que eu fiz? — soltei à queima-roupa.

Odiava essa parte de mim. A impulsiva. A que me impedia de administrar bem as emoções, de controlá-las e digeri-las pouco a pouco. Esse lado meio obscuro que, tempos atrás, me fez tirar a roupa uma noite qualquer na frente dele, perguntando-lhe por que ele nunca tinha reparado em mim. Por alguma razão, aquela lembrança voltava com frequência.

— Você não fez nada, Leah. Ou melhor, fez. Fez muito, e muito bem-feito. — Abriu uma pasta que estava em cima da mesa e tirou umas fotografias em que se viam algumas obras minhas. — Eu te recomendei para uma exposição que vai acontecer daqui a um mês em Red Hill. Achei que você seria a candidata perfeita, porque você se encaixa no perfil que procuram.

— Está falando sério? — Pestanejei para não chorar.

— Vai ser uma grande oportunidade. Você foi a vencedora.

— É... não sei o que dizer, senhorita Martin.

— Basta um "obrigada". Serão apenas três obras, mas é perfeito, porque a exposição vai atrair muitos visitantes. O que acha?

— Acho que eu vou gritar de emoção!

Linda Martin começou a rir e, depois que ela explicou por alto alguns detalhes, eu lhe agradeci um milhão de vezes enquanto me levantava e pegava a minha maleta. Quando saí da faculdade, olhei para o céu e respirei fundo. O vento estava morno e agradável. Pensei em meus pais, em como eles ficariam orgulhosos, em como eu gostaria de poder compartilhar essa conquista com eles... Depois procurei o celular no meio das bugigangas que carregava na bolsa e liguei para Oliver. Esperei, ansiosa, até que, depois do quinto toque, ele atendeu.

— Está sentado? — perguntei, animada.

— Ééé... sim, bem, estou na cama. Deitado. Pode ser?

— Ih, cacete, você está com a Bega?

— Vai, fala... o que você ia contar?

— Fui selecionada, eu vou expor... — Respirei fundo. — São só três obras, mas é...

— Caralho, Leah! — Seguiram-se alguns segundos de silêncio e eu entendi que meu irmão tinha se emocionado. E que tinha levantado da cama, porque ouvi seus passos antes de recuperar o fôlego. — Você não imagina como estou orgulhoso de você. Parabéns, irmãzinha.

— Tudo graças a você... — sussurrei.

E apesar de ter negado, ele sabia que era verdade.

Quando tudo aconteceu, três anos atrás, fiquei muito brava com meu irmão, quase sem falar com ele. Foi como me comportei no início, antes de compreender que ele não era o culpado. Não foi Oliver que tomou a decisão. Não foi Oliver que estragou tudo. Não foi Oliver que escolheu qual caminho iria seguir.

Mas naquele momento eu não queria ver isso. Não queria admitir que Axel fugia todas as vezes que alguma coisa se tornava um peso para ele, que a mínima complicação o fazia se desviar do caminho e deixar em cima do armário as coisas que ele não conseguia controlar; que ele nunca chegava a se envolver de verdade com nada nem com ninguém.

E talvez a culpa fosse minha, por tê-lo idealizado.

Axel não era perfeito. Como ele mesmo tinha me mostrado, havia partes feias, do tipo que queremos lixar e lapidar até fazê-las desaparecer. E havia também as partes cinzentas. Virtudes que às vezes podem se transformar em defeitos. Coisas que um dia foram claras e que, com o passar do tempo, foram escurecendo: os sonhos, a coragem.

Balancei a cabeça e virei à direita em uma esquina.

Toquei a campainha. Landon atendeu e abriu.

Quando terminei de subir as escadas, ele já estava me esperando, apoiado no batente da porta. Estava despenteado e com a manga da camisa enrolada. Ele estava bonito, e eu sorri antes de me lançar sobre ele e abraçá-lo com força.

— Uau, que empolgada... — brincou.

— Eu vou expor três obras! — gritei.

— Caraca, querida, que demais! Que alegria!

Engoli em seco, com o rosto escondido em seu pescoço, odiando que ele tivesse dito aquela palavra que eu não gostava de escutar e que sempre pedia para ele não usar.

"Querida..." Continuava ouvindo essa palavra com a voz rouca de Axel. Com desejo. Com amor.

Abracei Landon com força, obrigando-me a parar de pensar em qualquer coisa que não fosse a boa notícia. Dei um beijo em seu pescoço e subi até chegar em seus lábios macios. Ele fechou a porta enquanto eu rodeava sua cintura com as minhas pernas. Seguimos pelo apartamento até que ele me colocou na cama. Assisti a ele desabotoar a camisa de frente para mim.

— Já volto — me disse. E depois de alguns minutos em que escutei um barulho na cozinha, ele voltou com duas cervejas na mão. — Eu achava que tivesse uma garrafa de champagne, mas não tem. Vai ter que ser com cerveja mesmo.

— Está perfeito. — Peguei o abridor e tirei as tampinhas.

— Por você. — Brindamos. — Por seus sonhos.

— E por nós — acrescentei.

Landon me olhou agradecido antes de dar um gole e terminar de tirar a camisa. Deitou ao meu lado na cama e me puxou para ele. Me beijou. Me acalmou. Me preencheu. Enrolei minhas pernas entre as dele, pensando que nada poderia ser melhor.

6

Leah

Conheci Landon pouco depois de chegar em Brisbane.

Eu tinha aceitado dar uma volta com Morgan e Lucy no fim de um dia horroroso, daqueles que às vezes me derrubavam durante os primeiros meses, porque vinham carregados de lembranças. Talvez por isso eu tivesse me animado a lavar o rosto, porque estava com os olhos inchados de tanto chorar, a colocar um vestido que ainda não tinha tirado do armário e a terminar em um bar tomando alguma coisa com elas.

Em algum momento da noite começamos a dançar. Quando começou a tocar uma música lenta, me afastei, dizendo que ia pedir outra bebida, mas o que eu pretendia mesmo era deixá-las a sós. Sentada em um banco no balcão, olhei para elas, que se moviam ao som da música, sorrindo, trocando beijos e sussurros no ouvido.

— Você pinta? — Um cara me perguntou.

— Como você sabe? — Franzi o rosto.

— Suas unhas — respondeu ele, enquanto se sentava no banco ao lado do meu e procurava o garçom com o olhar. Ele tinha o cabelo castanho escuro, os olhos angulares e um sorriso contagiante. — E o que você pinta, exatamente?

— Não sei. Depende — respondi baixinho.

— Sei. Você é uma dessas garotas misteriosas...

— Garanto que não. — Sorri, porque achei engraçada a dedução dele. Na verdade eu era exatamente o contrário: transparente até demais. — Só não estou em um dia muito bom.

—Entendo. Vamos começar de novo. Meu nome é Landon Harris.

Ele me estendeu a mão e eu a aceitei.

— Muito prazer. Leah Jones.

Ficamos a noite inteira conversando. Não sei que horas eram quando, já tendo bebido o suficiente, decidi que era uma boa ideia desabafar com um completo desconhecido. Contei por alto sobre a morte dos meus pais, minha história com Axel, os meses difíceis que tinha passado ao chegar a Brisbane... Tudo.

Landon era uma dessas pessoas que inspiram confiança. Ouviu atentamente, me interrompeu quando necessário e também compartilhou detalhes de sua vida: o quanto seus pais eram exigentes com ele, o quanto ele amava fotografar e praticar escalada sempre que conseguia um tempo livre.

Quando minhas amigas quiseram ir embora, eu disse a elas que ficaria um pouco mais com Landon. Ele se ofereceu para me acompanhar de volta até a residência estudantil. Enquanto caminhávamos pelas ruas e nossas vozes rompiam o silêncio da noite, percebi que fazia muito tempo que eu não me sentia tão tranquila. Quando chegamos à porta do bloco de apartamentos, ele se aproximou um pouco hesitante, encostou uma mão na parede e me beijou. Não foi embaraçoso, foi bonito.

Ele se afastou e me olhou sob o tom alaranjado dos postes de luz.

— Você continua apaixonada por ele.

Não foi uma pergunta, foi uma afirmação. De qualquer forma, concordei com a cabeça e tentei não chorar, porque eu não queria que fosse assim; eu gostaria de ter um coração livre para poder conhecer melhor um cara como Landon, tão encantador.

Daquele dia em diante, ele se tornou um dos meus melhores amigos. Nos anos seguintes, conheci muitos outros caras e ele teve algumas namoradas que, por fim, não eram o que ele esperava. Eu me limitava a ter relações de uma noite, nas quais procurava algo que nunca conseguia encontrar. Não demorou para eu entender a diferença entre trepar e fazer amor, entre desejar alguém e amar uma pessoa. Era uma linha tão evidente que eu não me via capaz de cruzá-la mais uma vez.

Era uma madrugada de inverno quando toquei a campainha da casa de Landon com o coração batendo acelerado dentro do peito. Ele abriu imediatamente.

— O que aconteceu? — perguntou depois de fechar a porta.

Ansiedade. Eu conhecia bem os sintomas. Engoli em seco.

— Acho que eu não sinto nada, Landon, acho... acho que...

Eu não conseguia falar. Ele me abraçou e eu escondi a cabeça em seu peito, segurando um soluço. Eu estava passando por uma fase ruim. Tinha pavor de ficar vazia novamente, de voltar a me sentir anestesiada como antes. De parar de pintar... Só de pensar nessa possibilidade, sentia um nó na garganta. Mas, a cada dia que passava, as emoções pareciam ficar cada vez menores, e eu me via levantando da cama a cada manhã só porque tinha que levantar. Já não ficava mais satisfeita com os beijos de desconhecidos, nem me bastavam as lembranças às quais eu tinha me agarrado quando precisei pintá-las e deixá-las transbordar.

— Fica tranquila, Leah — Landon acariciou minhas costas.

Senti um leve estremecimento conforme sua mão se movia para cima e para baixo. E então eu não pensei, apenas me deixei levar pelo impulso. Respirei contra seu rosto, tremendo de medo, notando como ele tinha um cheiro bom, como sua pele era macia...

Nossos lábios se encontraram como se fosse algo natural. Landon me apertou mais contra ele e ficamos nos beijando por um tempo que pareceu uma eternidade, sem pressa, apenas apreciando o beijo. Quando começamos a tirar a roupa, eu me senti segura. Quando caímos no colchão de seu quarto, tive uma sensação de conforto. E quando o senti movendo-se dentro de mim, me senti desejada. E fazia muito tempo não me sentia assim, por isso me agarrei a ele; às suas costas, à sua amizade, ao seu mundo, porque tê-lo por perto era a serenidade e a calma após a tempestade.

Uma semana depois, meu irmão veio me visitar. Marcamos em um café tranquilo onde faziam um sanduíche de frango delicioso. Pedimos dois sanduíches e refrigerantes, como sempre, e então vi como ele esfregava a mão na nuca antes de respirar.

— Aconteceu alguma coisa? — perguntei, aflita.

— Eu... acho que preciso te contar.

— Fala. Seja lá o que for.

— Eu voltei a falar com Axel.

Meu estômago se encolheu ao escutar aquele nome. Quem me dera poder dizer que ele não me causava nenhuma reação, quem me dera poder ser indiferente a essas quatro letras, quem me dera...

— E por que você está me contando isso? — protestei.

— Porque é o certo, Leah. Não quero mentiras entre nós. Na verdade, eu nem tinha planejado, mas, outro dia, depois passar pela casa dos Nguyen, acabei dirigindo até a casa dele, sem pensar. Ou pensando. Porque desde que eu e Bega ficamos noivos, não consigo parar de pensar... ela me perguntou quem seria meu padrinho e eu... droga...

— Não precisa continuar. Tudo bem, Oliver.

Ele me olhou agradecido. E eu o entendia, de verdade.

Eu sabia como Axel era importante para meu irmão, e não tinha a intenção de me meter se eles tivessem algo para recuperar... mas isso não significava que doía menos. Doeu durante todo o almoço, apesar de não termos tocado no assunto novamente. E doeu depois, enquanto eu caminhava pela rua. A dor só diminuiu quando cheguei ao apartamento de Landon e seus braços me acolheram. A segurança. A distância de todo o resto.

Desde então, éramos algo a mais.

Eu não sabia bem o que era esse "a mais" e também não me sentia preparada para tentar definir. Não éramos um casal, mas também não éramos apenas amigos. Landon tinha tentado, em várias ocasiões, falar sobre isso, e eu... eu lhe pedia tempo.

7

Axel

Caía uma garoa fina quando ela apareceu.

Apaguei o cigarro que estava fumando e me agachei diante dela. Estava muito magra e respirava com dificuldade. Fazia algumas semanas que eu não a via. Deitou no chão da varanda, e fiz um carinho em suas costas. Ela gemeu baixinho, como se estivesse sentindo dor.

— Ei, o que foi, bonita?

Seus olhos puxados estavam quase fechados.

Não sei como nem por quê, mas eu a entendi.

Entendi que ela tinha vindo para morrer comigo, para passar seus últimos minutos acolhida em meus braços. Meus olhos arderam ao pensar na solidão, em como às vezes ela pode ser dura. Sentei no chão, com as costas apoiadas em uma das vigas de madeira, e a deitei no meu colo. Acariciei-a devagar, acalmando-a, acompanhando-a até que sua respiração foi ficando cada vez menos sonora, como se ela tivesse adormecido...

Quis pensar assim. Que foi uma morte tranquila.

Fiquei um pouco mais ali, olhando a chuva, contemplando o céu escuro daquela noite tranquila. Levantei quando estava apenas chuviscando. Entrei em casa e revirei o armário de ferramentas até encontrar uma pá pequena. Cavei e cavei, fazendo um buraco muito mais fundo do que o necessário. Porém eu não conseguia parar de cavar mais e mais. Já era de madrugada quando parei. Estava cheio de lama. Eu a enterrei ali, com um nó na garganta, e depois coloquei a terra de volta em seu lugar.

Voltei para casa, entrei no chuveiro e fechei os olhos.

Levei a mão ao peito.

Continuava sem conseguir respirar.

8

Axel

— Que cara péssima... — disse Justin, preocupado.

— Não dormi quase nada. Minha gata decidiu que preferia morrer comigo, em vez de morrer sozinha.

— O curioso é que a primeira vez que você se refere a ela como sendo *sua* é justamente quando ela já não está mais aqui — refletiu meu irmão enquanto secava alguns copos.

Resmunguei, terminei o chá que tinha pedido e saí da cafeteria depois de me despedir com um gesto vago. Caminhei até a galeria e fiquei um tempo olhando os quadros pendurados nas paredes, pensando nos segredos por trás de cada traço e que cada obra representava pensamentos, emoções, algo humano refletido em um pedaço de tecido para sempre. Respirei fundo, me perguntando por que eu nunca tinha conseguido fazer isso. Pintar. Deixar pedaços de mim numa tela.

— Olha só quem chegou cedo hoje... — Sam sorriu.

— Deixa eu te ajudar. — Peguei as duas sacolas que ela trazia na mão e a acompanhei até sua sala.

Sam tinha as bochechas rosadas. Fiquei olhando para as paredes daquele cantinho dela, que, quase ironicamente, estavam cheias de obras mais... amadoras. Sorri ao ver o último desenho pendurado ao lado dos demais: mostrava cinco bonequinhos de palito coloridos, sob os quais se podia ler "Para a melhor mãe do mundo", em letra infantil e irregular.

— Esse tem futuro — brinquei, apontando para o desenho.

— Eu já ficaria feliz se me deixassem dormir mais de duas horas seguidas alguma noite.

— Algo importante para refletir antes de colocar ou não uma camisinha.

— Axel! — Sam atirou uma caneta em mim, entre risos.

— Assédio no trabalho? — Levantei uma sobrancelha.

— Você é um caso perdido. Bem, foco aqui. Marquei com Will Higgins amanhã umas dez da manhã para visitar o estúdio dele. Ele disse que talvez a gente se interesse por alguns de seus novos trabalhos. Espero que sim, porque o último... — Ela fez uma careta engraçada.

— Tire umas fotos. Quero vê-los.

— Não é mais fácil você ir comigo?

— Tô fora. Visitar o estúdio, ver todos os quadros e ainda ter que aguentar o Will...

Sam deixou escapar um suspiro antes de fazer um coque no cabelo.

— Você é a pessoa mais estranha que já conheci na vida.

— E você conheceu muitas? — repliquei.

— Várias. Querido, você ama ou odeia a arte?

— Ainda não decidi. — Levantei. — Almoçamos juntos mais tarde?

— Claro. Vou adiantar algumas coisas.

Revisei o calendário do mês seguinte, as obras que entrariam e as que sairiam, além das várias feiras de arte que estavam agendadas e aquelas para as quais já havíamos enviado vários de nossos artistas. Era a melhor forma de promover o trabalho deles, além dos contatos que Hans tinha por toda Europa, claro.

Uma hora mais tarde saímos para almoçar.

Sam costumava me contar com todos os detalhes cada uma das proezas de seus três filhos. Um deles, o mais velho, estudava no mesmo colégio que meus sobrinhos, e parece que eles tinham bastante afinidade quando se tratava de inventar novas travessuras. Segundo meu irmão, Justin, os gêmeos tinham herdado "os genes ruins da família", ou seja, os meus.

— E aí, quando cheguei, os três estavam cheios de calda de chocolate e os meti direto na banheira, com roupa e tudo, para economizar tempo. — Ela levou o garfo à boca, mastigou e pareceu ficar mais séria. — E você, Axel, não tem vontade de ter filhos? Eles seriam adoráveis, com esses seus olhinhos e essa sua cara fechada...

— Eu? Filhos? — Senti uma pressão no peito.

— Sim, eu não falei extraterrestres ou dinossauros.

— Acho que isso seria mais provável.

Sam tinha "instinto maternal" para dar e vender. Muitas vezes, quando passava por mim, ela beliscava minha bochecha ou bagunçava meu cabelo. Também vinha correndo colocar a mão na minha testa para medir minha temperatura sempre que eu tinha uma dor de cabeça, algo que começava a acontecer com frequência. E sempre carregava uma bolsa enorme com todo tipo de coisas úteis: lencinhos umedecidos, pastilhas de menta para dor de garganta, absorventes, pomada para picadas de mosquitos...

Ela remexeu seu café com leite e me olhou pensativa.

— Você nunca se apaixonou, Axel?

A pergunta me pegou de surpresa. Leah apareceu como um flash na minha cabeça, uma das muitas fotografias mentais que eu tinha dela. O sorriso que enchia todo o rosto, o olhar penetrante, a sensação de sua pele em meus dedos...

— Sim. Há muito tempo — respondi com a voz rouca.

— E o que aconteceu?

Eu me revirei na cadeira, desconfortável.

— Nada. Não deu certo — resumi.

Sam pareceu se compadecer e esperou sem mais perguntas que eu me levantasse e fosse pagar a conta. Caminhamos em silêncio até a galeria e cada um se ocupou de suas tarefas pendentes. Ela bateu na minha porta mais tarde, quase na hora de fechar.

— Só queria ver se você estava bem.

— E por que não estaria? — Franzi o cenho.

— Estou indo embora. Precisa de alguma coisa?

— Não. Fecha tudo quando sair, vou ficar um pouco mais.

— Certo. — Ela passou por mim, mexeu no meu cabelo como se eu fosse um de seus filhos pequenos e me deu um beijo na bochecha, ao que eu respondi com um resmungo.

Esfreguei o rosto. Tirei da gaveta os óculos para perto que eu tinha começado a usar quando estava cansado e continuei lendo alguns currículos interessantes que Hans tinha me enviado. Quando saí de lá, já era noite. Pensei em passar pela casa do meu irmão, porque de repente achei agradável a ideia de jantar com alguém, poder ficar um pouco com ele e Emily e as crianças, longe do silêncio. No fim, desisti e fui para casa.

Preparei um sanduíche e fui até a varanda fumar um cigarro. Sem música. Sem vontade de ler. Sem estrelas no céu nublado. Sem ela.

Eu deveria ter deixado de sentir saudade dela... deveria...

Dezembro

[VERÃO. AUSTRÁLIA]

9

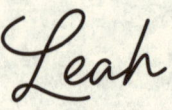

— Vai, deixa eu te acompanhar. Quero conhecer.

Landon me olhou de forma adorável, mas neguei. Eu não podia deixá-lo entrar no meu sótão, no meu estúdio. Na verdade, eu não queria. A ideia de vê-lo entrando ali me apavorava, porque de alguma forma aquele espaço era só meu, um lugar onde eu pisava com o coração aberto, sem nada a esconder. E não havia ninguém em quem eu confiasse o suficiente para deixar entrar assim, nem mesmo meu irmão.

— Seria estranho — insisti. — Você não entende...

— Então me explica de novo. — Ele sorriu.

— É que é... pessoal demais.

— Mais pessoal do que compartilhar a cama com alguém?

"Sim, muito mais", tive vontade de dizer, mas mordi a língua.

— Não é isso, Landon. É porque é algo muito meu.

— E eu quero ser parte de tudo o que é seu.

Senti uma leve pressão no peito. Ele deve ter percebido que estava me sufocando um pouco e deu um passo para trás antes de me dar um beijo carinhoso.

— Tudo bem, desculpa. A gente se vê mais tarde?

— Sim, eu te ligo assim que terminar.

Fui caminhando até o estúdio meio distraída, alheia a quase tudo ao meu redor. Subi de dois em dois os degraus da escadaria do antigo edifício e, quando cheguei ao sótão, me veio uma sensação de tranquilidade. O cheiro de tinta. As telas que me olhavam de volta. O rangido do piso de madeira. Coloquei meu avental e abri aquela pequena janela que sempre ficava emperrada e que eu acabava abrindo à força.

Voltei a olhar para o trecho de mar banhado pela luz do sol naquela tela, pensando que talvez o quadro não fizesse jus ao lugar. Não pelo lugar em si, mas por tudo o que significou para mim, aquela praia onde eu me recompus pedaço por pedaço antes de me destroçar novamente. Por sorte, quando isso aconteceu, foi de uma maneira diferente. Não me quebrei em mil pedacinhos. Eu simplesmente me parti em duas. Um corte rápido e limpo; isso foi Axel.

Peguei a paleta e fiquei um tempo misturando algumas cores antes de decidir pegar o pincel novamente. Respirei fundo e depois apenas pintei e pintei e pintei até que meu estômago começou a roncar de fome e decidi descer para comprar uma empanada de frango na cafeteria da esquina. Quando voltei, sentei no banquinho para comer, sem deixar de observar o quadro, as cores, como a luz deslizava até a água...

Ultimamente estava pensando mais em Axel.

Talvez fosse porque eu estava desenhando algo que, para mim, era ele por todos os ângulos. O mar. Imenso, misterioso em suas profundezas, bonito e transparente perto da margem. A força das ondas. E também a covardia delas quando lambiam a areia antes de recuar...

Ou talvez eu não estivesse lembrando dele apenas por isso, mas também por causa da exposição. Porque em algum momento da minha vida, talvez antes dos quinze anos, ou aos dezenove, quando me apaixonei por ele, dei por certo que ele estaria ao meu lado se eu conseguisse essa primeira conquista. Que no dia em que um quadro meu estivesse pendurado em uma parede com uma etiqueta abaixo, Axel estaria bem ao meu lado, sorrindo com orgulho antes de dizer alguma bobagem para me acalmar.

Mas isso não ia acontecer... E era doloroso. Não pelo que tínhamos vivido, não por não o ter ao meu lado como namorado, mas por não o ter como pessoa, como amigo. Simplesmente por ele não estar presente.

Deixei de lado os restos da empanada quando o nó na garganta me impediu de continuar engolindo. Levantei, peguei o pincel com o coração batendo acelerado, pungente, forte. E em vez de pegar um pouco do azul pastel que estava usando para o céu, procurei o pote de um tom mais escuro.

Observei as nuvens esponjosas que eu havia desenhado.

Algumas horas depois, um céu de tempestade as cobria.

10

Axel

Eu o vi ao entrar no meu quarto, como sempre.

O único quadro que eu tinha pintado nos últimos anos. O que fiz com Leah enquanto transávamos sem pressa sobre aquela tela e eu enchia sua pele de cor, de beijos e de palavras que já tinham caído no esquecimento. Observei os traços, as manchas caóticas. E então olhei para cima do armário e respirei fundo. Fiquei pensativo. Como havia ficado em muitos outros dias. Segui minha rotina quando saí do quarto e peguei a prancha de surfe.

11

Axel

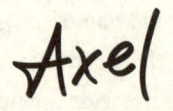

Oliver estava sentado nos degraus da entrada quando cheguei, quase ao anoitecer. Cumprimentei-o com um gesto rápido e ele entrou em casa comigo. Abriu a geladeira como se nunca tivéssemos perdido essa intimidade e pegou duas cervejas.

Parecia feliz, animado.

— Vamos brindar! — disse ele.

— Opa, e a que brindamos?

— Eu não ia te contar, mas depois pensei... — Ele esfregou a nuca, incomodado. — Pensei que era justo. Leah vai expor este mês em Red Hill. Apenas três obras. Mas é um grande passo, ela foi recomendada por uma professora. E achei que... você merecia saber. Porque, apesar de tudo, isso está acontecendo graças a você. —Esticou a mão e bateu sua cerveja na minha.

Mas eu não me mexi. Não conseguia. Não conseguia...

Fiquei olhando fixamente para ele. Odiando-o. E odiando ainda mais a mim mesmo. Percebi o quanto me incomodava ele ter me contado aquilo, trazendo de uma só vez tantas lembranças. Mas o pior é que eu teria ficado ainda mais puto se ele não tivesse me contado, se tivesse ficado quieto. Dava na mesma. Nenhuma das alternativas me satisfazia e eu estava... tendo sérios problemas em fingir que não estava acontecendo nada, que estava tudo bem.

— Axel... — Oliver me olhou com cautela.

— Quando é? — resmunguei baixo.

— Semana que vem.

— Você vai?

— Vou estar trabalhando, não posso.

— Eu vou. — Não foi uma pergunta, muito menos uma sugestão. Foi uma decisão firme. Eu iria, tinha que fazer isso, ver com meus próprios olhos.

Oliver deixou a cerveja em cima do balcão.

— Você não pode fazer isso. Quer estragar o dia dela? Eu só quis te contar porque estou orgulhoso e porque, caralho, sei que você a ajudou, independentemente de qualquer coisa. Tenho pensado muito nisso ultimamente... — Ficou calado, como se não soubesse como continuar.

— Tanto faz o que você disser. Eu vou.

Um músculo se tensionou em seu rosto.

— Não vá foder com tudo de novo.

Meu coração batia forte, rápido.

— Preciso fumar.

Fui até a varanda. Oliver me seguiu. Acendi um cigarro e dei uma tragada longa, tentando me acalmar, apesar de saber que estava longe de conseguir. Porque aquilo tinha me desestabilizado. Imaginar aquela cena... Leah numa galeria, diante de algo feito por ela...

— Por quê?

Eu não esperava essa pergunta.

— Porque preciso... — Eu me esforcei para raciocinar como uma pessoa normal. — Porque foi uma vida inteira, Oliver, e eu não posso não estar em um momento assim. Porque... — "Eu ainda a amo." Engoli as palavras. — Mas você tem razão. Não vou estragar a noite dela. Não vou me aproximar dela. Vou tentar não ser visto.

Oliver esfregou o rosto com as mãos e bufou.

— Porra, Axel. Odeio isso. Essa situação. Tudo.

Mordi a língua para não dizer a ele o que eu pensava, porque ele ainda fazia parte da minha vida, por mais que as coisas fossem diferentes; mais frias, mais tensas.

Apaguei a ponta do cigarro. Nós nos olhamos. Vi em seus olhos dúvida e incerteza. E acho que, nos meus, ele encontrou determinação, porque acabou desviando o olhar antes de pegar um cigarro do maço que estava na minha mão. E entendi que pelo menos aquela batalha eu tinha ganhado. O que não percebi era que aquela era uma das primeiras vezes que eu enfrentava algo de frente.

12

Leah

Dei um gole no segundo chá de camomila do dia, mas não parecia estar fazendo muito efeito, porque eu continuava muito nervosa. Ainda faltavam várias horas para a abertura da exposição, e eu não parava de pensar em todas as coisas que poderiam dar errado: críticas destrutivas, olhares indiferentes, tropeçar nos meus próprios pés e cair no meio da galeria...

O telefone apitou. Era uma mensagem de Blair me encorajando. Depois de saber que ela não se sentia bem naquelas primeiras semanas de gravidez, eu a tinha proibido de vir. Não apenas ela, mas também Justin e Emily, que tinham sugerido deixar os gêmeos com uma vizinha para conseguir escapar. Eu garanti que não era necessário. Também tentei acalmar Oliver, que tinha solicitado mais um dia de folga para o chefe, mas, como ele já tinha conseguido um no dia meu aniversário, dessa vez o pedido foi negado.

Voltei a pensar em meus pais... Em como eu gostaria que eles estivessem...

Respirei fundo e fui até o minúsculo banheiro para me pentear. Eu tinha me vestido quase no meio da tarde, pouco antes de me maquiar. Voltei para o quarto, remexi o chá e tomei o restante em um gole só, exatamente quando bateram à porta.

Abracei-o com tanta força que fiquei com receio de machucá-lo.

— Estou tão nervosa! — Coloquei a mão na frente dele. — Olha. Estou tremendo.

Landon começou a rir, me pegou por essa mesma mão e me fez dar uma volta completa.

— Não seja exagerada. Você está linda. Vai dar tudo certo.

— Você acha? Porque estou com vontade de vomitar.

— É brincadeira ou você quer que eu segure seu cabelo?

— Não sei. Estou com o estômago embrulhado.

Fiquei mais tranquila depois que Landon começou a tagarelar de propósito, contando as bobagens que seu colega de projeto sempre fazia, como aparecer de pijama no trabalho ou enfiar um lápis no nariz porque dizia que isso despertava sua criatividade. Quando percebi, estava dando risada e já era quase hora de sair. Levantei sem pressa e procurei minha bolsa pelo quarto.

— Com certeza estou esquecendo alguma coisa importante.

— Você sempre diz isso e nunca esquece nada.

— Mas... — Olhei à minha volta, ansiosa.

— A gente precisa ir, Leah. Vamos.

Concordei, ainda inquieta, e segui atrás dele enquanto descíamos as escadas e saíamos para a rua. A galeria não ficava longe. Caminhamos de mãos dadas, em silêncio, juntos. Sabia que ele estaria ao meu lado naquela noite. Alguns amigos também, que passariam por lá mais tarde, e Linda Martin, minha professora. Me acalmei um pouco.

O local era pequeno, pois não era uma das grandes galerias da cidade, mas para mim parecia o melhor lugar do mundo. Tinha o telhado de duas águas, um letreiro verde com o nome e a fachada pintada de grená.

Ainda não estava aberto ao público, por isso nossos passos ressoaram com força no piso de madeira conforme avançamos até a primeira sala, de onde vinham as vozes.

Linda já estava lá. Sorriu para mim antes de me apresentar ao diretor da galeria e a outras pessoas que colaboravam com a exposição, além de vários artistas.

Tentei relaxar e aceitei a bebida que ofereceram a mim e a Landon. Durante a meia hora seguinte passeamos pelas salas ainda sem público, contemplando as obras expostas nas paredes. Quando chegamos ao espaço em que estavam as minhas, estremeci. Procurei a mão de Landon e a apertei entre meus dedos.

Eu tinha discutido muito com Linda sobre quais quadros escolher. Não foi fácil, porque eu havia metido uma ideia na cabeça e foi difícil fazê-la entender a importância que isso tinha para mim. Ao levantar os olhos e ver aquela parede vestida com os meus quadros, pela primeira vez me senti orgulhosa de mim mesma.

O primeiro estava pintado apenas com cores escuras. Uma noite fechada. Um coração despedaçado. A angústia. A incompreensão. O medo.

O segundo era agridoce, com alguns traços luminosos e cheios de intenção, mas com outros mais apagados, como se a própria tela os consumisse. A saudade.

O terceiro era luz. Mas não uma luz real, tinha suas sombras. A esperança.

Não tinham títulos individuais. Chamei de *Amor* o conjunto dos três.

Olhei para Landon de canto do olho e me perguntei se ele entenderia o significado por trás deles. Uma vez, quando ainda éramos apenas amigos, eu pedi que ele me dissesse o que via em um quadro que lhe mostrei, e ele não conseguiu interpretar muito entre aquelas linhas emaranhadas. Eu não o culpava, porque entendia que eles não tinham o mesmo sentido para alguém que os visse de fora. Era impossível ele sentir aquelas linhas da mesma maneira que eu sentia; talvez ele as sentisse sim, de um modo diferente, mas não igual.

Começaram a chegar alguns visitantes. Fiquei mais tranquila conforme as salas foram enchendo e as vozes foram tomando conta do espaço. Meus amigos apareceram um pouco mais tarde, e Landon me deixou a sós com a professora Martin para que pudéssemos conversar, enquanto ele os acompanhava até a sala ao lado.

— Duas pessoas já perguntaram por eles.

— Sério? Quem poderia querer...?

— Ter algo seu? — Linda me interrompeu. — Aos poucos você vai se acostumando com a ideia.

Esfreguei as mãos, nervosa, quando o ajudante do diretor da galeria se aproximou e começou a conversar com minha professora. Fiquei ali entre eles dois, sem saber muito bem o que dizer nem o que fazer. Não tinha coragem de ir até a outra sala para ver as reações dos visitantes que olhavam meus quadros, isso me deixava apavorada.

Respirei fundo, porque o pior já tinha passado.

E então eu o senti. Não sei como. Na pele. No corpo. No coração. Quantas batidas o coração precisa dar para reconhecer uma pessoa? No meu caso, foram seis. Duas em que fiquei paralisada, aquele instante em que o mundo parece entrar em um completo estado de silêncio. Outras três para decidir se ia me virar, porque estava morrendo de medo de fazer isso. E uma... apenas uma para dar de cara com aqueles olhos azuis que me perseguiriam a vida inteira.

Depois não me mexi. Não consegui.

Nossos olhares se cruzaram lentamente.

E foi como uma vertigem. Como despencar no vazio de uma só vez.

13

Axel

Eu não tinha a intenção de cruzar com ela, mas a vi assim que entrei na galeria. Fiquei sem ar, como se tivesse levado um soco no estômago. Leah estava de costas. Pensei nas vezes em que a tinha beijado na nuca antes de abraçá-la enquanto preparávamos o jantar na cozinha; ou na varanda quando me aproximava dela por trás. Olhei para o cabelo loiro que estava preso em um coque apertado, algumas das mechas já tinham se soltado do elástico e dos grampos que as prendiam.

E então, como se pudesse sentir a minha presença, ela se virou.

Ela se moveu devagar, bem devagar. Fiquei estático no meio da sala. Seus olhos cruzaram com os meus. Nós nos olhamos em silêncio e eu senti que tudo à nossa volta tinha desaparecido: as vozes, as pessoas, o mundo. Então dei um passo à frente, quase sem perceber, como se algo me puxasse em sua direção. E outro passo. E mais um. Até que fiquei diante dela. Leah não desviou o olhar em nenhum momento. Sua expressão era desafiadora, perigosa, dura.

Prendi a respiração. Estava com um nó na garganta. Queria dizer alguma coisa, caralho, qualquer coisa, mas o que dizer à única pessoa no mundo que te fez sentir absolutamente tudo antes de você destruir o coração dela? Eu não encontrava as palavras. Só conseguia olhá-la, e olhava como se ela fosse desaparecer no instante seguinte e eu precisasse reter aquela imagem da forma mais nítida possível na minha cabeça. Olhei para a curva de seu pescoço. Para as mãos que tremiam. Para a boca. Aquela boca.

Na hora que encontrei coragem para tentar fazer a voz sair, a mulher que estava ao lado dela se virou de repente e a pegou pelo braço com firmeza.

— Vem, preciso te apresentar para algumas pessoas.

Ela me olhou nos olhos uma última vez antes de se afastar até o outro lado da sala. Eu quase agradeci a interrupção porque... eu precisava me recompor.

"Merda." Tinha dado tudo errado.

Inquieto, continuei por ali, dando uma olhada em alguns quadros enquanto tentava me acalmar. Segui para a próxima sala. Havia potencial debaixo daquele teto, em algumas obras mais que em outras. Concentrei-me nisso, em analisar os quadros, para não pensar nela nem no fato de que ela estava a apenas a alguns passos de distância e que eu não sabia bem o que dizer.

Parei bruscamente quando os vi. Não precisei me aproximar para ler o nome do artista e confirmar que eram os de Leah, eu teria reconhecido aqueles traços em qualquer lugar do mundo. Não sei quanto tempo fiquei ali parado olhando aqueles três quadros, mas quando senti a presença dela ao meu lado, estremeci e respirei com força.

— Amor — sussurrei o nome da composição, e me pareceu irônico que essa fosse a primeira palavra que eu dizia a ela depois de três longos anos de ausência. — Dor. Saudade. Esperança.

Mantivemos o olhar fixo nas obras.

— Muito intuitivo — sussurrou em voz baixa, quase uma carícia.

Senti um aperto no coração e coloquei uma mão no peito. Pestanejei. Não me lembrava de ter chorado muito na vida. Lembrava, sim, de ter as emoções ali, à flor da pele, a ponto de transbordar, mas eu sempre conseguia controlá-las. Mas naquela noite, diante daquele *Amor* que um dia foi nosso, eu chorei. Uma lágrima, em silêncio. E não foi por tristeza, mas exatamente pelo contrário. Disse a ela, com a voz rouca:

— Estou orgulhoso de você, Leah.

14

Leah

Fechei os olhos quando as palavras me atravessaram, me preenchendo e ficando dentro de mim. Esse "estou orgulhoso de você" que odiei e amei quase igualmente. Tive que juntar toda a coragem que me restava para me atrever a olhar para ele. Axel estava com os olhos um pouco vermelhos, e eu... não soube o que dizer. Só conseguia pensar que ele estava na minha frente e que aquilo não parecia real. Que a presença dele se apoderava de toda a sala, de cada canto, de cada parcde...

— Leah, finalmente te achei. Não estava te encontrando.

Virei na direção de Landon.

Acho que bastou uma rápida olhada para ele deduzir quem era a pessoa ao meu lado e também para saber que eu precisava sair dali, porque não estava conseguindo respirar...

Peguei a mão que ele me estendeu. E me afastei de Axel...

Não olhei para trás. Não me despedi. Apenas continuei andando, porque era o que eu precisava: avançar para qualquer lugar. Fiquei quase sem ar até que o vento da noite tocou em meu rosto. Quando o silêncio da rua se tornou denso à nossa volta, Landon me abraçou. E eu me agarrei a ele, à segurança.

— Você está bem? — Ele não me soltou.

— Não sei. Não sei como estou.

— Vamos para casa. — Ele me deu um beijo na testa e voltou a pegar minha mão.

Cada passo que dávamos me deixava mais distante, me aliviava mais. Antes de virar na esquina seguinte, olhei para trás por cima do ombro e acho que vi a silhueta dele na porta da galeria, mas, quando pisquei, não estava mais. E disse a mim mesma que era melhor assim, muito melhor.

Não demoramos a chegar ao apartamento de Landon.

Fomos para a cama e me aconcheguei ao lado dele. Depois minha mão se perdeu debaixo de sua camiseta e cobri sua boca com a minha. Ele respirou fundo e nossas línguas se encontraram em um beijo cheio de necessidade e de mais, muito mais. Tirei o vestido e desfiz o coque, deixando o cabelo solto.

— Leah... — Landon respirou agitado.

Inclinei-me sobre ele e peguei uma camisinha na mesinha de cabeceira. Ele voltou a sussurrar meu nome sobre meus lábios e me segurou pelo pulso antes que eu continuasse.

— Assim não, Leah. Isso...

— Mas eu preciso de você — pedi.

— Por quê?

— Porque você é a melhor pessoa que eu conheço. Porque quando estou com você, me sinto segura... e faz uma eternidade que tenho a sensação de estar andando na ponta dos pés, com medo. Porque você faz com que eu me sinta mais forte...

Landon virou e se deitou sobre mim, e depois pensei apenas nele e naquele momento que compartilhávamos: em seus beijos, suas carícias e sua maneira de fazer amor, sempre doce, sempre fazendo eu me sentir maravilhosa diante dele.

15

Axel

O TEMPO... O TEMPO NÃO CURA TUDO. O TEMPO ACALMA, SUAVIZA E APARA AS bordas mais afiadas, mas não as faz desaparecer. O tempo não me curou dela. O tempo não foi suficiente para evitar que todo o meu corpo reagisse ao vê-la, como se eu me lembrasse de cada pinta de sua pele e de cada curva que minhas mãos acariciavam três anos atrás. O tempo não fez nada disso. E quando a vi na minha frente e mergulhei naqueles olhos da cor do mar, entendi que jamais poderia esquecê-la, porque para isso eu teria que apagar, também, a mim mesmo.

16

Leah

SUPEREI A PERDA DOS MEUS PAIS. NÃO, NÃO SERIA HONESTO DIZER ISSO; na verdade eu a digeri, aceitei, mas, em troca, deixei várias partes de mim nesse processo. E ganhei outras novas. Me abri. Me apaixonei. Tive o coração partido. Saí da casa de Axel uma noite no fim da primavera com todos esses pedaços nas mãos. Foi outro tipo de dor. Uma dor que tive que mastigar sozinha nos dias que se seguiram, passeando por Brisbane e me perdendo entre suas ruas.

Em num desses dias fui a uma feira perto do rio. Estava cheia de bancas com uma incrível variedade de artigos, mas só um me chamou a atenção. Talvez porque naquele momento eu ainda sentisse muita saudade e achasse que dessa forma me sentiria mais próxima dele. Então comprei esse objeto que, tempos depois, guardei na primeira gaveta da mesinha de cabeceira, na esperança de não precisar dele novamente. Naquela noite, quando a saudade e a solidão falaram mais alto, peguei o objeto. Tirei da gaveta a concha que tinha comprado, coloquei-a colada em minha orelha e escutei o barulho do mar com os olhos fechados. Escutei Axel.

17

Leah

Nas semanas seguintes fiquei um pouco isolada, concentrada em minhas coisas. Primeiro porque fiquei vários dias sem atender aos telefonemas de Oliver depois de descobrir que ele sabia que Axel iria à inauguração da exposição. Suas explicações não me convenceram. Mas era meu irmão, e terminei atendendo e, entre o quarto ou quinto pedido de desculpas, acabei resmungando qualquer coisa e o perdoando.

No mais, me concentrei em pintar mais do que nunca.

A exposição foi boa. A crítica não foi excepcional, mas também não foi ruim. A experiência foi como um empurrão para a frente, o impulso que eu precisava para me debruçar ainda mais no trabalho nas noites que eu começava a passar no estúdio. Não contei para ninguém, mas cheguei a dormir lá em várias ocasiões e, às vezes, me obrigava a pisar no freio para ter uma vida normal, para ficar com Landon ou sair com minhas amigas.

Quando a professora Linda Martin me pediu para encontrá-la de novo no horário de tutoria, eu não estava mais tão nervosa. Esse talvez tenha sido meu erro, porque eu não esperava o que viria a acontecer. Apenas me sentei sorridente em seu escritório e fiquei olhando, à espera do que ela diria.

— Tenho uma boa notícia, Leah. — Os olhos dela brilharam.

— Ai, não me faça suplicar... — falei com um fiozinho de voz.

Ela se recostou em sua cadeira visivelmente contente.

— Um representante se interessou por você — soltou.

— Por mim? — Pestanejei surpresa, segurando a emoção.

Nem em meus melhores sonhos eu teria imaginado algo assim. Para começar, porque ainda estava aprendendo, testando técnicas novas, consolidando meu estilo. E, além do mais, o mundo da arte era complicado, difícil, competitivo; poucos conseguiam viver disso ou arranjar bons representantes.

— Sim. Ele trabalha em uma galeria de Byron Bay...

— Como ele se chama? — Senti que estava ficando sem ar.

— Axel Nguyen. É uma galeria importante porque, apesar de pequena, o dono, Hans, tem muitos contatos na Europa e colabora com... Leah, o que foi? — Acho que devo ter ficado pálida, porque ela se mostrou preocupada.

— Eu... não posso... — Levantei. — Desculpe.

— Leah, espera! Você não escutou o que eu falei?

— Sim, mas não me interessa — consegui dizer enquanto apertava a alça da bolsa entre os dedos. Meu joelhos tremiam e foi como se o escritório tivesse diminuído de tamanho.

— É uma oportunidade de ouro. Não só para você, mas também para a universidade. O prestígio de ter uma aluna nossa sendo representada antes mesmo de se formar...

— Sinto muito, mas é impossível — eu a interrompi e saí do escritório.

18

Axel

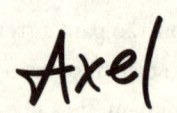

OLIVER ENTROU EM CASA COMO UM FURACÃO ASSIM QUE ABRI A PORTA. NEM ME cumprimentou e começou a andar pela sala de um lado para o outro até que, no final, me olhou com as mãos no quadril e com o rosto enrugado em uma careta de raiva.

— Que merda você fez? Como você teve coragem? Em primeiro lugar, você me disse que ela não te veria, que você não ia estragar a noite dela. E, segundo, você entrou em contato com a universidade para ser representante dela? É sério isso? Nem te passou pela cabeça me contar antes?

— Eu ia contar. Não tive tempo.

— Que caralho acontece com você? — gritou.

— Acontece que estou cansado de fingir.

Encostei no balcão da cozinha tentando manter a calma, porque era a única forma de ter aquela conversa sem que terminássemos aos socos, algo que eu não sabia se aconteceria, porque estava tudo muito... turbulento, como se já tivéssemos falado de Leah antes, quando na verdade isso nunca tinha acontecido. Não sem sairmos na porrada, pelo menos. Aquela foi a única vez que tentamos nos entender, e não, não deu certo.

— O que você quer, Axel?

— Não dá para ignorar mais.

— Ignorar o quê? — Oliver respirou fundo.

— Ela. O que aconteceu. Que aquilo tudo existiu, caralho. Não dá para continuar falando com você através dessa maldita parede que existe entre nós e fingir que está tudo normal, que continua tudo igual. — Sem perceber, eu tinha levantado a voz.

— O que você está tentando dizer? — Oliver perguntou, e ele me pareceu realmente surpreso.

Mexi no cabelo e procurei ponderar cada palavra.

— Por que você voltou? Por que você apareceu do nada na minha casa um dia qualquer sem avisar?

Ele continuava surpreso, agora pela pergunta que mudava o rumo da discussão. Apontou para a varanda com a cabeça e eu o segui. Dei a ele um cigarro. Peguei outro. Ele demorou alguns minutos para decidir continuar a conversa. Eu não estava disposto a recuar dessa vez.

— Eu vou me casar — soltou de repente.

— E que merda isso tem a ver?

Não que eu não ficasse feliz por ele, mas...

— E aí, Bega me perguntou quem seria meu padrinho de casamento, então... entendi que não poderia ser ninguém além de você. E percebi... que não tínhamos sido só amigos, mas sim família. — Ele olhou para mim. — E família é para sempre, Axel. Eu não conseguia parar de pensar nisso, em tudo o que aconteceu, no que foi feito de errado...

Dei uma longa tragada no cigarro. Porra, fazia três anos que eu estava paralisado, estagnado na minha rotina e, de repente, tudo parecia transbordar de uma vez só. E eu queria que isso acontecesse, queria que as coisas ultrapassassem os limites e explodissem de uma vez por todas, porque não suportava mais essa indiferença na minha vida, essa monotonia que me arrastava e que me fazia passar o dia relembrando o passado, os tempos melhores e cheios de cor que haviam desaparecido.

— Porra, Oliver...

— Então passei várias semanas pensando em você, em tudo o que vivemos juntos e, por fim, um dia vim até aqui. Nem pensei, só vim. E foi mais fácil não tocar nos assuntos que incomodam, como se não tivesse acontecido nada.

— Mas aconteceu — sussurrei.

— Eu queria esquecer. Deixar para trás.

É. O problema era que eu não queria a mesma coisa. O tempo não tinha me curado. Eu não tinha conseguido esquecê-la. E deixar Leah no passado era como apagar o melhor que eu já tinha vivido e eu não podia fazer isso. Balancei a cabeça.

— Sinto muito, Oliver. Não posso...

— Ser meu padrinho? — Ele franziu a testa.

Senti que uma parte de mim se quebrava naquele momento.

— Nem isso, nem ser seu amigo. Não como antes.

Oliver bufou, bravo e confuso.

— Que caralho acontece com você, Axel?

— É que não tem como continuar como antes. Não por você, mas é que... quando eu a vi...

Porra. Eu ia soltar uma barbaridade. Virei para o outro lado, mas ele me segurou pelo ombro antes que eu pudesse sair dali.

— Espera. Explica. Eu quero te entender..

— Quando eu vi Leah aquele dia... quando eu a vi...

— Você ainda gosta dela? Depois de tanto tempo?

Isso me doeu ainda mais. Perceber que ele ainda achava que Leah tinha sido um capricho para mim, que em nenhum momento ele cogitou considerar a verdade: que eu tinha me apaixonado por ela, que o que eu sentia era real. Fiquei me perguntando como eu seria aos olhos dele. Cínico, covarde, impulsivo.

— Eu vou amar Leah para sempre, caralho.

— Mas, Axel... — Ele me olhou, confuso.

— Eu sei. Sei que fiz merda pela maneira como as coisas aconteceram e por não ter te contado. Sei também que não era o momento certo e que você achava que seria algo passageiro. — Fiquei em dúvida entre ser totalmente sincero ou disfarçar um pouco. Decidi pela primeira opção, acho que porque não tinha nada a perder, afinal tudo já estava tão desgastado... — Você é importante para mim, Oliver, mas ela vai ser sempre mais, de uma forma diferente... E não podemos ser amigos porque... ela é sua irmã e eu achava que podia lidar com isso, mas não posso... porque a única coisa que pensei quando a vi na galeria foi em tirar aquele vestido que ela estava usando e transar com ela em qualquer lugar por ali mesmo.

— Axel, você é um lunático!

— Pois é.

— Filtra o que diz, merda!

— Eu queria ser sincero.

— Porra! É minha irmã. — Ele mexeu no cabelo e virou em direção à porta da casa.

Pensei que entraria por ali e sairia pela porta da frente, mas não. Oliver deu meia volta e respirou fundo enquanto me olhava.

— Eu não quero te perder. E você tem razão, eu não pensei que fosse sério com ela, mas, porra, você nunca levou nada a sério. E você não fez as coisas do jeito certo, Axel, você mentiu para mim, me traiu, você fodeu com tudo.

Segurei com força no guarda-corpo de madeira.

— Eu sei... — Eu estava com o rosto tenso.

Oliver acendeu outro cigarro e eu fiz o mesmo. Às vezes eu achava que fumávamos só para ocupar as mãos quando a situação ficava complicada. Uma pausa para acender, dar um trago, expirar a fumaça devagar...

— E agora? — perguntou Oliver.

— Agora eu quero que ela assine comigo.

— Não é uma boa ideia...

— Você sabe que é. Ninguém poderá representá-la melhor, ninguém cuidará mais dos interesses dela. E acredite, alguém vai notá-la logo, porque ela é muito boa.

— Eu achava que você não representava ninguém, que só encontrava os artistas — disse ele, repetindo as mesmas palavras que eu tinha dito a ele mês passado naquela mesma varanda.

— Mas ela eu vou representar. Juro que vou cuidar dela e...

— Cacete, não, não faz isso, não diz que vai cuidar dela — ironizou.

E lembrei que não era a primeira vez que eu prometia isso a ele.

— Vou tentar fazer o melhor que puder. Ela tem futuro, Oliver. Sei que ela vai conseguir algo grande se tiver as ferramentas necessárias. Eu posso dar isso a ela.

Oliver esfregou o rosto. Parecia esgotado.

— Acho que ela está saindo com alguém...

— Ninguém te perguntou nada — resmunguei.

Ficamos em silêncio por alguns instantes.

— Você acha mesmo que pode dar certo?

— Eu não acho, eu tenho certeza. Ela sempre teve talento.

— Vou tentar falar com ela, mas não te prometo nada.

Quando ele foi embora, alguns minutos depois, fui direto até a cozinha, peguei uma garrafa sem nem olhar o rótulo e saí de casa. Segui pelo caminho da praia, dei um gole longo e deitei na areia. Fechei os olhos, respirando... ou tentando, pelo menos. Quem dera se o barulho do mar pudesse calar meus pensamentos...

Eu tinha criado aquilo tudo. Só eu.

Lembrei do cara que estava com ela na galeria, que a tirou de lá como eu mesmo teria feito três anos atrás, para afastá-la do que lhe fazia mal. Que ironia do caralho pensar que a pessoa que mais a amava terminasse pedindo a ela, uma noite qualquer, para conhecer mais pessoas, viver mais, curtir, transar. Porque eu achava que seria só isso. Que aconteceria com ela o mesmo que aconteceu comigo, que entre aquele mar de desconhecidos, ela terminaria sempre escolhendo a mim, mesmo que eu não lhe tivesse dado a opção. Que mais cedo ou mais tarde nos encontraríamos de novo. Que, de alguma forma, então, estaríamos em igualdade de condições.

O problema é que havia uma distância gigantesca entre imaginá-la em uma cama nos braços de outro e saber que ela sentia algo por outra pessoa. Uma conexão. Uma relação. Algo como o que nós tivemos.

O primeiro me irritava. O segundo machucava...

19

Leah

EU NÃO QUERIA VER NINGUÉM. NÃO QUERIA PENSAR. ME LIMITEI A IR PARA A AULA, dormir e pintar. Tinha a sensação de estar presa dentro de um desses globos de neve que você agita para fazer os flocos se moverem e caírem lentamente. Um globo de neve gigante. Eu podia caminhar e caminhar, mas, de alguma forma, sempre acabava voltando ao mesmo lugar, à mesma rua, aos mesmos olhos. E não importava o quanto eu corresse ou tentasse fugir, porque no final do caminho... ele ainda estaria lá.

20

Axel

— Não podemos oferecer algo a mais? Melhorar o contrato, falar com a universidade...

— Axel, por que você está tão interessado em representar essa garota? — Sam se recostou na cadeira e me olhou com a testa franzida, como fazia quando pegava os filhos fazendo alguma coisa errada. — Ela é boa, mas eu nunca te tinha visto tão interessado em alguém...

— É... — Engoli em seco, incapaz de confessar, de falar em voz alta sobre Leah com outra pessoa.

Tive apenas algumas conversas com meu irmão logo no início, quando mal conseguia encontrar as palavras para definir como eu estava me sentindo, porque, bem, eu não estava sentindo nada.

— Tenho um bom pressentimento — concluí.

Levantei e voltei para a minha sala. Abri a gaveta da mesa e tomei um comprimido para dor de cabeça, algo que evitava fazer. Eu não gostava de tomar remédio, mas naquele dia meu cérebro parecia que ia explodir. Já fazia algum tempo que estava assim. Claro, minha mãe tinha insistido para eu ir ao médico, e acabei cedendo só para ela parar de me ligar o tempo todo para me lembrar. O diagnóstico? Tensão, álcool, cigarro, estresse emocional, ansiedade, poucas horas de sono...

Fiz algumas ligações pendentes e passei o resto do tempo contemplando a fotografia que a galeria tinha me dado na semana anterior. Aqueles três quadros chamados *Amor* capturados em uma imagem que não conseguia conter tudo o que eles representavam. Suspirei antes de colocar a foto em uma pasta.

Saí mais cedo naquele dia porque tinha combinado de encontrar Justin à tarde. Já não me lembrava mais quando foi a primeira vez que ele tinha aparecido lá em casa com os filhos e uma prancha debaixo do braço, disposto a me deixar ensiná-lo a fazer algo que ele sempre pareceu odiar, mas que de alguma forma se tornou um momento familiar, algo que de vez em quando fazíamos juntos.

Meus sobrinhos me encurralaram assim que chegaram, falando em voz alta ao mesmo tempo, enquanto Justin tentava controlá-los e mantê-los calmos. Eles não tinham puxado ao pai em nada. Eram escandalosos, bagunceiros e pareciam pouco dispostos a seguir as regras que os pais lhes impunham.

— Posso levar sua prancha hoje? — perguntou Max.

— Claro que não. — Tentei não dar risada.

— Vai, tio Axel, deixa! — pediu outra vez.

— Eu também quero! — Connor nos olhou.

— Meninos, cada um com sua prancha — resolveu Justin. — Vão indo para a água!

Os meninos correram pela areia em direção ao mar enquanto eu e meu irmão seguíamos em um ritmo mais lento. Eu sentia o olhar dele fixo em mim. Revirei os olhos, porque na semana anterior eu tinha contado a ele que havia me oferecido na galeria para encontrá-la e, claro, ele não ia tocar no assunto logo de cara.

— Ela respondeu algo sobre a oferta?

— Se ela tivesse dito que sim, acho que eu já saberia, né?

Entramos no mar. Os meninos estavam a alguns metros de distância, onde havia ondas menores quase chegando à areia. Acho que minha cara fechada foi suficiente para meu irmão perceber que eu precisava de um tempo sozinho com a prancha para descarregar a energia acumulada até ficar exausto, embora, infelizmente, isso não estivesse mais funcionando para me fazer dormir melhor. Então me concentrei apenas no corpo, na postura, em equilibrar o peso e em percorrer as paredes das ondas como se não houvesse mais nada ao meu redor.

Quando Justin se cansou de fazer a mesma coisa, veio me buscar. Connor e Max já estavam na areia rindo de alguma brincadeira que só eles pareciam entender. Fiquei ali, sob um céu alaranjado, deitado na prancha ao lado do meu irmão.

— Não é possível você continuar tão mal assim, Axel.

— O que não é possível é eu deixar de me sentir assim.

— Você sabe que eu te entendo, mas...

— Ela está namorando — soltei de repente, e foi como se as palavras me espetassem a garganta, afiadas e duras. — Não sei o que eu esperava, mas não era isso, caralho.

— Não passou pela sua cabeça que ela pudesse conhecer alguém em três anos?

— Conhecer, sim. Se apaixonar, não.

— E por acaso não é a mesma coisa?

— Não, não é nem sequer parecido. São duas coisas completamente diferentes.

Meu irmão tinha se casado com sua namorada do colégio, Emily, a única garota por quem ele tinha sentido algo. Eu tinha transado com tantas mulheres que não me lembrava nem da metade e, para mim, todas elas representavam esse "conhecer alguém" que nunca levava a nenhum lugar. Não tinha nada a ver com o que eu tinha vivido com Leah. Nada. Nem mesmo no sexo, porque com ela não era só para ter prazer, era... necessidade, pura e simplesmente.

— Axel, o que você esperava? — Sentado na prancha, meu irmão me olhou sério.

— Não sei. Esperava... — Respirei fundo, fiz uma pausa, tentei desanuviar todos os pensamentos misturados na minha cabeça. — Acho que parte de mim sempre achou que nos encontraríamos de novo e que, então, seria como se nada tivesse mudado. Que, talvez, não tivesse sido possível ficarmos juntos três anos atrás porque não era o momento nem a situação, mas agora...

Talvez eu tenha tentado enganar a mim mesmo, porque durante esse tempo foi muito mais fácil eu me agarrar a essa ideia do que considerar outra: que tudo estava terminado para sempre.

— E o que você vai fazer?

— Não tenho ideia. Tentar convencê-la a me deixar ser seu representante.

— "E morrer um pouco por dentro cada vez que encontrá-la." — Eu acredito nela. Preciso fazer isso...

— Por Douglas? — adivinhou Justin.

— Sim. E por mim também. E por ela.

— Você sabe que vai se meter em uma confusão, né?

— As coisas com Leah nunca foram fáceis.

21

Leah

— VOCÊ NÃO PODE ESTAR FALANDO SÉRIO!

— Leah... — disse Oliver com uma voz suave.

Mas não me importava o quanto meu irmão estava tentando ser gentil e nem seu esforço para parecer delicado, porque eu só conseguia pensar que, um dia, ele tentou me afastar dos braços de Axel e, naquele momento, parecia disposto a me atirar na direção dele de olhos fechados. Eu estava brava, muito brava. Eu tinha aceitado que eles retomassem sua amizade sem pedir a ele nenhuma explicação, mas não aceitava essa mudança de comportamento, essa inconstância toda.

— Leah, é uma ótima oportunidade. — Suspirou do outro lado da linha. — Eu sei que é uma situação complicada, mas o tempo passou. Você está saindo com um cara, não está? Axel é um representante de artistas e... e ele é nossa família, Leah.

— Não é verdade. Não dá. — E desliguei.

Desliguei porque não podia continuar ouvindo coisas que não eram verdade, porque aquilo tudo me magoava e porque eu não entendia Oliver. Eu sabia que para ele era importante que as coisas dessem certo para mim e que eu conseguisse fazer meu nome, mas a que preço? Não sei se valia a pena cruzar uma linha tão perigosa. Especialmente porque eu conhecia Axel muito bem e sabia que sempre havia uma razão por trás de cada coisa que ele fazia.

Deitei na cama do apartamento de Landon e afundei a cabeça no travesseiro. Desde o dia da exposição eu me sentia instável, desatenta. Cada vez que me lembrava do momento em que o vi ali, no meio da sala, olhando os meus quadros, sentia como se garras apertassem meus pulmões até eu ficar sem ar. E não suportava essa sensação de me sentir tão fraca novamente, de estremecer ao lembrar de seus olhos vermelhos, de sua expressão...

As palavras dele: "Estou orgulhoso de você".

Levantei da cama assim que escutei o barulho da fechadura girando. Peguei as sacolas do supermercado que Landon trazia e o ajudei a guardar as compras na geladeira. Era sexta-feira e eu tinha decidido ficar e passar a noite ali, jantar algo simples, ver um filme juntos e depois dormir abraçada ele.

— Isso vai para o congelador.

— Sorvete! — Sorri, contente.

Dei um beijo em seu rosto antes de pegar o pote, guardá-lo e depois continuar organizando os pacotes de batata frita e as outras coisas que Landon foi me passando.

Eu tinha deixado o celular no quarto, mas o escutei tocando.

— Tem alguém te ligando, Leah.

— Eu sei.

— E você não vai atender?

— É o meu irmão. E estou brava com ele, então não.

— O que aconteceu dessa vez?

Oliver e eu nos desentendíamos com frequência, mas por coisas bobas, como dois irmãos que se amam apesar dos contratempos do dia a dia. Porém,

Axel não era isso para nós. Axel era um golpe seco, a maior barreira que nos separava, e eu não estava disposta a saltar de um lado para o outro segundo a vontade do meu irmão.

Olhei para Landon um pouco constrangida.

— Ele quer que eu aceite... — sussurrei.

— Que *ele* seja seu representante? — Quis se certificar, porque eu não dei muitos detalhes na semana anterior, quando fui até seu apartamento alterada depois de sair do escritório de Linda Martin com o coração ainda na boca.

Depois tentei não tocar mais no assunto, apesar de não o tirar da cabeça.

— Sim. Supercoerente, o meu irmão.

Landon se apoiou na bancada.

— E o que você acha?

— Eu não acho nada — respondi, enquanto guardava na geladeira uma caixinha de suco.

Landon me olhava mordendo o lábio.

— O que foi?

— Nada. Só que... talvez você devesse pensar no assunto.

— O quê? Você não pode estar falando sério!

Ele me segurou pelo pulso antes que eu saísse da cozinha. Tentei manter a calma, respirar fundo e escutar o que ele queria me dizer.

— Espera, Leah, querida...

— Não me chame assim! — supliquei.

— Desculpa. — Passou a mão pelo cabelo, tenso.

Não estávamos acostumados a discutir, Landon e eu não tínhamos briguinhas de casal, apenas passávamos bons momentos abraçados no sofá ou passeando pela cidade.

— Eu me expliquei mal. Se você não quer, não tem nada o que discutir, certo? Você tem suas razões, eu sei. E acredite, eu sou o primeiro a não querer nem pensar em ver você tão perto dele... — Sua voz falhou um pouco antes de ele me olhar de novo. — Mas eu posso imaginar o porquê de seu irmão achar uma grande oportunidade, considerando que esse mundo é tão complexo. Vem, me dá um abraço.

Eu me agarrei a ele. Fechei os olhos quando senti seu peito em meu rosto. Eu o entendia. Se me esforçasse muito, conseguia entender que eles estavam pensando em meu futuro, podia considerar que já tinham se passado três anos e que isso parecia tempo suficiente para enfrentar os demônios do passado. Fazia sentido, mas... na prática era asfixiante, porque Axel estava me colocando diante de um doce que ele sabia que, para mim, era irresistível: a pintura, meus sonhos.

E a condição para alcançar isso era remexer em sentimentos que eu queria continuar mantendo enterrados.

Landon me afastou dele com delicadeza.

— Vamos esquecer isso. O que você quer jantar?

Mordi a bochecha por dentro, nervosa, inquieta.

— É que seria muito complicado...

Ele se calou quando entendeu que eu continuava falando do mesmo assunto. Colocou atrás da minha orelha algumas mechas de cabelo que tinham escapado do rabo de cavalo e respirou fundo antes de fazer a pergunta que parecia estar há meses guardada dentro dele:

— Você continua apaixonada por ele?

— Não.

Não estava, porque Axel não era a pessoa que eu pensava conhecer, porque com o passar dos meses e dos anos, fui retirando as camadas pelas quais eu tinha me apaixonado: a sinceridade dele, o modo de vida, o olhar transparente... E quando tirei todas e olhei de novo, vi que não restava nada. Só vazio. Por baixo daquele papel de presente brilhante e bonito, não encontrei o cara que eu acreditava que ele era.

Percebi que Landon respirava aliviado.

— Então o que te preocupa?

— Eu não sei! Não me vejo capaz de me comportar com ele como se nada tivesse acontecido, depois de tudo o que ele me fez sofrer. Não só pelo que aconteceu enquanto eu morava na casa dele, mas por tudo, desde antes. Éramos amigos, família. Éramos aquele tipo de pessoas que, quando você olha para elas, pensa que nunca vão se separar porque suas vidas estão entrelaçadas de alguma forma.

Percebi que estava andando de um lado para o outro na cozinha, alterada, quando Landon me obrigou a parar, colocando-se na minha frente. Abaixou a cabeça para ficarmos na mesma altura.

— E não dá para recuperar isso? — perguntou.

Fiquei pensativa. Separar uma parte de Axel, a parte dos beijos, de nossos corpos unidos e das noites na varanda, da parte que tinha sido a base daquilo tudo: a amizade, o carinho, o amor incondicional de uma vida inteira...

— Não sei, a situação é...

— Incômoda. Eu imagino. Eu só quero que você considere bem todas as opções e que pense com calma antes de tomar uma decisão. — Landon me deu um beijo na testa e me abraçou. — E agora vamos mudar de assunto. Hoje você escolhe o filme, tá bom?

22

Leah

Eu estava brava.

Brava com o mundo por me colocar naquela situação. Brava com Oliver por ser tão contraditório. Brava com Landon por não me dizer o que eu queria ouvir. Brava com a senhorita Linda Martin por continuar insistindo e me chamar de novo no horário de tutoria. Brava com Axel por tudo. E brava principalmente comigo mesma por estar prestes a perder uma oportunidade, porque estava relutante em descobrir se eu realmente tinha superado aquela parte do meu passado e porque, ironicamente, meus sonhos passavam por aquele caminho que eu vinha evitando há anos. E eu tinha que decidir se ia atrás deles ou se os deixava escapar.

23

Leah

A dúvida é algo que te paralisa. É como estar sob um cobertor grosso que você não consegue tirar de cima, e quanto mais tempo você passa debaixo dele, mais ele te sufoca. Eu tinha tentado me livrar dele, mas não conseguia: quando levantava uma ponta, a outra caía novamente; quando eu achava que tinha a resposta na minha frente, o medo reaparecia, me fazia voltar atrás e continuar andando em círculos sob todas aquelas dúvidas que me esmagavam.

Até que uma manhã eu respirei fundo e decidi arrancar aquele cobertor de uma vez só. Tentei pensar friamente, sem deixar aquele emaranhado de sentimentos me prender mais uma vez. Saí da cama, olhei pela janela e tomei uma decisão.

24

Axel

Coloquei o telefone na orelha, ainda surpreso.

— Ela aceitou? — perguntei outra vez.

— Não exatamente. Ela quer conversar sobre o assunto. Já é um primeiro passo.

— Oliver... — Tomei fôlego, nervoso, porque parte de mim já tinha aceitado a ideia de que o silêncio dela era um "não", e a outra parte, bem, eu tinha feito um grande esforço nas últimas semanas para não pegar o carro e ficar plantado na porta da casa dela com a ameaça de não sair até conseguir o que eu queria. — Obrigado por isso.

Houve um silêncio tenso do outro lado da linha.

— Ela me passou o endereço de uma cafeteria, para vocês se encontrem ali na próxima segunda-feira à tarde. Tem caneta e papel? Anota aí.

Anotei o que ele dizia enquanto segurava o telefone entre o ombro e o ouvido, perguntando-me por que Leah tinha decidido usar seu irmão como intermediário. E então pensei... pensei que talvez ela tivesse deletado meu número da agenda. Talvez ela tenha feito isso um dia, brava, apertando o botão com raiva, como quando você quer apagar para sempre da sua vida algo que deixou para trás ao passar para uma nova fase.

— Então, segunda às cinco — repeti.

— Sim. Uma coisa, Axel... seja gentil. Seja como você não costuma ser. — Revirei os olhos e agradeci por ele não estar me vendo. — Foco apenas na pintura.

— Oliver, relaxa — eu disse, e ele respirou alto.

— Falar é fácil, fazer é outra história.

— Leah é adulta, caralho. Ela tem vinte e três anos, acho que consegue manter uma conversa normal comigo em um café.

Ironicamente, eu não estava tão certo de conseguir fazer isso, considerando que quando a vi na galeria mal consegui abrir a boca. Porém, eu queria tranquilizar Oliver para que isso não tornasse nossa relação ainda mais tensa e incômoda, porque às vezes parecia que estávamos bem, como sempre fomos, e no minuto seguinte eu sentia que éramos dois estranhos.

Eu estava quase desligando quando ele acrescentou:

— Axel, mais uma coisa...

— Fala. — Respirei fundo.

— Não me faça me arrepender disso.

Levei em consideração a leve súplica por trás de suas palavras e fiquei imaginando como ele estaria se sentindo, porque ele parecia disposto a deixar eu me aproximar de Leah novamente, mas também parecia relutante.

Não cheguei a responder, porque Oliver se despediu rapidamente.

Ainda fiquei alguns segundos com o telefone na mão, observando pela janela o vento sacudir as árvores que cresciam ao redor da casa, sem parar de pensar nela, que a veria dentro de alguns dias e que não estava muito certo do que esperar. E isso me deixava mal para caralho. A incerteza diante dessa garota que eu tinha visto crescer, com quem eu tinha compartilhado tudo depois: minha casa, minha vida, meu coração.

E o que acontecia com tudo isso?

Porque as pessoas vêm e vão o tempo todo, elas abrem e fecham portas por onde entram ou saem. Acontece sempre. A pessoa ou sai do seu mundo ou nunca mais atende suas ligações, mas o que acontece com tudo o que ela não pode levar embora? As lembranças, os sentimentos, os instantes... Eles podem desaparecer e virar pó? Para onde vai tudo isso? Talvez essas coisas fiquem mais nos braços de um do que nos do outro. No meu caso, acho que fiquei com todos esses pertences invisíveis, uma mala enorme e cheia, talvez ela tenha conseguido continuar seu caminho sem levar uma carga tão pesada nas costas.

Peguei um cigarro, fui até a varanda e o acendi.

Fumei devagar, no silêncio da noite. Uma das lembranças frequentes reapareceu enquanto a fumaça se perdia na escuridão. As notas daquela música ecoaram ao meu redor e voltei a escutar "The Night We Met" enquanto dançava com Leah colada em meu corpo, um momento antes de beijá-la e cruzar a linha que fez tudo mudar.

Fechei os olhos e respirei fundo.

25

Axel

Eu não lembrava de ter ficado tão nervoso assim alguma vez.

O café onde tínhamos marcado tinha um ar rústico, com paredes de madeira e prateleiras cheias de plantas e objetos antigos cuja função hoje em dia era decorativa. Quando entrei, Leah ainda não havia chegado, então me sentei em uma das mesas ao fundo, perto da janela com vista para uma rua pouco movimentada. Pedi um café forte, mesmo sabendo que não ajudaria a me acalmar, e massageei as têmporas com os dedos enquanto olhava para uma das sacadas do prédio do outro lado da rua, com suas jardineiras combinando, as cores se estendendo nos galhos que deslizavam para baixo por terem crescido demais, as flores amarelas salpicando o verde profundo...

Tudo era arte. Tudo. Pena que eu não conseguia transpor aquilo tudo para uma tela.

Levantei o olhar quando ouvi tocar a sineta pendurada em cima da porta de entrada. Fiquei com a boca seca. Leah se aproximou devagar, com os olhos cravados nos meus, exatamente como eu achei que ela não faria... parecia que ela tinha sempre a capacidade de me surpreender.

Tão imprevisível...

Eu tinha dado como certo que seu olhar seria evasivo, mas não. Foi desafiador. Prendi a respiração enquanto ela se aproximava. Estava vestindo uma calça jeans justa e uma camiseta simples, cinza e de manga curta, mas eu só conseguia pensar que aquela era a garota mais iluminada que eu já tinha visto em toda a minha vida. Porque era isso. Leah iluminava tudo. Eu me perguntei como era possível que ninguém mais naquela cafeteria notasse a luz que a pele dela parecia refletir, seus olhos brilhantes e a força que ela exalava a cada passo que dava.

Apoiei as mãos na mesa e me levantei.

Leah parou na minha frente. Me inclinei em sua direção para lhe dar um beijo no rosto, que na verdade foi um leve toque, porque ela se afastou rápido antes de se sentar e pendurar a bolsa no encosto da cadeira. Sentei em frente a ela.

Nós nos olhamos. Fiquei sem ar.

Por onde começar? O que dizer?

Vi a tensão em seus ombros estreitos e desejei poder acalmá-la de alguma forma. Como antes. Como todas as vezes que ela esteve mal, quando eu era sua tábua de salvação e não a causa de seus problemas.

— Deseja tomar algo?

Leah demorou alguns instantes para tirar os olhos dos meus e levantar a vista para a garçonete que tinha vindo anotar seu pedido depois de trazer meu café. Olhei para o líquido escuro enquanto ela pedia um suco de maçã e tive vontade de trocá-lo por qualquer coisa alcoólica na tentativa de acalmar os nervos.

— Bem... aqui estamos — sussurrei.

— Aqui estamos — ela repetiu baixinho.

Ficamos em silêncio de novo. Eu era um idiota de merda. Depois de anos sem falar com Leah, a única coisa que me veio à cabeça foi isso. Fechei os olhos e respirei fundo, tomando coragem.

— Leah... eu... — Estava com um nó na garganta.

— O contrato — ela me cortou —, vamos falar dele.

— Certo. Isso. — Fiz uma pausa quando a garçonete voltou para trazer o suco. — Eu o enviei para sua professora.

— Ela não falou comigo — respondeu.

— Por quê? — Eu a olhei, intrigado.

— Porque eu não quis escutá-la.

— Uau, isso é... promissor.

Ela não sorriu. Nem um pouquinho. E eu não deveria esperar que ela sorrisse. Reprimi um suspiro e abri a pasta que eu tinha deixado de lado na mesa. Passei uma cópia para ela e peguei a minha. Leah franziu a testa quando começou a lê-lo. Ela não tinha tocado no suco. Tentei parar de olhar para ela como um moleque abobalhado e me concentrei em mexer meu café.

— Tem algo que você queira saber? — perguntei.

— Sim, quero que você me explique tudo. Sem surpresas.

— Antes você gostava de surpresas...

Ela me fuzilou com os olhos. Foi uma cagada dizer algo assim, mas eu sentia tanta saudade daquela sensação que ela provocava em mim com apenas um gesto...

— Axel, eu não quero perder tempo.

— Tudo bem. Isso é o que você precisa saber...

26

Leah

Eu queria levantar e sair correndo.

Meu corpo inteiro pedia por isso: o coração batendo acelerado, os nervos à flor da pele, as palmas das mãos suando e, acima de tudo, minha intuição. Aquela sensação que parece não atender à razão, mas que, às vezes, simplesmente nos guia.

Axel estava igual. O cabelo um pouco mais comprido, tocando nas orelhas; os olhos azuis escuros que lembravam o fundo do mar; a pele bronzeada de sol, os lábios cheios e o queixo bem definido. Percebi que ele tinha feito a barba antes de vir, porque havia alguns pequenos cortes em um lado da bochecha; ele nunca foi muito cuidadoso com a lâmina. Então olhei para sua mão apoiada no papel do contrato: masculina, com dedos longos, unhas curtas e algumas peles levantadas.

Respirei fundo e desviei o olhar.

Foi como se eu precisasse voltar a memorizar cada detalhe, aquelas pequenas coisas que vão caindo no esquecimento com o passar do tempo; a minúscula cicatriz na sobrancelha esquerda de quando ele bateu a cabeça na borda da prancha quando tinha dezesseis anos, os primeiros botões da camisa que sempre desabotoavam, a curva de seus lábios...

— Como artista representada, a galeria se compromete a manter pelo menos dez obras suas por mês no catálogo; não é algo estático, a ideia é renová-las de tempos em tempos. Também vamos conseguir que você participe de feiras de arte e exposições. O lucro é dividido meio a meio.

— Não acho justo.

— Oi? — Ele levantou uma sobrancelha.

— Não vou aceitar ficar com menos de sessenta por cento.

Axel pareceu surpreso, mas logo notei que ele apertava os lábios para disfarçar um sorriso. Ficou calado um longo minuto e suspirou.

— Certo. Sessenta. Mas lembre-se de que a galeria investe em você, se encarrega do transporte, que não é pouca coisa, de te assessorar e de te tornar conhecida, entre outros assuntos.

Entrelacei as mãos debaixo da mesa, mas me mantive firme olhando para Axel, apesar de estar tremendo. Uma pequena parte de mim esperava que ele não cedesse tão facilmente à minha objeção. Talvez então não chegássemos a um acordo e eu... me sentiria menos covarde por não seguir adiante.

Tentei manter a calma. Engoli em seco.

— E você se encarregaria de tudo isso?

— Sim. — Ele me olhou fixamente.

— Não teria outra pessoa para fazer isso?

Uma expressão estranha se formou no rosto de Axel.

— É tão horrível assim? — Sua voz rouca me acariciou.

Pestanejei e me desestabilizei um pouco. O que responder? Sim, para mim era horrível calcular todo o tempo que teríamos que passar juntos, constatar que olhar para ele era doloroso, que eu sentia falta do que tínhamos antes de eu colocar os pés na casa dele e meu mundo mudar para sempre. E me entristecia pensar em tudo o que já não poderíamos recuperar.

— O que mais você vai fazer? — Fugi da pergunta.

— Vou avaliar as obras. É complicado, mas precisamos colocar um preço nelas. Vamos analisar cada quadro antes de decidir como vender seu trabalho.

— Quanto tempo dura o contrato?

— Dezoito meses.

— E o que acontece se eu me arrepender e quiser rompê-lo?

— Leah... — Ele respirou fundo. — Isso não vai acontecer. Você não vai se arrepender.

— O fato de eu não acreditar em suas promessas te surpreende?

Axel demorou alguns segundos para assimilar minhas palavras. Um músculo se contraiu em seu rosto.

— Eu não vou falhar com você dessa vez.

A voz dele era apenas um sussurro. O primeiro pensamento que me veio foi que ele parecia sincero, e depois me repreendi por continuar acreditando nele.

Neguei com a cabeça.

— Quero renegociar a duração.

— É o contrato padrão, Leah.

— Então quero um contrato "não padrão".

— Isso não funciona assim — respondeu, tenso.

— Eu não vou assinar por dezoito meses.

— Caralho. — Axel esfregou o rosto, deixou escapar o ar que estava segurando e se recostou na cadeira. — Tudo bem. Um ano. E isso é algo excepcional, então não dificulte mais as coisas, Leah.

— O outro ponto era um absurdo — me defendi.

E eu estava falando sério. Todo mundo na área sabia disso. Era muito comum as galerias se aproveitarem dos artistas, que acabavam assinando contratos abusivos com a ilusão de ver suas obras nas paredes; não era raro algumas oferecerem só trinta por cento dos lucros e ficarem com setenta, ou que o artista tivesse que cobrir os custos extras, ou que, no final, o acordo não fosse cumprido.

— Me passa seu e-mail e eu te mando uma cópia assim que modificar o contrato — disse ele, enquanto pegava os papéis e os colocava de volta na pasta. — E, assim que você assinar, combinamos um dia para eu visitar o seu estúdio.

— Meu estúdio? — eu o interrompi.

— Você tem uma bolsa da universidade, não?

Concordei com a cabeça, mas tive que colocar o copo na mesa porque minha mão estava tremendo. Percebi que Axel também não tinha nem tocado no café, que continuava intacto na frente dele.

— Não quero que ninguém entre lá.

Axel fechou a cara, contrariado.

— Está de brincadeira, né?

— Não, claro que não.

— Isso não é negociável, Leah.

— Tudo é negociável — repliquei.

— Eu preciso ver suas obras. Preciso fazer um estudo de todas elas. Preciso analisá-las, avaliá-las e catalogá-las, entende?

— Sim, mas... — Eu queria chorar. Queria fugir.

— Leah... — Axel estendeu a mão por cima da mesa para tocar na minha quando me viu piscar rápido, mas eu a afastei e retomei o controle. — Vamos fazer isso pouco a pouco, combinado? No primeiro dia eu vou só dar uma olhada rápida. A gente tem tempo.

Concordei, porque não conseguia falar nada.

Levantei quando me acalmei.

— Preciso ir.

Axel abriu a boca para falar algo, mas deve ter pensado melhor e desistiu, porque ficou em silêncio enquanto eu me inclinava e escrevia meu e-mail da universidade em um guardanapo. Antes que eu pudesse me virar e sair, ele me segurou pelo pulso. Senti um calafrio. Ele continuava tendo a pele quente e uma pegada firme, decidida.

— Você ainda tem meu número?

— Não. Deletei — admiti.

Vi sua garganta se movendo quando ele engoliu em seco. Ele escreveu seu telefone em outro guardanapo que guardei no bolso de trás da calça jeans. Não disse a ele que eu sabia seu telefone de cor. Não disse que seria ótimo se muitas outras coisas pudessem ser apagadas assim, simplesmente apertando um botão.

Saí do café sem olhar para trás.

Precisava de ar; precisava me afastar e me encontrar.

27

Axel

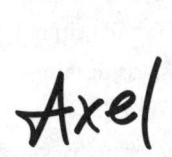

Sentei no banco, passei a mão pelo ombro do meu irmão e dei umas sacudidas nele até que ele começou a reclamar. Ria quando o garçom se aproximou.

— Duas doses de rum? — Olhei para Justin.

— Pode ser, mas não muito forte.

— Só temos de uma marca — respondeu o rapaz.

— Então melhor... — Justin franziu a cara.

— Então, dois desses — cortei.

O garçom saiu e Justin me deu uma cotovelada.

— Não decida por mim! — reclamou, emburrado.

— São as consequências de você me chamar para sair.

— Só queria saber como você estava. — Pegou a bebida que nos serviram, deu um gole e fez uma careta. — É tipo engolir fogo!

— Vamos, mostra que você é meu irmão!

Justin sorriu, balançou a cabeça e bateu seu copo no meu em um brinde improvisado. Terminamos de beber enquanto ele me contava sobre as últimas molecagens dos meninos ou outros assuntos de interesse duvidoso, como o trinco que ele tinha colocado na porta de seu quarto para conseguir ter um pouco de intimidade com Emily sem serem interrompidos. Cortei o assunto quando ele começou a me contar sobre a última noite que tinham passado a sós.

— Sério, Justin, não precisa dar detalhes.

Nos últimos anos, meu irmão e eu tínhamos nos aproximado e, quase sem perceber, nos tornamos amigos que às vezes se encontravam para tomar alguma coisa ou simplesmente passavam um tempo juntos de vez em quando. Ele ainda era muito certinho para o meu gosto, meio rabugento e pouco disposto a fazer qualquer coisa que eu achasse divertido, mas, em sua defesa, sei que me aturar depois do que aconteceu com Leah não tinha sido tarefa fácil, e ele foi o único que esteve incondicionalmente disponível, inclusive quando meus pais me deram a maior bronca da vida à preocupante idade de trinta anos.

Com meu pai tinha sido mais fácil, mas com a minha mãe... bem, eu não tinha certeza se ela ainda não guardava um pouco de rancor. Passou meses murmurando que "não conseguia acreditar", chorando ao perceber que, após a morte de Douglas e Rose, nossa família tinha ficado ainda mais destruída, porque não haveria mais os almoços aos domingos nem nada parecido. Por ironia, a situação com Leah foi o gatilho que fez meus pais arrumarem as malas alguns meses depois e partirem para sua primeira viagem. Essa foi a mais curta, quase experimental. Mas muitas outras se seguiram, cada vez mais longas. Viraram dois viajantes incansáveis.

— Mais duas doses! — pedi ao garçom, levantando o copo.

— Não podemos dividir uma? — Justin me olhou, e acho que minha expressão foi suficiente para ele suspirar resignado.

— Você sabe por onde andam nossos pais? — perguntei.

— Acho que estão no Panamá. Eles não te ligaram?

— Não. — Dei um gole longo.

— É porque a mamãe vive reclamando que quando ela te liga, sempre dá caixa postal. O que custa deixar o celular ligado?

— No meu idioma, quando você entra no "modo irmão mais velho" significa que você ainda não bebeu o suficiente. E se você quer saber, faz dias que ele está ligado — acrescentei, enquanto tirava o telefone do bolso da calça. — Viu só? Tchanaaan!

— Oh, uma grande conquista para você. E por que isso agora?

— Quero estar comunicável. — Dei de ombros.

Não expliquei que desde o dia em que tinha escrito meu número no guardanapo da cafeteria para Leah, eu tinha virado uma dessas pessoas que não desgruda do telefone. E para quê? Para nada, porque ela não tinha ligado. Nem respondido o e-mail que eu havia enviado com o novo contrato.

— Você está parecendo um moleque de quinze anos que acabou de conhecer uma menina — disse Justin com aquela voz séria que não combinava nada quando ele queria fazer alguma brincadeira. Não consegui não rir, porque era verdade, embora eu jamais fosse admitir em voz alta. — Ela não te respondeu?

— Não. Ninguém quer falar comigo, como você pode ver.

— É porque você é insuportável.

Dei um soco em seu ombro que o fez soltar um gemido ridículo que nos fez cair na risada. Na verdade, rimos a noite inteira e, cada vez que Justin cogitava ir embora, eu o convencia a ficar mais um pouco e pedir outra rodada. Eu não queria ficar sozinho. Não queria voltar para casa, porque, quando estava lá, pensava e lembrava e morria um pouco por dentro no meio de tanto silêncio.

Respirei fundo e ele me deu uma cotovelada.

— Melhora essa cara! Acho que estamos comemorando o fato de ela ter concordado em assinar o contrato. — Justin estava com os olhos brilhantes e uma expressão boba que indicava que eu tinha deixado ele beber demais.

— Sim, já é alguma coisa, acho.

— Ela não vai te odiar para sempre, Axel.

Era fácil falar isso sem conhecer bem Leah. O problema era esse, que ninguém a conhecia melhor que eu: aquela mania de se abrir, de se expor e entregar tudo, ou exatamente o contrário, de se fechar totalmente e te olhar com uma frieza de dar calafrio. Porque com Leah as coisas nunca eram mornas; ela era emotiva, impulsiva, o tipo de pessoa que, quando quer algo de verdade, vai para cima e luta com unhas e dentes para conseguir.

Tão especial. Tão diferente de mim...

— Espera, já volto.

Levantei e atravessei o bar para ir ao banheiro. O salão principal estava cheio de gente conversando e dançando sob os cordões de luzes coloridas. Tocava uma música *chill out* de fundo, como em quase todos os bares no calçadão da praia.

Quando voltei, Justin não estava.

Revirei os olhos, peguei o mojito que ainda estava no balcão e dei uma volta para tentar encontrá-lo. Cumprimentei vários conhecidos e tirei as dúvidas de duas turistas cujas intenções não pareciam se limitar a conhecer um pouco mais sobre Byron Bay, pois tive que segurar a mão de uma delas para impedi-la de atacar os pobres botões da minha camisa, que já estava meio desabotoada.

Afastei-me delas quando vi meu irmão entre as mesas da calçada. Enquanto me aproximava, vi que ele cambaleava um pouco. Estava falando com um cara mais jovem.

— E com que tipo de chocolate são feitos? — ele perguntava.

Quase surtei quando percebi que o cara estava tentando vender brownie de maconha para ele. Tive que me segurar para não cair na gargalhada. Passei o braço pelo pescoço dele.

— Justin, isso não é o que você está pensando...

— Eu tenho uma cafeteria. Fazemos bolos.

O rapaz franziu a testa, um pouco confuso.

— Se o que você quer é chocolate em vez de maría, tenho um amigo que...

Interrompi, tentando parar a situação.

— Ele não quer nada. É que ele passou um pouco da conta.

— Claro que quero! — exclamou Justin. — Me dá um.

— Justin, acho que não é uma boa ideia...

Fiquei um pouco hesitante vendo-o pagar pelo brownie, um segundo antes de colocá-lo inteiro na boca e mastigar sem se preocupar em fechá-la. O carinha desapareceu procurando novos clientes e eu me limitei a segurar uma risada e a tomar um gole do meu mojito, enquanto me encostava em um dos pilares do local.

— Tá *diliça* — resmungou Justin.

— Que tipo de juventude você teve?

— Como assim? — Ele me olhou.

— Tô perguntando que merda você fazia quando era jovem para não conhecer esses bolinhos.

Não era segredo nenhum que em Byron Bay era bastante comum o consumo de maconha em todas as suas formas e preparos. Às vezes eu tinha a sensação de que meu irmão vivia em outro planeta ou algo assim. Bati nas costas dele quando ele engasgou.

— Coisas normais, ué. Saía com a Emily.

Tive inveja dele por um instante. Se Leah e eu tivéssemos nos conhecido os dois com dezesseis anos, provavelmente eu também não estaria muito interessado em provar essas merdas ou virar as madrugadas na rua. Porque, claro, eu estaria muito ocupado admirando-a e trepando com ela todas as noites.

Caralho. Fiquei pensativo e respirei fundo.

— Daqui a alguns minutos você vai começar a se sentir estranho — expliquei a ele. — Então, pelo seu bem e pelo bem das suas bolas, vou ligar para sua esposa e dizer que você está mal e que vai dormir na minha casa.

Ele me ignorou e começou a dançar uma música com as mãos para o alto. Umas meninas entraram na onda enquanto davam risada e dançavam em volta dele, como se fosse a coisa mais divertida do mundo ver um cara que provavelmente passava as cuecas a ferro fazendo papel de bobo.

Eu me afastei um pouco para ligar para Emily, que logo de cara quis saber em que confusão seu marido tinha se metido. Acabei contando a verdade.

— Bem, vai ser bom para ele se divertir um pouco — respondeu ela.

— Nunca te disseram que você é incrível?

— Para de ser puxa-saco, Axel, a gente já se conhece.

— Mas é verdade.

No final, concordamos que seria melhor evitar que os meninos o vissem assim, então, quando voltei, procurei por ele e consegui afastá-lo do grupo. Justin reclamou, mas acabou cedendo enquanto eu o empurrava para a saída. Voltamos para minha casa caminhando pela estrada de terra. Justin cambaleava, falava em voz alta a primeira coisa que lhe vinha à cabeça e se apoiava no meu ombro cada vez que sentia que ia ficar sem fôlego. Quando entramos em casa e ele desabou no sofá feito um peso morto, percebi que há muito tempo eu não me divertia tanto. Quem diria, anos atrás, que meu irmão terminaria sendo um bom companheiro de farra? Saí para a varanda, acendi um cigarro e deitei no piso de madeira. Era de madrugada e eu só conseguia pensar nela e no quanto queria vê-la novamente. Fiquei olhando para a fumaça que subia ondulante para o céu estrelado. Tentei imaginar o que Leah estaria fazendo naquele exato momento, e me obriguei a parar de pensar quando a imaginei entre outros braços e outros lençóis, porque doía, doía demais...

— O que você está fazendo?

Virei a cabeça enquanto Justin se deitava ao meu lado.

— Nada. Pensando. Como você está?

— Relaxado. — Segurei uma gargalhada. — No que você está pensando?

— Nela...

— Você não era assim antes.

— Pois é.

— Ou... você sempre foi assim, mas só descobriu depois de ter conhecido a pessoa certa. Apesar de isso não fazer sentido, porque ela sempre esteve por perto, mas...

— Menos, Justin.

Ficamos um tempo em silêncio, até que tirei o celular do bolso e procurei o nome dela na lista de contatos.

— O que você vai fazer? — Justin olhou espantado.

— Vou mandar uma mensagem para ela.

— Falando o quê?

— Que se ela não me responder e marcar um dia para assinar o contrato, vou tomar a liberdade de aparecer de surpresa em frente à residência estudantil.

— Tem certeza de que é uma boa opção?

— Não, mas ela não está me dando outras.

Apertei em enviar e voltei a olhar para as estrelas, que pareciam tremular. Não era a primeira vez que sentia que precisava pressionar Leah e puxar a corda, porque sabia que se não fosse assim, ela escaparia. E isso me dava muito medo...

Já tinha passado por isso uma vez e não estava disposto a repetir a experiência e deixá-la ir embora. Vê-la novamente me fez reviver tudo com muita força, como se as lembranças tivessem ficado adormecidas até então. Fiquei três anos sem ter contato com Leah e, de repente, a ideia passar uma semana sem ter notícias dela era insuportável. E esse era um caminho sem volta.

28

Leah

O TELEFONE VIBROU. DEIXEI O PINCEL DE LADO E ESTREMECI ASSIM QUE VI O NOME dele na tela. Então li a mensagem, a ameaça implícita naquelas palavras que pareciam casuais, mas não eram.

Respirei fundo.

Era sexta-feira à noite e eu ainda estava no sótão pintando algo que eu não conseguia nem nomear, porque eram apenas alguns traços trêmulos, uma explosão de cores intensas, um grito contido em uma tela. Analisei minhas opções, porque parte de mim ainda se recusava a permitir que Axel invadisse minha nova vida, e estava ciente de que assim que eu assinasse os papéis, ele entraria com tudo.

Mas também não podia dar um passo atrás...

29

Axel

Subi os degraus da residência de dois em dois e bati na porta do quarto. Esperei, inquieto. Leah tinha respondido a mensagem combinando de me encontrar na segunda-feira em um período livre entre duas aulas, algo que ela obviamente tinha feito de propósito para não prolongar demais nosso encontro. Eu concordei porque... bem, porque eu teria concordado com qualquer coisa que ela dissesse, a quem eu estava querendo enganar? Eu estava fodido assim, nesse nível.

Leah abriu. Me olhou antes de se afastar.

Entrei no quarto dela e olhei para cada canto enquanto ela fechava a porta atrás de mim. Eu esperava ver alguma foto dela, mas as paredes estavam vazias. Em compensação, a escrivaninha estava lotada de livros e materiais. Cheguei mais perto para ver melhor um desenho a carvão que estava entre várias folhas de papel, mas ela o afastou de forma brusca assim que eu encostei os dedos nele.

— Não toque em nada — sussurrou quase sem ar.

Notei como sua garganta se mexia e eu quis beijá-la ali, naquele pedaço de pele que eu sempre achei que foi feito para a minha boca.

— Tudo bem, mas você sabe que tocar é uma das minhas especialidades...

Leah me fuzilou com o olhar. Eu sorri, porque essa reação já era melhor do que a indiferença. Para mim, era suficiente despertar qualquer coisa nela novamente, mesmo que fosse raiva.

— Eu tenho pouco tempo, Axel.

— Tudo bem. — Respirei fundo.

30

Leah

Precisei me esforçar para desfazer aquele nó na garganta enquanto ele se sentava na minha cama e abria a pasta. Me passou dois contratos grampeados.

— Um é para mim, o outro é a sua cópia.

— Certo. Posso dar uma olhada?

— Claro. Não sou eu quem está com pressa.

Quase revirei os olhos, mas evitei no último momento, porque conhecia Axel e sabia o que ele queria: me provocar, me desestabilizar. Sentei na cadeira da escrivaninha e comecei a ler em silêncio. Só levantei a vista quando vi, de rabo de olho, que ele estava se deitando na cama. Na minha cama. Respirei fundo, incomodada, porque a ideia de descobrir, naquela noite, que os lençóis estariam com o cheiro dele, era mais do que eu poderia suportar. Coloquei uma mecha de cabelo atrás da orelha enquanto sentia o quarto ficando menor a cada segundo, como se Axel pudesse encolher as paredes com sua mera presença, ao ponto de seu cheiro masculino me envolver e me levar a outro lugar: ao mar, ao sol, ao sal...

Terminei passando as páginas quase sem ler, apenas para chegar o mais rápido possível à última, assinar e evitar que o encontro se prolongasse mais.

— Pronto. Toma. — Passei uma cópia para ele.

— Viu como não foi tão difícil?

Um "cala a boca" chegou até a ponta da minha língua, mas consegui engolir porque não queria dar a ele o gostinho de cair no que ele queria. E, quando engoli, senti também um gosto de raiva. O que ele sabia sobre coisas difíceis? O que sabia sobre todas as noites em que eu havia dormido chorando naquela mesma cama em que ele estava deitado? O que ele sabia sobre sentimentos, sobre ser fiel a eles, sobre lutar por algo, mesmo que não fosse fácil?

— Preciso ir — falei, secamente.

— Para a universidade? — perguntou.

— Sim. — Passei a chave na porta após deixarmos o quarto.

— Eu te acompanho — comentou.

Parei na metade da escadaria, segurei no corrimão de madeira e olhei para ele por cima do ombro. Ele sorriu de lado. Eu quis apagar aquele gesto.

— Você não pode fazer isso.

— Por quê?

— Porque eu não quero.

Continuei descendo até chegar ao térreo. Na rua, achei ótimo que estivesse ventando naquele dia, porque sentia que Axel não apenas encolhia os espaços, mas também monopolizava o ar ao meu redor. Comecei a caminhar em direção à universidade, até que ele fechou meu caminho, parou na minha frente e colocou as mãos em meus ombros.

— Qual é o problema? — perguntou.

— Axel, não piore as coisas...

Até pronunciar o nome dele me deixava um gosto amargo na boca. "Axel." Essas quatro letras que pareciam sempre me perseguir. "Axel." Uma vida inteira resumida a uma só pessoa. Respirei fundo, buscando forças, quando ele se inclinou em minha direção.

— Eu sei que isso não é fácil — sussurrou.

— Então não complique mais.

— O problema é que vamos ter que trabalhar juntos e, caralho, não suporto você me olhando assim, Leah. A gente podia, sei lá, conversar a respeito. Ou dar uma trégua. O que você precisar.

Meu coração disparou. "Conversar a respeito." Não, eu não estava preparada, porque isso significava revirar as gavetas empoeiradas que eu tinha fechado à chave, e eu ficava apavorada só de pensar nisso. Porque não havia algo específico sobre o que precisávamos entrar em acordo. Era tudo, era uma relação de uma vida inteira que se desfez de forma brusca e eu ainda estava pisando nos caquinhos que não cheguei a recolher do chão.

As pessoas continuavam andando pela calçada ou atravessando na faixa de pedestres a alguns metros de distância, mas durante os segundos em que nos olhamos, foi como se o mundo tivesse congelado completamente.

— Uma trégua — consegui dizer, em um murmúrio.

Axel deu um passo atrás. Não sei se parecia decepcionado ou aliviado. Talvez as duas coisas.

Retomei o passo e ele continuou também, caminhando ao meu lado. Não conversamos. Foram dez minutos que me pareceram eternos e efêmeros ao mesmo tempo. A presença dele me deixava inquieta, a proximidade de nossas mãos, a firmeza de seus passos, sua respiração tranquila...

— Chegamos. — Parei em frente à entrada da universidade.

— Continua tudo igual. — Axel olhou para os jardins e baixou o olhar até encontrar meus olhos. — Preciso saber que dia podemos marcar para eu visitar seu estúdio.

— Ainda não sei...

— Leah...

— Na sexta-feira, talvez.

— Talvez ou com certeza?

Odiava quando ele pressionava e pressionava e pressionava. Algo que Axel sabia fazer muito bem. Ele não sabia pegar mais leve ou ficar de boca fechada, não, ele ia com tudo, mas só em algumas situações, só quando não se tratava dele mesmo.

— Certeza. Saio da aula às cinco.

— Vou estar te esperando aqui mesmo.

— Combinado. — Fui embora sem me despedir.

31

Leah

LANDON RESPIROU FUNDO E PASSOU A MÃO NO QUEIXO COM UM GESTO CANSADO. Eu não suportava vê-lo assim, porque normalmente ele era alegre e animado, o tipo de pessoa que tende a ver o copo meio cheio.

Sentei do outro lado do sofá.

— Então na sexta-feira ele vai até seu estúdio — repetiu.

— Sim, é... é por trabalho.

Ele olhou para as próprias mãos.

— Porra, Leah, é que...

— Eu sei — cortei. — E sinto muito.

— Se pelo menos você me deixasse ir lá também...

— Talvez algum dia, mais para a frente.

Naquele momento, isso não era uma opção. Se eu pudesse, evitaria que Axel pusesse os pés no meu estúdio, mas, por alguma razão, a ideia não me incomodava tanto. Talvez porque, de certa forma, Axel já tinha me visto por inteiro, de mil ângulos diferentes, sem nenhuma capa para me proteger. Não me restava nada a esconder. O que deixava claro que, no passado, eu tinha cometido um erro. Porque o que acontece quando você se abre completamente diante de outra pessoa é isto: você se torna transparente aos olhos dela. E quando você entrega tudo, você se esvazia por dentro. Eu não queria cometer esse erro novamente. Durante o tempo que fiquei com Axel, estava tão inconsciente que não guardei nada para mim mesma, nem entreguei meu coração a ele pouco a pouco... ao contrário, eu o ofereci inteiro de uma vez só, de olhos fechados e sem hesitar. Exatamente o oposto do que estava vivendo com Landon.

Com ele era diferente. Um caminho que estávamos percorrendo juntos com passos curtos, em um ritmo tranquilo e seguro, como andar segurando-se em um corrimão. Eu não me sentia instável como me sentia com Axel, temendo tropeçar ou cambalear em cada esquina. O controle estava em minhas mãos e eu tinha medo de soltá-lo novamente.

— Vem cá. — Landon me abraçou.

— Sinto muito por isso ser tão complicado...

— A gente vai se acostumando. — Me deu um beijo na cabeça. — Vai ser uma grande oportunidade, com certeza. É curioso, porque algumas noites atrás eu sonhei com isso, que você estava fazendo sucesso e que seus quadros estavam expostos nas melhores galerias do mundo.

Afastei a cabeça, que estava apoiada no peito dele, para olhá-lo.

— Por que você é tão bom comigo? — sussurrei.

— Porque sou o seu melhor amigo.

— Você é muito mais do que isso.

Escondi o rosto em sua clavícula; não sei quanto tempo fiquei ali, sentindo o toque quente e confortável da pele de seu pescoço contra meu rosto. Landon era um pilar sólido, e eu girava em torno dele, incapaz de me afastar o suficiente por medo de cair.

Acho que o primeiro amor é sempre cheio de carências e inseguranças, mas também é especial e mágico. Porque quando você descobre como é se apaixonar, você não está preparado para sentir todas aquelas emoções que te envolvem, muito menos administrá-las. Então você apenas sente, ama, se joga. Você vai sem pisar no freio, porque ainda não sabe que no final do caminho existe uma parede na qual você vai acabar se chocando. O problema é que não demora muito, e então você descobre. E quando você sente de novo aquele frio na barriga, você se lembra do que aconteceu, da dor do golpe, então decide ir mais devagar, mas, é claro, isso tem suas consequências: a reflexão contra a impulsividade, a calma contra a intensidade. E você começa a ver cinza onde antes via cores vibrantes.

**

AJUDEI LANDON A LIMPAR A COZINHA ANTES DE IR EMBORA. Depois de sair correndo do meu quarto pela manhã com Axel no meu calcanhar, não me passou pela cabeça pegar os livros do dia seguinte, caso eu quisesse dormir no apartamento de Landon. Então, mesmo sem desejar ficar sozinha, me despedi dele e voltei caminhando até a residência estudantil, porque queria dar uma volta e clarear as ideias.

Tomei um banho assim que cheguei. Deixei a água quente correr por um bom tempo e me concentrei nessa sensação, em como os músculos iam relaxando e a tensão do dia inteiro ia se dissipando. Passei as aulas distraída, pensando em como era surreal o fato de Axel ter me acompanhado até a entrada da universidade algumas horas antes, como se fosse a coisa mais normal do mundo, depois de três anos sem me ver.

Mas as coisas com ele eram assim. Diferentes. Ilógicas. Talvez por isso eu tivesse tanta dificuldade em entendê-lo, porque não raciocinávamos da mesma forma. Eu era incapaz de sentir ou pensar algo e não gritar aquilo aos quatro cantos; me deixava levar pelo impulso, pelo primeiro sinal das emoções. Ele não. Axel se segurava. Pegava essas mesmas emoções e as deixava no alto de um armário ou as enterrava em um lugar qualquer, e depois... tocava a vida.

Saí do chuveiro deixando um rastro de água pelo chão, porque tinha esquecido de levar uma toalha para o banheiro. Me sequei depois de pegar uma no armário, e coloquei um pijama confortável antes de pentear o cabelo e deixá-lo solto para secar. Quando me olhei naquele espelho alongado que continuava apoiado em uma das paredes, voltei a pensar que deveria cortar o cabelo que estava comprido demais.

Fui para a cama, e então senti o cheiro. O cheiro dele.

Com o rosto no travesseiro, meus olhos se encheram de lágrimas. Fechei-os para evitar derramá-las. Respirei devagar, absorvendo, inspirando aquele cheiro. Pensei na concha que ainda estava na gaveta, aquela que me ajudou a dormir tantas noites nos primeiros meses, mas resisti à vontade de ir buscá-la. E eu sabia... eu sabia que tinha que me levantar, tirar da cama os malditos lençóis, colocá-los no cesto de roupa suja e ir até a cômoda pegar outros limpos. Georgia tinha me dado três jogos novos no ano anterior, sempre tão cuidadosa: "Tenho certeza de que Oliver não pensa nessas coisas", e ela estava certa.

Mas, por alguma razão, não fiz isso. Fiquei ali engolindo as lágrimas, sentindo o cheiro dele ao meu lado e lembrando como foi bom tê-lo em minha vida: mostrar a ele cada quadro que eu pintava, convidá-lo para os meus aniversários, vê-lo sorrir levemente, trocar olhares em meio a um almoço de família aos domingos...

Eu sentia muita falta da minha vida de antes. De tudo. Dos meus pais. Dos Nguyen. Da família que éramos. De acordar todas as manhãs em Byron Bay e contemplar o céu azul, tão azul...

32

Axel

Cheguei meia hora mais cedo. Encostei no muro da entrada principal da universidade e esperei, enquanto observava as nuvens emaranhadas que atravessavam o céu cinzento. Não tinha dormido a noite inteira e estava com dor de cabeça, mas estava tão acostumado às duas coisas que nem pensei em pegar um comprimido antes de sair de casa, embora tenha me arrependido depois. Queria ver tudo muito bem, queria estar cem por cento quando entrasse no estúdio dela.

Pela primeira vez, entendi Sam.

Entendi a expectativa que ela sentia antes de visitar cada artista e descobrir em que eles estavam trabalhando nos últimos meses. Ela dizia que era mágico, como olhar para um mundo inteiro contido entre quatro paredes. E não havia nada que eu desejasse mais do que poder ver o mundo de Leah entre cores e pinceladas.

Eu a vi ao longe enquanto caminhava distraída por um caminho rodeado de plantas. Estava com os fones de ouvido, parecia perdida em seus pensamentos e usava um shortinho desfiado que deixava à mostra aquelas pernas compridas que, tempos atrás, rodeavam meus quadris cada vez que eu entrava nela. Respirei fundo e tentei afastar aquelas lembranças, porque naquele momento elas estavam tão distantes que quase pareciam pertencer a outras pessoas e não a nós dois.

Ela levantou a cabeça e me viu. Quando chegou ao muro, tirou os fones sem pressa e eu me inclinei para lhe dar um beijo no rosto, apesar de saber que isso a incomodaria. Reparei nas unhas um pouco mordidas e na inquietação refletida em seus olhos.

— Prometo que não vai ser tão horrível como você está pensando — sussurrei. — Vou dar só uma olhada rápida, a gente não precisa fazer tudo hoje.

— Não, é melhor a gente terminar o mais rápido possível.

Eu entendia que ela queria evitar passar comigo mais tempo do que o necessário, mas nem por isso eu ficava menos contrariado. Coloquei as mãos nos bolsos enquanto a seguia pela calçada. Em silêncio, caminhamos por mais algumas ruas até chegar a um edifício antigo que parecia ter só três andares. Leah pegou as chaves e destrancou a porta. Não tinha elevador, então subimos as escadas. Senti imediatamente o cheiro de tinta, e, quando chegamos ao estúdio, ele tomou conta de tudo. Respirei fundo, porque aquele cheiro era de lembranças: Douglas, ela, meus sonhos esquecidos, uma vida inteira concentrada em algo invisível.

— Desculpa, está tudo meio bagunçado — disse Leah enquanto pegava uns tubos vazios jogados no chão e alguns panos manchados.

Não respondi, porque estava ocupado demais tentando absorver tudo o que via ao meu redor. Leah se afastou quando dei um passo adiante para me aproximar da fileira de quadros apoiados em uma das paredes. Não sei se era por causa dela, pelo teto inclinado e pelo piso de madeira, ou pela enxurrada de cores que inundava o lugar, mas aquele sótão era... mágico. Estremeci enquanto avançava lentamente, percorrendo com os olhos cada cantinho, sentindo a força que todos eles possuíam, apesar de alguns quadros serem muito diferentes dos outros, provavelmente porque ela os tinha pintado em momentos distintos.

— De quanto tempo você precisa?

Me virei ao ouvir sua voz trêmula.

Leah estava sentada em uma poltrona preta e redonda, no canto mais afastado de mim. Parecia tão indefesa que, durante alguns segundos, voltei a ver nela a menina que eu tinha visto crescer diante dos meus olhos. Sorri para tentar tranquilizá-la.

— É um processo longo, tenho que avaliar cada obra individualmente e dividi-las por estilos, mas, se você quiser, como já te falei, posso voltar qualquer outro dia.

— Não, tudo bem, era só para... para ter uma ideia.

Concordei, desejando que ela não se sentisse assim, porque ainda me lembrava daquela época em que ela ficava feliz ao me mostrar cada quadro que pintava e me permitia fazer parte de todos os seus progressos. Isso tudo parecia tão distante... Incrível como as coisas podem mudar.

Fiquei mais um tempo dando uma olhada geral, sentindo uma comichão estranha na pele, porque, por alguma razão, aquilo me parecia mais íntimo do que tirar a roupa dela no meio daquele estúdio. Eu podia vê-la. Podia ver a dor nas manchas de tinta, as palavras não ditas, as emoções em cada traço, confusão, esperança, nostalgia, coragem, fragmentos de tempos passados, murmúrios do que veio depois...

Prendi a respiração e fiquei parado no meio do sótão. Minha cabeça quase batia no teto. Naquele momento de silêncio, vi um quadro quase escondido no canto em que a altura era mais reduzida. E foi como se ele me atraísse de alguma forma inexplicável. Avancei até lá, decidido.

— Axel, não...

Mas eu não a escutava, não conseguia escutá-la, porque estava tão preso às minhas próprias emoções, ao que estava sentindo, que não conseguia assimilar mais nada. Porque entrar em seu estúdio tinha sido como levar um soco na cara. Pude ver de uma vez só o que Leah foi durante aqueles três anos em que estive ausente, foi como abraçar cada instante em que não estive ao lado dela, graças ao rastro que ela havia deixado...

Por isso, não parei até chegar à tela.

E, ao virá-la, perdi o fôlego.

Porque éramos nós... nosso pedaço de mar...

Eu estava prestes a chorar feito criança. Ajoelhei no chão e passei os dedos pelo céu, percebendo as camadas de tinta, as vezes que tinha sido corrigida; quis arranhar a superfície para descobrir o que estava embaixo, qual tinha sido sua primeira versão... porque o que eu tinha diante dos meus olhos era um céu de tons roxos e azuis, escuros e intensos. Era uma tempestade. Eu me perguntei se era assim que Leah se sentia ao lembrar do que tínhamos sido e odiei essa possibilidade, porque para mim continuava sendo um céu azul e sem nuvens... o céu mais bonito do mundo.

Caralho. Minhas mãos estavam tremendo. Deixei a tela de lado e me levantei devagar. Senti um nó no estômago quando me virei.

Porque Leah estava em pé ali, no meio daquele sótão, no meio de seu mundo, me olhando fixamente enquanto as lágrimas escorriam pelo rosto, e eu... eu senti que me quebrava um pouco mais naquele momento. Meu coração ia sair do peito. Dei um passo para cada batida, me aproximando mais dela. Eu não sabia se ela se afastaria quando eu a tocasse, se me daria um empurrão ou se ficaria como estava, sem se mexer, mas não consegui segurar o impulso que me gritava que eu precisava tocá-la...

Eu a abracei. Abracei tão forte que fiquei com receio de machucá-la.

E, como sempre, Leah me surpreendeu quando se agarrou a mim rodeando meu pescoço, porque essa não era uma das três opções que eu havia considerado segundos antes. Abaixei a cabeça junto a seu ombro e ela se apertou contra meu peito, deixando escapar um soluço entrecortado enquanto seu corpo se sacudia. Eu quis me fundir a ela. Levar a dor dela comigo. Fechei os olhos, sentindo tanto, sentindo-a tanto... que me perguntei como era possível suportar continuar ali abraçado a ela, respirando contra a pele de seu pescoço.

Eu não sabia que um abraço podia ser mais do que um beijo, mais do que qualquer declaração, mais do que o sexo, mais do que tudo. Mas aquele abraço foi.

Acariciei o cabelo dela com uma mão, sem soltá-la.

— Está tudo bem, querida... fica calma.

— Eu te odiei muito... — sussurrou, com a testa ainda apoiada em meu peito. Senti meus joelhos estremecerem, merda. Respirei fundo. — Assim como senti muito a sua falta...

Uma sensação de calor tomou conta de mim. Continuei agarrado a ela, porque ainda não estava preparado para soltá-la e deixá-la sair novamente, então me concentrei no toque suave do cabelo dela em meu rosto e na sensação das curvas de seu corpo encaixando-se nas minhas, como se aquele espaço lhe pertencesse e ela o reivindicasse como se fosse seu. Era um reflexo perfeito. E efêmero.

Quando entendi isso, me separei dela lentamente. Antes que ela desse a volta ou fugisse de mim, segurei-a ao meu lado e sequei suas lágrimas com os polegares, passando os dedos sob seus olhos. Levantei o rosto dela para forçá-la a olhar para mim. Respirei fundo.

— Quero facilitar as coisas para você, Leah. Sei que temos muitas pendências, mas se você me deixar entrar de novo em sua vida, prometo que vou tentar fazer com que você não se arrependa. Querida... — sussurrei quando ela quis desviar o olhar, e aconcheguei seu rosto na palma da minha mão. — Não vou te pedir nada que você não queira me dar.

Leah estava com os olhos brilhantes e úmidos.

— Por que agora? Por que você voltou?

— Porque no dia em que Oliver me contou que você ia expor, pensei que morreria se eu não pudesse testemunhar esse momento. Eu tinha que estar lá, Leah. Eu não queria estragar a sua noite, mas, que merda, eu precisava ver. Além do mais, isso teria acontecido mais cedo ou mais tarde, você sabe.

— Eu tinha fechado essa porta — ela respondeu.

— Mas talvez você nunca tenha jogado a chave fora...

Leah foi até a poltrona e pegou a bolsa.

— Preciso sair para tomar um pouco de ar.

— Eu vou adiantando o trabalho — respondi.

O som de seus passos foram diminuindo conforme ela se distanciava escada abaixo. Fiquei ali parado no meio daquele sótão que era o mundo de Leah, contemplando os quadros que pareciam me devolver o olhar, e ainda sentindo o toque de sua pele na ponta dos dedos.

33

Leah

FECHEI OS OLHOS AO PASSAR PELO SAGUÃO DE ENTRADA. INSPIREI. EXPIREI. TENTEI manter a calma, me concentrando no ar que entrava e saía devagar. Como eu já imaginava, demorou pouco para eu desmoronar na frente de Axel.

Quando nos encontramos na galeria, fiquei tão travada que mal assimilei o momento. Algumas semanas depois, no café, consegui me manter serena, apesar da tensão. No dia em que ele apareceu no dormitório, comecei a cair um pouco, especialmente quando voltei à noite e descobri que a cama ainda estava com o cheiro dele. E depois... depois o chão estremeceu sob meus pés quando o vi no estúdio observando tudo com aquele olhar aguçado e curioso que parecia ver mais do que os quadros mostravam à primeira vista. Fiquei sem ar ao sentir seus braços ao meu redor e seu corpo colado ao meu.

Desejei ser capaz de me conter como ele e guardar para mim o que sentia, mas não consegui. Porque era verdade. Eu tinha odiado Axel, sim. Mas também tinha sentido a falta dele.

Era quase antinatural que os dois sentimentos pudessem coexistir, mas de alguma forma estranha eles estavam lá. Porque eu detestava a última parte da nossa história, quando descobri que Axel não era o cara que eu pensava conhecer, que ele tinha muitas outras camadas, algumas cheias de covardia, de sentimentos que ficaram pelo caminho. Eu ainda me lembrava das últimas palavras que ele me disse pouco antes de eu sair correndo de sua casa no meio daquela noite. Eu me sentia uma menina, ouvindo na minha cabeça a minha própria voz dizendo a ele: "Você é incapaz de lutar pelas coisas que ama". E depois a voz dele inundando tudo, a varanda, a madrugada, o meu coração: "Então talvez eu não as ame tanto".

Eu não queria saber nada daquele Axel. Nada.

Mas do outro, sim, do que tinha sido amigo e família, a quem eu não tinha que pedir mais do que ele podia me dar, porque a situação não exigia. Desse Axel eu sentia muita falta. Dele e das brincadeiras, dos sorrisos e do bom humor. De tê-lo na minha vida.

O problema era que era difícil demais separar as duas partes, porque às vezes elas se misturavam como duas gotas de tinta de cores diferentes que, ao se juntar, terminavam formando uma nova tonalidade com a qual eu não sabia o que fazer.

Dei algumas voltas no quarteirão, sem pressa.

Quando me senti mais calma, voltei, mas em vez de subir de novo até o estúdio, entrei no café que ficava na mesma rua e sentei em uma das mesas ao fundo. Pedi um café com leite antes de tirar da bolsa uma caderneta com algumas anotações de aula que comecei a repassar em silêncio.

O telefone tocou quase uma hora depois.

Era Axel. Respirei fundo e atendi.

— Onde você está? — perguntou.

— Aqui embaixo, no café.

— Estou indo aí — disse, antes de desligar.

E cinco minutos mais tarde Axel estava sentado na minha frente, com um cotovelo apoiado despreocupadamente na mesa de madeira e um ar pensativo enquanto decidia o que pedir. A garçonete esperou olhando-o com interesse; eu tinha me esquecido das reações que Axel provocava nas pessoas em seu caminho, quando ele queria.

— Esse sanduíche vegetariano é bom?

— Ninguém reclamou até agora. — Ela sorriu e ele sorriu de volta.

— Então me traz um desse. E chá gelado. Obrigado.

— Por nada. — Ela piscou para ele.

A garçonete se afastou e eu levantei uma sobrancelha.

— Eu não ia demorar para ir embora... — esclareci, apesar de achar que não seria necessário, considerando que minha xícara de café já estava vazia.

— Ainda não terminei com os quadros.

— Quanto tempo vai demorar?

— Bastante, ainda. Leah, eu preciso organizar as obras – algo que você deveria me ajudar a fazer –, e também colocar preço nelas, embora para isso eu precise da opinião de Sam... Mas não se preocupe, eu já tirei algumas fotos. Depois vamos escolher alguns quadros para levar à galeria. Talvez você tenha alguma opinião sobre isso.

— Como assim?

— Tem algum quadro que seja especial para você?

— Acho que sim. Sobre o que aconteceu antes...

— A gente não precisa falar sobre isso, Leah.

Eu já sabia, com Axel os silêncios falavam mais do que as palavras, mas eu precisava fortalecer as estruturas antes de seguir adiante.

— Você vai mesmo facilitar as coisas para mim?

Seus olhos me atravessaram. Estremeci.

— Vou. E você?

— Eu? Eu sempre facilitei para você...

— Você está muito enganada, Leah.

A garçonete voltou e deixou na mesa o sanduíche e o chá. Axel se apoiou no encosto da cadeira, suspirou e deu umas mordidas com um gesto distraído, como se um minuto atrás não estivéssemos falando de nós, de tudo.

Concentrei-me nos veios da madeira da mesa.

— Então... você está ficando com alguém — falou em voz baixa. Levantei o olhar e me limitei a concordar com a cabeça. — Que bom. Fico feliz por você. — Respirou fundo e se levantou, depois de terminar o chá em um só gole. — Quer deixar as chaves comigo? Posso passar depois pela residência para devolvê-las, caso você não queira ficar esperando aqui.

Pensei em como isso seria libertador, voltar para casa caminhando e não ter que cruzar de novo a porta do estúdio com Axel atrás de mim, mas algo na expressão dele me fez mudar de ideia. Não sei o que foi. Não havia nada especial, nenhum gesto revelador. De fato, seu rosto parecia quase inexpressivo, porém...

— Não, eu vou com você — respondi.

O rangido dos degraus foi o único som que nos acompanhou enquanto subíamos até o sótão. Dessa vez, fiquei ao lado dele enquanto ele tirava fotos de cada quadro a partir de diferentes ângulos e os organizava em três grupos.

— O bom é que é fácil diferenciá-los. — Apontou para os quadros. — Esses aqui são mais escuros, mais viscerais. Os do outro lado são mais iluminados. E os outros... bom, não sei muito bem como catalogá-los — acrescentou, detendo-se no último grupo.

Ele tinha colocado ali o quadro do nosso pedaço de mar. Colocou outros também, alguns que nem eu mesma sabia ao certo o que simbolizavam, mas que simplesmente tinha sentido necessidade e vontade de pintar.

— E o que há de errado com eles? — perguntei.

— Nada, mas não me interessam.

Pestanejei, um pouco surpresa.

— Não estou entendendo. Você disse que eu era boa.

— Claro, mas entre tudo o que você faz, existem coisas melhores e outras piores, você não acha? — Percebi que ele tentava ser delicado, como se meu ego fosse de cristal, e isso me incomodou um pouco. — E esse aqui... — Pegou a tela do mar. — Quero comprá-lo. Coloque um preço nele.

Abri a boca. Voltei a fechá-la. Franzi a testa.

— Você ficou louco? — sussurrei.

— Não. Eu gostei dele. Vou colocá-lo na cozinha.

— Axel, não brinque com isso — implorei.

— Eu não estou brincando, Leah. Quanto custa?

Aí estava ele, o Axel de sempre, que conseguia me desestabilizar com apenas três ou quatro palavras. Mesmo que ele tentasse "facilitar as coisas para mim", sempre terminaria sendo algo complicado. Tentei não cair na dele e me sair bem da situação.

— Pode ficar com ele. Grátis.

— Tem certeza? A que devo essa honra?

— Eu só quero que você cale a boca — repliquei. — E porque é um presente. Por nossa trégua. Algo simbólico.

Axel sorriu; vi de relance a covinha que surgia em sua bochecha direita antes de ele se virar e deixar o quadro ao lado da porta. Depois voltou a se concentrar nos outros, caminhando pelo estúdio com um gesto pensativo.

— A gente deveria escolher cinco daqui e cinco dali.

— Tá bom, pode ser — falei. — Alguma preferência?

— Sem dúvida. Esse é incrível. — Em silêncio, ficou por um instante olhando o quadro a que se referia.

Eu me senti... nua. Nessa tela, entre tons escuros que iam do preto até o púrpura e o grená, havia uma garota de perfil, de quem se via apenas o rosto entre alguns traços desfocados. O que se distinguia bem era o coração que ela trazia nas mãos.

— Posso te fazer uma pergunta?

— Depende do que você quer saber.

— Fiquei curioso com a menina do quadro. — Estalou a língua. — O coração que ela segura, acabaram de devolver para ela, ou é o momento em que ela o arranca do peito?

Mordi o lábio.

— Devolveram para ela.

Axel balançou a cabeça antes de deixar para trás aquela obra e me mostrar mais algumas que ele queria levar para a galeria. Eu quis participar também e escolhi duas das que gostava mais. Quando terminamos de selecioná-las, ele continuou por mais um tempo dando uma olhada nas outras, as que ele havia colocado no grupo das "inclassificáveis". Acho que, por alguma razão, eram as que mais despertavam sua curiosidade. Ali ajoelhado diante das telas, ele me lembrou um gato selvagem, desses que só se aproximam o suficiente para comer, mas que, no final, acabam sempre se afastando e vivendo na solidão.

— A gata continua aparecendo...? — Eu ia dizer "lá em casa" como se aquele lugar continuasse sendo um pouco meu.

Axel me olhou por cima do ombro.

— Ela morreu.

— Quê?

— Ela estava velha.

— Axel...

— Foi no mês passado. Morreu nos meus braços, acho que não sofreu. Eu a enterrei na mesma noite.

Eu continuava sentada no piso de madeira com as pernas cruzadas, enquanto ele prosseguia com o levantamento. Percebi que já era tarde quando olhei pela janela e vi que o céu já começava a se tingir de um azul escuro e denso.

— Esses quadros... por que você os pintou?

A pergunta me pegou um pouco desprevenida.

— Não sei. Como assim?

— Alguma coisa você deveria estar sentindo. Alguma razão.

— Não. — Encolhi os ombros. — Pintei sem pensar. Como todos os outros. Acho que a ideia ou o sentimento apareceu de repente e eu os coloquei aí.

Axel assentiu, apesar de eu saber que minha resposta não tinha matado sua curiosidade. Eu lembro que aquilo era o que mais o corroía por dentro. Ele não conseguir entender que pintar era simples assim, era deixar-se levar, sentir, viver através do pincel em suas mãos...

Levantei ao ouvir o toque do celular. Era Landon. Atendi.

— Estou aqui ainda — falei.

— Vamos jantar juntos?

— Vamos sim. — Eu ia sair do estúdio, mas parei ao perceber que a conversa não ia se prolongar muito. Landon se ofereceu para buscar alguma coisa no restaurante mexicano que ficava a algumas quadras de seu apartamento. — Sim, pode ser uns tacos. Ótimo, e nachos também. Até já.

Quando desliguei, Axel já estava quase na porta.

— Não vou te prender mais — disse, com delicadeza.

— Eu não pretendia... — comecei a dizer.

— Eu entendo. É sexta-feira — me cortou.

Descemos a escada em silêncio. Quando chegamos na rua, as lojas já estavam fechadas e não havia quase ninguém circulando. Ouvia-se apenas o barulho das árvores que o vento agitava e o murmúrio de alguns carros ao longe.

— E agora... o que fazemos? — perguntei, nervosa.

Foi a primeira vez que Axel desviou o olhar. Franziu levemente o cenho enquanto parecia se concentrar nas linhas da calçada e em uma pedrinha que ele chutou com o tênis.

— Acho que um de nós deveria dizer algo do tipo "seria uma boa ideia começar do zero", mas soa tão ridículo que é melhor a gente se poupar disso. Então acho que agora a gente se despede, você vai jantar com seu namorado e eu vou caminhando até a universidade para pegar o carro e voltar para casa.

Puxei o ar e olhei para o céu escuro.

— Tudo isso é... desconfortável — falei.

— Eu sei — ele respondeu baixinho.

— Odeio que seja assim.

— Eu também.

— É horrível. E estranho.

— É questão de se acostumar — falou em direção à gola de sua camisa, como se estivesse dizendo isso a si mesmo.

Nós nos olhamos. Axel deu um passo adiante e me abraçou de novo, dessa vez com mais segurança, com força, como se quisesse memorizar o momento. Passei os braços em volta do pescoço dele e ficamos ali, em silêncio, abraçados no calor da noite em uma rua qualquer.

Senti sua respiração quente na minha orelha.

— Divirta-se, querida — sussurrou antes de me soltar e se despedir, dando um beijo delicado em minha bochecha.

Fiquei imóvel. Observei enquanto ele se distanciava sob a luz alaranjada dos postes e vi quando acendeu um cigarro. Depois desapareceu ao virar a esquina. Demorei alguns segundos para reagir, mas, por fim, me virei e segui na direção contrária.

Janeiro

[VERÃO. AUSTRÁLIA]

34

Axel

EM TEORIA, MINHA MÃE ME AMAVA. EM TEORIA.

Porque vê-la me fuzilando com os olhos não era o que eu entendia como uma manifestação de amor. E, no entanto, lá estava ela, me olhando de um jeito que poderia fazer o inferno congelar em três segundos. Para a minha sorte, meu pai a segurava passando o braço por seus ombros, num gesto que pretendia parecer casual, mas que na realidade demonstrava uma certa rigidez.

— Como é que você teve coragem de fazer isso? Aparecer na exposição da menina assim, de repente? — Tentei manter a calma, porque odiei como ela disse aquele "menina", porque para mim Leah estava muito longe disso. — A gente sai para viajar e, quando volta, eu me deparo com essa situação! Não dá para deixar vocês sozinhos mesmo!

Bati os dedos em meu prato vazio.

— Tem refrigerante na geladeira?

— Axel, não é possível! — gritou ela.

Para minha desgraça, ela foi atrás de mim quando levantei e saí da sala de jantar. Era domingo, meus pais tinham voltado de viagem no dia anterior, e por isso decidimos nos reunir para almoçar, como nos velhos tempos. Mas não estávamos fazendo jus à ideia de "almoço feliz em família". Respirei fundo, abri a geladeira e fechei novamente ao não encontrar nada que me interessasse. Minha mãe estava lá, atrás da porta, me olhando nervosa.

— Calma — pedi. — Não aconteceu nada de ruim.

— Mas Leah me disse... que você vai representá-la...

O aeroporto mais próximo era o de Brisbane e, cada vez que iam ou voltavam de alguma viagem, meus pais aproveitavam para marcar algum encontro rápido com ela.

— Sim, qual é o problema?

— Depois de tudo o que você fez...

Caralho, isso doeu. Acho que os anos sempre dão uma perspectiva diferente e o que antes parecia algo proibido ou errado acaba adquirindo novas nuances. Deixei de ver as coisas dessa maneira. E, se eu pudesse voltar no tempo... bem, a última noite em que Leah e eu nos vimos teria tido um final bem diferente. Eu a teria beijado antes de abraçá-la e de levá-la para minha cama e fazer amor com ela e falar sobre nossos planos para o futuro, sobre manter uma relação à distância até ela terminar a faculdade. Oliver entenderia com o passar do tempo, como acabou entendendo quando se afastou e os meses e os anos acalmaram a situação. E o mesmo aconteceria com a minha família. Eu só teria que ter me mantido firme e me arriscado pelo que queria.

E o que eu queria era ela, de uma forma quase irracional.

Mas eu não tinha feito nada disso; essa era apenas uma outra realidade que nunca existiria, porque eu não movi um dedo sequer enquanto Leah saía da minha vida. Ela lutou, me procurou, veio à minha casa de madrugada, tentou me convencer de que a nossa história valia a pena, chorou na minha frente sem se esconder nem se preocupar em enxugar as lágrimas, e eu... nada. Era sempre assim. Nada. Eu ficava parado, sem dar um passo para a frente. Nem para trás. Era assim que eu me sentia: preso no meio do nada, amarrado por mim mesmo.

— Eu não fiz nada de errado — repliquei.

— Você apareceu lá sem avisar!

Segurei-a pelo braço antes que ela continuasse falando sem parar. Minha mãe ficou muda.

— Eu não fiz nada de errado. Antes. Três anos atrás.

— Axel... — Ela me olhou com um misto de ternura e decepção. — O que aconteceu não foi certo. Leah era apenas uma menina e tinha acabado de passar por uma situação muito complicada.

Senti a mandíbula tensa. Respirei fundo.

— Você não faz ideia do que vivemos enquanto ela morou na minha casa. É fácil julgar de fora, sem se dar o trabalho de tentar entender. Eu simplesmente... me apaixonei. Nunca pensei que isso pudesse acontecer, mas aconteceu. E o que nós tivemos foi real.

Eu me afastei rapidamente. Nunca tinha falado assim com minha mãe porque, com ela, normalmente eu passava o dia brincando, resmungando ou sendo irônico. Mesmo depois do que aconteceu, nós tínhamos trocado nem meia palavra; ela apenas gritava comigo e eu aguentava, porque achava que merecia.

— Axel, meu amor... — Deixei minha mãe me abraçar.

Justin e os gêmeos entraram na cozinha antes que pudéssemos continuar a conversa, um gesto pelo qual, em partes, agradeci, porque não estava muito familiarizado com a ideia de dizer em voz alta o que eu sentia e, ao fazer isso, era como se eu me esvaziasse por dentro de repente.

No fim, peguei uma cerveja na geladeira e voltei para a sala. Meu pai estava sentado ao lado de Emily vendo as notícias de esportes do jornal. Ele me olhou. Parecia contente.

— E aí, colega? Como vai a vida?

— A gente faz o que dá — respondi.

— Paz e amor, filho. Paz e amor.

Sorri. Sorri de verdade.

35

Axel

Sam tirou os óculos assim que eu me larguei na cadeira em frente à sua mesa. Olhei o lugar como sempre, observando aqueles detalhes bobos que ela colocava em cada canto, como os desenhos de seus filhos, algum brinquedo que um deles havia deixado lá durante uma visita, fotografias de família...

— Você pretende dizer alguma coisa? — Ela me olhou, divertida.

— Só queria confirmar se você falou com o pessoal da transportadora.

Tinha combinado com Leah que na semana seguinte levaríamos os quadros do estúdio para a galeria. E, aproveitando que as aulas tinham acabado de terminar, ela ficaria uns dias em Byron Bay para ajudar na organização da exposição.

— Falei com eles e está tudo certo.

— Certo. Perfeito. Então...

— Então você me deve uma explicação.

— Seus filhos colocaram alguma coisa no seu café essa manhã?

— Nem tente escapar pela tangente com suas gracinhas — ela me advertiu. — Quero saber por que você tem tanto interesse nessa garota. Sei que não trabalhamos juntos há muito tempo, mas te conheço o suficiente para saber que ela deve ser especial, para você estar se comprometendo tanto assim. Vamos lá, Axel, eu não mordo. Por enquanto.

Reprimi um sorriso e respirei fundo.

— É ela. A garota de quem te falei.

— A garota por quem você se apaixonou?

— Sim — consegui dizer com dificuldade.

— Você não me disse nada, Axel.

— Você sabe como eu sou...

— E era necessário que você ficasse agoniado assim por semanas para me contar isso?

— Não é fácil para mim.

— Estou vendo. E qual é o plano?

— Só quero que a exposição seja perfeita.

Mas não comentei o quão importante era para mim o fato de que, finalmente, cumpriria a promessa que fiz a Douglas na noite que passamos na minha casa, quando desisti de meus sonhos e os coloquei em cima de um armário, para, em troca, decidir que me envolveria nos de outra pessoa. Estremeci ao ouvir das palavras de Douglas na minha cabeça: "Axel, ou você pinta ou não pinta. E, um dia, ou você vai amar ou não vai amar, porque não sabe fazer as coisas de outra forma."

E ele estava certo pra caralho.

— Você quer que a gente faça alguma coisa especial?

— Não sei. — Passei a mão no queixo. — Minha ideia é que seja algo familiar.

— Familiar? — Franziu a testa.

— Sim. Ela é daqui. Quero que seja algo acolhedor. Que as pessoas não venham só para dar uma olhada nos quadros e tchau, mas que queiram ficar mais tempo, conversar um pouco...

— Acho que entendi. Lembra daquela exposição para a qual contratamos um serviço de buffet? Mesmo que no caso de Leah Jones sejam poucas obras, podemos fazer isso também.

— Sim. E também temos a opção de trazer alguns quadros a mais só para esse dia. Ela tem vários que são... inclassificáveis. — Sam me olhou com interesse. — Não acho que a gente deva mantê-los no catálogo, mas penso que poderíamos esvaziar temporariamente outra sala, não mais que vinte e quatro horas.

— Acho que você deveria falar com Hans. Mas me parece uma boa ideia; faz tempo que não temos uma exposição de peso, e se a garota é daqui, bem, isso sempre atrai mais público. Pode ser interessante.

36

Leah

Frida Kahlo disse uma vez: "Minha pintura carrega consigo a mensagem da dor". No dia em que li essa frase, me interessei mais por suas obras, pela mulher que se escondia sob toda a popularidade que sua figura parecia ter despertado nos últimos tempos. A mulher que havia amado, sofrido, gritado. Porque havia algo que me conectava a ela. Acho que essa é a magia da literatura, da música, da pintura e de qualquer outra expressão artística: que você encontra a si mesmo no que outra pessoa criou.

Às vezes nos sentimos sozinhos, somos individualistas e pensamos que apenas nós experimentamos aquela emoção que nos retorce a alma ou aquela ideia que nos faz sentir estranhos, mas um dia você percebe que isso não é verdade. Existe um mundo enorme lá fora cheio de pessoas, experiências e vidas. Quando se entende isso, duas coisas acontecem: você toma consciência da imensidão que te rodeia e, em consequência, se sente menor, como uma formiguinha que corre de um lado para o outro e descobre que seu formigueiro não é o único que existe, mas que existem milhões e milhões deles. E, em partes, você se sente aliviado devido à compreensão que te envolve ao encontrar resquícios seus na letra de uma música qualquer, em um poema ou em pinceladas de tinta.

É uma forma de se sentir menos sozinho...

Fiquei pensando nisso enquanto pegava uma boa quantidade de tinta com um pincel firme. Estava pintando uma garota de costas, com cabelo comprido e escuro; do cabelo escapavam: borboletas coloridas, notas musicais e flores que simbolizavam lembranças, algumas com pétalas mais enrugadas, outras mais recentes. Usei a técnica do impasto, aplicando espessas pinceladas de tinta umas sobre as outras, misturando as cores estriadas na própria tela, tornando-a mais real. Era importante observar bem o ângulo de cada traço para que a tinta não escorresse, por isso eu estava tão concentrada no que estava fazendo que levei um tempo para perceber que já tinha anoitecido.

Limpei o material, peguei minhas coisas e fui embora.

Quando cheguei ao apartamento de Landon, ele já tinha jantado e estava sentado no sofá vendo um capítulo de uma série de humor de que ele gostava.

— Deixei um pouco de peixe para você no forno.

— Obrigada, mas não estou com muita fome.

Dei um beijo nele antes de ir para a cozinha. Peguei uma fruta na geladeira e fui comendo distraída enquanto voltava para a sala e me sentava ao seu lado. Havia uma certa tensão entre nós, algo que nunca tinha existido até então. Eu não sabia como lidar com aquela situação e tinha falhado com ele de novo naquela noite, porque havia prometido que jantaríamos e passaríamos um tempo juntos. E porque ainda não tinha contado a ele que estava planejando passar uma semana em Byron Bay.

— Desculpa, acabei demorando demais.

— Tudo bem. — Ele deu de ombros.

— Landon. — Deixei a fruta na mesa em cima de um guardanapo e me aproximei dele para abraçá-lo. Ele não se afastou. Passou o braço pela minha cintura com carinho. — Você está bravo?

— Não. É que... — Mordeu o lábio e suspirou. — Eu quero que as coisas deem certo para você, Leah, e entendo que para isso você precisa trabalhar muitas horas.

— Mas... — adivinhei.

— Mas tudo seria mais simples se a situação entre nós fosse mais clara. Estamos assim há meses e fica cada vez mais complicado, porque sinto que isso não vai chegar a lugar nenhum.

Me afastei um pouco, procurando espaço.

Eu entendia Landon. Ele sempre teve relacionamentos estáveis, não importava se durassem mais ou menos. Relacionamentos em que ele podia se referir à outra pessoa como "namorada" sem hesitar. Eu cheguei na vida dele quando parecia que nossa história nunca cruzaria a linha da amizade. E agora lá estávamos nós, num limbo que eu não sabia como nomear e que eu tinha medo de analisar. Porque eu gostava demais dele, e a ideia de perdê-lo me aterrorizava... Eu já tinha renunciado a gente demais ao longo do caminho.

— Não sei se estou preparada para isso — sussurrei.

— E quando você vai estar? — perguntou.

— Para você não basta o que nós temos?

Landon esfregou o rosto, um pouco angustiado.

— Às vezes sim. Outras vezes não — admitiu.

— Me conta o que te preocupa.

Ele desviou o olhar antes de me responder.

— Que você encare a nossa história como algo temporário.

— Eu nunca disse isso... — protestei.

— E você acha que vai ser para sempre? Olha para mim, Leah.

Senti uma fisgada desconfortável no estômago. Para sempre? Estar com Landon para sempre? Parte de mim queria isso, porque seria tão simples e confortável quanto se aconchegar debaixo de um cobertor quando faz muito frio. Mas a outra parte não estava pronta para decidir algo assim. A outra parte... nem sequer tinha muito claro o que pensava disso tudo...

— Deixa. Não precisa responder.

Landon se levantou e eu fui atrás dele até chegarmos ao quarto em que havíamos compartilhado tantas noites nos últimos meses. Ele pressionou a ponte do nariz e fechou os olhos. Eu o abracei por trás, apertando-o.

— Me perdoa. Eu te amo, Landon, mas imaginar nesse momento que vou passar o resto da minha vida com alguém... Eu não quero que você sofra. Acho que estamos em momentos de vida diferentes e, agora, nem eu mesma consigo me entender.

Como eu poderia explicar isso a ele? Eu não sabia nem por onde começar. Os últimos anos tinham sido cheios de mudanças, e era difícil para ele entender como eu os havia vivido. Porque Landon nunca conheceu aquela garota que vivia pelas ruas de Byron Bay com um sorriso permanente no rosto antes do acidente que mudou tudo. Ele também não conheceu a outra, a que se fechou em si mesma, a que parou de pintar e conseguiu se recompor graças a uma certa pessoa teimosa que fez todo o possível para tirá-la do buraco em que estava metida. Embora depois... bem, depois não deu nada certo, e quando cheguei em Brisbane passei a ser outra versão de mim mesma.

Eu me sentia como se, durante os últimos anos, eu fosse trocando de pele de tempos em tempos. Talvez por isso eu não estivesse muito segura de quem eu era naquele momento.

— E o que a gente faz? — perguntou.

— Não sei. — Continuei abraçando-o.

Eu adoraria poder dar a resposta que ele desejava ouvir, mas não queria mentir. Não é que eu não me visse ao lado dele em um futuro distante, é que eu não tinha nem mesmo cogitado essa opção. Não tinha passado pela minha cabeça. E isso me preocupava.

— Preciso ir a Byron Bay por causa da exposição. Eu queria te contar isso já faz alguns dias.

Ele se soltou dos meus braços, deu a volta e me olhou na penumbra do quarto.

— Eu entendo. — Me deu um beijo na bochecha.

— Vem comigo — sussurrei, sem pensar muito bem. — Vou alugar um quarto em um hostel e, não sei, posso te apresentar meus amigos, mostrar o lugar onde cresci...

— Leah, você vai ter que trabalhar quase o dia inteiro e eu tenho coisas para fazer aqui, não posso largar tudo. — Colocou uma mecha do meu cabelo atrás da minha orelha.

— Mas você vai à exposição, né?

— Sim, isso sim. Vou tentar ir.

Fiquei na ponta dos pés para dar nele um beijo lento que me aqueceu o peito. Os lábios de Landon eram suaves e firmes, e estavam cheios de promessas bonitas que uma parte de mim queria alcançar. O problema era a outra parte, a que continuava resistindo como se estivesse agarrada a algo...

37
Leah

Axel quis ele mesmo supervisionar todo o processo de embalagem e transporte, então na terça-feira ficamos no estúdio desde a primeira hora da manhã acompanhando os trabalhadores que embrulhavam os quadros antes de levá-los para a caminhonete. Peguei um pouco do plástico bolha que estavam usando para proteger as obras e me diverti estourando-as entre os dedos enquanto comia um pirulito de morango.

Ele se aproximou, depois de falar com um dos homens.

— Entediada? — perguntou.

— Não, mas não tenho nada para fazer.

— Quer beber alguma coisa na cafeteria?

— Pode ser. — Levantei e o segui até a rua.

Sentamos na mesma mesa que ocupamos no dia em que o deixei entrar no estúdio pela primeira vez. Pedimos sanduíches e refrigerantes.

— Você parece distante. — Axel inclinou a cabeça.

— Não, é que... quase não parece real. Tenho a sensação de que isso está acontecendo com outra pessoa e que estou aqui só olhando tudo como um espectador a mais. Deixa pra lá, parece conversa de doido. — Balancei a cabeça.

— Não, acho que eu entendo. É que ainda não caiu a ficha.

Nós nos olhamos enquanto a garçonete servia a comida. Rompi o contato visual quando peguei meu sanduíche e dei uma mordida, mesmo não estando com muita fome. Axel pediu uma porção de batatas fritas, e quando me perguntou se eu queria, neguei com a cabeça porque, por mais bobo que pudesse parecer, aquele pequeno ato de compartilhar a comida me parecia íntimo demais, e ainda era difícil, para mim, levantar o olhar e encarar o cara que estava na minha frente. Essa ficha também ainda não tinha caído.

Ele, a exposição... tudo tinha chegado de repente.

Olhei para seus braços dourados pelo sol. Para os dedos longos, masculinos. Para as unhas um pouco roídas. Para a firmeza de cada um de seus movimentos.

Fiquei observando tudo, na verdade. Porque havia algo em Axel que me fisgava, e era isso que eu estava fazendo, capturando pequenos gestos e emoções para depois soltá-los e deixá-los *ser*. E ele sempre *era*, de algum modo que eu não sabia explicar. Eu tinha certeza de que qualquer artista poderia ter criado uma série de quadros apenas observando-o com atenção durante algum tempo.

Quando terminamos de comer, Axel subiu até o estúdio uma última vez para certificar-se de que não tinham deixado nada para trás. Fiquei com um nó na garganta ao ver aquele lugar tão vazio, sem todos aqueles quadros que fui acumulando porque nunca tinha pensado sobre o que fazer com eles.

Depois verificou se tudo estava bem-arrumado na caminhonete e se despediu do motorista, após repetir pela terceira vez que uma tal Sam o estaria esperando na galeria de Byron Bay.

— Você está meio neurótico, né? — perguntei quando nos afastamos do veículo no caminho até a residência estudantil, onde tínhamos combinado de nos encontrar antes de ir para o estúdio.

— Quero que tudo saia perfeito. — Ele sorriu.

E aquele sorriso me despertou um frio na barriga que me acompanhou enquanto seguíamos pela rua, calados. Pela primeira vez desde que nossos caminhos voltaram a se cruzar, não fiquei incomodada com a ausência de palavras. Foi um pouco como antes, quando podíamos passar horas lado a lado em silêncio.

Quando chegamos ao meu dormitório, Axel pegou minha mala. Fui atrás dele enquanto listava mentalmente tudo o que tinha separado para os dias que ficaria em Byron Bay, porque sempre tinha a sensação de que estava esquecendo algo.

— Caralho, que merda você enfiou aqui? — resmungou, depois de colocar a bagagem no porta-malas do carro.

— O básico. — Sentei no banco do passageiro.

— O básico? Roupas, pedras e um cadáver?

Disfarcei um sorriso, repreendendo a mim mesma por baixar a guarda tão rápido. Mas é que Axel tinha esse encanto que me fazia lembrar por que eu tinha sentido tanta saudade dele e quase esquecer de todas as razões que me fizeram odiá-lo durante aqueles três anos.

Fixei o olhar na janela do carro enquanto deixávamos para trás o bairro de Brisbane onde eu morava. Era um dia ensolarado de verão e o céu azul sem nuvens nos acompanhou durante todo o trajeto. Quase na saída da cidade, ele ligou o rádio.

Começou a tocar "Three Rounds and a Sound".

— Então você vai ficar em um hostel... — disse ele.

— Sim, vai ser barato porque a dona é uma conhecida de Oliver.

— Você poderia ficar na casa do meu irmão. — Levantou um ombro, despreocupado. — Ou na minha.

A velocidade com que virei a cabeça para ele deve ter sido um sinal claro do quanto esse comentário tinha me perturbado. Fiquei olhando para Axel com atenção enquanto ele dirigia tranquilo com as mãos no volante e me perguntei como era possível que ele pudesse lidar tão bem com aquela situação, como se o que tínhamos vivido anos atrás não tivesse significado nada para ele. Por um segundo, apenas um, tive inveja dele. Mas depois, tudo o que senti foi pena.

Pena, porque Axel jamais morreria de amor por alguém. E, por outro lado, em algum momento da minha vida eu tinha feito isso e conhecia muito bem aquele sensação que não se comparava a nada; o frio na barriga que surgia por apenas um toque, as pulsações que podiam se acelerar com um único sorriso, ou que o mundo inteiro girasse em torno de um cara que, aos meus olhos, era perfeito, apesar dos muitos defeitos. Tempos depois percebi que talvez não fosse o melhor para mim e, para manter a salvo um coração que gritava por um descanso, eu pisei no freio.

Mas eu tinha comigo aquela lembrança.

Eu saberia como se sentiam duas pessoas loucamente apaixonadas se eu cruzasse com elas na rua num dia qualquer. Enquanto ele... ele jamais conheceria essa emoção. Porque Axel nunca amaria algo o suficiente para lutar por aquilo com unhas e dentes, apesar de tudo e contra tudo.

— Leah, está tudo bem? Você não respondeu.

Me obriguei a olhar para ele, apesar de ter sido difícil.

— Prefiro ficar no hostel, é mais cômodo.

— Mais cômodo para quem? — Levantou uma sobrancelha.

— Para mim — respondi secamente.

38

Axel

Contenção. Não era a primeira vez que essa palavra me pegava quando ela estava por perto. Porque eu tinha me contido anos atrás quando comecei a sentir algo por ela; pensava que estava errado, que não era certo, que eu não podia permitir que acontecesse algo entre nós. Mas falhei, porque caí até o fundo e porque essa história de reprimir meus desejos mais primitivos não era algo que eu sabia fazer tão bem quanto gostaria.

Estava me sentindo novamente na mesma situação. Contido. Sem conseguir parar de pensar no fato de que ela tinha refeito sua vida, que tinha outra pessoa, que ela tinha deixado nossa história para trás. Foi como viajar ao passado, àquelas sensações esquecidas: tê-la por perto e morrer de vontade de tocá-la embora eu não pudesse; engolir as palavras, o desejo e a vontade.

Dirigi um pouco mais sem dizer nada, concentrado na estrada. As árvores frondosas bordeavam o asfalto, e eu tinha a estranha sensação de que cada quilômetro que deixávamos para trás me aproximava mais dela, como se estivéssemos voltando para casa. E, em partes, era isso mesmo, ainda que fosse algo temporário. Olhei para ela de relance. Estava com a cabeça apoiada no assento e observava pela janela a paisagem desfocada.

— Eu lembrava de você mais falante.

— Ah é? — Levantou a sobrancelha.

— Sem contar o ano que você parou de falar, claro.

— Muito engraçadinho — resmungou, e depois se virou novamente.

— Sério que você não tem nada para me contar? Não fez nada interessante nesses três anos? — insisti, porque, como sempre, preferia seu mau humor e suas respostas secas a seus silêncios. Porque os silêncios de Leah... eram perigosos.

Ela enrugou o nariz e olhou para frente.

— Pintei. Estudei. Saí.

— Estou ficando confuso com tantos detalhes.

— Por que você não me conta sobre você?

— Não fiz grandes coisas, na verdade.

— Você mudou de trabalho, não?

— Continuo ilustrando, mas agora escolho melhor as encomendas. No resto do tempo eu me dedico à galeria, apesar de não ter um horário fixo — esclareci.

— Como você foi parar lá? — perguntou.

— Quer mesmo saber a história?

Leah fez que sim com a cabeça e cruzou as pernas. Tirei os olhos da estrada por um segundo. Pensei que, se esse gesto tivesse sido três anos atrás, naquele momento minha mão já estaria entre suas coxas, mesmo que fosse só para ouvi-la rir antes de ela afastar a minha mão. Respirei fundo.

— No último Ano-Novo eu bebi mais do que gostaria de admitir. Estava sozinho. Meu irmão, Emily e as crianças tinham ido celebrar com amigos, meus pais estavam do outro lado do mundo, e eu não estava com vontade de ver ninguém, então fui jantar no restaurante mais caro que eu conhecia...

— Isso é triste — me interrompeu.

— Por quê?

— Você poderia ter ligado para Oliver.

— Na época a gente ainda estava sem se falar, mas a questão não é essa, Leah. Eu poderia ter saído com alguns amigos se quisesse, mas não estava a fim. Então jantei sozinho. E jantei bem. Lembra de quando falávamos sobre ter consciência do momento e aproveitá-lo? Bem, foi o que eu fiz. Depois fui até o calçadão da praia e pedi alguma coisa para beber. Não percebi que tinha bebido demais até que um cara se sentou ao meu lado e começou a falar comigo. Contou que sua família morava na França e que ele também estava passando a noite sozinho, porque teve que ficar para trabalhar. E adivinha onde ele trabalhava...

— Na galeria — sussurrou.

— Pois é, e ele era o dono. E aí eu dei com a língua nos dentes por causa do tanto que já tinha bebido e disse que achava que metade das obras expostas ali eram medíocres. Acabamos conversando sobre arte, a abordagem que eles estavam oferecendo... e no final da noite eu tinha uma oferta de trabalho, mas considerando que eu mal conseguia parar em pé, não levei muito a sério. Então fui embora sem me despedir; a questão é que Hans apareceu na porta da minha casa no dia seguinte. E você não tem ideia de como este homem é teimoso.

Leah sorriu com timidez.

— Isso é bem a sua cara — disse.

— O quê, exatamente?

— Isso. Sair uma noite por aí sem nenhum propósito, ficar bêbado, ser inconveniente com alguém que acaba de conhecer e acabar tendo sorte.

— Inconveniente?

— Ou sincero de maneira desnecessária.

Franzi a cara sem tirar os olhos da estrada.

— Explica isso. Acho que me perdi.

— Não importa. Esquece. Bobeira.

— Você prefere que mintam para você, Leah?

— Claro que não. Mas essa sinceridade...

— Fala, fala. Quero saber o que você pensa.

— Penso que essa sinceridade não é real.

Leah se inclinou para aumentar o volume da música e encerrar o assunto, mas eu impedi, segurando em seu pulso. Ela afastou o braço rapidamente.

— Não quer continuar a conversa?

— Você tem mais coisas para me contar?

— Vamos ver... — disse, pensativo. — Moro no mesmo lugar, continuo com o mesmo número de telefone e uso o mesmo tamanho de roupa. Ou seja, como sou um cara pouco interessante, vamos falar de você.

— Axel, estou cansada... — começou a dizer.

— Parece desculpa — cortei.

— Porque é uma desculpa.

Reprimi um sorriso diante de sua esmagadora sinceridade, como se ela quisesse me imitar, apesar de que aquele "não é real" ainda estava ardendo, porque ela tinha uma certa razão. Eu nem sempre era honesto, pelo menos não em relação a Leah. Às vezes eu era um hipócrita de merda. E ela sabia disso. Então eu a deixei descansar e me concentrei na estrada enquanto o rádio tocava em volume baixo. Com as mãos no volante, pensei em como era eletrizante aquela sensação, de saber que Leah estava perto de mim novamente, mesmo com todas as barreiras que nos separavam, porque tê-la por perto já era melhor do que nada. Foi assim no passado, quando eu achava melhor vê-la irritada e brava do que ausente e calada. E era agora, quando eu não sabia o que restava de "nós".

Ela pegou no sono antes de chegarmos a Byron Bay.

Parei o carro em frente ao hostel onde ela ia se hospedar. Era uma casa de dois andares com apenas seis quartos, que ficava em um dos extremos da cidade, não muito longe da minha casa, a pé. Puxei o freio de mão e fiquei olhando para a casa por alguns segundos. Não se ouvia nada. Olhei para o cabelo comprido de Leah preso em uma trança, e para o rosto, o mesmo rosto que eu havia beijado tanto anos atrás. Tive vontade de esticar a mão e acariciá-lo, mas me segurei.

— Leah... — Toquei nela devagar. — Chegamos.

Ela piscou confusa até entender onde estava, e então se levantou rápido e saiu do carro. Ajudei-a a tirar a enorme mala e insisti em levá-la até o quarto, porque pesava uma tonelada. Leah não reclamou muito, provavelmente porque ainda estava meio sonolenta.

Deixei a mala na cama quando entramos, depois de pegar as chaves. O quarto era pequeno, estava limpo, e pela janela que dava para o jardim dos fundos entrava a luz do sol do entardecer.

— Quando a gente se vê? — perguntei.

— Não sei, me diz você. Imagino que temos que preparar as coisas da exposição...

— Descansa hoje. Eu verifico se tudo chegou bem. — Dei um passo em direção à porta aberta. — Amanhã às dez na galeria?

— Combinado.

Ela parecia tão desconfortável que eu não quis prolongar mais o momento e me despedi com um aceno antes de descer pela estreita escada de madeira.

Mas, apesar de tudo, quando parei no meio da rua e respirei fundo, tive a sensação de que algumas coisas de repente passaram a se encaixar, como se o fato de ter Leah de novo em Byron Bay desse uma nova cor à cidade e, depois de alguns anos enferrujado, o motor da minha vida voltasse a funcionar novamente, com todas as engrenagens girando em uma direção.

39

Leah

Tirei algumas roupas da mala e as pendurei no armário para não amassarem. Depois lembrei que estava de novo em Byron Bay e que ali não importava muito essa história de estar com as roupas passadas ou não.

Não tinha dormido muito bem naquela semana e estava cansada, mas ignorei a sensação quando peguei a bolsa e saí do hostel. Enquanto caminhava por aquelas ruas que conhecia tão bem, liguei para Landon para avisá-lo que já tinha chegado.

Depois comecei a caminhar sem rumo. Fazia muito tempo que não tirava um tempo só para mim, para andar sem ter que chegar a algum lugar específico, apenas curtindo o caminho, vendo as vitrines das lojas, o céu azul daquele dia de verão e o aroma suave e agradável que vinha dos cafés que ficavam para trás. Foi como se eu tivesse *pausado* a minha vida. E embora eu achasse que isso não aconteceria, me senti em casa novamente. Porque eu tinha crescido naquele lugar e, passeando pelas ruas, não podia deixar de lembrar que foi ali onde comecei a pintar; onde passei tantas tardes com Blair e meus colegas do colégio; onde tive uma infância feliz com meus pais; onde me despedi de Oliver entre lágrimas quando ele foi para a universidade e ele finalmente me deu permissão para usar seu quarto enquanto não estivesse em casa; onde me apaixonei; onde me machuquei; onde me tornei a pessoa que eu era naquele exato momento.

Quando cheguei ao calçadão da praia, fiquei observando um pouco o mar e os surfistas que se levantavam entre as ondas. Senti um frio no estômago quando me lembrei que fazia três anos que eu não ficava em pé em cima de uma prancha. Senti falta disso durante meses, quando me levantava de manhã e pensava que Axel estaria vendo o sol nascer no nosso pedaço de mar. E agora a sensação parecia tão distante que eu nem sabia se queria voltar a surfar algum dia.

Terminei sentando em uma das mesas externas de uma cafeteria e pedi um café com leite e caramelo, enquanto curtia a brisa do calçadão. Não sei por que, mas quando já estava ali há algum tempo e o café já estava quase frio, peguei o telefone e liguei para Oliver.

— E aí, irmãzinha? Já chegou a Byron?

— Sim, estou aqui...

— Tá tudo bem, Leah?

— É que eu saí para dar uma volta e... não paro de lembrar de várias coisas... — Pisquei ao notar as lágrimas que me desafiavam a deixá-las a sair. Não sei por que eu estava desmoronando assim, sem razão alguma, mas senti uma mistura de nostalgia, tristeza e alegria ao mesmo tempo, tudo misturado de uma forma caótica. — Estou me sentindo estranha, mas também em casa.

— Leah, poxa, sinto muito por não poder estar aí...

— Não consigo parar de pensar em nossos pais. Na sorte que tivemos, sabe? — Sequei uma lágrima com o dorso da mão e cruzei as pernas sob a mesa da cafeteria. — Porque eles eram os melhores do mundo, e juro que ainda sinto a falta deles a cada minuto de cada dia. Aliás, nem sei se essa sensação vai desaparecer algum dia... e agora, chegando aqui, enquanto dava uma volta... foi como se uma parte ridícula de mim pensasse que, em qualquer esquina, eu os encontraria fazendo compras ou dando risada enquanto papai sussurrava alguma bobeira no ouvido da mamãe, lembra disso? Que eles viviam dizendo coisas às escondidas?

— Sim. — Oliver demorou alguns segundos para responder.

— Eu sempre quis saber o que eles diziam.

— Com certeza não eram coisas que você poderia ouvir. — Deu risada e depois deixou escapar um suspiro que soou quase como um lamento sufocado. — Eu também sinto a falta deles, irmãzinha. E sinto por não poder estar com você aí esses dias, eu tentei pegar férias, mas...

— Eu sei, Oliver. E você nem deveria fazer isso, não quero que você gaste todos os seus dias livres para vir me ver, não é justo nem para você nem para Bega.

— Não tem nada mais importante do que te ver, irmãzinha.

— Eu já estou meio crescidinha, Oliver.

— Para mim, não — brincou. — Mas eu consegui mudar o turno com um colega para poder ir à exposição. E antes que você diga algo, Bega vai comigo. Ficaremos aí alguns dias. Quero que ela conheça os Nguyen e também a cidade.

Sorri, porque eu gostava muito de Bega e ficava feliz por meu irmão ter encontrado a pessoa da vida dele quando menos esperava, naquela época em que teve que deixar seu mundo para trás para cuidar de mim e pagar minha faculdade. Era como se a sorte estivesse devolvendo para ele um pouco dessa generosidade. Tive a oportunidade de conhecer Bega um pouco mais nos dois verões que viajei a Sydney para passar alguns dias na casa de meu irmão, e ela era perfeita para ele; uma garota de caráter e com a aparência um pouco fria, mas que se derretia cada vez que Oliver olhava para ela.

— Vai ser fantástico — disse.

— Estaremos todos juntos.

— Sim.

— Como vão as coisas com Axel?

— Indo. Acho. Aos poucos.

— Isso não parece bom...

— É que é complicado, Oliver.

E falar com meu irmão sobre esse assunto também era. Na verdade, nunca tínhamos feito isso, exceto naqueles primeiros dias em que eu chorava sem parar tentando convencê-lo de que o que eu e Axel tínhamos vivido era real. Ainda lembrava das únicas palavras que Oliver me disse: "Você não conhece o Axel. Você não sabe como ele é nos relacionamentos, a forma como ele sente, e como ele pega e coloca no alto do armário as coisas pelas quais deixa de se interessar. Por acaso ele te contou como parou de pintar? Ele te explicou que, quando algo se complica, ele é incapaz de lutar por isso? Ele também tem seus buracos negros".

Por isso, uma vez que ficou comprovado que ele tinha razão, não voltamos a revirar aquelas lembranças. Mas acho que nenhum dos dois contou com o fato de que às vezes a vida dá voltas inesperadas, ou que de repente alguém sentiria falta do amigo que pensou que nunca mais precisaria, ou aquele amor antigo se meteria em sua rotina de uma hora para outra quase sem pedir permissão...

— Ele fez algo errado? — sondou.

— Não. — Na verdade, ele estava se comportando estranhamente bem, bem até demais para ele. Era surpreendente que ele ainda não tivesse feito alguma pergunta embaraçosa, e eu o conhecia o suficiente para manter todas as barreiras levantadas.

— Se em algum momento você tiver algum problema...

— Eu te conto — cortei e dei risada.

— Combinado. Nos vemos daqui a uma semana.

— Sim, manda um beijo para Bega.

— E você, curte aí por mim.

A voz de meu irmão se encheu de nostalgia antes de desligar. Fiquei um tempo a mais no café contemplando o brilho do mar sob a última luz do sol e pensando na mistura de cores que eu usaria para recriá-lo, nas sombras e nos detalhes. Então me dei conta de que ali eu não tinha meu estúdio nem minhas tintas, nenhum lugar para materializar tudo aquilo que estava me agitando por dentro.

Fiquei me perguntando por quanto tempo eu poderia conter essa necessidade.

Era quase noite quando deixei para trás o calçadão da praia e me perdi entre ruas conhecidas e lembranças. Confirmei o endereço anotado no celular antes de tocar a campainha de uma casa pequena e branca, de dois andares e com um jardim bonito e bem cuidado.

Fui recebida por um sorriso imenso.

— Leah! — Blair me abraçou tão forte que comecei a rir na mesma hora. Fazia meses que não nos víamos, a última vez foi quando ela tinha ido a Brisbane resolver umas coisas e almoçamos juntas. — Desculpa, vou te amassar. — Ela me soltou e deu um passo atrás.

Olhei emocionada para sua barriga volumosa.

— Está enorme! — gritei, sorrindo.

— Eu sei, acredite. Estou me sentindo um peão.

— Não fala bobagem — interrompeu Kevin, entrando na sala. — Você está maravilhosa — disse a ela, antes de acariciar sua barriga.

Eu sorri por testemunhar esse gesto e dei um beijo no rosto dele. Os dois estavam reluzentes.

— Fica à vontade. Eu quero que você me conte tudo — exigiu Blair enquanto levantava uma sobrancelha de um jeito engraçado.

Eu tinha comentado sobre o inesperado encontro com Axel e sobre a exposição que faria em Byron Bay, mas não tinha dado muitos detalhes.

— Estou com a frigideira no fogo, então vou deixar vocês aqui. — Kevin me olhou. — Você fica para jantar?

— Não sei, estou um pouco cansada e...

— Ela fica — Blair me cortou.

— Te aconselho a não a contrariar, porque de uns meses para cá ela adquiriu o dom de se transformar em um tiranossauro raivoso em questão de minutos.

Blair fuzilou o namorado com os olhos.

— Sim, pensando bem... — aceitei, divertida.

Kevin foi para a cozinha e ficamos as duas sentadas no sofá por um bom tempo, conversando como nos velhos tempos. Blair me contou que tinha parado de trabalhar há algumas semanas porque tinha que fazer repouso, mas que queria voltar para a creche assim que pudesse matricular seu filho lá. O tempo passou voando enquanto falávamos de tudo e de nada; de vez em quando, ao perceber que o bebê estava se mexendo, eu colocava a mão na barriga dela para sentir os chutes que ele dava.

E era uma sensação... única.

Tanto que comecei a me perguntar como seria carregar uma vida dentro de você, porque eu não conseguia imaginar nada que fosse mais íntimo e profundo.

— No que você está pensando? — perguntou Blair.

— Em nada.

— Vamos, Leah, que eu te conheço.

Mordi o lábio e sacudi a cabeça.

— Nisso. Que isso é mágico. E que eu adoraria passar por essa experiência algum dia.

— Você continua sendo intensa — sorriu com ternura. — Com certeza você vai viver isso, Leah. E quando acontecer, do jeito que você sente as coisas, será maravilhoso.

— Antes eu tinha certeza, mas agora... nem tanto.

— Como assim? O que mudou?

— Você sabe. Eu. Eu mudei. Não sei se vou conseguir amar alguém de novo da maneira que uma pessoa merece ser amada. Mas eu gostaria. Queria poder escolher. Como quando você vai a uma loja, vê um vestido que gosta e o leva para casa, simplesmente. O amor não é assim.

— Não, não é... — Blair suspirou.

— Quem dera fosse... — concordei, baixinho.

Não acrescentei que, naquele momento, se existisse essa possibilidade, eu escolheria Landon. Eu escolheria amá-lo louca e apaixonadamente, como quando você deseja algo que não pode controlar nem parar para analisar as consequências. Eu escolheria não poder passar um único dia sem ele e sentir falta dele. Eu o escolheria porque sabia que assim seria feliz. Mas o amor era muito mais complexo. E existiam muitas formas de amar. Era possível amar de outro modo, com serenidade, confiança, segurança e amizade, e eu estava aprendendo a fazer isso.

Blair me olhou um pouco insegura.

— As coisas com Axel foram complicadas?

Chegava a ser quase engraçado. A palavra "complicada" sempre envolvia tudo o que se referia a ele.

— Um pouco, no início. Mas eu superei — me apressei a dizer — e acho que com o tempo poderemos voltar a ser amigos.

— Não sabia que vocês chegaram a ser, antes.

— Blair... — Dei uma olhada de advertência.

— Desculpa, sei que isso não é da minha conta.

— Não é isso, mas... — Mordi o lábio.

— Eu entendo. Vocês vão conseguir ser amigos sim — ela se corrigiu, apesar de não parecer muito convencida. — Além disso, vocês dois mudaram.

— Axel mudou? — Levantei uma sobrancelha.

— Todo mundo muda com o tempo, você não acha?

Eu tinha minhas dúvidas. Sérias e grandes dúvidas. Então me veio aquela pergunta que eu já tinha afastado da cabeça várias vezes nas últimas semanas. E me senti péssima só de pensar nela, aquela curiosidade que me cutucava como se quisesse chamar minha atenção.

— Você sabe se... se durante esse tempo ele...? Ah, tanto faz, deixa para lá.

— Se Axel estava ficando com alguém? — adivinhou Blair.

O medo tomou conta de mim, temi que minha amiga pudesse me ler tão bem e fiquei aterrorizada imaginando quem mais seria capaz de fazer isso. Quis levantar e fugir dali, das lembranças e da ideia de continuar sendo tão previsível.

— Meninas, o jantar está pronto! — cantarolou Kevin.

Levantei imediatamente para evitar o olhar aguçado de Blair. Por sorte, o resto da noite foi tranquilo, sem tocar em assuntos delicados ou qualquer outra coisa muito relevante. Como sempre, estar com Kevin era tão agradável que, quando percebi, já estava comendo a sobremesa e lambendo os lábios após a última colherada de mousse de limão.

Senti uma leve fisgada no estômago ao pensar que, de certa forma, Kevin se parecia um pouco com Landon. Os dois eram pessoas alegres, otimistas, eram caras transparentes que amavam de braços abertos, pacientes e descomplicados. Eu tinha perdido a oportunidade de ter aquilo que Blair agora desfrutava, aquele conforto, a segurança de saber que sua vida não vai ser como uma montanha-russa cheia de altos e baixos, mas sim como um passeio tranquilo que você pode curtir sem a necessidade de colocar o cinto de segurança.

Blair me acompanhou até a porta enquanto Kevin arrumava a cozinha. Demos outro abraço de despedida, um abraço longo e caloroso, que me deixou emocionada.

— Vocês parecem tão felizes... E vocês merecem. Você fez bem em não deixar Kevin escapar, Blair. Ele te olha como qualquer garota gostaria de ser olhada. — Minha amiga sorriu devagar e passou o polegar pelo meu rosto. Até esse momento eu não tinha percebido que estava chorando. — Juro que às vezes não sei que diabos me acontece, eu sou uma esponja emocional, acho que tenho algum problema.

— Sentir da forma como você sente nunca deveria ser considerado um problema.

— Se você está dizendo... — Ri entre lágrimas.

— Ah, Leah, vem cá. — Me abraçou outra vez.

Sorri para ela antes de sair. Estava brigando com o ferrolho da cerca de madeira branca quando a voz de Blair rompeu o silêncio da noite.

— E se você quer mesmo saber, eu não o vi com ninguém durante esses três anos.

Olhei para ela engolindo em seco. E então fui embora.

Fui caminhando sem pressa até o hostel, curtindo Byron Bay, o céu estrelado e a familiaridade que eu sentia a cada passo. Quando subi para o quarto, tomei um banho, coloquei meu pijama e caí na cama. Procurei na bolsa um pirulito de morango, que coloquei na boca antes de pegar o telefone.

— Te acordei? — perguntei quando ele atendeu.

— Não, ainda estava no sofá. Como vai tudo por aí?

Por alguma razão, apesar de termos conversado algumas horas atrás, eu tinha a sensação de que não nos falávamos há dias. E não gostei desse pensamento.

— Tudo bem. Jantei com Blair e com Kevin.

— É como é voltar para casa?

— É estranho — admiti. — Por um lado, continua sendo minha casa. Mas por outro, fazia tanto tempo que eu não pisava aqui, que é como se eu tivesse perdido um pouco a noção do tempo e de tudo, já te aconteceu isso? Como quando a gente viaja e esquece que dia da semana é ...

Landon riu e eu adorei aquele som. Me acomodei melhor na cama, encostando as costas nos travesseiros e me cobrindo com o lençol.

— Acho que sei o que você quer dizer. É normal.

— Mas me conta... o que você fez hoje? — pedi, porque por alguma razão eu não queria desligar tão rápido. A voz dele, para mim, era reconfortante.

— Trabalhei, trabalhei, trabalhei...

— Que divertido — brinquei.

— Pois é. Enfim... acho que vou me deitar.

— Claro. Descansa, Landon.

— Você também, bonita.

— Boa noite.

Deixei o celular na mesinha de cabeceira, virei na cama e me aconcheguei entre os lençóis antes de fechar os olhos.

# 40

Axel

Cheguei na galeria nervoso, porque naquele dia as coisas estavam diferentes. Acordar sabendo que Leah estava em Byron Bay mudava tudo. Fiquei desconcentrado de manhã enquanto surfava e caí da prancha várias vezes. Então, a caminho do trabalho, parei na cafeteria e pedi para Justin me servir um café forte; uma péssima ideia, porque logo depois minha cabeça começou a doer.

— Que cara... — brincou Sam.

— Vai, fala logo. — Revirei os olhos.

— É a mesma cara dos meus filhos no Natal antes de abrir os presentes embaixo da árvore. Vem aqui, deixa eu arrumar a gola da sua camisa. Por acaso você não sabe usar o ferro de passar?

— Preciso responder?

— Já imaginava.

Eu nem sequer tinha um ferro, porque não achava necessário. Em que momento o ser humano resolveu complicar a própria vida e decidiu que roupa amassada não era algo bonito? Por que o contrário não poderia ter virado moda? Respirei angustiado enquanto Sam arrumava minha camisa e alisava o restante com as mãos, como se não suportasse a ideia de que estivessem amassadas. Sorri com carinho para ela, porque ela tinha apenas alguns anos a mais do que eu e se comportava como se fosse minha mãe.

— Duvido que um amassado a mais ou a menos faça com que ela me odeie menos — acalmei-a.

— Você fez uma merda das grandes, hein? — adivinhou.

— Pois é. Esse sou eu, quando me proponho a fazer algo, eu vou com tudo.

Sam me deu uma palmada bem na hora que bateram na porta do escritório. Por sorte ela se apressou em convidá-la a entrar, porque eu ainda estava me preparando para o impacto que sempre me causava vê-la novamente.

— Desculpa, a galeria estava aberta, então...

— Não precisa se desculpar. Prazer em te conhecer, Leah. Me chamo Sam; acho que você já deve estar a par de tudo, mas eu sou a responsável pela gestão geral da galeria.

— Não, Axel não me explicou muita coisa. — Me dirigiu um olhar que deixaria qualquer um paralisado, mas que me chacoalhou como se estivesse me acordando de um sono profundo em que estive mergulhado por muito tempo.

— Vem, vou te mostrar o espaço — Sam se ofereceu.

— Eu acompanho vocês.

Sam fez uma apresentação completa enquanto ia contando histórias sobre a galeria ou falava sobre como trabalhávamos e sobre os outros artistas que representávamos. Eu me limitei a ir atrás delas. E também fiquei olhando o traseiro de Leah, para que mentir? Na verdade, escutei bem pouco do que Sam dizia, porque Leah capturava toda a minha atenção. Por isso a pergunta de Sam me pegou desprevenido.

— Como? — Franzi a testa.

— As molduras, Axel.

— Ah, sim. O que tem as molduras?

Sam cruzou os braços.

— A gente precisa delas logo e você disse que se encarregaria disso. As obras já estão no depósito, então vocês podem organizá-las hoje mesmo. Seria bom estudar pelo menos duas propostas e depois decidimos qual é a melhor. — Ela me olhou um pouco preocupada. — Você está bem, Axel?

— Sim. É a cabeça, como sempre.

Tecnicamente, não era mentira.

— Toma um remédio — me aconselhou Sam. — Hoje eu tenho bastante trabalho, mas se vocês precisarem de ajuda, é só me chamar. E Leah, bem-vinda!

— Obrigada.

Ficamos sozinhos no meio de uma das salas vazias olhando-nos durante alguns segundos que me pareceram eternos. Me obriguei a reagir quando começou a ficar incômodo demais.

— Vem comigo até o escritório, preciso pegar umas coisas.

Leah me seguiu sem reclamar. Parou depois de passar pela porta e olhou o lugar com interesse, enquanto eu tomava um comprimido e pegava uma pasta e meus óculos. Coloquei-os e, quando levantei a cabeça, ela estava com os olhos fixos em mim.

— São óculos, não um nariz de palhaço — disse.

— Desculpa. É que... — sacudiu a cabeça.

— Vai, fala o que você está pensando. — Cruzei os braços e me apoiei na mesa.

— É que não combinam nada com você. — E então começou a rir. Me deixando desorientado, como sempre.

A primeira longa conversa que tivemos anos atrás, na época em que ela mal abria a boca, foi sobre as orelhas de um canguru de uma ilustração que eu estava terminando. Não deveria me surpreender que, no meio de toda aquela tensão que pulsava à nossa volta, ela fizesse algo inesperado, como rir de um jeito tão vibrante que me fez desejar não tirar os óculos nunca mais. Fingi estar indignado.

— Você quer me deixar complexado?

— Não acho que isso seja possível.

Sua risada desapareceu quando chegamos à área fechada ao público, uma espécie de depósito com paredes e piso de concreto onde guardávamos as obras antes de exibi-las ou depois, quando elas eram retiradas. Quando entrou, Leah parou nos quadros de outro artista que estavam em painéis deslizantes.

— Posso? — perguntou.

— Claro. À vontade.

Pegou um deles e o puxou para contemplar melhor as duas obras desse painel. Eram retratos, exatamente a única coisa que ela nunca desenhava. Às vezes ela pintava o rosto de uma garota ou a curva de uma mão, mas nunca alguém real.

— De quem são?

— Tom Wilson.

— É bom.

— Sim, vende bastante.

— As duas coisas andam sempre juntas?

— As vendas e a qualidade? Às vezes sim. Nem sempre.

— É interessante tudo isso, seu trabalho aqui.

Concordei, enquanto ela olhava curiosa para outro painel.

— Por que você nunca pintou rostos, Leah?

Ela me olhou por cima do ombro. Enrugou um pouco o nariz e continuou analisando as obras de Wilson.

— Porque não me interessa. Não me acrescenta nada.

— Você prefere distorcer a realidade — sorri.

— Não diria isso. Talvez eu prefira... mostrar a minha interpretação. E não é tudo assim? Acho que não há nada mais real do que isso. O ser humano é subjetivo, ou seja, cada um tem a própria versão de cada coisa, de cada história. Uma perspectiva diferente.

Interiorizei as palavras dela. Sim, a vida era assim às vezes, uma sucessão de formas diferentes de ver um mesmo fato, que às vezes terminavam na incompreensão.

— É melhor a gente começar a trabalhar.

Leah foi comigo até o outro lado do depósito. As obras dela ainda estavam embaladas. No fim, eu tinha decidido trazer quase todos os quadros "inclassificáveis".

— O que a gente faz agora? — me perguntou.

— Temos que pensar no conjunto da obra, entende? Na hora de distribuir as pinturas é importante que elas transmitam uma certa continuidade, como se estivessem contando uma história aos visitantes.

— A ordem precisa ter uma lógica...

— Sim, porque essa ordem muda a percepção. Por exemplo, se colocarmos este quadro ao lado daquele, a pessoa que olha verá a luz e depois a escuridão. Isso conta algo importante. Uma mudança. Uma felicidade que se viu abalada por um acontecimento doloroso, por exemplo. Se os colocarmos ao contrário... eles podem expressar exatamente o oposto: esperança, superação. Ninguém melhor do que você sabe o que você quis expressar em cada quadro e precisamos criar uma estrutura atraente, que transmita uma mensagem.

Leah mordeu o lábio inferior, sem deixar de olhar para o próprio trabalho, como se não soubesse muito bem por onde começar. Eu me forcei a parar de olhar para ela abobalhado e me sentei no chão, antes de pedir que ela fizesse o mesmo.

— Vamos começar pelo começo. Temos três salas para a sua exposição. — Peguei uns papéis da pasta que tinha trazido e passei um para ela; eram os mapas da galeria. — Por exemplo, nessa sala, a menor, há espaço para apenas três obras, por isso acho importante que elas sejam impactantes, entende?

— Entendo — sussurrou.

A hora seguinte passou voando.

Ainda não tínhamos decidido nada concreto sobre a primeira sala quando Sam entrou e perguntou se queríamos tomar um café com ela. Acabamos na cafeteria da esquina pedindo o de sempre, café e torradas com Vegemite. Sam começou a tagarelar sobre o marido, os filhos e o cardápio do restaurante onde tinham ido jantar na noite anterior; de alguma forma ela conseguiu fazer com que aquele momento fosse agradável e que Leah relaxasse.

— E por falar em cardápios, ontem eu tive uma ideia para a exposição. E se meu irmão Justin se encarregasse disso? Eu posso pedir para ele preparar algo salgado.

— Seria incrível! — O sorriso de Leah me deslumbrou. — Inclusive, pode ser algo doce também.

— Um menu doce em uma exposição? — Sam olhou para ela.

— Sim, por que não? E vamos brindar com milk-shake de chocolate! — Mordi o lábio para reprimir um sorriso ao ver a cara de estupefação de Sam enquanto Leah gesticulava empolgada. — Nada de champanhe. Podemos servir porções individuais de bolo ou algo de massa folhada. Ou até mesmo guloseimas!

— Isso... Não sei não...

— Vamos fazer assim — interrompi Sam.

Adorei a ideia de Leah não querer uma daquelas exposições imponentes e refinadas que muitos artistas sonham. Não é que fosse melhor ou pior, simplesmente era mais a cara dela.

— Acho que vai ser original — cedeu Sam.
— Você fala com Justin? — Leah me olhou.
— Sim, vou encontrá-lo mais tarde, quer vir comigo?

Leah se remexeu incomodada antes de deixar de lado seu café.

— É que eu combinei de almoçar com seus pais.
— Olha só, então de repente eu virei aquela menina do colégio que ninguém convida para a festa de fim de ano. Vou chorar — brinquei, e ganhei uma cotovelada de Sam.
— Vou pagar a conta. — Sam se levantou.

Leah deslizou o dedo pela asa da xícara antes de me olhar. E de novo senti a tensão que fluía entre nós, mas por baixo dessa parte ruim também percebi o carinho que ainda palpitava entre tantas recordações.

— Desculpa. Acho que sua mãe imaginou que seria constrangedor e quis evitar.
— Pois é. — Não desviei o olhar. — E é, para você?
— Às vezes sim, outras não.
— Sempre tão ambígua.

Leah sorriu enquanto se levantava.

Eu quis morder aquele sorriso.

41

Leah

Eu me despedi de Axel quando ele fechou a galeria na hora do almoço e fui caminhando até a casa dos Nguyen. No caminho, parei para pegar meu fone de ouvido para ouvir um pouco de música. Pulei várias até chegar àquele grupo que eu tinha ouvido menos nos últimos anos. Apertei o botão e as primeiras notas de "Hey Jude" começaram a tocar.

E retomei o passo no ritmo da canção.

Georgia me cumprimentou com um daqueles abraços que quase te deixam sem ar e Daniel me deu um tapinha nas costas enquanto me acompanhava até a sala. A mesa já estava posta e cheia de comida.

— Nossa, você exagerou, tem comida demais!

— Eu sei que você gosta de carne assada. Senta, meu amor, antes que esfrie — me disse, enquanto eles se sentavam também. — E para a sobremesa, preparei um cheesecake.

— Obrigada. — Tentei não me emocionar.

— Você está linda, seu cabelo está imenso! — Georgia me serviu um pouco de água antes de pegar os talheres para começar a cortar a carne. — Vamos, você precisa nos contar tudo sobre a exposição, não é, Daniel?

— Claro — sorriu, gentil. — Sabíamos que você conseguiria.

— Bem, na verdade isso é graças ao Axel.

Não sei por que precisei esclarecer aquilo; talvez não tenha sido o mais adequado, pois notei que Georgia teve que tomar um gole de água para engolir o que ela tinha acabado de colocar na boca. Mas afinal de contas, era verdade. Apesar de tudo, foi obra de Axel, como tantas outras coisas. E todos os erros dele não anulavam todo o resto.

Georgia me olhou um pouco nervosa. Seu marido, por outro lado, sorriu com orgulho.

— Meu filho é muito intuitivo, ele é bom nisso.

— Imagino. E parece que ele gosta.

— A gente espera que dure. — Georgia soltou um suspiro e vi que ela retorcia entre os dedos o guardanapo de papel. — E quanto ao que aconteceu com ele antes, nós...

— O que minha esposa quer dizer é que isso não é assunto nosso. — Daniel tentou interrompê-la, mas ela lhe dirigiu um olhar furioso antes de continuar.

— Na verdade, é assunto nosso sim. Quero dizer que sei que Axel pode ser complicado, e o que ele fez foi errado. Mas ele não é um rapaz mau, você sabe. Não gostaríamos que você se afastasse de novo, Leah, esses anos foram muito difíceis para todos.

— Como assim "o que ele fez"? — perguntei, com um nó na garganta.

— Você sabe. Você era só uma menina.

— Mas ele não fez nada de errado.

— Você tinha acabado de passar por algo difícil.

Pestanejei, sentida. Foi estranho. Senti um leve aperto no peito. Para mim, a única coisa que Axel tinha feito de errado foi ser um covarde, não enfrentar os outros nem a si mesmo, falhar com ele próprio e falhar comigo. E isso era o que eu não conseguia perdoar. Entretanto, diante daquele comentário da mãe dele, entendi um pouco o peso que ele carregava. Não que justificasse, mas entendi que talvez ele tenha tido medo, e o quão difícil foi tudo...

E eu quis liberá-lo desse peso, pelo menos com a família dele. Deixei os talheres de lado e respirei fundo.

— Eu sei que nunca falamos sobre isso antes, acho que porque foi mais fácil ignorar o assunto e simplesmente seguir em frente — disse, enquanto Georgia me olhava com atenção, um pouco constrangida e expectante. — Mas a verdade é que eu não me apaixonei por Axel naqueles meses em que moramos juntos, foi muito antes. Eu sempre o amei. E desejava estar com ele. O que aconteceu entre nós não foi nada de errado, pelo contrário...

— Leah, você não precisa continuar — Daniel estendeu a mão por cima da mesa para apertar a minha.

Mas eu queria continuar, porque precisava esclarecer as coisas e porque o silêncio de Georgia estava me matando. Pisquei para segurar as lágrimas.

— Se hoje estou aqui, é graças a ele. Porque eu não queria mais pintar. Não queria falar. Não queria viver. E Axel... me fez despertar. E de alguma forma, apesar de toda a parte ruim, me proporcionou o futuro que tenho agora.

Georgia se levantou com os olhos brilhando e saiu da sala de jantar. Tudo ficou silencioso durante um longo minuto que pareceu eterno, antes que os braços de Daniel me rodeassem com carinho em um abraço paternal.

— Não dê muita importância a isso, ela achava que precisava te proteger. Talvez porque naquela época você parecia uma menina muito frágil, enquanto ele...

— Às vezes os fortes usam essa aparência como escudo para não mostrar todos os seus medos e fraquezas.

Ele concordou, entendendo o que eu quis dizer. Porque Axel não era tão forte como todos pensavam, nem eu tão delicada. Mas as primeiras camadas enganam.

— Vou falar com ela.

— Não, eu vou.

— Tem certeza?

Fiz que sim, sorri e fui até a cozinha.

Georgia estava cortando o cheesecake que havia acabado de tirar da geladeira em porções pequenas e triangulares. Fiquei comovida ao lembrar que sempre que ela ficava nervosa, precisava manter as mãos ocupadas. Aproximei-me dela por trás, sem fazer barulho, e a abracei. Georgia ficou quieta, mas notei, em cada movimento, os soluços que lhe escapavam. Quando ela se virou e me olhou com os olhos ainda úmidos, esqueci por que eu estava tão aborrecida com ela, porque em família é assim: quando você se lembra o que te irritou, o motivo perde a importância.

— Desculpa — sussurrou. — É que eu sentia que era minha obrigação te proteger, que isso era o que Rose teria me pedido, e quando tudo isso aconteceu... foi como se eu tivesse falhado com ela. Eu já tinha ficado triste por não poder cuidar de você quando Oliver teve que ir embora para trabalhar, por não ter espaço em casa, e tudo ficou complicado...

Sorri e neguei com a cabeça.

— Você se preocupa demais.

— Um pouco demais — brincou.

— Eu não sou mais criança, Georgia.

— Acho que não. — Respirou fundo e me olhou. — Então quer dizer que você sempre gostou do Axel... Como é que eu nunca percebi isso?

Fiquei vermelha e encolhi os ombros.

— Minha mãe sabia.

— Rose? E ela nunca foi contra?

— Não acho que ela se preocupava com isso... — Olhei para os azulejos da cozinha enquanto Georgia passava a mão nos meus ombros com carinho. — E já passou, não importa mais.

42

Leah

Durante os dois dias seguintes, trabalhamos lado a lado até termos a lista com a disposição das salas e os quadros emoldurados. E foi fácil. Como antes.

Parávamos para almoçar com Sam na cafeteria da esquina e depois retornávamos ao depósito da galeria ou, às vezes, finalizávamos alguns detalhes no escritório de Axel, como naquele dia quente no meio da tarde.

— Então já está tudo pronto — comentei.

— Sim, e amanhã no fim do dia vamos provar o menu que Justin preparou. Não são muitos pratos, mas parece que ele levou o negócio a sério. Estava muito feliz por ele estar preparando isso.

— Certo. Mais alguma coisa?

— Um jornal local está interessado na exposição; não é grande coisa, mas eles querem fazer uma entrevista rápida com você que vai sair na seção de Cultura. — Folheou alguns papéis em sua mesa. — Quando as obras estiverem instaladas, vamos estudar bem a iluminação. E falta a parte mais importante da exposição: você, como artista.

— Você está falando de socializar e tudo mais?

— Sim. Isso não deixa de ser um evento. Quando as pessoas vêm para ver as obras, querem também falar com o artista, fazer perguntas, conversar...

— Acho que vou ser péssima nisso.

— Eu aposto o contrário.

— Você bota muita fé em mim.

— Vamos ensaiar, não se preocupe.

— Tá bom. — Olhei para ele um pouco indecisa, sem saber se já tinha chegado o momento de me despedir e ir embora, ou se ainda tínhamos mais detalhes pendentes.

— Você vai fazer alguma coisa agora?

— Nada específico. Por quê?

— Estava me perguntando... — Axel me olhou sem rodeios. — Hoje o mar está bom, então pensei se talvez você não gostaria de, sei lá, pegar umas ondas.

— Não acho que seja uma boa ideia...

— Por que não? — Levantou uma sobrancelha.

— Para começar, porque faz três anos que não faço isso.

Axel pestanejou surpreso antes de apoiar os braços na mesa e se inclinar em minha direção.

— Faz três anos que você não surfa? Eu entendi bem?

— Muito bem. — Não pude evitar dar risada.

— Não brinca, Leah.

— Pois é. — Suspirei enquanto me levantava.

— Espera, espera. Vem comigo hoje à tarde.

— Axel...

— Vamos, vai ser só uma tarde.

— Vou pensar — disse antes de sair.

43

Axel

Na verdade eu não esperava que ela aparecesse na porta da minha casa, mas mesmo sabendo disso, sua ausência me deixou mal. O sol já estava se pondo no horizonte quando decidi pegar uma das pranchas e seguir pelo caminho da praia. O mar estava imponente naquele dia e as ondas estavam boas; entrei na água e me desliguei de tudo enquanto deslizava e caía e me levantava novamente.

Não sei há quanto tempo eu estava ali quando a vi.

Leah estava na areia, com uma prancha grande debaixo do braço que ela tinha pegado na minha varanda e um biquíni vermelho minúsculo que imediatamente chamou minha atenção. Porque... porra, eu queria tirá-lo e lamber a pele por baixo dele e fazer com que tudo voltasse a ser como antes. Sentir essa possibilidade tão distante era como levar um soco no estômago cada vez que me lembrava da realidade.

Me aproximei dela nadando.

— Pensei que você não viria.

— Eu também — admitiu.

— E o que te fez mudar de ideia?

— Como você disse, "é só uma tarde", e ontem eu passei um tempão fechada no hostel. Mas presta atenção, eu te proíbo de dar risada, está ouvindo? Porque faz muito tempo...

— Não vou rir — garanti.

Nós nos olhamos por um momento até que ela rompeu o contato e entrou na água. Fui atrás dela com uma sensação de calor em meu peito por tê-la ali novamente, no meu pedaço de mar, sob o céu alaranjado do pôr do sol, mesmo que fosse por apenas um momento passageiro... porque isso era melhor do que nada, qualquer coisa era.

Estava com tanto medo de ferrar tudo de novo, de dizer algo que pudesse afastá-la, que fiquei calado observando-a enquanto ela tentava cortar as ondas, embora ela tenha caído rápido na maioria das vezes. Quando o cansaço a venceu, ela deitou na prancha, apoiando o rosto na superfície. Ela estava linda.

— Acho que não consigo me mexer.

Dei risada e sentei na minha prancha ao lado dela.

— Amanhã a gente tem muita coisa para fazer.

— Espero não causar muitos problemas para o Justin. Por conta do buffet de última hora.

— Ele está adorando. Por poder participar e porque sabe que vou ficar devendo um favor gigante a ele.

— Então vocês continuam do mesmo jeito.

— Não, estava brincando. — Fechei um pouco os olhos, porque os últimos raios de sol estavam me cegando. — Na verdade, agora está tudo bem diferente. Ficamos amigos.

— Tá falando sério? — perguntou, sem acreditar.

— Sim. Uns dias atrás saímos para beber e ele terminou devorando um brownie de maconha e dançando com um grupo de meninas. Acredita? — Dei risada.

Leah estava deitada, mas se sentou, me olhando com curiosidade.

— E o que fez a relação de vocês mudar assim?

— Nada. — Engoli em seco. — Tudo. Você. Acho que, às vezes, a pessoa que você menos espera que te compreenda acaba te surpreendendo e te apoia. Foi isso que aconteceu.

Ela olhou para o horizonte e ficamos ali em silêncio, observando o movimento suave das ondas e o mar banhado pela luz do final do dia. E como sempre que Leah estava por perto, aquele pôr do sol foi diferente. Único. Intenso.

44

Leah

É ENGRAÇADO COMO A GENTE SE ACOSTUMA ÀS NOVAS SITUAÇÕES. EU ESTAVA EM Byron Bay há poucos dias, mas tinha a sensação de ter estado lá nos últimos três anos, como se nunca tivesse saído. Talvez porque eu conhecesse muito bem cada rua dali. Ou porque, apesar de tudo, aquele lugar seria sempre a minha casa. E não há nada mais confortável do que a nossa casa.

Naquela manhã eu não fui à galeria porque tinha combinado com um cara que queria me entrevistar para o jornal local. No início fiquei tão nervosa que ele se ofereceu para pegar um copo de água antes de me fazer a segunda pergunta, mas depois, quando passei simplesmente a responder o que estava sentindo, sem pensar, tudo fluiu e foi mais fácil do que o esperado.

Almocei com Blair e à tarde fui caminhando até a cafeteria dos Nguyen, esse lugar que sempre fez parte da minha vida. Ali eu havia passado longas tardes com meus pais ou com Georgia, quando eles tinham algum compromisso e me deixavam aos cuidados dela. Apesar das reformas que Justin havia feito quando assumiu o negócio, eu reconhecia cada xícara daquele lugar.

Quando cheguei, todos já estavam lá. Emily, os gêmeos, Georgia e Daniel.

Não havia nem sinal de Axel. De repente, achei esquisito passar um dia inteiro sem vê-lo. E pensei novamente sobre como nos acostumamos a tudo, como esponjas. Em outra época foi quase impossível parar de sentir a falta dele, e naquele momento, depois de anos de ausência, parecia novamente estranho não ter notícias dele durante vinte e quatro horas.

— Vem cá! — Justin me recebeu com um sorriso e me puxou pela mão para me levar até a mesa que havia preparado. Estava cheia de pequenos bolinhos. — Senta, hoje quem manda é você.

— Eu? — Comecei a rir. — Você fala como se eu tivesse um paladar excepcional!

O pequeno Max sentou-se ao meu lado e os outros se acomodaram em volta da mesa. Adorei estar ali com eles, cercada por aquela família que também era minha e que eu havia sentido tanta falta, porque apesar de tê-los visto ao longo desses anos, era algo esporádico e não era igual, não era como estar ali, em Byron Bay.

— Prova a massa folhada de laranja e chocolate.

— Você está sufocando a menina, Justin! — Emily sorriu.

— Filho, isso é... *incrivilhoso*. — Daniel lambeu os lábios.

Georgia revirou os olhos antes de começar a rir e balançar a cabeça. Olhou para mim com tanta ternura que senti meus olhos marejarem de tanta felicidade e me forcei a piscar rápido enquanto pegava um dos bolinhos.

— Gostou? — Justin parecia inquieto.

— É delicioso, de verdade. Está tudo perfeito. — Dei outra olhada para a mesa cheia de pratos. — Acho que vai ser a exposição mais sensacional do mundo.

Meu sorriso diminuiu um pouco quando olhei para a porta da cafeteria e vi que continuava fechada. Balancei a cabeça. Talvez Axel tivesse coisas a fazer.

Talvez nem tivesse passado pela cabeça dele vir a uma reunião que era mais familiar do que profissional, por mais que fôssemos servir aquele cardápio na galeria.

— Sabia que já estou usando uma das pranchas menores? — disse Connor com orgulho.

— Jura? Desde quando? — perguntei.

— Há um mês! Eu também! — acrescentou seu irmão Max.

Baguncei o cabelo dele, que resmungou antes de dar um gole em seu milk-shake de chocolate. E eu fiz o mesmo, estava uma delícia.

— Justin, obrigada por tudo, mesmo.

— Eu que te agradeço, porque estou pensando em punir Axel durante meia vida por isso. E acredite, eu amo o meu irmão, mas nada me deixa mais feliz do que tirá-lo do sério.

— Algumas coisas não mudam nunca. — Emily me olhou, disfarçando um sorriso.

— E falando em Axel, cadê ele?

Todos os olhares vieram para mim. E me senti estranha, totalmente exposta.

— Ele não te ligou? — perguntou Justin. — Estava com dor de cabeça. Uma dessas enxaquecas que tem de vez em quando. Melhor ele ficar descansando mesmo, porque quando está mal... bem, ele fica absolutamente insuportável.

— Não fala assim do seu irmão! — queixou-se Georgia.

— Mas é verdade — encolheu os ombros. — Mãe, admita que suportá-lo quando ele está doente é pior do que tortura chinesa, todo mundo sabe disso.

— É que ele não suporta ficar mal — justificou.

Daniel sorriu com carinho e acariciou o rosto da esposa com o dorso da mão, um gesto tão pequeno e tão bonito... Devia ser incrível ver tudo aquilo que você conseguiu formar: uma família, os filhos, os netos, o negócio.

Terminamos de comer sem parar de conversar. Eles me atualizaram de tudo e eu lhes contei com mais detalhes o que eles já sabiam da minha vida em Brisbane. Georgia e Daniel foram os primeiros a ir embora, depois foram Emily e as crianças, mas eu fiquei um pouco mais, primeiro porque não tinha mais nada para fazer e também porque queria ajudar a limpar. Então, com Justin, tirei a mesa e organizamos tudo na máquina de lavar louça.

O silêncio era confortável. Ele me passou um pano quando terminei.

— Então, por fim, você vai conseguir. O que você mais queria.

— Nem sei bem o que eu quero — admiti.

— Não é isso? Viver da sua arte?

— É, acho que sim. Mas nunca tive um sonho específico, eu só queria isso, pintar. Parece meio conformista, né? Ou simplório, sei lá.

— Não. Eu só queria ter uma cafeteria. Não existem sonhos grandes ou pequenos, Leah.

— Tem razão. — Tirei o avental enquanto saíamos da cozinha. — E sempre podemos averiguar pelo caminho o que realmente queremos.

Nos despedimos com um abraço quando estava quase anoitecendo e fui caminhando até o hostel. E talvez eu devesse ter me surpreendido quando meus passos mudaram de direção duas ruas mais adiante, mas isso não aconteceu. Porque parte de mim queria, mesmo que a outra parte estivesse gritando para eu dar meia-volta.

Então, quinze minutos depois, cheguei àquele lugar que eu conhecia tão bem. Não chamei, porque pensei que ele poderia estar dormindo, e dei a volta pela casa até aquela varanda traseira onde tínhamos passado tantas horas. As pranchas estavam na lateral encostadas à parede, o vento balançava a rede e uma trepadeira selvagem subia pela cerca de madeira. Tudo continuava igual, como se o tempo tivesse parado ali.

Parei depois de subir os degraus do alpendre.

Recuperei o fôlego. Eu ainda podia voltar para atrás por onde tinha vindo. Mas não voltei. Hesitei por mais alguns segundos, nervosa, até que decidi abrir a porta e entrar sorrateiramente naquela casa cheia de lembranças.

Avancei lentamente. A sala estava vazia. Comecei a sentir um vazio desconfortável no peito conforme fui reconhecendo cada móvel, cada objeto, cada detalhe. Senti como se tivesse acabado de viajar no tempo, mas sendo uma pessoa diferente, a que eu era naquele momento, observando tudo a partir de uma perspectiva muito mais ampla.

Passo a passo, fui deixando o medo para trás.

Quando cheguei ao quarto, prendi a respiração.

Axel estava dormindo. Usava só um calção de banho e estava com um braço sobre o rosto, como se estivesse tentando se proteger do sol da tarde que entrava pela janela horas atrás. Seu peito subia e baixava a cada respiração. E, acima dele, o quadro que tínhamos pintado juntos um dia enquanto fazíamos amor ainda estava pendurado na parede. Segurei no batente da porta quando senti minhas pernas tremerem.

Por que ele o tinha guardado?

Quis acordá-lo e gritar todas as coisas que ainda não tinha dito. Que ele tinha me machucado. Que ele partiu meu coração. Que eu não entendia como tudo o que vivemos significou tão pouco para ele. Que eu dormi muitas noites com lágrimas nos olhos. Que eu continuava sendo a mesma menina tonta que não fazia aquilo que pensava e que estava fazendo o que ela mesma tinha prometido que nunca mais voltaria a fazer.

Porque lá estava eu.

Olhando para ele.

Tremendo.

Dei a volta e fui para a sala.

Fiquei ali um pouco até conseguir me acalmar e lembrar por que tinha ido até lá. Fui até a cozinha e abri alguns armários para ver o que eu tinha. Muito álcool, para começar. E pouca comida. Sorri ao ver alguns pacotes de sopa que Georgia continuava comprando para ele com frequência. Peguei um e acendi a luz para ler as instruções, porque não lembrava mais as medidas exatas de água. Quando parte da sala não estava mais na penumbra, vi em cima da mesa o quadro que lhe havia dado semanas atrás no estúdio, o quadro do nosso pedaço do mar.

Respirei fundo e peguei uma panela em que coloquei água para esquentar. Eu prepararia o jantar para ele, o acordaria e me certificaria de que ele estivesse bem antes de ir embora.

Isso era tudo.

45

Axel

NÃO SABIA QUE HORAS ERAM QUANDO ACORDEI.

A dor tinha diminuído, mas minha cabeça continuava latejando. Levantei devagar, evitando fazer movimentos bruscos, e caminhei descalço até a sala. Parei assim que senti o cheiro que pairava sobre a casa e a vi ali, sentada em um dos bancos da cozinha, com os olhos fixos em mim. Um silêncio denso nos envolveu.

— Será que ainda estou sonhando? Se sim, não sei por que você ainda está vestida.

Leah revirou os olhos e depois sorriu.

— Queria ver como você estava — disse.

Sentei no banco livre do outro lado do balcão de madeira, de frente para ela. Olhei-a com o cenho franzido, tentando entender o que ela fazia ali, porque, por mais que estivesse feliz em vê-la, eu também estava surpreso.

Fiquei calado enquanto ela se levantava, servia a sopa em uma tigela e a colocava na minha frente antes de me passar uma colher. Eu não estava conseguindo entender a situação.

— Já estou melhor. Não precisava.

— É só um jantar normal — ela respondeu.

— Eu te agradeço, mas não estou com vontade.

Eu tinha passado a tarde inteira com náuseas. Já tinha melhorado, mas nesses dias de enxaqueca eu preferia me agarrar a uma garrafa ou à minha cama. Nada de sopas quentinhas.

— Sua família tem razão. Você é insuportável, Axel — resmungou. — Quando alguém passa pela sua casa para facilitar a sua vida, basta dizer "obrigado" e colocar na boca o que quer que tenham preparado para você. Isso se chama educação.

— Você sabe que isso eu não tenho muito.

— Certo. Eu já estava de saída, então...

— Não, espera. Come comigo. A metade.

Apontei para a tigela com a colher e olhei para ela, implorando. Porra, se aquele olhar de idiota não a amolecesse, nada o faria, porque eu estava começando a sentir vergonha de mim mesmo.

Leah hesitou, mas acabou se sentando.

Dividimos a sopa em duas tigelas e a tomamos, perdidos em silêncios que falavam demais. Ou talvez só eu tenha sentido isso. Talvez fosse mais fácil pensar que ainda restava algo de "nós" do que aceitar a realidade, a dor.

Levantei para retirar as tigelas.

— Bem, eu preciso ir — disse Leah.

— Você não vai embora a pé, à noite.

— Para de dizer bobagem — replicou.

— Eu vou te levar. Espera só um minuto, enquanto eu fumo um cigarro. — Peguei o maço. Ela me olhou desconfiada antes de me seguir até a varanda. — Quem não te conhece diria que eu te sequestrei, ou algo assim. Não faz essa cara.

Leah bufou e eu acendi o cigarro. Ela ficou ao meu lado com as mãos na cerca. As estrelas cintilavam no céu escuro da noite.

Quando o silêncio ficou mais intenso, olhei para ela fixamente.
— Então... qual o sentido disso? — perguntei.
— Sentido? Não sei o que você quer dizer.
— Você aqui...
— Eu queria saber como você estava — repetiu.

Criei coragem para fazer a pergunta que eu mais temia, porque talvez no fundo eu já a conhecesse suficientemente bem para sentir através de sua pele, então eu já sabia... sabia que iria sofrer. E eu ainda achava difícil enfrentar as coisas. Assimilar tudo.

— Isso significa que você me perdoou?

Leah respirou fundo antes de criar coragem para responder:
— Eu perdoei o Axel que era meu amigo, minha família.
— E o que transava com você? — Minha voz saiu rouca.
— Não, esse não. — Seu olhar me atravessou. E doeu.

Mas de alguma forma, no meio de todo o sofrimento, eu entendi sua necessidade de separar as coisas, porque talvez tenha sido a única maneira que ela encontrou para se aproximar de mim sem culpa. Não tínhamos conversado sobre isso. Ela não tinha me pedido explicações. Não tinha reagido da maneira que eu achava que reagiria. Era como se aquilo tudo nunca tivesse acontecido e ela tivesse ficado com o de antes, com o que existia até que os dois decidimos cruzar aquela linha que mudou tudo.

Dei uma tragada longa e expeli a fumaça.
— Eu entendo — sussurrei.

Leah desviou o olhar, incomodada.

Encostei o quadril no pilar. Ela deu um passo para trás como se precisasse se afastar, e caminhou pela varanda de um lado para o outro, nervosa. Não sei o que estávamos fazendo ali, no silêncio que se instalou entre os minutos que deixávamos passar. Na contramão do que tínhamos acabado de falar, eu só conseguia pensar no meu desejo de diminuir a distância que nos separava e beijá-la até que ambos pudéssemos esquecer quem éramos e a história que carregávamos.

Segurei com força no corrimão.
— Tudo bem, Leah, para de... para de andar assim. — Ela parou. Passou uma mão pelo pescoço e engoliu em seco. — O que eu falei era verdade. Entendo como você se sente...
— Entende uma merda.
— Querida...

— Você não vai entender nunca, Axel.

Puxei o ar e entendi que eu não ia ganhar aquela guerra. Porque ela tinha acabado de trancar uma porta e jogar a chave fora, e eu não tinha certeza se era melhor abri-la com um empurrão ou esperar até que ela me deixasse entrar.

— E ele entende? — perguntei.

Ela abriu os olhos surpresa e balançou a cabeça.

— Não pretendo falar disso com você.

— Por quê? — Optei pelo tudo ou nada. — Você me perdoou como amigo, certo? Então me mostra isso. Estou aqui e só quero conversar. Segundo a sua lógica, deveria ser fácil.

Nossos olhares se cruzaram por um segundo.

— Ele é uma boa pessoa — sussurrou.

— Como se chama?

Não sei se eu estava tentando me torturar, mas queria puxar cada vez mais forte a corda frágil e desgastada que ainda nos unia, até ficarmos tão perto que mal houvesse espaço para respirar. E não me importava se fosse doer. Nada mais importava.

— Landon.

— Estuda com você?

— Não.

— Ele não pinta?

— Não. E você?

— Eu? — perguntei, confuso.

— Continua sem pintar?

— Sim, você esperava que eu estivesse pintando?

— Não sei, nunca sei o que esperar de você.

— E isso é bom ou ruim?

Negou com a cabeça, como se não tivesse muita certeza do que estava fazendo ali na minha varanda, e colocou os dedos entre as sobrancelhas.

— Você pode me levar para o hostel, Axel?

— Posso. Mas me pergunte se eu quero.

Ela me olhou nos olhos sob o céu estrelado.

— Você quer me levar...?

Eu ia responder. Ia dizer que não, caralho, que o que eu queria era que ela ficasse ali para sempre, comigo, na casa que um dia foi nossa, mas mudei de ideia quando vi a súplica em seus olhos. Quase consegui escutá-la na minha cabeça: "Por favor, não faça isso. Por favor, por favor, por favor". E pensei que, por mais foda que fosse, seria sempre melhor ter um pedaço de amizade do que perdê-la novamente.

— Espera, vou pegar as chaves.

Cinco minutos depois estávamos no carro.

Mal conversamos enquanto as ruas ficavam para trás. Parei em frente ao hostel; não desliguei o motor, mas estacionei do outro lado da rua.

— Obrigado por ter vindo. E pelo jantar.

— Não foi nada — sussurrou.

Nós nos olhamos na escuridão. A luz de um poste distante refletia no vidro do carro, a rua estava deserta e tinha começado a garoar um pouco.

— Então... amigos? — perguntei.

— Amigos — respondeu gentilmente.

Leah foi abrir a porta, mas eu a segurei.

— Espera, você está pensando em ir sem me dar um beijo?

— Axel... — me fuzilou com o olhar.

— Vem, eu estou doentinho...

Apontei o dedo para o meu rosto e vi que ela disfarçava um sorriso antes de se inclinar e me dar um beijo tão leve que eu mal senti. Saiu do carro antes que eu tivesse tempo de reclamar e eu fiquei ali, sorrindo feito um idiota, enquanto ela atravessava a rua e subia as escadas do hostel.

46

Leah

Estava lendo uma revista no alpendre da casa dos meus pais quando Axel apareceu. Lembro que era verão, porque estava de férias da escola e não conseguia tirar da cabeça o que uma colega de classe chamada Jane Cabot tinha contado a Blair e a mim alguns dias atrás: ela tinha beijado um menino. Ela foi a primeira da nossa turma a fazer isso.

— O que você está fazendo aqui fora, querida? — Axel me olhou. Parecia tão adulto...

Na semana anterior ele tinha completado vinte anos e tínhamos nos reunido no jardim para comemorar, apesar de ele ter reclamado, dizendo que não tinha mais idade para essas festas. Eu não entendia por que tinha que haver uma "idade" para os aniversários e queria que continuássemos almoçando todos juntos para sempre, mesmo que tivéssemos mais de noventa e a pele cheia de rugas.

— Você veio ver o meu pai? — perguntei.

— Sim. Ele está lá dentro? — apontou para a porta de casa.

— Discutindo com Oliver por alguma besteira. — Revirei os olhos, ele deu risada e bagunçou meu cabelo. — Espera um pouco. Preciso saber uma coisa.

Axel levantou uma sobrancelha intrigado e se sentou ao meu lado no piso de madeira. Soprava um vento morno e ele usava uma camisa com as mangas dobradas e com estampa de palmeiras que chamou a minha atenção.

— O quê?

Eu tinha quase esquecido. Soltei a revista que estava lendo porque na capa dizia algo como "Três truques infalíveis para um beijo matador". Fiquei vermelha enquanto tentava encontrar as palavras mais adequadas, mas, no fim, soltei de uma vez só:

— Como é beijar, Axel?

— Beijar? — Ele me olhou, sem acreditar.

— Sim. Quando um menino beija uma menina.

Ele ficou calado uns segundos enquanto segurava um sorriso e passava a mão pelo queixo com um gesto pensativo. Deixou escapar um longo suspiro antes de responder.

— Na sua idade, seria melhor não se interessar por isso.

— Outro dia, uma amiga deu um beijo em um menino.

— Caramba... — Franziu o cenho. — Acho que essa sua amiga se enganou. E o problema de se enganar com os beijos é que não tem como voltar atrás. Você só deve dá-los às pessoas que você ama muito, entende isso, Leah?

— Sim. Eu amo você — respondi, sentindo meu rosto corar. Axel sorriu de lado e balançou a cabeça.

— Não desse jeito, querida. O que estou tentando dizer é que um dia você vai conhecer alguém que você ama tanto, que não vai conseguir dizer o que sente sem usar a boca.

— Eca! Isso parece ser nojento, Axel! — Dei risada.

— Quando chegar a hora não vai ser, você vai ver.

Fiquei pensativa enquanto tocava com as mãos a ponta de uma das duas tranças que minha mãe tinha feito em meu cabelo naquela tarde.

— E você já beijou muita gente?
— Eu? — Axel se surpreendeu de novo.
— Sim, tonto, quem mais poderia ser? — Sorri.

Ele me olhou bem sério. Eu adorava isso em Axel, que, ao contrário do meu irmão ou dos outros, ele sempre falava comigo como se confiasse que eu entenderia tudo o que ele fosse me dizer. Com ele, eu me sentia mais forte. Mais adulta. Quando eu precisava de uma resposta sincera sobre qualquer pergunta, eu o procurava.

— Posso te contar um segredo? — Concordei imediatamente. — Eu fui um pouco como essa sua amiga e me enganei muitas vezes. Por isso posso te aconselhar sobre o que você não deveria fazer. E sabe de uma coisa? Até agora eu nunca dei um beijo de verdade.

Pestanejei um pouco confusa, porque não estava muito certa sobre o que ele queria dizer com "um beijo de verdade" e como seria dar "um beijo de mentira". Talvez tivesse algo a ver com a duração do beijo, pensei; estava prestes a perguntar quando meu pai saiu para o alpendre.

— Axel! Não sabia que você já tinha chegado. — Deu um tapinha nas costas dele quando ele se levantou. — Seja um bom rapaz e venha até o estúdio comigo antes de se mandar com o Oliver.

Fiquei deitada no chão enquanto eles entravam em casa e suas vozes se distanciavam. E naquela tarde de verão pensei em beijos, em como parecia difícil não se enganar, e que eu tinha que contar tudo a Blair o mais rápido possível.

47

Axel

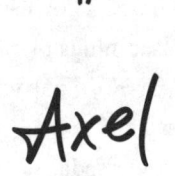

Sentei em frente à minha mesa de trabalho e observei aquele quadro em que Leah havia pintado nosso mar em meio a uma tempestade. Passei os dedos sobre a tela como já tinha feito outras vezes, notando as bordas irregulares, as camadas de tinta, os erros que ela tinha tentado encobrir. E por fim fiz o que queria; peguei uma faca na cozinha e, muito lentamente, com a ponta, raspei a tinta de um dos cantos. Me inclinei e prendi a respiração quando vi, entre as camadas mais escuras, algumas de uma tonalidade mais clara, um azul-cobalto.

Em algum momento, aquele céu sombrio tinha sido um céu aberto.

48

Axel

Preparar a exposição foi fácil com a ajuda de Sam e a colaboração de Leah. Trabalhamos sem descanso durante os dias seguintes. Não tive mais dor de cabeça, talvez por causa dos óculos que Leah parecia achar engraçados cada vez que me via usando, e me concentrei em deixar tudo perfeito.

Na sexta-feira pela manhã já estava tudo pronto.

Com Leah por perto, circulei pelas três salas admirando o resultado final, como se já não tivesse visto tudo uma dezena de vezes.

— Satisfeita? — Sorri para ela.

— Sim. E nervosa também.

— Em pouco mais de vinte e quatro horas, esta sala vai estar cheia de gente. — Tinha se espalhado a notícia de que a filha dos Jones era a artista, o que havia gerado bastante interesse. E como se isso não fosse suficiente, na tarde anterior eu havia convencido meus sobrinhos a colocar alguns cartazes nas ruas mais próximas em troca de deixá-los usar minha prancha de surfe. — Então, acho que chegou o momento de fazer um ensaio, o que você acha?

— Acho que vou ter um infarte.

— Sempre tão exagerada — Dei risada.

Leah me seguiu quando voltei para trás até chegar à porta da galeria.

— O que você está fazendo? — perguntou.

— Uma simulação. Imagine que as pessoas estão ao seu redor comendo alguma coisa, conversando e observando os quadros, e eu sou um visitante muito exigente que acaba de entrar. — Avancei pelo corredor e segui até a primeira sala. Uma vez ali, passei alguns segundos olhando para os quadros. Depois virei para Leah e perguntei: "É você a artista?"

Ela começou a rir antes de ficar séria.

— Sim. — Ela ficou calada e eu olhei para ela como insinuando que ela deveria continuar falando, então ela se apressou em fazê-lo. — Desculpa. É a minha primeira exposição e estou um pouco nervosa.

— Você tem bastante talento para uma principiante.

— Obrigada. Na verdade, eu pinto desde sempre.

— Interessante. Então esse sempre foi o seu sonho? — perguntei, enquanto circulava para ver o restante das obras daquela sala. Ela me seguiu.

— Pintar? Sim. Expor? Não sei.

Saí do papel por um momento, porque a resposta me deixou um pouco desconcertado. Olhei bem para ela, como se parte de mim pensasse que, se eu olhasse com intensidade suficiente, conseguiria ver o que estava além de sua pele.

— E para que pintar, se não for para expor?

— Porque sim. Pelo prazer de pintar. De sentir.

— Você nunca pensa sobre o que outras pessoas vão pensar sobre o quadro que você está criando?

— O senhor é um visitante muito curioso, não?

Ela levantou as sobrancelhas de um jeito engraçado e eu sacudi a cabeça porque ela tinha razão, eu tinha exagerado um pouco.

— Tudo bem, vamos começar de novo. — Saí daquela sala e fui até a próxima. — Imagina que você está aqui e, de repente, alguém se aproxima para fazer uma pergunta específica.

— Tá bom.

Apontei para a obra da menina que segurava um coração.

— O que significa exatamente este quadro?

Notei que ela ficou mais nervosa. Porque tudo aquilo não deixava de ser algo pessoal, dela, e que no dia seguinte estaria exposto aos olhos de todas as pessoas que quisessem vê-lo.

— É o desamor.

— Não entendo.

Talvez eu não estivesse jogando totalmente limpo, mas precisava saber. E apesar disso, não era nada que Sam ou qualquer outra pessoa não pudesse ter perguntado. Por isso os colecionadores e amantes da arte compareciam à inauguração das exposições: para conhecer o artista, os segredos por trás de cada obra e decidir se valia a pena pagar por ela, porque desejavam encontrar aquele "a mais" que a tornava diferente, especial, única.

— Esse é o exato momento em que uma pessoa decide devolver o seu coração, apesar de você tê-lo dado a ela. É por isso que ela o carrega nas mãos. Porque ela tinha renunciado a ele e agora não sabe o que fazer com algo que não é mais dela.

Caralho. Essa menina podia me matar só com palavras. E com traços. E com olhares. Com qualquer coisa. Ela tinha a capacidade de me deixar travado mesmo quando eu achava que estava em vantagem. Naquele momento, entendi que ela sempre iria vencer. Sempre.

Porque eu estava sempre um passo atrás tentando entender a mim mesmo, enquanto ela já tinha entendido por nós dois. Limpei a garganta.

— Como eu posso comprá-lo?

— Fale com o meu representante. — Sorriu para mim. — Ele deve estar por aí. Ele é alto, costuma estar com o semblante fechado e usa uns óculos que ficam engraçados nele.

Resmunguei em resposta, mas me acalmei ao perceber que a tensão se dissipava. Continuamos fazendo aquilo um pouco mais, considerando as diferentes perguntas que poderiam surgir e a melhor maneira de respondê-las. Quando chegou a hora de fechar a galeria, nos despedimos de Sam e eu a acompanhei de volta ao hostel.

— Não falta nada para o grande dia — suspirou.

— Continua nervosa? — perguntei.

— Duvido que eu consiga dormir essa noite.

— Imagino...

— Amanhã o meu irmão chega.

— Eu sei. E esse seu namorado também, né?

Notei que suas costas enrijeceram e depois ela lambeu os lábios, sem saber que esse gesto dificultava bastante as coisas para mim e para o meu autocontrole. Apanhou uma flor da trepadeira que crescia na rua lateral atrás da cerca do edifício e começou a retirar as pétalas sem pressa.

— Na verdade, ele não é meu namorado. Não exatamente. Eu queria ter te falado antes, mas não é algo que eu sinta vontade de falar com você — admitiu. — Landon é... Eu tenho um relacionamento com ele. Sem rótulos. Diferente.

— Diferente... — saboreei aquela palavra.

— Estamos juntos — enfatizou.

— Entendo. Depois você nos apresenta.

Ainda um pouco nervosa, Leah engoliu em seco e me olhou agradecida antes de me dar um beijo no rosto e desaparecer pela porta do hostel. E sim, parte de mim pensou imediatamente que, se não havia nenhuma merda de namorado, eu não sabia que diabos estava fazendo ali parado como um idiota ao invés de devorar a boca dela, mesmo correndo o risco de ela me rejeitar, mas outra parte estava começando a entender que, às vezes, as coisas não são tão simples, do tipo "você pode fazer isso ou não". Às vezes há mais, muito mais.

49

Leah

Sempre achei que memória associativa é algo perigoso. Refiro-me àquela que não controlamos, aquela que, ao menor sinal, desperta sensações que estavam esquecidas. E eu tinha muitas coisas guardadas em caixinhas que fui acumulando dentro de mim.

Minha mãe era o aroma de lavanda, as mãos dela desembaraçando meu cabelo antes de trançá-lo, seu temperamento. Meu pai era a risada vibrante, o cheiro de tinta e as cores. O sabor de um pirulito de morango e a brisa do mar eram as tardes passeando por Byron Bay e os dias no colégio. Os Nguyen eram os domingos, o cheesecake e o ambiente familiar. E Axel...

Axel era muitas coisas. Aí estava o problema.

Associá-lo a tantos detalhes tinha essas consequências perigosas, porque a lembrança dele sempre me pegava. Axel era o nascer e o pôr do sol, as luzes tênues. Era as camisas estampadas meio desabotoadas, o chá depois do jantar e as noites na varanda. Era o mar, a areia e a espuma das ondas. Era a tatuagem que eu tinha nas costas, aquele "Let It Be" escrito por suas mãos. Ele era as primeiras vezes em que eu havia passado horas entre os lençóis com alguém. Era o gesto de levantar o queixo para olhar as estrelas e a música suave que envolvia tudo...

A única pessoa que, se começasse a tocar "Yellow Submarine" em qualquer lugar, escutaria também um "eu te amo" por cada "todos vivemos em um submarino amarelo".

E não importava o quanto eu tentasse correr, porque não se pode escapar do que se foi, a não ser que você pretenda apagar essas partes de você mesmo.

50

Leah

Não foi nenhuma surpresa eu não conseguir pegar no sono, então tentei me acalmar depois de me virar de novo na cama e ficar olhando para o teto do quarto. Pensei em tudo o que iria acontecer em apenas algumas horas e senti meu estômago encolher. Meus quadros estariam pendurados nas paredes de uma galeria e na frente de muitos olhos que veriam coisas diferentes através deles, traduzindo as pinceladas à sua maneira, tirando daqui e dali o que bem quisessem... E isso me assustava. Não poder transmitir o que eu pretendia. Inevitavelmente, quando eu os deixei ir, renunciei a isso: que eles fossem apenas meus e tivessem apenas um significado, porque a partir de então eles passariam a ter muitos e a pertencer a qualquer um que desejasse vê-los.

Respirei fundo e fechei os olhos. Foi então que ouvi.

Um *tic* suave que me fez franzir a testa quando ouvi outros mais. *Tic, tic.* Afastei o lençol e me levantei. *Tic, tic, tic.* Aproximei-me da janela e levantei-a com força para abri-la. Tive que esfregar os olhos para ter certeza de que o que estava vendo era real. Axel soltou as pedras que ainda carregava em uma mão e encolheu os ombros diante do meu desconcerto. Disfarcei um sorriso.

— Você tem trinta e três anos, um pouco demais para fazer essas coisas.

— Deve ser porque me sinto jovem quando estou com você.

— Não tô acreditando nisso... — sussurrei.

— Eu sabia que você estaria acordada.

— É meia-noite, Axel.

— Vem, desce aqui. É sexta-feira, tem alguns lugares abertos.

Pensei um pouco, e... a quem eu queria enganar? Estava há horas rolando na cama e não ia dizer não. Deixei escapar um suspiro e disse a ele que estaria pronta em cinco minutos. Coloquei um vestido de verão azul-claro com bolinhas brancas, umas sandálias baixas e saí do hostel.

Axel estava apoiado na cerca.

— Você não poderia ter ligado no meu celular?

— Isso seria muito comum — brincou.

— E as pedrinhas na janela não?

— Pelo menos é mais divertido.

Ele sorriu daquela maneira que parecia paralisar o tempo, congelando-o na curva de seus lábios. Eu odiava isso. Seu magnetismo. Como tudo parecia fácil para ele. Balancei a cabeça e segui ao lado dele conforme fomos avançando pela rua.

— Aonde vamos? — perguntei.

— Tomar alguma coisa, por exemplo.

— Eu tô nervosa pra caramba. Com o pressentimento de que vai dar tudo errado, que vai me dar um apagão e que quando abrir os olhos vou estar pelada no meio da galeria.

— Porra, tomara que aconteça isso. Vou estar na primeira fila.

— Idiota! — Dei um empurrão nele e ele deu risada.

— Vai ser perfeito, Leah — me acalmou e me olhou de relance. — Mas por isso eu vim te procurar a essa hora, porque te conheço e sabia que você estaria assim, fazendo esse drama todo. Além disso, preparei uma surpresa. Acho... acho que você vai gostar. — Engoliu em seco um pouco inseguro e eu não consegui decifrar sua expressão, porque em seguida ele voltou a se mostrar como sempre.

Senti de novo aquele frio na barriga que anos atrás tomava conta de mim cada vez que eu ia receber um presente ou quando alguém queria me surpreender. Lembro de rasgar o papel com pressa sem pensar direito, ansiosa, empolgada. Era como se aquelas ruas conhecidas desempoeirassem partes da garota que eu acreditava ter deixado para trás.

Mas me segurei e não perguntei.

Chegamos ao calçadão da praia e seguimos um pouco mais, até a região onde havia mais movimento. Decidimos parar em um bar aberto quase à beira-mar, então, quando entramos no pequeno quiosque em que serviam as bebidas, tirei as sandálias e senti nos pés a sensação do piso de madeira e da areia.

— Continua preferindo mojito?

— Sim — respondi, e ele pediu dois.

— Te deixei viciada, hein?

Prendi a respiração ao lembrar daquela noite em que Axel cedeu quando eu disse que queria tomar um porre e dançar "Let It Be" com os olhos fechados. Ele preparou uma jarra de mojito e mais tarde me beijou pela primeira vez sob as estrelas.

Parecia tão distante... E tão próximo ao mesmo tempo.

Dei um longo gole em minha bebida. Ao fundo tocava "Too Young To Burn" e, como não era cedo, já tinha gente bêbada fazendo graça, dançando e rindo, enquanto, ao longe, alguns tomavam um banho de mar noturno.

— Eu pago a próxima se você me disser o que está pensando. — Axel me olhou.

— Uma oferta impossível de recusar — ironizei. — Eu não vou tomar uma segunda.

Mexi o gelo do mojito e tomei pelo canudinho o pouco que restava. Axel apoiou um braço no balcão e me deu um daqueles sorrisos maliciosos que antes viravam meu mundo de cabeça para baixo.

— Vamos lembrar qual de nós dois é uma década mais velho — brincou.

— Vamos lembrar qual de nós dois continua sendo uma criança grande — repliquei.

Ele riu. Usava uma camisa clara e solta, com os primeiros botões desabotoados. O vento quente daquela noite de verão sacudia o cabelo dele, que continuava tendo o mesmo olhar cativante que me atraía e que me assustava quase em partes iguais.

Pedi outra bebida. Não sei por que mudei de ideia. Ele também, e brindou comigo.

— Pelo sucesso que está para chegar — ele disse, e eu sorri e dei um gole sem deixar de olhar para ele. Axel levantou uma sobrancelha com um ar divertido quando viu que eu não tirava os olhos dele. — Das duas, uma: ou eu sou incrivelmente atraente ou você está analisando qual seria a melhor forma de acabar comigo e esconder meu cadáver.

— A segunda, é claro. — Dei risada.

— Eu já imaginava. — Deixou o copo no balcão.

Fiquei séria e senti um calafrio.

— Na verdade, faz dias que estou pensando nisso... Acho que ainda não te agradeci por tudo o que você fez por mim.

— Você agradeceu sim, Leah, e não precisa.

— Deixa eu acabar. O que você fez foi algo desinteressado. Você me acolheu em sua casa. Cuidou de mim. E conseguiu fazer com que eu voltasse a sentir, a pintar, a viver. Só você e eu sabemos o que aconteceu naqueles meses e não me importa o que os outros pensem, porque eles nunca vão conseguir entender. Portanto, obrigada por isso. Porque você foi generoso. Foi amigo. Foi família.

Seus olhos eram um mar agitado e cheio de sentimentos que eu não consegui ler muito bem, porque estavam emaranhados demais. Ele parecia emocionado, mas também inquieto, agitado. Passou a língua pelos lábios e meu olhar parou naquele gesto até que ele sussurrou:

— Mas você continua sem me perdoar...

— Não misture as coisas.

E foi quase uma súplica, porque eu queria guardar a parte boa. A generosidade. A lealdade. A sensibilidade. Mas quando eu pensava no Axel que fazia amor comigo, eu via outras coisas. A covardia. O egoísmo. A fraqueza. Os medos. As palavras cortantes.

Ele sabia que era um caminho que nenhum de nós queria percorrer, porque em seguida mudou de assunto, pediu ao garçom mais duas bebidas, apesar dos meus protestos, e voltou a me oferecer aquele sorriso malicioso que usava para se esconder.

51

Axel

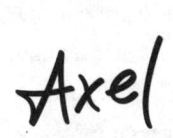

Leah me falou das aulas na universidade; de que só faltava uma disciplina e o projeto final que ela prepararia no ano seguinte; de que ela não tinha certeza do que iria fazer depois; das férias que tinha passado com Oliver e Bega nos últimos verões; das novas técnicas de desenho que ela vinha testando...

Fiquei apenas escutando, absorto, seguindo o movimento de seus lábios enquanto a madrugada avançava conforme tomávamos outra e outra bebida. Acabamos dividindo a última porque eu insisti, uma vermelha de morango, porque aquele sabor sempre me fazia lembrar dela. Ela ficou corada quando falei isso em seu ouvido.

Começou a tocar "Payphone" e me levantei.

— Dança comigo. — Estendi a mão para ela.

— Não. — Deu risada. — Eu bebi demais.

— Vem, eu não te deixo cair. Te seguro forte.

Ela riu novamente e me afastou quando tentei mostrar como eu podia segurá-la com força, porque ela sacou que era só uma desculpa para não me separar dela. Ela pegou minha mão, decidida, e me puxou para o centro da pista. Continuava descalça. Eu também estava. Seus pés se moviam perto dos meus e eu não conseguia parar de olhar para ela como um idiota e pensar em tudo o que ela tinha me contado sobre sua vida em Brisbane.

— Então você conheceu muitos caras...

— Vários. Não era isso que você queria, Axel? — Deu uma volta em si mesma sem soltar a minha mão.

Segurei-a junto ao meu corpo e deixei meus dedos deslizarem da cintura até os quadris dela, que se moviam ao som da música. Seus olhos me atravessaram e eu quis ficar para sempre naquele olhar, sob seus cílios volumosos.

— O que foi que você me disse, exatamente? Deixa eu lembrar... — Levou um dedo aos lábios.

— Não precisa se esforçar, eu lembro perfeitamente.

— Então, o que você quer saber?

— Qualquer coisa.

Continuamos dançando como se não houvesse mais ninguém em volta. E talvez tenha sido o álcool falando por ela, mas apesar das palavras de agradecimento que ela tinha dito uma hora atrás, naquele momento eu vi raiva em seus olhos. E também ressentimento e decepção.

— Não lembra de nada interessante?

— Sobre os caras com quem fiquei?

— Sim.

— Não tem muito o que contar.

— Você curtiu? — Apertei-a mais contra mim. Caralho, estava excitado e bravo e com ciúme.

— Às vezes. Com alguns mais que com outros.

Tive que fazer um esforço para seguir o ritmo da música enquanto imaginava outras mãos acariciando o corpo dela e ouvindo a minha própria voz pedindo a ela para viver, sair, trepar, quando no fundo o que eu queria era ser o único que pudesse tocá-la.

— Você gozava sempre?

Seus dedos pressionaram minha nuca.

— Axel, você está exagerando.

— Os amigos não fazem esse tipo de pergunta?

— Não estrague essa noite... — Foi quase uma súplica.

Eu não queria fazer isso, então calei a boca e me limitei a dançar e a olhar para ela e a sentir minha pele ficando arrepiada cada vez que nossos corpos se esbarravam enquanto nos movíamos com a música. Leah se deixou levar, com os olhos fechados, desinibida e tranquila. Sorri ao perceber que pelo menos eu tinha conseguido fazer com que ela não passasse aquela noite nervosa e se revirando na cama. Quando percebi que amanheceria em poucas horas, eu a convenci de que era hora de ir para casa.

Voltamos ao balcão para pegar as sandálias.

— Não estão aqui! — Leah franziu o rosto, indignada.

— Espera, te ajudo a procurá-las.

Calcei as minhas e tentei encontrar as dela entre os banquinhos em que estávamos sentados, mas Leah tinha razão e não havia nem sinal delas.

— E agora? — gemeu, um pouco bêbada.

— Anda descalça, qual é o problema, querida?

— Não me chame assim — resmungou. — Mas a gente tem que passar por um caminho de terra. As pedrinhas vão me machucar! — Estava muito engraçada assim, brava, exaltada.

— Eu te levo no colo. Vamos.

Seguimos pelo calçadão da praia. Quando chegamos no trecho de terra, em uma parte que estava sem asfaltar, me agachei e disse a ela para subir nas minhas costas.

— Tá me zoando, né? Nesse momento eu não consigo nem somar dois mais dois.

— Acho que são cinco. Vem, sobe!

— É ridículo! E se alguém nos vir?

— Desde quando você se preocupa com o que os outros pensam?

Isso bastou para Leah vir até mim. Eu adorava desafiá-la. Ela conseguiu subir nas minhas costas e rodeou minha cintura com as pernas e meu pescoço com os braços, como um macaco. Levantei e comecei a caminhar. Ela se mexeu.

— Caralho, não faz isso com a perna.

— Por quê? — perguntou, rindo.

— Porque assim você me mata de cócegas.

Leah se acabou de tanto rir, e quando eu ainda caminhava com ela nas costas pelo trecho de terra, ela tocou de novo em minhas costelas e minhas pernas se afrouxaram. Eu ri. Demos risada juntos, rompendo o silêncio da noite. E, cacete, foi o melhor som do mundo.

— Axel! A gente vai cair! — gritou.

Tentei manter o equilíbrio, mas cambaleei e acabamos no chão, deitados, olhando para o céu enquanto ainda ríamos, sabe-se lá do quê. Coloquei uma mão no estômago e respirei fundo quando consegui parar de agir feito criança e virei a cabeça para olhar para ela.

— Estava com saudade disso... — sussurrou Leah.

— Da minha maravilhosa companhia?

Riu de novo e suspirou satisfeita.

— Disso. De Byron Bay. Das estrelas daqui. E de você também.

— Bom saber disso — respondi, agradecido.

— E da sua família, e do cheiro do mar.

— Então volta. Fica aqui — soltei.

— Minha vida está lá agora...

As palavras dela foram um golpe de realidade.

Fui levantando devagar e peguei-a pelas mãos para puxá-la. Não sem muito esforço, consegui colocá-la de novo nas costas e carreguei-a até chegarmos à parte asfaltada. Coloquei-a com cuidado no chão e continuamos até o hostel. Já em frente à escadaria, peguei-a pelo pulso.

— Você está esquecendo do meu beijo de boa noite.

Leah revirou os olhos, mas se inclinou e, dessa vez, o beijo não foi apenas um leve toque. Foi um beijo sincero que aqueceu o meu rosto.

— Boa noite, Axel.

52

Leah

MINHA CABEÇA DOÍA HORRORES.

Não sei bem como, mas consegui sair da cama e entrar no chuveiro. A água me fez melhorar um pouco, mas ainda sentia o estômago embrulhado. Maldito Axel e sua capacidade de me convencer a qualquer coisa em um piscar de olhos e sem pensar nas consequências, por exemplo: que eu ia passar um dia terrível ou que eu tinha combinado de almoçar com meu irmão e Bega na casa dos Nguyen.

Nem tive tempo de ficar nervosa, porque acordei tão tarde que, assim que me arrumei um pouco e desembaracei o cabelo, saí e caminhei alguns minutos até a área mais central de Byron Bay. Fui a última a chegar.

Fiquei tensa assim que coloquei os pés na casa dos Nguyen. Não sei se meu estômago revirou por causa da ressaca ou por ver todos ali reunidos após três anos, mas quando Oliver se levantou e veio me abraçar, escondi minha cabeça em seu peito para que ninguém visse que eu tinha deixado escapar uma lágrima.

Eu detestava ser tão emotiva e não conseguir agir como se não fosse nada, mas é que... éramos uma família, os laços que nos uniam iam além do que se podia explicar com palavras, e a sensação que tive ao encontrar todos eles ao redor da mesa foi de aconchego e conforto.

— Sempre tão dorminhoca, irmãzinha — brincou meu irmão.
— Isso não é verdade! — reclamei. — Fui dormir tarde.

Cumprimentei todos conforme foram se levantando, começando por Bega e terminando por Axel, que foi o último a se aproximar e me dar um beijo na bochecha.

Depois ocupei o meu lugar de sempre. Ao lado dele. E na frente do meu irmão. Enquanto Georgia organizava os pratos e gritava a todos para colocarmos mais comida, pensei que a reunião seria constrangedora, pois era a primeira vez que Axel e eu dividíamos o mesmo espaço com meu irmão desde que ele tinha descoberto sobre nós. Porém, Oliver não estava com os ombros tensos e eu não o vi batendo com os dedos na toalha de mesa; ele estava tranquilo, com um braço no encosto da cadeira de Bega.

— Então você não conseguiu dormir — adivinhou ele.
— Você deve estar super nervosa — Bega me olhou.

Concordei com a cabeça enquanto pegava um pãozinho. Não conseguia deixar de sentir um certo mal-estar por estar ao lado de Axel, diante de sua família, da minha, da nossa. E se eu não o conhecesse tão bem, teria pensado que ele parecia imperturbável, como sempre, mas sei que não estava, porque eu podia perceber a rigidez em seus movimentos.

— Oliver, a pergunta que não quer calar é... — Axel olhou para meu irmão com um sorriso travesso, curvando os lábios — como diabos você conseguiu enganar essa moça para que ela aceitasse se casar com você?

Daniel riu apesar do olhar furioso da Georgia, e Justin abafou uma gargalhada enquanto mexia a salada. Oliver retribuiu o sorriso de Axel, e havia algo naquele gesto, naquele silêncio cheio de palavras que só eles entendiam, que me emocionou.

— Caramba, para dizer a verdade... ainda não sei.

Bega deu uma cotovelada nele e o olhou com doçura.

— Ele é mais carinhoso do que parece — disse ela.
— Sei... Muito carinhoso. — Axel engoliu o que tinha acabado de levar à boca. — Quer que eu te conte histórias de quando ele era pequeno? Tenho várias.
— Axel, não se atreva... — Oliver tentou dar um chute nele por baixo da mesa, mas ele se esquivou. E de algum modo, ali, naquele momento, eles

voltaram a ser aquelas duas crianças que prometeram não se separar nunca, quando nem mesmo sabiam o que isso significava. — Eu também sei de muita merda que você fez — advertiu.

— Olha a boca, jovenzinho! — exclamou Georgia.

Achei engraçado ver meu irmão abaixando a cabeça na mesma hora, apesar de não ser mais tão "jovenzinho".

— Agora não vai me deixar curiosa, né! — queixou-se Bega.

— Uma garota decidida que sabe o que quer. Gostei de ver. — Axel sorriu satisfeito.

— Na verdade, eu sou o único aqui que pode entregar os dois. — Justin dirigiu a eles um olhar maldoso. — Pode não parecer, Bega, mas apesar dessas caras de meninos bonzinhos, eles já foram presos três vezes. Duas delas por ficarem por aí fazendo besteira.

— Que legal! — exclamaram Max e Connor ao mesmo tempo.

— O quê??!! — Georgia colocou uma mão no peito.

Justin olhou para Axel e levantou as sobrancelhas.

— A mamãe não sabia?

— Decidimos poupá-la. — Daniel começou a dizer, mas fechou a boca assim que sua esposa o olhou como se quisesse arrancar sua cabeça. — Meu amor, foi pelo seu bem. Douglas e eu achamos que seria melhor assim. Além do mais, demos nos dois uma bela bronca, não foi, filho?

— Acredito. Uma bronca inesquecível.

Axel fez uma careta quando sua mãe se levantou para levar alguns pratos até a cozinha, e Daniel foi atrás dela apressado. Então se virou para Bega e sussurrou:

— Na verdade fomos presos por causa de uma briga, os dois nos tiraram da delegacia e saímos com eles o resto da noite até o dia amanhecer.

Bega e eu rimos baixinho, e Oliver sorriu enquanto parecia se lembrar daquele dia sem desviar os olhos de Axel. Quando os Nguyen voltaram à mesa, a conversa voltou a temas menos espinhosos, como a exposição, a vida de Oliver e Bega em Sydney e os planos que eles tinham para um futuro próximo.

— Vocês não pensam em se mudar para cá?

Meu irmão hesitou diante da pergunta de Georgia.

— É complicado por causa do trabalho, como vocês sabem. Bega é a diretora da empresa, tem muitas responsabilidades e ocupa um cargo importante.

— Mas esse lugar é lindo demais — interrompeu ela.

— É sim — disse Axel.

— Nunca se sabe — concluiu Bega, e não me passou despercebido o olhar um pouco surpreso e esperançoso do meu irmão.

Não falei muito durante o restante do almoço, fiquei mais escutando e olhando para todos enquanto tentava guardar aquele momento na memória. Depois da sobremesa, Daniel abriu uma garrafa de champagne e, depois de me garantir que a exposição seria um sucesso e servir as taças, levantou a sua para brindar.

— À família — disse, com orgulho.

53

Leah

Abracei Landon antes de ele fechar a porta do carro. Estava com o mesmo perfume de sempre, aquela colônia que ele passava todas as manhãs e que eu já associava a ele. Seu corpo contra o meu encaixava como há oito dias, apesar de eu ter a sensação de que não o via há muito mais tempo, como se estivéssemos separados há um mês.

— Parece até que eu tô voltando da guerra — brincou.

Dei risada enquanto me afastava. Landon se inclinou e me deu um beijo doce e bonito, embora eu tenha odiado não ter tomado a iniciativa, esse deveria ter sido meu primeiro impulso. Fiquei na ponta dos pés para alcançar seus lábios.

— Está cedo ainda? — perguntou.

— Sim, faltam várias horas. — Tinha ido embora cedo do almoço para ir buscá-lo antes da exposição. — Vamos dar uma volta? Quero te mostrar tudo. Sabe? Não sei por que não voltei aqui antes. A gente deveria ter feito isso. Vir aqui e passar um dia na praia e depois tomar um sorvete no melhor lugar do mundo e...

— Leah, respira. — Deu risada, olhando para mim.

— Desculpa. Estou emocionada. E nervosa.

— Vai dar tudo certo. Prometo.

E apesar de Landon não entender nada de arte, nem de exposições nem de nada relacionado a isso, eu acreditei nele. Porque, ao contrário das promessas de Axel, as de Landon sempre foram reais e sinceras, com aquela serenidade que não te dá motivos para questionar nada.

— Obrigada por estar aqui.
— Eu não ia perder esse momento.
Sorri e puxei-o suavemente.
— Vem, vem! — animei-o.

**

JÁ TINHA COMEÇADO A ANOITECER QUANDO CHEGAMOS À GALERIA. EU QUIS CHEGAR mais tarde, quando já estivesse aberta ao público, para evitar passar cada minuto à beira de um infarte toda vez que visse alguém entrando ou, ao contrário, as salas vazias; ambas as opções eram igualmente assustadoras. Assim, passamos a tarde entre passeios, histórias da minha infância que ele escutava com interesse e sorvetes compartilhados. Depois fomos até o hostel para eu trocar de roupa.

— Preparada? — Landon apertou a minha mão.
— Não mesmo. — Mas dei um passo à frente e depois outro e outro mais, até chegar à escadaria da entrada. Me aproximei dele para falar em seu ouvido: — Se em algum momento você perceber que estou prestes a vomitar, tente pelo menos me levar até o banheiro.

Seu riso alegre me acalmou um pouco.
— Combinado.

Não disse a ele que, além de estar nervosa pelo óbvio, eu também estava ansiosa pelo momento em que ele e Axel se cruzassem. Não sei por que era tão difícil para mim imaginá-los no mesmo ambiente, como se algo não se encaixasse nessa ideia; era muito desconfortável. E aquele simples pensamento fazia com que eu me sentisse culpada; porque Axel não era mais nada meu e eu tinha que aprender a viver com ele sem que cada situação despertasse sentimentos adormecidos.

Já tinha gente lá dentro. Bastante gente.

Estava com um nó na garganta enquanto seguia para as salas da exposição. E em meio a todas as emoções do dia, eu acabei esquecendo da tal surpresa que Axel tinha comentado na noite anterior. E então eu entendi. Ou melhor, ouvi.

Uma música dos Beatles tocava baixinho pelos alto-falantes instalados em diferentes pontos da galeria. E quando terminou, as notas da canção seguinte começaram a tocar entre as vozes do público que conversava animadamente, sem saber que eu estava prestes a desabar. E que, de alguma forma, entre a pintura e a música da minha vida, senti que meus pais estavam ali, comigo, acompanhando-me através das lembranças.

— Leah, você está bem? — Landon se preocupou.

— Sim, desculpa. — Consegui esboçar um sorriso.

Eu me forcei a respirar fundo antes de me misturar à multidão. Para ser sincera, eu mal percebi o que aconteceu durante a meia hora seguinte. Estava atordoada e um pouco enjoada. Relaxei um pouco quando meu irmão me abraçou com orgulho e quando os outros fizeram o mesmo; não apenas os Nguyen, mas Blair, Kevin e alguns conhecidos e antigos colegas do colégio que haviam passado por lá. As salas estavam cheias, Justin estava organizando o buffet na recepção e a música não parava de tocar, como um presente inesperado.

Tudo estava perfeito. Quase tudo.

Parei Sam quando nos encontramos.

— Você viu o Axel? — perguntei.

— Acho que o vi entrando no escritório — estranhou, como se até aquele momento não tivesse percebido a ausência dele. — Vou atrás dele.

— Deixa que eu vou — respondi.

— Tudo bem. Espera, Leah. — Apoiou uma mão no meu ombro e sorriu. — Queria que você soubesse que já vendemos um quadro e há pessoas interessadas em outros três. A inauguração está sendo um sucesso e acho que isso é só o começo.

Eu ia perguntar qual quadro tinha sido vendido, porque a ideia de me desprender de algo tão meu me incomodou, mas esqueci disso assim que me lembrei de Axel, conforme as notas de "Let It Be" flutuavam ao meu redor. Segui pelo corredor deixando para trás a aglomeração e abri a porta do escritório sem bater.

— Axel?

Minha voz se perdeu na penumbra e braços sólidos me rodearam e me puxaram contra um peito que eu conhecia muito bem. Prendi a respiração ao sentir sua respiração quente na nuca, e então... então senti que ele se agitava contra mim. E a umidade na pele. Os dedos agarrados à minha cintura. O alívio. E também a dor.

Estremeci quando percebi que estava chorando.

Pestanejei para conter as lágrimas, mas foi em vão.

Eu o abracei mais forte e desejei poder fundir-me com ele, ver tudo o que ele estava sentindo, mergulhar em seu coração. E eu não sabia o que significava isso, mas também não queria pensar a respeito, porque naqueles minutos de silêncio e escuridão, fomos apenas duas pessoas que, apesar de tudo, continuavam se amando demais. Compartilhando demais.

— Eu prometi a ele... — sua voz rouca nos envolveu.

Fechei os olhos quando entendi.

A promessa que Axel tinha feito ao meu pai ao perceber que ele nunca conseguiria expor e, em troca, disse a ele que faria com que eu expusesse.

Agarrei-me a ele. Apoiei a cabeça em seu peito.

— Obrigada por tudo, Axel. E pela música.

— Obrigado a você, por me deixar voltar à sua vida.

54

Axel

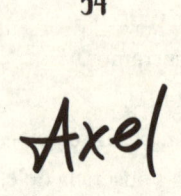

Parte de mim continuava sendo covarde e só queria ficar dentro daquele escritório para sempre com Leah nos braços. Mas a outra parte estava aos poucos tentando vencer os obstáculos, e eu sabia que tinha que aprender a enfrentar a realidade. Como por exemplo, que aquele abraço era efêmero. Ou que a poucos metros dali havia muitas pessoas nos esperando, pessoas que queriam compartilhar aquela noite com ela.

Então eu me recompus e me separei lentamente de Leah.

— Precisamos voltar.

— Eu sei — sussurrou.

— Vai você. Eu já vou.

Leah compreendeu que eu precisava de mais um minuto sozinho para me acalmar e saiu sem fazer barulho, quase na ponta dos pés. Respirei fundo quando a porta se fechou. Eu tinha conseguido. Tinha cumprido a promessa feita a Douglas. E isso de ser fiel às nossas próprias palavras tinha algo de reconfortante que eu nunca tinha parado para avaliar.

Suspirei satisfeito antes de sair.

Percorri o corredor até a sala maior e cumprimentei alguns conhecidos, e uma mulher interessada em uma das obras me abordou. Daquele momento em diante, e apesar da ajuda de Sam, não tive um minuto livre a noite inteira. De vez em quando eu via minha família se divertindo. E também ela, iluminando cada sala por onde passava.

Quando a noite foi chegando ao fim e a galeria começou a esvaziar, Leah se aproximou. Estava segurando a mão dele e caminhando ao seu lado. Forcei-me a respirar, embora meus pulmões estivessem queimando, senti... não, na verdade eu não conseguia dar um nome a isso, porque nunca tinha me sentido assim. E se eu achava que estava preparado para aquele momento, estava enganado.

A voz dela parecia estar falhando um pouco.

— Landon, esse é o Axel — conseguiu dizer.

O garoto tinha um olhar amigável e seu aperto de mão foi simples e cordial. Mesmo assim, era impossível não notar a tensão. Qualquer um que me conhecesse perceberia que eu queria desaparecer dali, como todas as vezes que algo era demais para mim, como quando eu sentia que as coisas estavam me sufocando e eu decidia deixá-las em cima de um armário.

Então aguentei...

— Muito prazer — disse.

— O prazer é meu. — Landon olhou ao redor antes de voltar os olhos castanhos para mim. — Isso é fantástico. Vocês fizeram um trabalho incrível.

— Obrigado.

Quem dera ele tivesse sido um babaca. Mas não foi. Ele emanava cordialidade. E com certeza era mil vezes melhor do que eu. Mais atencioso. Mais corajoso. Mais lutador. Engoli para desfazer o nó que me sufocava.

Quase como um milagre, Oliver apareceu.

— E aí, gente? Foi animal, hein?

Concordei, ainda um pouco abalado por tudo.

— A propósito, preciso ver como estão as coisas com Sam.

Só quando cheguei na outra sala percebi que não havia olhado para Leah uma única vez, era humanamente impossível fazer isso naquela situação. Senti dor. Ciúme. Caralho. Eu nunca tinha sentido ciúme antes. Não sabia que merda era essa angústia e essa insegurança até me apaixonar por ela.

Pouco depois, fechamos a galeria.

Quando saí, encontrei minha família e os demais na porta de entrada. Quando me perguntaram se eu queria sair com eles para tomar algo e celebrar, neguei com a cabeça.

— Eu quase não dormi essa noite. Vou direto para casa.

— Vamos, você nunca diz não — insistiu Oliver. Leah manteve a vista cravada no chão.

— Acho que a gente também vai embora — meu irmão me apoiou e, caralho, eu o amei por isso, por me decifrar tão bem quando nem eu mesmo conseguia fazer isso.

— A gente se vê amanhã. — Dei uma palmada no ombro de Oliver. — Divirtam-se.

Comecei a andar antes que eles começassem a tentar me convencer. E fiquei grato por minha casa estar a alguns quilômetros de distância, porque eu precisava caminhar e espairecer, parar de pensar em suas mãos juntas, tocando-se.

Tentei dormir, mas foi impossível.

Então acabei saindo para a varanda para fumar outro cigarro; não sei quantos já tinha fumado desde que tinha voltado da exposição. Estava olhando a lua minguante e pensando em todas as coisas estúpidas que havia feito ao longo da minha vida quando ouvi um barulho entre os arbustos que cresciam em volta da casa.

Antes que eu conseguisse reagir, Oliver apareceu.

— Caralho, você me assustou! O que está fazendo aqui?

Ele começou a rir e subiu até o alpendre.

— Vim te ver.

— São quatro da manhã.

— Sabia que você estaria acordado.

Pegou meu maço de cigarros e retirou um. Passei o isqueiro para ele, ainda um pouco confuso, e depois ficamos calados alguns minutos até que consegui deixar as palavras saírem.

— Eu tinha prometido para o seu pai, sabia? Que eu faria isso.

Oliver expulsou a fumaça lentamente.

— Eu sei, Axel.

— Você sabia? Ele te contou?

Concordou com a cabeça. Parecia incomodado.

— Ele me contou daquela noite.

— Ele te contou que me incentivou a parar de pintar?

Apagou a bituca e respirou fundo.

— Você não entendeu, Axel.

— Então me explica.

— Meu pai disse o que você queria ouvir.

— Você não sabe o que está dizendo...

Andei de um lado para o outro pela varanda com uma tensão estranha. Por tudo, por aquela noite e pelos últimos três anos que tinha passado estancado na vida. Eu não entendia. Nunca havia conversado com Oliver sobre o que Douglas e eu dividimos naquela noite, porque para mim tinha sido importante para caralho, como um antes e um depois, e para Oliver... nada, eu nunca tinha dito nada. Tentei me acalmar e parei de andar na frente dele.

— Quero entender — quase supliquei.

— Você não queria pintar, Axel. Porque isso implicava um esforço que você não estava disposto a fazer, porque para isso você tinha que se abrir e você não estava disposto a fazer isso. E, porra, eu te entendo, tá? Eu não sabia o que era sacrificar-se de verdade até a morte dos meus pais.

— Não é verdade.

— É sim. Então você sofria porque queria algo que você negava a si próprio. Era como tentar correr uma maratona cheia de obstáculos colocados por você mesmo. Um pouco irônico, né?

— Não sei do que você está falando...

— Axel, olha para mim. — Olhei. — Você disse para o meu pai que a única coisa que se interpunha entre você e a tela era você mesmo. Eu sei disso porque insisti durante meses para ele me contar, e sabe por quê? Porque me deixava puto você nunca ter falado sobre isso comigo e ter falado com ele, algo que era tão importante para você, sendo que eu era seu irmão e não conseguia esconder de você nem o que eu tinha comido no dia anterior.

— Oliver...

— Espera, deixa eu acabar. Você se abriu com ele e ele respondeu que você não precisava mais fazer isso, que ninguém estava te obrigando, que tinha se metido em uma guerra contra você mesmo e que nunca seria capaz de ganhar.

Caralho, eu não queria chorar de novo nessa mesma merda de noite. E fiquei com vontade de dar um soco nele ao lembrar das minhas próprias palavras. É, minha coerência estava assim: chorar ou bater. Respirei fundo.

— O seu problema está aqui. — Tocou na minha cabeça com a mão.

— Estou querendo te matar — rosnei.

— Eu sei — respondeu baixinho.

— Metade do tempo, quanto te olho, eu quero te bater. Juro. E na outra metade, me sinto culpado. E no meio dessa merda toda, você continua sendo uma das pessoas que mais amo no mundo, e eu odeio amar você, porque seria mais fácil o contrário. Muito mais fácil...

Oliver pegou outro cigarro e o acendeu. Deu um trago longo. Percebi que sua mão apoiada na cerca tremia um pouco.

— Eu tenho vontade de te estrangular cada vez que te vejo, então fico me perguntando por que diabos quero te ver. Como essa noite. Quando te vi olhando para ela e me dei conta de que eu me enganei.

Prendi a respiração. Por essa eu não esperava, que inferno!

— Você se enganou? — perguntei.

— Você estava mesmo apaixonado por ela.

— Você está três anos atrasado — repliquei.

Eu estava com o coração acelerado e ele ria sem humor. Eu não entendia por que ele tinha aparecido na minha casa às quatro da manhã nem como era possível que estivéssemos tendo essa conversa depois de tanto tempo de silêncio.

— Não estou atrasado, Axel. Eu fiz o que tinha que fazer. Porque era minha irmã, porque minha obrigação era protegê-la, porque sacrifiquei tudo para que ela pudesse ir para a universidade, porque eu confiava em você e você falhou comigo, porque mentiu para mim.

— Então quê caralho você quer? Acabou! Foi tudo à merda. Está contente? Sobre o que mais você acha que precisamos falar? Eu pensava que já tínhamos esclarecido tudo.

— Queria que você entendesse que, no seu caso, não é que você tenha chegado atrasado, o problema é que você não chegou em momento algum. — Foi como uma punhalada de verdade entrando em meu peito.

— Você me pediu para eu deixá-la ir embora — disse, com um fio de voz.

— E foi o que você fez. Sem questionar. Sem tentar.

— Mas era o que você tinha pedido — repeti.

— Porra, Axel, você não entende? Se eu não te conhecesse como eu conheço, teria pensado que você pouco se importava com a minha irmã. Como a pintura. Como todo o resto.

— Eu vou te matar...

Eu sentia... sentia lava correndo pelas veias.

Quase não conseguia respirar. E apesar da fúria, da raiva e daquele momento de cegueira em que eu mal conseguia decidir se estava mais puto comigo mesmo ou com o Oliver, senti que a parede de tijolos que nos separava ia se desfazendo a nossos pés conforme gritávamos toda a merda que carregávamos.

— Lembra do que você me disse outro dia?

— Não. Não, porra. Agora não consigo pensar.

— Axel, respira. Olha para mim — ele me pediu, e eu olhei alterado, com o coração martelando no peito por tantas coisas. — Depois que você foi à exposição. Naquele dia você me disse que eu era importante para você, mas que ela seria sempre mais. Naquele dia você me enfrentou e me mandou à merda.

O buraco que eu sentia no peito ia aumentando mais e mais...

Eu precisava de uma merda de uma máquina do tempo.

— Não dá para mudar o que eu fiz...

— Eu sei.

— Falhei com você.

— Já está esquecido.

— Sou um imbecil.

— Isso desde sempre.

Ri sem humor e esfreguei o rosto.

— Não sei nem por que você está aqui.

— Estou aqui porque você é meu amigo. Porque depois de ver como você olha para ela, eu sabia que você estaria mal para caralho. E porque todos fazemos merda em algum momento, Axel. A começar por mim mesmo.

Eu deveria ter respondido com palavras, dizer alguma merda profunda, mas não conseguia falar. Então apenas me aproximei dele, abracei-o e deixei escapar o ar reprimido. E foi um desabafo. Alívio. Ultimamente muitas coisas me deixavam aliviado e isso só poderia significar que eu tinha passado muito tempo fodido.

Oliver apertou meu ombro quando nos separamos.

— E quando você cair, levanta — disse.

Assenti e soltei um grunhido antes de pegar um cigarro. Ele fez o mesmo. Ficamos em silêncio por um tempo. Eu não conseguia parar de pensar que era verdade que, para mim, era difícil enfrentar as coisas, ir em frente, entrar de cabeça. E, em partes, eu me sentia envergonhado porque, depois de tudo, foi Oliver que veio me procurar dois anos e meio depois, que sentiu a minha falta, que tentou consertar as coisas entre nós.

Assim como naquela noite. Assim como sempre.

Soprei a fumaça e olhei para ele.

— Olha, Oliver, eu amo você.

— Porra, isso está passando dos limites.

—... mas você sabe que palavras não são o meu forte.

— Não me diga. — Soltou uma gargalhada.

— Meu discurso vai ser uma merda.

— Axel... — Começou a sorrir.

— Mas se você ainda quiser que eu seja seu padrinho...

— Quem mais seria, senão você?

Eu também acabei sorrindo.

55

Axel

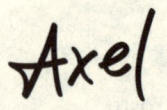

— Vendemos seis quadros. Seis — repetiu Sam. — Isso é inacreditável. Posso saber por que você não está tão surpreso quanto deveria?

— Porque eu já imaginava.

— A menina é boa, mas...

— Você não está entendendo. — Levantei a vista dos papéis que estava folheando em cima da mesa. — Leah não é a melhor e ela ainda tem muito a aprender. Lá fora existem milhares de artistas que têm uma técnica melhor do que ela, que sabem mais e que poderiam encontrar mil erros em cada um dos quadros dela, e você sabe disso. Mas ela tem alma. Quando alguém olha uma das suas obras, pode ver as emoções que ela capturou e consegue senti-las. Ela transmite. E no final, não é disso que se trata?

56

Leah

Nos últimos dias que passei em Byron Bay quase não vi Axel. Segundo ele, estava ocupado administrando a venda dos quadros e cuidando de outros assuntos. Quase senti que ele estava me evitando, e apesar de essa distância ser quase como poder respirar, estar perto dele ainda era viciante para mim. Aquele bolo de chocolate que colocam na sua frente quando você está fazendo dieta ou aquela fofoca que você diz a si mesmo que não quer ouvir, mas que precisa ficar sabendo.

Não tive muito tempo para pensar nele, porque depois que Landon foi embora na manhã seguinte à exposição, eu quase não saí de perto dos Nguyen, do meu irmão e da namorada dele. Na segunda-feira, quando todos almoçamos juntos pela última vez, Axel parecia mais pensativo do que de costume, ausente em seu próprio mundo. Tanto que mal falou.

— Filho, você está bem? — perguntou Georgia.

— Sim, super bem. — Olhou para ela distraído, voltou a olhar para o prato e quase não levantou a cabeça até o momento de nos despedirmos.

Ele me deu um beijo no rosto e disse que me ligaria naquela mesma semana para conversar sobre alguns assuntos. Depois foi embora e seguimos a pé para o hotel onde Oliver e Bega estavam hospedados. Quando ela disse que ainda tinha que fazer as malas e tomar um banho, meu irmão me perguntou se eu queria dar uma volta e eu disse que sim, porque ainda não tínhamos passado nenhum momento sozinhos e eu estava muito mal-acostumada a tê-lo só para mim toda vez que ele ia me ver em Brisbane.

Pendurei-me em seu braço enquanto caminhávamos.

— Foi bem legal voltar aqui — suspirei.

— Bem legal mesmo. — Sorriu. — Estava com saudade.

E então me ocorreu algo. Na verdade eu já tinha pensado nisso nos últimos anos, mas nunca tive a coragem para cogitar fazê-lo realmente.

— Você gostaria de... ir à nossa antiga casa?

— Leah, não sei se é uma boa ideia para você

— Eu quero fazer isso — afirmei.

— Tá bom. Vamos. — Pegou na minha mão.

Fizemos em silêncio aquele percurso que conhecíamos tão bem. Quase conseguia ver as emoções de Oliver misturando-se com as minhas, como se fossem cores: a confiança do azul, a incerteza do amarelo intenso, o anseio do lilás...

Tínhamos crescido em uma casa longe do centro, bem ao lado da antiga casa dos Nguyen. Eram dois sobrados com um pequeno jardim nos fundos cercado por árvores que cresciam livremente.

Tudo continuava igual, mas ao mesmo tempo tão diferente...

— Está abandonada — murmurei, olhando a casa.

— Não é isso. — Oliver apertou a minha mão. — Uns ingleses a compraram há alguns anos, você sabe. Eles pretendem vir morar aqui quando se aposentarem e então vão derrubá-la e construir uma nova. Pelo menos foi isso que me disseram.

Apesar da tristeza de imaginar aquelas paredes transformadas em uma montanha de escombros, pensei que era melhor assim. Porque aquele lugar guardava lembranças demais para que pudessem criar outras por cima. Porque se ela nunca mais voltasse a ser o que era, e certamente não seria, então talvez valesse a pena começar do zero.

— Eu lembro de quando você escalava aquela árvore ali — Oliver rompeu o silêncio. — Você subia como um macaco e ficava lá durante horas, pendurada em algum galho. Só o Axel conseguia fazer você descer.

— E a mamãe ameaçava cortá-la.

— Verdade. — Ele riu. — Mamãe era maravilhosa.

— Ela tinha muita personalidade.

— Como você. Tão sensível...

— Você se parece mais com o papai.

— Você acha mesmo?

— Sim. Você é honesto. Transparente.

Oliver sorriu e apertou mais a minha mão.

— Eu te amo muito. Você sabe, né?

— Eu também te amo. Sempre.

O vento da tarde agitava a copa das árvores a arrastava para longe as folhas caídas no chão.

— Oliver.

— Fala.

— O que você fez com todas as coisas?

— Peguei o que consegui. — Desviou o olhar. — Os Nguyen me ajudaram. Fiquei com algumas caixas e eles com outras. Doei alguns quadros do papai para uma galeria que quis ficar com eles, e o resto...

— O resto, o quê?

— O resto ficou aí.

— Na casa? Você acha que eles jogaram tudo fora?

— Não sei e prefiro não pensar nisso — suspirou e passou a mão no pescoço. — É melhor a gente voltar, Leah. Já está ficando tarde, precisamos te deixar em Brisbane e o nosso voo sai logo depois.

Enquanto voltávamos para o hotel, tentei afastar esses últimos pensamentos da cabeça. Gostaria de poder dizer que consegui, mas não.

Fevereiro

(VERÃO. AUSTRÁLIA)

57

Leah

Voltei a Brisbane. Voltei à rotina. A pintar.

Sem ter que ir às aulas, os dias seguiam um após o outro. Passava horas no estúdio, saía de vez em quando à tarde para tomar algo com minhas amigas ou ia ao apartamento de Landon à noite para jantar e dormir aconchegada ao seu lado.

Mas havia uma fissura naquela monotonia.

E essa fissura se chamava Axel.

58

Leah

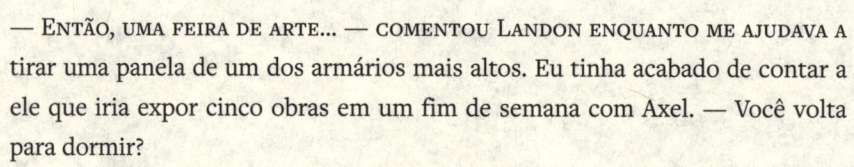

— Então, uma feira de arte... — comentou Landon enquanto me ajudava a tirar uma panela de um dos armários mais altos. Eu tinha acabado de contar a ele que iria expor cinco obras em um fim de semana com Axel. — Você volta para dormir?

— Sim, fica só a uma hora de carro. Quer vir com a gente? — Olhei um pouco hesitante, porque sabia que se ele dissesse sim, a situação seria estranha, mas ao mesmo tempo eu precisava desesperadamente que tudo começasse a parecer normal e, no momento, eu estava longe de conseguir isso.

Landon balançou a cabeça e suspirou.

— Não posso, tenho que fazer algumas coisas.

Eu admirava a serenidade de Landon, sua calma. Talvez porque eu fosse exatamente o contrário, puro nervosismo e impulsividade. Eu era movida pelas minhas emoções; podia chorar por qualquer bobagem ou rir também por alguma besteira até me doer a barriga, ir do preto ao branco num piscar de olhos e pensar tanto nas coisas que às vezes me sentia como uma centrífuga.

— Fala o que você está pensando...

Ele se aproximou e me deu um beijo carinhoso.

— Estou pensando em como você é incrível.

— Estava falando sério. — Dei risada.

— Eu respondi sério. O que está te preocupando?

— Esta situação... Você já sabe. — Sentei no balcão da cozinha enquanto ele colocava a água para esquentar e pegava um pacote de macarrão na despensa. — Quero que você me diga o que está sentindo se, em algum momento, algo te deixar desconfortável. Por favor, não guarde isso para você.

Ele respirou fundo antes de me olhar.

— Isso só complicaria as coisas.

— Não importa. Deixa que se compliquem.

Era sempre melhor isso do que o silêncio.

— Me preocupa como ele te olha — soltou.

— Ele não me olha de nenhum jeito.

Landon colocou a massa na água fervendo.

— Também me incomoda que você negue isso.

— Se você conhecesse Axel, entenderia.

Mordisquei o lábio. Não quis ir mais longe e dizer para não confiar nas primeiras impressões sobre Axel, que a realidade era mais suave do que o seu olhar demonstrava, que no fundo ele "não amava tanto assim as coisas", tal como ele me havia dito.

— Vocês conversaram? — perguntou.

— Sobre o que está falando exatamente?

— Porra, Leah. Sobre vocês. Sobre o que aconteceu.

— Não temos nada para falar sobre isso.

— Como você pode dizer que...?

— Somos amigos — cortei, alterada. — E prefiro esquecer que fomos qualquer coisa a mais, porque se eu ficar lembrando de tudo, nunca vou perdoá-lo. Não conversamos sobre isso e duvido que algum dia a gente converse; é algo que aconteceu, e algumas coisas é melhor deixar no passado para seguir em frente sem carregar esse peso nas costas, entende? Porque não tem como ser de outra maneira.

Landon assentiu e me olhou sério.

— Você deixou de sentir raiva dele?

— Sim — menti. Menti porque era incapaz de enfrentar o contrário e não estava preparada para responder honestamente a essa pergunta. Se eu dissesse que não, isso destruiria as frágeis estruturas sobre as quais eu havia construído meu novo relacionamento com Axel.

59

Axel

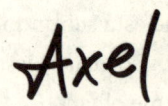

A PRIMEIRA VEZ QUE SENTI A NECESSIDADE DE PINTAR FOI AOS TREZE ANOS. NESSE dia Oliver não tinha ido à aula porque estava com febre, por isso, quando voltei do colégio fui à casa dele para ver como ele estava. Rose abriu a porta e sorriu antes de me deixar entrar.

— Entra, meu amor. Oliver está dormindo.

— Ainda? Que molenga ele — resmunguei.

Rose riu e eu a segui até a cozinha.

— Quer um suco de laranja?

— Pode ser. — Encolhi os ombros. A verdade é que eu não tinha nada melhor para fazer naquela tarde e não queria ficar sozinho. — Douglas está?

— Sim, no estúdio. Vai lá. Já levo o seu suco.

Subi os degraus de dois em dois até o andar de cima. As notas de "I Will" me guiaram até o estúdio e, quando cheguei lá, observei-o com curiosidade. Douglas estava cantarolando a música com um pincel na mão enquanto Leah dançava ao seu redor. Fiquei abobalhado olhando para eles até que ele percebeu a minha presença.

— Ei, garoto! Vem cá.

Parou a música e sorriu para mim.

Entrei. Já tinha estado lá em outras ocasiões, mas geralmente com Oliver ao meu lado e sem prestar muita atenção aos quadros coloridos que preenchiam o espaço. Só uma vez parei para olhar um deles com mais atenção, quando Douglas tinha pintado uns besouros com as barrigas abertas e cheias de margaridas.

— O que você está fazendo? — perguntei.

— O que você acha? — Começou a rir.

— Me referia à música tão alta.

— A música é inspiração, Axel. — Voltou a colocar a mesma canção e então me olhou sério, depois de pegar das mãos de Leah um pincel que ela tinha deixado cair no chão. — Nunca te contei como eu soube que estava apaixonado por Rose?

Neguei, um pouco envergonhado por Douglas falar comigo de forma tão aberta sobre um assunto como aquele. Era um pouco constrangedor. Naquela idade, eu me contentava com os beijos que roubava de uma colega de vez em quando na saída do colégio, e a palavra "amor" me fazia rir.

— Foi fácil. Eu estava no calçadão da praia com uns amigos quando a vi à distância. Rose estava patinando, estava com o cabelo bagunçado e parecia uma selvagem, mas conforme ela foi se aproximando, comecei a ouvir as notas dessa música na minha cabeça e depois veio a letra inteira. Foi isso. Eu escutei como me apaixonei por ela.

— Isso é impossível — resmunguei.

— Foi assim. Juro.

— E o que aconteceu depois?

— Fiquei semanas procurando por ela.

— Ela deve ter achado que você era um maluco.

Ele sorriu e colocou a mesma música novamente. Fiquei vendo como ele misturava duas tintas diferentes na paleta cheia de cores e, conforme os minutos passavam sem que nenhum de nós dissesse nada, sentei no chão com as costas apoiadas em uma das paredes do estúdio. De lá o observei pintar. Leah voltou a dançar em volta dele novamente, ficou dançando aquela música sem parar, até que, cansada, aproximou-se de mim.

Apesar de já ter três anos, ela ainda chupava chupeta de vez em quando, como naquele dia. O cabelo loiro ondulado tocava em seus ombros e suas bochechas eram rosadas. Deixei-a sentar no meu colo. Eu nunca lhe dava muita atenção, na verdade, porque naquela idade a única coisa que me interessava era sair com Oliver por aí fazendo baderna, passar as tardes admirando os surfistas e tentando imitá-los, ou olhando a bunda das meninas em seus minúsculos biquínis.

Porém, naquela tarde eu não precisei de mais nada.

Havia algo relaxante em observar como Douglas movia a mão e deslizava o pincel pela tela em branco, enchendo-a de cores. Desviei o olhar quando Leah soltou um suspiro suave e percebi que ela tinha dormido em meus braços com a chupeta de joaninhas ainda na boca.

— Espera, vou tirá-la de cima de você.

Deixei Douglas pegá-la para levá-la para a cama. Quando voltou, eu já estava em pé prestes a sair, mas fiquei um segundo mais olhando o quadro.

— Você gostou?

— Gostei — respondi.

— Quer tentar? — Douglas me ofereceu o pincel.

Franzi o rosto, um pouco insegura.

— Duvido que eu consiga. Acho que eu o estragaria.

— Claro que não — insistiu, até que cedi e ele se colocou ao meu lado com seu habitual sorriso, sincero e imenso. — Vou falar o que você precisa fazer, combinado?

— Beleza — concordei.

— Fecha os olhos e pare de pensar... Abra-os de novo e pinte.

— Só isso? — repliquei, incrédulo.

— É só um primeiro contato.

— Tem razão. Tá bom.

— Preparado?

Assenti com a cabeça. Então fechei os olhos com força e me obriguei a afastar todo e qualquer pensamento, até que tudo o que vi foi um céu azul e sem nuvens. Então abri os olhos. Estiquei a mão até a paleta de cores, peguei um pouco de azul e deixei um pequeno rastro no céu daquele campo aberto que Douglas estava pintando. A insegurança daquele primeiro traço se dissipou conforme o branco dava lugar a mais azul, mais e mais; algo que se traduziu em uma estranha satisfação, a satisfação de inventar, de materializar algo, deixar, depositar, despejar, vomitar, derramar, expressar, gritar...

— Uau, está bem claro que o céu está limpo.

— Eu gosto. Gosto do céu azul e sem nuvens.

— Eu também — respondeu. — E disso?

— Disso? Pintar? — Enruguei o nariz. — Sim.

— Então pode pintar sempre que você quiser.

Pensei que era uma bobagem. Com certeza Oliver daria risada se eu lhe dissesse que queria começar a pintar como o pai dele. Encolhi os ombros com uma fingida indiferença.

— Talvez. Qualquer hora — me limitei a dizer.

— Vou estar te esperando.

Anos mais tarde entendi que alguns sorrisos escondem verdades. Que algumas tardes comuns se transformam em lembranças importantes. Que os momentos decisivos acontecem quando você menos espera. Que o encanto da vida reside nesse algo imprevisível.

60

Leah

Dentro do carro, olhei para Axel de relance enquanto ele agarrava o volante. Dois dias antes tínhamos selecionado os poucos quadros que levaríamos, e vieram para embalá-los e buscá-los. Somente artistas que faziam parte de alguma galeria podiam expor nessa feira e, desta vez, Axel tinha decidido me levar.

— Não tinha ninguém melhor? — perguntei.

— Você não está satisfeita?

— Sim, mas... não sei.

— Você acha que eu te escolhi por algum outro motivo, Leah? Se sim, está enganada. Primeiro de tudo, a decisão foi de Sam, ela é a responsável por isso. E em segundo lugar, talvez você devesse começar a cogitar que você é boa. De todas os artistas que representamos, você é a que mais vendeu em uma exposição inaugural. Isso responde a sua pergunta?

— Responde — admiti.

— Que bom.

Axel aumentou o volume da música e não falou mais nada em toda a viagem. Eu não queria pensar muito, então fiquei apenas contemplando a paisagem. Depois da exposição estive algumas semanas pensando em meu futuro, minhas expectativas, tentando decidir o que fazer com a minha vida. E a verdade era que nada estava claro. Eu queria pintar, mas não sabia o que mais. De certa forma, estava me deixando levar pela mão de Axel, mas sem saber ao certo se ele me conduziria aos melhores caminhos e se eu poderia fechar os olhos e segui-lo sem preocupações.

A feira de arte acontecia em um grande edifício com numerosas salas. Quando entramos, entregaram nossos crachás e nos disseram que nosso espaço estava reservado no primeiro andar, à direita. Quando chegamos, minhas obras já estavam lá. Eram apenas cinco, mas não havia espaço para mais nada, e eu confiava no que Axel dizia sobre ser bom começar a ser conhecida em eventos como este. O espaço tinha cheiro de desinfetante e as paredes lisas eram bastante impessoais, mas era um espaço amplo.

Axel estava acertando o colarinho da camisa. Ele tinha se arrumado e eu não estava acostumada a vê-lo assim, com calças compridas, a camisa escura ajustada e o queixo recém barbeado. Mas ele estava tão bonito que, por um instante de fragilidade, senti que sua presença inundava tudo. Inundava a mim.

Balancei a cabeça e enruguei a testa.

— Por que você está tão quieto? — perguntei, porque preferia o Axel brincalhão a esse que parecia perdido nos próprios pensamentos. Era como se, depois do dia da inauguração, algo tivesse mudado nele.

— Eu dormi pouco.

Não soube mais o que dizer.

O dia demorou para passar. Demorou demais.

Se Axel tivesse sido o cara de sempre, o despreocupado, o que não tinha filtros e que me fazia rir mesmo quando eu estava brava com ele, os minutos provavelmente não teriam parecido horas; mas ele se limitou a ficar um pouco de lado sempre que alguém vinha e se interessava pelas obras, como se não quisesse se envolver. Pelo menos, foi assim até vendermos um dos quadros a um casal e ele se encarregou dos trâmites.

Por volta das seis da tarde, saímos.

— E os outros quadros?

— Não se preocupe, eles levam de volta para a galeria.

— Tá bom. — Mordi o lábio. — Tem certeza de que está tudo bem?

Axel pegou a chave do carro e, em vez de colocá-la no contato e ligá-lo, encostou a cabeça no banco e soltou um suspiro cansado. Colocou um dedo entre os olhos e estalou a língua.

— Mês passado conversei com Oliver... — Fiquei em silêncio enquanto o mal-estar crescia dentro de mim. — Falamos de você. De tudo o que aconteceu três anos atrás. E sobre mim. Sobre o que eu fiz de errado e as coisas que eu não fiz na época e...

— Não, por favor — implorei.

— Leah...

— Não.

— Por quê?

E eu sabia que aquele era um momento importante, desses que fazem a balança pesar mais para um lado ou para o outro. Pensei nisso enquanto meu coração batia acelerado dentro do peito. Eu tinha a resposta, mas era difícil verbalizá-la.

— Porque então eu vou te odiar, Axel — sussurrei. — E nesse momento eu não posso fazer isso. Você acabou de aparecer de novo na minha vida e... eu preciso de você. Não quero pensar em tudo o que aconteceu e em por que você fez o que fez. Pior ainda, em como você pôde fazer o que fez. Não quero pensar no que teria acontecido se eu não tivesse feito aquela exposição com a universidade, e então talvez você nunca teria tido a coragem para voltar à minha vida. Não quero estragar nada agora, quando ainda estamos reconstruindo nossa amizade.

Axel não me olhou. Vi como ele respirava fundo.

— Eu teria te procurado mais cedo ou mais tarde.

— Nunca saberemos.

— Eu sei que teria, querida. Juro que sei.

Engoli para desfazer o nó na garganta. Sentia um gosto amargo na boca, como se as palavras estivessem deixando esse sabor pelo caminho. E tudo estava tão embaraçado entre nós que parecia impossível encontrar a ponta do novelo e começar a puxar o fio para desenrolá-lo.

— Axel, eu não quero te perder de novo.

— Eu não deixaria isso acontecer.

Eu nunca o tinha visto assim. Inseguro. Frágil.

— Eu preciso de mais tempo — consegui dizer — e talvez algum dia...

"Talvez algum dia eu consiga te olhar nos olhos enquanto você me explica como foi capaz de renunciar ao que tínhamos, àquela história pela qual eu estava disposta a sacrificar tudo. Como você conseguiu dormir sem chorar todas as noites. Como é possível que as coisas sejam tão voláteis para você. E então, talvez eu comece a acreditar quando você diz que me procuraria mais cedo ou mais tarde, porque três anos... três anos é muito tempo; em três anos você constrói coisas novas; em três anos eu quase já tinha esquecido o formato da cicatriz que você tem na testa e a tonalidade exata do azul-escuro dos seus olhos".

Pensei em tudo isso com o coração agitado.

— O que você quer de mim agora? — Havia temor na voz dele, mas também impaciência, como se ele precisasse saber de uma vez por todas.

— Quero que você seja meu amigo. Quero você de volta na minha vida. Você não, Axel? Poder passar o tempo juntos, como na outra noite. — Lembrei, e esbocei um sorriso trêmulo ao lembrar como tínhamos terminado os dois caídos no meio da rua quando eu fiz cócegas nele sem querer, enquanto montava a cavalinho. — Eu quero o Axel de sempre — concluí.

61

Axel

Talvez a vida seja feita de momentos. Só isso. Momentos. E às vezes você chega ou não chega no momento certo. Às vezes, um segundo muda tudo. Às vezes, o tempo é decisivo. Às vezes, quando você quer falar, a outra pessoa não está mais disposta a te ouvir. Acho que essas coisas acontecem. Às vezes desejamos algo e, algumas semanas depois, mal nos lembramos daquilo, ou aquela coisa já perdeu todo o valor.

E o pior de tudo era que eu entendia Leah.

Eu demorei três anos para estar disposto. Três anos de silêncio depois de dizer a ela que talvez eu não a amasse tanto assim, e de ver como seu rosto se desfazia entre dor e lágrimas antes de sair correndo no meio da noite. Três anos sendo um imbecil. Ela merecia uma explicação. Merecia. Eu não sabia muito bem o que dizer nem como me expressar, mas precisava tentar. Até que parei para pensar no que Leah precisava e percebi que, pela primeira vez, eu teria que colocar os sentimentos dela à frente do meu próprio umbigo, porque é isso que acontece quando você ama tanto alguém.

Então eu engoli todas as palavras.

62

Leah

Axel não falou mais nada, apenas concordou com a cabeça, devagar e pensativo, antes de ligar o carro.

Continuei calada enquanto as ruas ficavam para trás e nos afastávamos da cidade. Logo entramos em uma estrada que passava pelo meio da floresta tropical. Ele sorriu para mim quando me olhou de rabo de olho durante um trecho reto e esse gesto me acalmou.

Então comecei a relaxar, porque estava esgotada após o dia tenso e aquela conversa pendente que parecia pairar entre nós. Cogitei dormir um pouco, mas a ideia desapareceu no instante em que vi que estávamos desviando à direita para entrar em uma estreita estrada de terra.

— Onde vamos? — estranhei.

— Você não quer uma aventura?

Seu olhar travesso me lembrou o Axel de sempre, o que eu tinha pedido que ele fosse, e essa sensação de familiaridade me aqueceu por dentro.

Parou em frente a uma praia deserta.

— O que a gente vai fazer aqui?

Não respondeu. Saiu da picape, foi até a parte de trás e abriu o zíper da lona em que ele guardava as pranchas de surfe.

— Espero que você esteja brincando — resmunguei.

— Não tá afim? Vai, sai do carro.

— Não é isso. É que eu não estou de biquíni...

— Nem de calcinha e sutiã? — O idiota sorriu quando percebeu que eu tinha ficado vermelha. Apertei os lábios. — Eu não vou ver nada que já não conheça bem, querida.

Revirei os olhos e ele se afastou em direção à margem. Fiquei ali por um longo minuto observando-o caminhar sob o sol do entardecer e me perguntando se não seria melhor enfrentar o Axel desconhecido do que esse que sempre me prensava contra a parede, como se desejasse trazer à tona meu lado mais impulsivo, justamente esse que eu tentava dominar e controlar.

Xinguei-o mentalmente algumas vezes antes de me deixar levar pelo desejo e pela inveja que senti quando o vi na água. Tirei o vestido e agradeci por estar usando um conjunto de roupa íntima escura. Depois peguei uma das pranchas que restavam e fui até a beira do mar enquanto contemplava o céu alaranjado.

— Você demorou — me repreendeu quando o alcancei.

— Desculpa, estava enumerando todas as razões estúpidas pelas quais eu ainda entro na sua.

— Adoro quando você fica brava.

Ele se afastou, mergulhou e eu o segui.

Não consegui pegar as três primeiras ondas boas, mas na quarta tentativa fiquei em pé na prancha, com o corpo flexionado para frente, deslizando suavemente enquanto o mar e seu cheiro me envolviam; e foi perfeito. Perfeito.

Um daqueles momentos de plenitude que surgem quando você menos espera e que te marcam, como se quisessem te lembrar que sim, eles são possíveis e te enchem de energia.

Quando, depois de tantas quedas, percebi que estava começando a ficar dolorida e exausta, saímos da água e nos sentamos na margem úmida para nos secarmos um pouco. O sol quase tinha desaparecido; os raios avermelhados e alaranjados salpicavam o céu que começava a escurecer, e os pássaros que sobrevoavam a costa pareciam, vistos de onde estávamos, pequenas sombras acima do murmúrio do mar.

— Como você pintaria isso? — perguntei sem pensar.

— O céu? — Axel enrugou o rosto. — Não sei.

— Alguma coisa deve ter passado pela sua cabeça — insisti.

Deixou escapar um suspiro e relaxou os ombros.

— Com as mãos...

— Como? — Dei risada.

— Isso. — Sorriu. — Com as mãos. Pegaria a tinta com os dedos e então os subiria assim — explicou, colocando-os como uma garra.

Imaginei os raios daquela maneira, desenhados com um só traço feito pela ponta macia de seus dedos, e estremeci.

— É melhor a gente ir.

— Sim, vamos — disse, levantando-se.

Não conversamos no caminho de volta, mas também não foi incômodo. Fiquei com a sensação de que tínhamos encaixado algumas peças que estavam soltas há muito tempo, e talvez o quebra-cabeça não estivesse perfeito e ainda houvesse peças fora do lugar, mas no momento estava bom assim. Porque quando olhei para ele enquanto dirigia e cantava baixinho a música que tocava no rádio, percebi que precisava dele novamente em minha vida. Afastar-me dele não era mais uma opção. Nunca foi, de fato, pelo menos até que ele me obrigou a fazê-lo. Axel era como aquele pirulito de morango que eu fiquei anos sem provar, mas que, assim que o coloquei na boca, tornou-se novamente o sabor do meu dia a dia. O mais viciante.

Quando chegamos em Brisbane, ele me levou até a residência.

Vi Landon sentado no degrau da entrada. Abri a porta do carro antes mesmo de Axel puxar o freio de mão e saí.

— O que você está fazendo aqui?

— Achei que a gente poderia se ver essa noite.

— Claro. Mas eu não sabia a que hora terminaríamos. — Percebi Landon olhando para o meu cabelo embaraçado e para a areia da praia. Quis apagar aquele sentimento de culpa entalado na garganta, porque eu não gostava de me sentir assim; era horrível que tudo fosse tão tenso, tão desconfortável. — A gente parou quando terminou e acabou ficando um pouco tarde.

— Deu tudo certo? — Me deu um beijo no rosto.

Fiz que sim com a cabeça, mas parei de falar quando vi que Axel também tinha saído do carro e estava vindo cumprimentar. Ele apertou a mão de Landon com um gesto inabalável, aquela máscara que eu tanto odiava e que igualmente me intrigava. Landon perguntou se ele queria ficar para tomar alguma coisa e Axel recusou o convite, dizendo que ainda faltava um bom trecho de viagem. Despediu-se de mim com um beijo no rosto.

— Por que você fez isso? — perguntei.

— O quê? —Landon entrou quando abri a porta.

— Você sabe. Isso. Convidá-lo para ficar.

— Tem algo de errado?

— Não, mas...

— Você disse que não tinha mais raiva dele.

Suspirei ao chegar no dormitório e sentei na cama. Eu brincava distraída com um fiozinho solto na barra do meu vestido enquanto Landon me observava pensativo. E pela primeira vez desde que nos conhecíamos, tivemos um daqueles silêncios estranhos dos quais é difícil escapar.

Puxei o ar quando levantei a cabeça.

— É incômodo — sussurrei.

Landon esfregou o queixo, tenso.

— Mas não deveria ser, Leah.

— Eu sei, mas é.

— E o que significa isso?

— Nada. Não significa nada.

Landon foi até a janela e a abriu; o ar quente da noite invadiu o quarto. Não sei quanto tempo ficamos ali em silêncio, cada um com suas questões, mas me levantei quando não suportei mais aquela inquietação que parecia tomar conta de todas as coisas bonitas que tínhamos construído ao longo dos anos: amizade, confiança, segurança.

Abracei-o por trás e apoiei o rosto em suas costas.

Ele não se mexeu, mas também não me afastou.

Naquele momento, isso foi suficiente.

63

Axel

Justin me olhou. Estávamos na varanda de casa depois de uma semana em que eu mal tinha falado com Leah. Acendi um cigarro e puxei o ar.

— O que houve? — perguntou.

— Nada. Me dá agonia pensar em tudo.

— Se você não me contar, eu vou embora.

— Espera, estou tentando encontrar as palavras... — Segurei-o e respirei fundo. — Ultimamente tenho pensado em mim. E nas pessoas em geral. Você acha que a realidade se aproxima da ideia que temos de nós mesmos? O que eu quero dizer é que... Não tenho certeza de ter sido honesto sempre. Acho que, no fundo, todos nós queremos ser de uma forma específica e tentamos alcançar esse ideal.

— E isso é ruim? Parece um bom propósito.

— Mas afinal, quem somos de verdade?

— Acho que não existe uma resposta para isso.

— Deveria existir. — Apaguei o cigarro. — Às vezes eu não me encontro na minha própria pele. Tenho a sensação de estar atrasado na minha vida, parece que não estou onde deveria estar na hora certa; é como se estivesse perdendo algo, mas não sei o quê. E tenho medo de não saber como parar isso, porque cada vez que tento, acabo dando um passo para trás.

64

Axel

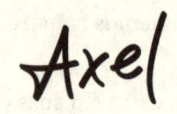

Sam bateu na porta do escritório antes de entrar.

— Hans está na linha dois, está tentando falar com você desde ontem à tarde.

— Merda. — Tinha esquecido o celular em algum lugar que não me lembrava. Atendi o telefone fixo do escritório para atender o dono da galeria. — Hans? Desculpa. Do que você precisa?

— Escuta, essa garota nova... a filha de Douglas...

— Acho que você se refere a Leah Jones.

— Sim. Sam me disse que quase metade dos quadros da exposição foram vendidos e na semana passada ela me enviou as fotos das obras que vocês catalogaram. Acho que ela é perfeita para um projeto que tenho em mãos. Mas eu precisaria que você cuidasse de tudo. E que ela esteja disposta, é claro.

— Do que se trata? — perguntei.

— Está sentado? Ótimo. Lá vai.

65

Leah

— Está contente? Era o que você esperava?

Fiz que sim enquanto saía da sala com Linda Martin. Era um fim de tarde de sexta-feira e os corredores estavam cheios de alunos; eu tinha ido à universidade para conversar com a professora sobre o estágio que eu deveria fazer no próximo período.

— Na verdade, eu não estava esperando nada muito específico — admiti após um instante de silêncio, ponderando a pergunta. — Por isso, acho que qualquer coisa vai ser bem-vinda. Estou... na expectativa. Sim, acho que é isso.

— É bom experimentar algumas coisas para saber o que queremos e o que não queremos. — Tinha começado a garoar. — O mundo da arte é difícil, você sabe, acho que o segredo é encontrar o seu nicho, um espaço em que você se sinta confortável. E quanto ao estágio, pense, ambas as opções são boas, mas a decisão é sua, Leah.

— Eu sei, vou tentar decidir algo em breve.

Nos despedimos e fui até a entrada principal do campus debaixo da chuva, que caía com mais força. Protegi minha pasta abraçando-a contra o peito ao lembrar que dentro tinha algumas lâminas que eu queria manter intactas, e xinguei baixinho por ter esquecido de pegar o guarda-chuva, mesmo sabendo que as tempestades de verão eram frequentes. Resmunguei quando meti o pé em uma poça e me virei quando ouvi uma risada rouca e familiar ao meu lado.

— Axel? — Estreitei os olhos.

— Vem, o carro está aqui perto.

— O que você está fazendo aqui? — Fui atrás dele.

— Você me disse que se encontraria hoje com a professora Martin. — Tínhamos trocado algumas mensagens dois dias antes e, não sei por quê, acabei comentando com ele sobre o estágio e as dúvidas que eu tinha, porque nenhuma das duas opções me convenceu completamente e eu sabia que Axel poderia me entender. — Eu vim para resolver umas coisas. E para falar com você.

Não deixei de perceber seu olhar inquieto.

Fomos para o carro e, enquanto ele entrava na via, observei o movimento do limpador de para-brisas.

— Sobre o que você quer falar? — perguntei.

— É algo delicado. Podemos esperar?

— Landon vai passar para me buscar em meia hora. — Engoli em seco enquanto observava seu perfil. — Você está me deixando assustada, eu devo me preocupar?

— Não, não é nada ruim. Pelo contrário.

Ele ficou em silêncio até parar em frente ao meu prédio e tirar as chaves do contato. A chuva batia forte contra o vidro e continuou ali, cobrindo tudo. Pensei que seria bonito pintar algo assim: desfocado, difuso, caótico.

Axel respirou fundo enquanto me olhava.

— Uns dias atrás Hans me ligou porque estava interessado em um projeto que tem a ver com você. Ele precisa de uma pessoa jovem, com menos de vinte e cinco anos, para receber uma bolsa de estudos e participar de algumas exposições com outros artistas de diferentes países. É uma excelente oportunidade e a bolsa cobre todas as despesas, incluindo a estadia e um estúdio.

— Mas eu já tenho um estúdio — disse.

— O projeto é em Paris.

— Você só pode estar brincando — repliquei.

— Não. Leah, escuta...

— Isso é loucura! Eu não posso ir!

— Por quê? — perguntou.

— Por mil coisas. Preciso começar o estágio. E a minha vida está aqui, Axel, não está nos meus planos ir para um lugar a milhares de quilômetros. Você sabe que para mim é difícil ficar sozinha, sabe o quanto foi difícil vir para Brisbane, o medo que eu tinha...

Ele levantou meu queixo com os dedos.

Nossos olhares se cruzaram.

— Eu iria a Paris com você, querida.

E aqueles olhos... aquele jeito de me tocar...

Afastei o rosto e abri a porta do carro. Saí, apesar da chuva, e corri até a residência. Coloquei as chaves na fechadura e senti sua presença atrás de mim. Não me virei. Entrei decidida em direção à escadaria. Subi com ele nos calcanhares, deixando um rastro de água por onde passávamos.

— Vá embora, Axel — disse ao chegar no dormitório.

Ele me ignorou. Ficou no meio do dormitório com as costas rígidas e o queixo contraído enquanto eu abria o guarda-roupa para pegar alguma roupa seca.

Estava tão nervosa que fiquei com vontade de rir. Como ele poderia ter pensado em algo assim? Ir com ele para outro canto do mundo parecia mais arriscado do que jogar roleta-russa. Fazia apenas um mês que eu tinha começado a tolerar a presença dele, obrigando-me a lembrar que ele era meu amigo, que o que aconteceu naquela casa foi apenas um pedaço da nossa história, em comparação com termos sido família a vida inteira.

Axel fechou minha passagem no caminho para o banheiro. Os olhos inquietos percorreram meu rosto e se fixaram nos meus.

— Do que você tem medo?

— Você sabe. Eu já te disse.

— E eu te prometi que você não vai ficar sozinha.

— Tanto faz. Deixa eu passar, eu preciso trocar de roupa.

Ele não se mexeu. Continuou ali no meio, fazendo com que minhas pernas tremessem diante de sua proximidade.

— Fala. Você tem medo do que pode acontecer?

— Não sei do que você está falando.

— Sabe sim. De nós.

Fechei a cara e levantei a cabeça.

— Isso não é uma possibilidade.

Axel se afastou e eu entrei no banheiro. Respirei fundo depois de trancar a porta, como se tivesse tirado um peso dos ombros e me sentisse protegida de novo, longe dele. Eu não tinha certeza do que havia acontecido e estava tão assustada que não queria nem pensar nisso. Não percebi que meus braços estavam tremendo até que os levantei para tirar a camiseta encharcada.

— Tudo bem, vou falar através da porta — disse.

Não pude deixar de apertar os dentes ao ouvir sua voz abafada do outro lado. Como ele podia ser tão teimoso e irredutível quando realmente queria algo e, ao mesmo tempo, deixar de querê-lo tão facilmente?

— A bolsa tem duração de apenas dois meses, então não estou pedindo para você deixar toda a sua vida aqui, Leah. E quanto ao estágio, bem, tenho certeza de que você pode falar com a sua professora e encontrar uma forma de validá-lo; seria como resolver dois problemas de uma vez só.

— Você veio com tudo já pensado — resmunguei.

— Claro, eu sou o melhor representante do mundo.

Revirei os olhos e abotoei a calça.

— Com certeza tem outras pessoas interessadas.

— Não temos nenhum outro artista tão jovem.

— Então procure algum — respondi.

— Poderíamos ter essa conversa cara a cara e não através de uma porta?

Abri logo depois. Pelo menos estava mais calma; porque eu tinha voltado a me sentir pequena e frágil diante dele, e não queria me mostrar vulnerável de novo.

— Axel, sério, parece genial e sei que é uma grande oportunidade.

— Uma oportunidade incrível. Hans tem muitos contatos.

— Tá, mas não é para mim. Sinto muito.

Procurei um elástico de cabelo na escrivaninha.

— O que é que você quer, então?

Percebi uma certa frustração em sua voz.

— Sobre o que exatamente?

— Sobre a sua carreira. Sobre pintar. Me diz qual é o seu objetivo e vou tentar fazer com que você o alcance, mas acho que devemos ter esta conversa antes de dar qualquer outro passo. O que você pensa em fazer quando terminar os estudos? Quer trabalhar em outra coisa e pintar no seu tempo livre, ou pretende ganhar a vida vendendo seus quadros? Eu acho que mereço uma resposta.

Fechei os olhos com força.

Eu sabia que ele estava certo, que eu tinha que escolher um caminho. Não era minha intenção desperdiçar o tempo dele ou levar isso como uma brincadeira. Mas a verdade era que eu não havia pensado muito em um objetivo específico. Eu só sabia que pintar era minha vida, mas não tinha a menor ideia de como expressar isso. A única coisa que me vinha à mente era a certeza de querer continuar pintando, por mais simples que parecesse. E depois o que mais? Ou, mais importante: para quê e com qual finalidade? Eu não tinha um sonho concreto, como expor em uma galeria de Nova York e ficar famosa, ou vender meus quadros por uma fortuna e ficar rica. Nunca tinha pensado nisso. Também nunca tinha me preocupado, porque acho que a ideia de ter um emprego para conseguir pagar as contas é uma preocupação que surge quando você percebe que vai ter que lidar com isso dentro de pouco tempo. E, por mais que eu tentasse imaginar, não conseguia me ver fazendo outra coisa.

— Sim, a ideia é essa, poder viver disso, acho — respondi baixinho.

Axel ainda estava com o cabelo molhado e lembrei de quando eu o via chegar em casa à tarde voltando da praia depois de surfar.

— Então eu não te entendo...

— Tudo isso é complicado demais.

— O problema somos nós, Leah?

Eu não queria responder, porque se eu dissesse que sim, daria a entender que as coisas não estavam bem. E era verdade. Nossa relação era tão confusa... tinha tantos nós, que não sabíamos nem por onde começar a desfazê-los...

Abri a janela e respirei fundo.

— Não, não é isso. Estou ficando sufocada, Axel. Preciso de um tempo, tá bom? Não é uma boa ideia continuar essa conversa agora.

— Isso significa que você vai pensar?

Relutei, nervosa. Mas antes que eu pudesse responder, bateram na porta e lembrei que tinha marcado com Landon. A última coisa que eu precisava era administrar uma situação constrangedora. Abri e tentei disfarçar a tensão quando Landon me deu um beijinho rápido nos lábios. Soltei o ar que estava segurando enquanto ele e Axel se cumprimentavam com um aperto de mãos.

— Já estou de saída — disse Axel.

— Tá bom. — Eu só queria chorar. Não sei qual a razão, mas, dentro daquele quarto que parecia me deixar sem ar e na companhia dos dois, a única coisa que senti foi isso: vontade de chorar.

— Pensa, tá bom? E depois me responde.

Estremeci quando seus lábios tocaram meu rosto. Quando fechei a porta, Landon e eu nos olhamos durante um minuto que me pareceu longo, denso e incômodo, todas as coisas que eu não queria associar a ele, tudo aquilo...

— No que você precisa pensar?

— Acho melhor você se sentar.

66

Axel

— Juro que aquele foi o maior exercício de autocontrole que já fiz na vida inteira, porque, puta merda, quando eu o vi dando um beijo nela, eu quis matá-lo. E ele é só um garoto. Um garoto que, ainda por cima, parece ser gente boa...

Meu irmão me serviu um café.

— Você preferiria que fosse um babaca?

— Não, caralho, não.

"Se fosse, já estaria morto", pensei. Puxei o ar com força enquanto Justin atendia outros clientes que tinham acabado de entrar no café. Eu nunca tinha sentido ciúme, mas nos últimos meses eu sentia um mal-estar que ia aumentando cada vez mais no meu peito. A insegurança me corroía. E o medo. Eu temia passar o resto da vida assim, ofuscado dentro de mim mesmo, sem poder tocá-la nunca mais.

Vi meu pai através do vidro e me forcei a melhorar a cara quando ele entrou e me deu um tapinha nas costas antes de sentar no banco ao meu lado.

— E aí, beleza, colega? — perguntou, animado.

— Já tive dias melhores — admiti.

— Vamos, me conta dos seus rolês.

Justin fingiu que procurava um pano debaixo do balcão para não rir na frente dele e eu acabei dando um sorriso meio torto, enquanto pensava em como eu era sortudo por ter uma família assim; porque apesar dos defeitos e das virtudes, eu não mudaria nada neles.

— Meu rolê se chama Leah. Acho que você a conhece.

Meu pai me olhou com cautela, porque já tínhamos conversado sobre isso, mas não depois que ela apareceu de novo na minha vida. Não como naquele dia, em que eu estava meio sem filtro. Justin terminou de cobrar e veio até nós.

— Eu posso te escutar, sou bom nisso — me acolheu.

— Beleza. — Passei a mão no queixo. — Estou com vários problemas. O primeiro é que preciso convencê-la a aceitar o convite para ir a Paris com essa bolsa que ofereceram.

— Ela deveria aceitar. É uma excelente oportunidade. Talvez sua mãe possa falar com ela...

Justin parecia um espectador do outro lado do balcão, como se estivesse encantado de ver o espetáculo. Às vezes eu ficava surpreso por ver como meu irmão me conhecia bem, apesar de todos os obstáculos que eu tinha colocado no caminho anos atrás.

— O segundo é que eu quero matar o cara com quem ela está saindo.

— Filho, isso não... — suspirou. — Isso não está certo.

— E o terceiro problema é que eu quero trepar com ela.

— Axel. — Meu pai engoliu em seco, um pouco nervoso.

— Na verdade, eu só penso nisso. Algum conselho, pai?

— Isso foi melhor do que eu pensava. — Justin desandou a rir com uma gargalhada rouca e, quando percebi, os três estávamos rindo, apesar de que meu pai ainda estava com as bochechas vermelhas de vergonha e terminou tossindo, um pouco atordoado.

— São vários problemas — comentou.

— Isso não é nada *incrivilhoso* — brinquei.

— Não, não é — sorriu.

— Vem, vamos dar uma volta.

Nos despedimos de Justin e saímos do café. Começamos a caminhar em direção ao calçadão da praia e o percorremos em silêncio, apenas curtindo aquele momento juntos. Quando nos sentamos no muro que contornava a areia, olhei para meu pai: com seus óculos, seu eterno sorriso e o cabelo mais comprido do que minha mãe gostaria, um pouco bagunçado pelo vento. Senti vontade de fumar um cigarro, mas não fumei porque sabia que ele preferia que eu não tivesse esse vício.

— Pai...

— Fala, colega.

— Se algum dia eu tiver filhos, só espero ser a metade de todas as coisas boas que você é com a gente.

— Vocês fizeram com que essa tarefa fosse fácil.

Ele piscou para conter a emoção, eu sorri e coloquei um braço em volta de seus ombros enquanto contemplávamos juntos o mar azul e os surfistas pegando onda sob o sol de uma manhã tranquila.

67

Leah

Por alguma razão, quando eu pensava em Paris, sempre me vinha à mente Claude Monet. No segundo ano de faculdade fiz meu trabalho de fim de semestre sobre ele e a pintura impressionista. Eu era fascinada por sua determinação, apesar da rejeição inicial da burguesia, porque sua obra rompia com os valores tradicionais da arte da época; também sua obsessão pela busca das cores e pela expressão etérea da luz. As pinceladas livres, curtas e intensas, o toque vibrante e iluminado. O interesse em captar o instante, o impalpável, o efêmero. Ele me transmitia uma sensação reconfortante, como momentos que você guarda na memória e que sabe que nunca poderão se repetir. Era mágico. Capturar o volátil com suas cores puras e justapostas.

Sua obra mais importante, a que dá nome ao movimento Impressionista, chama-se *Impressão, o nascer do sol*. Tentei me convencer de que aquilo não era um sinal. O amanhecer. Ele.

Naqueles dias eu só pensava em Monet.

Só pensava em Paris.

68

Leah

Tínhamos saído para jantar e passamos a noite tentando fingir que estava tudo bem, mas ambos sabíamos que não estava. Eu nem sabia ao certo qual era o problema, mas podia sentir os silêncios incômodos, os assuntos que evitávamos, os olhares que escondiam medos e dúvidas.

Tirei os sapatos assim que chegamos ao seu apartamento e fui descalça até a cozinha pegar um copo de água. Quando terminei de beber, Landon estava encostado no balcão, olhando sério para mim.

— O que foi? — Dei um passo em direção a ele.

— A gente precisa conversar sobre Paris.

— Você acha que eu não deveria ir?

— Não. Na verdade, acho que é uma oportunidade única e que você tem que aproveitá-la. Mas isso só complica ainda mais nossa situação... — Passou a mão pelo cabelo, angustiado. — Eu te amo, Leah, mas você vai estar lá com ele, a milhares de quilômetros de distância, e não tenho certeza se consigo continuar fingindo que isso não é um problema.

— O que você está tentando dizer? — Estranhei.

— Que a gente volta a se falar quando você voltar...

— Você está terminando comigo?

— Não, porque não há nada para terminar. Você nunca quis colocar rótulos na nossa relação, ou seja, nós nem sabemos o que temos. — Respirou fundo e seu olhar triste me atravessou. — Vá a Paris, aproveite e... esclareça tudo para você mesma. Descubra o que você realmente quer. Eu não quero saber de nada que venha a acontecer entre vocês durante esses meses.

— Mas não vai acontecer nada.

— Leah, cacete, eu não sou cego.

— O que você está dizendo? — Eu ia começar a chorar.

— Que eu vejo como ele te olha. E que te conheço bem demais para não perceber que você ainda sente algo por ele. — Fechou os olhos, respirou fundo e mordeu o lábio enquanto colocava as mãos no quadril. — Então... faz o que você tiver que fazer, mas quando voltar, me dê uma resposta. Se você quiser continuar comigo, então teremos algo de verdade, vamos ser um casal normal. Porque eu não consigo continuar assim, você entende?

Concordei com a cabeça, com um nó na garganta.

— E o que somos agora, Landon?

Ele limpou minhas lágrimas e sorriu.

— Somos dois amigos que vão se amar para sempre, não importa o que acontecer.

69

Leah

Quando desci do ônibus já estava escurecendo. Meu coração batia acelerado enquanto seguia pelo caminho que levava à casa dele, mas eu precisava fazer isso. Precisava... não sei bem o quê, na verdade, mas eu tinha entrado naquele ônibus por impulso, com uma ideia na cabeça. Uma ideia que eu sabia que meu irmão ou Landon teriam considerado uma maluquice, mas que, quase com certeza, Axel acharia tão tentadora quanto eu. Porque a verdade era que, no fundo, eu ainda tinha a impressão de que algumas coisas eu só podia compartilhar com ele, como se tivesse medo de que o resto do mundo não as entendesse da mesma maneira.

Decidi bater na porta da frente em vez de dar a volta e aparecer pela varanda dos fundos depois de considerar a possibilidade de Axel não estar sozinho.

Não gostei de perceber meu estômago se revirando.

Bati na porta e esperei, nervosa.

Axel abriu e me olhou surpreso.

— Posso entrar?

Ele se afastou, eu entrei e coloquei a bolsa no sofá. Quando olhei para ele, tentei me lembrar das palavras que eu tinha pensado em dizer, mas me distraí enquanto ele pegava uma camiseta no encosto da cadeira e a vestia. Observei o movimento de seus ombros e os músculos de suas costas, as linhas retas que terminavam em uma curva, a pele dourada...

— O que você está fazendo aqui?

— Eu queria te ver. E pedir uma coisa.

— É sobre Paris? — Neguei com a cabeça. Na verdade eu ainda não tinha dado uma resposta sobre isso. — Aconteceu alguma coisa, Leah?

Os olhos azuis escuros brilharam inquietos naquele rosto tenso e fiquei com vontade de levantar a mão e acariciar as ruguinhas que se formavam em sua testa.

— Não. É que eu preciso fazer uma coisa.

Puxei o ar, nervosa, e ele levantou as sobrancelhas e sorriu.

— Se essa coisa tiver algo a ver com a minha cama, você só precisa me dizer, querida. — Fuzilei-o com os olhos e ele começou a rir enquanto saía para a varanda. Fui atrás dele. — Vai, Leah, conta. Não me deixe preocupado. Você sabe que pode me pedir qualquer coisa...

Me apoiei no corrimão ao lado dele.

— Qualquer coisa? — perguntei baixinho.

— Qualquer coisa, Leah. O que você quiser.

— Inclusive entrar em uma casa?

— Oi? — Piscou.

— Entrar em uma casa abandonada.

— E por que diabos você ia querer...? — Fechou a boca quando entendeu o que eu queria e deu um sorrisinho de cumplicidade. — Quando?

— Esta noite?

— Combinado. Você jantou?

— Não. — Foi até a cozinha e eu o segui. — Pode ser qualquer coisa.

— Não tem muita coisa, lasanha que sobrou de ontem e...

— Está ótimo — cortei, antes de sentar-me em um dos banquinhos.

Ele esquentou dois pratos e comemos em silêncio, olhando-nos de vez em quando, cada um pensando nos próprios assuntos. Foi como viajar ao passado durante um breve instante. Terminei o copo de água quase de uma vez só.

— E como a gente vai fazer isso?

— Não tem muita gente morando naquela região. Vamos pelos fundos e subimos pelo muro. Vou levar algo para abrir a porta. — Ele me olhou. — Você tem certeza disso, né?

— Tenho — respondi.

70

Axel

Eu queria perguntar por que ela não tinha pedido isso a Oliver. Ou a Landon. Ou a qualquer outra pessoa. Teria poupado quase três horas de ônibus e o incômodo de me ver, imagino, porque apesar dessa nossa "amizade", às vezes eu não tinha certeza se ela suportava olhar na minha cara. Pelo menos essa foi a conclusão a que cheguei depois de perceber que um dos problemas para não ir a Paris era que eu a acompanharia.

Mas estava tão feliz em vê-la, que parte de mim sabia que eu faria qualquer coisa que ela quisesse. Porque meu coração disparava cada vez que ela estava por perto. Porque olhar para ela me deixava excitado. Porque ela tinha o rosto mais bonito do mundo e eu queria beijá-la inteira. Porque eu era louco por ela.

— Preparada? Vem!

Tínhamos rodeado a propriedade e estávamos com as lanternas apagadas, de modo que só enxergávamos o que a lua iluminava. Ela pisou em um matagal, eu a segurei pela cintura e a levantei com cuidado até ela alcançar a parte mais alta do muro. Ela pulou e eu fui atrás. Estendi meu braço em sua direção.

— Vem, me dá a mão — pedi.

Seus dedos encontraram os meus na escuridão e ignorei o calafrio que senti enquanto a puxava em direção à casa, caminhando pelo mato que tinha crescido demais. Fomos até a varanda dos fundos e soltei sua mão quando chegamos à porta. Respirei fundo e cruzei os dedos, torcendo para que abrisse facilmente.

— Vou iluminar — disse, acendendo a lanterna.

Bati na madeira com o ombro e o barulho rompeu o silêncio da noite. Fechei os olhos e bati mais forte, e dessa vez a porta se abriu com um estalo.

— Está pronta? — perguntei, e ela concordou.

Dessa vez sua mão me procurou por vontade própria, e quando passamos pela entrada daquele lugar que tinha sido sua casa por tantos anos, ela me apertou com força. Engoli em seco, porque as lembranças pairavam em cada canto e em cada móvel que alguém tinha coberto com lençóis.

— Querida, se você precisar sair, é só me dizer.

— Eu tô bem. — Fungou pelo nariz. — Estou bem mesmo, sério — repetiu, como se tentasse convencer a si mesma. — Tem muitas coisas aqui, muitas...

A luz da lanterna iluminou a sala, movendo-se enquanto saíamos de lá e nos aproximávamos da escada. Os degraus rangeram sob o peso de nossos passos, mas tudo o que eu ouvia era o meu coração palpitando. Deixei Leah dar uma olhada em seu quarto e esperei pacientemente na porta de entrada.

Depois fomos até o estúdio de Douglas.

Eu não estava preparado para tudo o que senti ao entrar ali. Para ver os quadros apoiados nas paredes, as tintas, os cavaletes. Engoli em seco e precisei me esforçar para manter-me tranquilo quando ouvi o primeiro soluço de Leah.

— Tudo bem — sussurrou em meio à escuridão. — É só... um momento de fragilidade. Mas eu posso fazer isso, Axel. E eu quero fazer.

Ela começou a mexer nos quadros e eu a ajudei, separando alguns. Quando dei de cara com um deles, perdi o fôlego.

— Espera. — Peguei-o.

— O que foi?

Leah se aproximou. Tentei tirar o pó que cobria a tela e deixei-a em cima de uns cavaletes que continuavam abertos. Respirei fundo.

— Esse eu preciso levar.

— O que ele tem de especial?

— Foi a primeira vez que eu pintei. Não sei por que seu pai o guardou. Jamais imaginei isso. — Estava boquiaberto e Leah continuava iluminando tudo com sua lanterna. — Você tinha três anos e estava dançando aqui, enquanto ele pintava. Ele me deixou pegar o pincel e então eu fiz isso... um céu azul e sem nuvens. — Deslizei as mãos pela tela.

— Você e os céus sem nuvens...

Virei para Leah e vi a curva de seu sorriso na penumbra. Nós nos olhamos em silêncio, conectados de algum modo que eu não conseguia entender. Ouvi sua respiração.

— Obrigada por me acompanhar...

Concordei com a cabeça e continuamos revistando o estúdio. Pode até ser que aquilo fosse roubo, mas caralho, eu queria levar embora muitos daqueles quadros. Eles não tinham valor. Não para os atuais proprietários daquela casa, mas para nós sim. Um valor incalculável.

Por algumas coisas vale a pena se arriscar de olhos fechados.

Quando saímos, prometi a ela que voltaríamos outro dia com o carro para levar alguns quadros e lembranças. Levantei-a de novo para alcançar o muro e tentei ignorar o aroma feminino que vinha dela e o desejo que eu tinha de apertá-la contra meu corpo. Enquanto caminhávamos pela rua, trocamos vários olhares divertidos. Se eu achava que Leah tinha mudado porque parecia mais mulher, mais serena e mais tranquila, eu estava enganado. Continuava sendo a mesma menina um pouco inconsequente e aventureira, disposta a se deixar levar quando eu a provocava, a passear comigo de madrugada sob o vento quente de uma quinta-feira qualquer.

— O que a gente está fazendo? — perguntei.

— Não sei. — Ela riu, mas, sob a luz da rua, pude ver que seus olhos ainda estavam um pouco avermelhados. — Eu não tenho onde dormir.

— E pegou um ônibus sem pensar nisso.

— Estava improvisando!

— Vamos para casa. — Estendi uma mão; ela me olhou, negou com a cabeça e seguiu em frente. — O que você quer, pequena demente?

— Vamos passar a noite inteira acordados. Só passeando, conversando ou sentando em qualquer lugar por aí. — Ela não disse que ainda não estava preparada para dormir na minha casa, mas às vezes eu conseguia ler através da pele dela e da súplica escondida em seus olhos.

— É um plano do caralho.

E foi isso que fizemos.

As horas se passaram enquanto perambulávamos pelas ruas vazias, conhecendo-as a partir de uma perspectiva diferente da diurna, quando estavam cheias de gente. Caminhamos até o calçadão da praia e eu tentei não fazer nenhuma idiotice quando, deitada na areia, ela me confessou que sua relação com Landon não estava em seu melhor momento. Eu me esforcei para escutá-la. Eu me esforcei para ser amigo dela. Eu me esforcei muito para não querer trepar com ela ali mesmo, mas isso foi em vão. E depois, quando voltamos a caminhar e paramos em um parque vazio, nos sentamos nos balanços. Dei risada enquanto ela se balançava e o vento da noite bagunçava seu cabelo. Ali, segurando as cordas do meu balanço e sem tirar os olhos de Leah, me senti vivo novamente. Porque quando estávamos juntos parecia que o mundo era mais colorido, mais vibrante, mais intenso. Isso era ela, para mim.

— Cuidado — disse, ao vê-la se torcer demais para um lado.

— Se eu cair, você me levanta?

— Por que essa pergunta?

Leah freou com a ajuda dos pés.

Ela me olhou. Percebi o movimento de sua garganta.

— Se eu cair em Paris, você me levanta, Axel?

Perdi o fôlego quando a entendi.

— Sempre, querida. Prometo.

— Eu tenho medo de andar sozinha.

— Eu sei. Mas eu vou estar lá.

Assentiu, ainda com ar de dúvida, e respirou fundo.

— Quando a gente vai?

Fazia anos que eu não sorria assim.

71

Leah

Existem feridas horríveis, em carne viva. E há outras piores, dessas que não sangram mais e que parecem já cicatrizadas, mas que, se você as toca, doem como no primeiro dia.

Axel era a minha ferida.

Março

[PRIMAVERA. PARIS]

72

Axel

CONTEMPLEI O MAR AZUL E IMENSO ATRAVÉS DA JANELINHA OVALADA COM O CORAção ainda um pouco agitado, porque voar não era comigo.

— Em que você está pensando? — me perguntou Leah.

Virei a cabeça para olhar para ela. Estava linda.

— Você não vai querer saber, acredite.

— Vai, conta! — insistiu.

— Tá bom. — Aproximei minha cabeça da dela para cochichar. — Estou pensando que estamos a mais de vinte mil pés de altitude, voando em uma geringonça em que não confio, mas de onde nenhum de nós dois pode escapar... — Olhei para os lábios dela quando ela os umedeceu. — E acho que se eu estivesse procurando o momento perfeito para te dizer que ainda sou louco por você, este seria o ideal. Ou se eu quisesse te dizer que, não sei como, mas todos os dias penso em como fazer você me perdoar. Também poderia te dizer que quase te beijei várias vezes...

— Axel... — Ela se enrijeceu em sua poltrona e eu notei que sua respiração se acelerou.

— Mas, como eu disse, são apenas pensamentos.

Sorri com inocência.

Leah soltou o ar que estava segurando.

73

Leah

Todos temos nossos mecanismos de defesa. Diante da dor, da traição, do perigo. Canalizar as emoções, saber digeri-las e interiorizá-las, nem sempre é fácil. No meu caso, a parte que eu achava mais difícil era colocar o ponto final. Eu pensava e pensava e pensava na mesma coisa, remoendo os fatos, observando tudo de ângulos e perspectivas diferentes até chegar a uma conclusão que fosse válida para mim. E então... eu não sabia o que fazer com essa conclusão. O que fazer com os sentimentos quando você consegue etiquetá-los em sua cabeça? Classificá-los por cores? Guardá-los em uma gaveta? Deixar que eles te acompanhem no dia a dia e aprender a conviver com eles como se fossem um cachecol que cada vez te aperta mais?

Eu não sabia soltá-los. Não sabia deixá-los ir embora.

Acho que por isso eu ainda não tinha falado com Axel, por causa dessa parte de mim que ainda resistia. Eu tinha em mãos uma lista de mágoas, mas não conseguia deixá-las sair, mesmo sabendo que carregá-las nas costas me consumia, porque pareciam pesar cada dia mais. Estava com medo. Eu não queria abrir aquela caixa em que guardava essas coisas feias, tudo o que aconteceu entre nós.

Me assustava ver que a linha entre o ódio e o amor era tão frágil e tênue, ao ponto de ir de um extremo ao outro em um salto. Eu o amava... eu o amava do fundo da alma, com os olhos, com o coração; o meu corpo inteiro reagia quando ele estava por perto. Mas outra parte de mim também o odiava. Eu o odiava pelas lembranças, pelas palavras nunca ditas, pelo ressentimento e pelo perdão que eu não era capaz de dar a ele de peito aberto, por mais que eu quisesse. Ao olhar para ele, eu via o preto, o vermelho, o roxo-latente; as emoções transbordando. E sentir por ele algo tão caótico me machucava, porque Axel era uma parte de mim. E sempre seria. Apesar de tudo.

74

Leah

Um taxista nos esperava no aeroporto.

Ele nos levou até o apartamento onde passaríamos os próximos meses e, depois de nos ajudar com as malas, entregou a Axel a chave que Hans lhe havia dado. Então foi embora e ficamos os dois plantados ali no meio da rua, com a vista levantada para o céu cinzento, contemplando o antigo edifício em estilo Haussmann.

Axel abriu a porta e eu o segui. Havia um elevador que devia ser pré-histórico com um aviso na porta, *Ça ne marche pas*, o que, a julgar pelo cadeado que o mantinha fechado, devia significar que não estava funcionando. As escadas eram estreitas e escuras, mas senti um frio na barriga enquanto subíamos, arrastando a bagagem a duras penas.

— Deixa as malas aí, se estiverem muito pesadas.

— Não, tá tudo bem — repliquei.

Chegamos ao último andar, o terceiro. Axel abriu o apartamento, acendeu as luzes e me deixou passar. Dei uma volta em torno de mim mesma observando os tetos altíssimos, as molduras e as rosetas que os adornavam, e as enormes janelas. A luz refletia no piso de madeira clara e me perguntei como era possível um prédio com cara de ser tão antigo esconder uma casa tão bonita.

Uma escada de metal que se curvava na parte superior levava ao que parecia ser o sótão, e deduzi que ali seria o meu estúdio durante os próximos dois meses. Tirei a jaqueta fina que estava usando e a deixei no braço de um dos sofás antes de abrir as três portas que ocultavam um banheiro e dois quartos.

— Pode ficar com o que tem a cama maior — disse, e respirei fundo, porque até aquele momento eu tinha evitado pensar em como seria difícil ver Axel todas as manhãs, todas as noites, todos os dias. — Acho que faz sentido. Para você dormir mais à vontade e tal. Você sabe o que quero dizer. E além disso, eu gostei da vista do outro.

— Beleza — respondeu, sem dar muita bola.

Enquanto ele levava as malas para os quartos, aproveitei para subir ao pequeno sótão. Sorri ao ver um espaço limpo e confortável, com alguns cavaletes abertos, telas em branco e algum material, apesar de saber que eu teria que comprar alguns utensílios depois.

Ouvi os passos de Axel atrás de mim.

— Uau, que iluminação boa!

— É perfeito — admiti.

Ele abriu uma janela e o ar fresco ventilou o meu novo estúdio. Suspirei satisfeita enquanto verificava cada cantinho e sentia o frio na barriga da impaciência tomando conta de mim. Já estava louca para estrear aquele espaço e pintar ali, para contemplar a rua por horas e me deixar levar, sem pensar demais, protegida por aquelas paredes.

— Contente?

— Muito. Sim. E nervosa também.

— Vamos, depois a gente olha tudo com mais tempo. Combinamos com Hans em menos de meia hora e espero que o lugar seja perto daqui, porque não tenho a menor ideia de onde estamos.

Saímos. O vento estava frio, ainda mais em comparação com as temperaturas amenas a que estávamos acostumados. Usávamos roupa fina e confortável. Enquanto caminhávamos seguindo as indicações do celular, pensei que teríamos que comprar algumas peças mais grossas, a não ser que o calor chegasse de repente.

No fim, o restaurante em que tínhamos combinado com Hans estava perto do apartamento, a apenas algumas ruas do famoso Moulin Rouge, no bairro boêmio de Montmartre. *Le Jardin d'en Face* tinha uma fachada verde veronese e dentro era confortável, quase rústico.

Um cara de cabelo grisalho com um sorriso marcado se levantou assim que entramos, e ele e Axel deram um abraço curto. Então Hans olhou para mim e me surpreendeu ao me dar dois beijos.

— Prazer em te conhecer, Leah.

— O prazer é meu, senhor Hans.

— Pode tirar o "senhor", eu ainda me sinto jovem — brincou. — Venham, eu reservei uma mesa. O que querem beber? Peço uma garrafa de vinho?

Respondemos que sim enquanto nos sentávamos.

— Como foi a viagem? — perguntou.

— Tudo bem, apesar de eu não saber muito bem que horas são — respondeu Axel, fazendo-o rir. — O apartamento é incrível. E o estúdio também, né, Leah?

— É lindo. E eu adorei a luz.

— Ótimo, a ideia essa era.

Pedimos os pratos e eu me concentrei em minha salada enquanto eles se atualizavam sobre a galeria de Byron Bay e sobre nossos planos em Paris. Para começar, tínhamos que ir a uma festa em uma sala de arte naquela mesma semana. E, pela quantidade de propostas que Hans fez, estaríamos bastante ocupados.

Quando Axel se levantou para ir ao banheiro, Hans me olhou pensativo e eu fiquei um pouco nervosa.

— Então a arte está um pouco nos genes...

Virei a cabeça enquanto o olhava surpresa.

— Você conheceu o meu pai? — perguntei.

— Sim. Comprei alguns trabalhos dele anos atrás. Ele tinha talento. E sua mãe também, embora talvez o mundo da arte não a fascinasse tanto quanto a ele, mas quando ela se propunha a fazer algo... — Ele brincou com o guardanapo entre os dedos. — Você não deveria estar nervosa, Leah. Confio em suas possibilidades quase mais do que você mesma. Você vai se dar bem aqui.

— Adoraria acreditar nisso. — Sorri.

— O que te preocupa?

— Tudo. A novidade. As pessoas. O idioma.

Hans me olhou compreensivo e levantou as sobrancelhas.

— Minha mãe era australiana e meu pai era francês, por isso passei boa parte da minha vida viajando de um lado para o outro. Acredite quando te digo que tudo o que você precisa saber nos primeiros dias aqui é como cumprimentar as pessoas.

Axel voltou a sentar-se ao meu lado e sorriu.

— Os parisienses gostam de cumprimentar?

— Muito. E de uma forma bem específica. Vocês vão ver: segundas e terças é melhor dizer *bonne semaine*, nas quartas e quintas é bom utilizar *bonne fin de semaine*, e nas sextas-feiras, *bon week-end*.

Dei risada porque, sem nenhuma razão, achei aquilo muito engraçado. E, de certa forma, a tensão que eu estava sentindo desde que colocamos os pés em Paris de repente se dissipou. Anotei essas expressões em um guardanapo e Axel ficou me zoando. Depois aproveitei o almoço sem pensar demais em todos os meus medos, apenas saboreando a comida e ouvindo as histórias que Hans nos contava.

75

Axel

Minha cabeça ia explodir. Tentei aguentar até o final do almoço e, assim que chegamos ao apartamento, fui procurar o maldito remédio.

— Você não está bem? — Leah me olhou.

— Vai passar. Depois podemos dar uma volta, sair para conhecer a região e jantar em algum lugar, o que acha?

— Claro. Precisa de alguma coisa?

Sorri malicioso e apontei para a minha bochecha.

— Eu nunca nego um beijo seu.

— Você é muito idiota, Axel. — Subiu pela escada, mas pude ver a curva de seus lábios antes de ela desaparecer no estúdio, e esse gesto me aqueceu por dentro.

Respirei fundo, tomei o comprimido e caí na cama do meu quarto com os braços atrás da cabeça, olhando o teto e pensando... pensando que parte de mim sentia que estar ali, em Paris, era como começar do zero. Mesmo que não tivesse nenhuma lógica, eu tinha a sensação de que quando desci do avião, eu era uma pessoa diferente da que tinha entrado, e me perguntava se ainda seríamos os mesmos quando voltássemos para casa. Porque, de alguma forma estranha, Leah e eu nos desnudávamos camada por camada sempre que nossas vidas se encontravam em uma dessas encruzilhadas em que era preciso decidir qual direção tomar.

76

Leah

A primeira semana foi tranquila. Quase não tivemos tempo livre, porque quando não estávamos comprando material, roupa ou comida, tínhamos que ir à galeria em que Hans era sócio e conhecer um monte de gente, apesar de eu não conseguir lembrar o nome de ninguém.

— Esse quem é, mesmo?

Axel reprimiu um sorriso e se inclinou para cochichar no meu ouvido. Estremeci ao sentir seu hálito quente tão perto, quase fazendo cócegas em meu pescoço. Naquela noite ele usava uma calça escura e uma camisa branca, e eu não lembro de tê-lo visto tão formal assim antes. Eu tinha total consciência de como ele era atraente: o queixo recém barbeado, o perfume que ele tinha passado antes de sair e seu olhar penetrante.

— Armand Fave — me lembrou.

Dei um gole para terminar a bebida que nos haviam servido e sorri quando vi a gola da camisa de Axel e a gravata um pouco torta. A verdade é que a gente não combinava nada com aquele ambiente, o que estávamos fazendo ali?

— O que você está achando tão engraçado? — perguntou.

— Nada, vem aqui, deixa eu arrumar isso...

Estávamos em um canto daquele espaço impecável, cheio de pessoas conversando, bebendo e comentando sobre os quadros de artistas consagrados que haviam participado da inauguração daquela sala. Infelizmente eu não conhecia nenhum deles, por isso me sentia um pouco perdida.

Dei um passo em direção a Axel encurtando a distância entre nós; ele respirou fundo enquanto eu deslizava as mãos por sua nuca para ajustar o colarinho da camisa e tentar arrumar o nó da gravata, apertando-o um pouco mais.

Sua respiração quente me acariciou.

— Você não deveria se aproximar tanto.

— Estou correndo perigo?

— A Chapeuzinho Vermelho fez essa mesma pergunta para o Lobo Mau — respondeu com a voz rouca, e eu apertei o nó mais do que deveria. — Caralho, querida. — Ele fez uma careta enquanto levava uma mão ao pescoço para afrouxar um pouco.

Sorri satisfeita antes de recuar, mas por dentro estava tremendo. Porque as palavras dele, sua voz, seu olhar... Ainda estava tentando me recuperar do que ele tinha sussurrado em meu ouvido no avião e de como era complicado vê-lo o tempo todo, tê-lo tão perto e tentar me lembrar de todas e cada uma das razões pelas quais eu não deveria baixar a guarda.

— Achei vocês! — Hans sorriu para nós. — Queria apresentar-lhes um dos sócios da galeria, William Parks. E essa mulher deslumbrante é sua esposa, Scarlett.

Cumprimentei os dois. Eles tinham um sotaque inglês marcado e um ar muito distinto, diante do qual eu não conseguia manter-me indiferente. Aquele tipo de pessoas donas de um encanto sedutor e que se tornam o centro das atenções assim que entram em um lugar. Tudo neles exalava elegância, luxo e sofisticação.

Depois de um tempo em que Axel se encarregou de administrar a conversa, Scarlett me pegou pelo braço com a desculpa de ir buscar uma bebida. Não tive como recusar. Cruzei a sala com ela e comecei a ficar nervosa quando ela parou diante de um quadro enorme com formas geométricas, linhas quebradas e cores frias.

— O que você acha desta obra? — me perguntou.

— É interessante. — Não acrescentei que, apesar disso, para o meu gosto, faltava algo que era difícil de explicar. A alma, a emoção, a intenção.

— O artista se chama Didier Baudin e até pouco menos de um ano ele só expunha em feiras de arte e em alguns restaurantes conhecidos que concordaram em dar uma mão. Meu marido e eu vimos nele talento e futuro. Acredite, fazemos isso há anos e sabemos distinguir um diamante escondido em uma montanha de pedras. E o catálogo que Hans nos mostrou com suas obras nos pareceu... refrescante. Sim, acho que essa é a palavra. Algo inesperado no meio da monotonia. Te digo que, trabalhando juntos, podemos alcançar grandes resultados. Confie em mim.

Ela me piscou um olho e eu agradeci quase num sussurro, porque eu não soube o que responder e nem consegui definir até que ponto seu interesse me lisonjeava ou me deixava incomodada.

Quando a inauguração terminou e fomos embora, eram onze da noite e as ruas de Paris estavam quase vazias. Fazia frio, mas por cima do vestido eu usava um casaco que tinha comprado na semana anterior. Por azar, estava usando também os sapatos de salto alto que tinha comprado na mesma loja.

— Estão me matando — reclamei.

— Então tira — Axel encolheu os ombros.

— Não estamos em Byron Bay — lembrei.

— E daí? Vamos, eu te levo.

Eu ri e balancei a cabeça, porque era divertido ver como o entorno pouco influenciava na forma como Axel agia. Segurei o braço que ele me ofereceu para andar mais leve e aguentei até chegarmos ao apartamento. Arranquei os sapatos assim que passamos pela porta.

— A gente vai ter que ir a mais festas desse tipo?

— Infelizmente, acho que sim — respondeu. — Quer beber alguma coisa?

Neguei com a cabeça enquanto ele se servia uma dose de um licor de âmbar. Depois se sentou ao meu lado no sofá e tomou um longo gole. Engoli em seco quando seu olhar desceu pelo meu pescoço e permaneceu no decote do meu vestido preto.

Tremi. Por dentro eu tremi.

E odiei o desejo que senti.

A vontade. As lembranças.

Levantei quando senti o coração batendo mais rápido e disse boa noite quase sem olhar para ele. Respirei fundo quando fechei a porta do quarto, tirei o vestido e coloquei o pijama antes de ir até a janela e contemplar em silêncio as luzes da cidade, o céu em que mal conseguia ver as estrelas, tão diferente do de casa, as chaminés e os telhados de Paris...

77

Axel

Tentei dar espaço a ela nos dias que se seguiram. Leah não estava muito satisfeita com o próprio trabalho, apesar de passar horas trancada no estúdio, imersa no próprio caos. Quando estava distraída com um pirulito na boca, ela não o saboreava lentamente, mas mordia e o quebrava em pedacinhos. Leah tinha descartado três telas que deixou pela metade e eu concordei, porque sabia que ela poderia dar muito mais e, acima de tudo, eu queria que ficasse feliz com o resultado. Era óbvio que se sentia pressionada por ter que apresentar algo a Hans na semana seguinte, mas parei de dar tanta importância a isso; estávamos ali por uma bolsa de estudos, eu queria que ela fizesse tudo com calma e aproveitasse a cidade e a experiência. Era o que eu dizia a mim mesmo cada vez que olhava para a porta fechada do estúdio e sentia as horas se arrastando cheias de silêncios.

Logo comecei a ter uma nova rotina: subir para Montmartre ao amanhecer.

Por não poder me perder entre as ondas, acabei me perdendo nas escadarias íngremes e nas ladeiras que levavam ao bairro mais boêmio. Pelas manhãs, enquanto Leah ainda dormia, eu atravessava a praça dos pintores e desviava para a direita, onde era recebido pela Sacré-Coeur. Ali eu me sentava em um degrau qualquer e observava a cidade acordar lentamente. Depois voltava e, antes de subir para o apartamento, tomava o café da manhã na cafeteria da esquina da nossa rua, sem pressa, pensando nela, pensando em como derrubar as portas trancadas com chave que ainda nos separavam, portas que guardavam tudo o que ainda não tínhamos dito.

78
Leah

Demorei dias para criar algo que me deixasse satisfeita, embora estivesse bem longe de ser o melhor que eu já tinha feito. "Aceitável", pensei, enquanto dava uma última olhada na tela sobre o cavalete. Comecei a limpar os pincéis e a arrumar toda a bagunça. Desci e tomei um banho. E só então, enquanto tirava a umidade do cabelo e depois de vestir uma roupa mais confortável, percebi que há horas não sabia nada de Axel, considerando que quase sempre ele estava por perto, me rodeando, dando uma olhada no que eu estava fazendo ou propondo mil coisas que eu costumava recusar por medo de me aproximar demais e de me queimar.

Ao passar pelo quarto dele, vi que a porta estava entreaberta e as luzes apagadas. Hesitei, mas abri um pouco, tentando não fazer barulho. Axel estava deitado na cama, com as cortinas fechadas, impedindo a entrada da luz do entardecer. Ele se sentou quando notou minha presença.

— Tudo bem? — perguntei, insegura.

— A cabeça. Maldita enxaqueca.

— Você deveria usar mais os óculos.

— É — bufou, de mau humor.

— Vou pegar alguma coisa, espera.

Fui até a cozinha, peguei um copo de água, um comprimido, e molhei uma toalha pequena com água fria. Quando voltei para o quarto, acendi o abajur e Axel fechou os olhos.

— A luz me incomoda — reclamou.

— Deixa de ser resmungão. Toma.

Axel apoiou as costas na cabeceira da cama e o lençol deslizou por seu tronco. Como se não conseguisse lembrar que não estávamos mais do outro lado do mundo, ele continuava sem o hábito de usar camiseta. Desviei o olhar quando ele me devolveu o copo de água e o deixei na mesinha. Apaguei a luz, falei para ele se deitar de novo e coloquei a toalha molhada em sua testa.

— Alivia um pouco?

— Você estar aqui me alivia.

Revirei os olhos e suspirei.

— Me chama se precisar de alguma coisa...

— Espera. Fica um pouquinho. Por favor.

Ele se mexeu para me dar espaço na cama. Alguns esportes radicais eram menos perigosos do que aquele pequeno espaço no colchão. Não sei quanto tempo fiquei em silêncio, indecisa, enquanto Axel parecia me desafiar, como sempre. Estremeci.

— Do que você tem medo?

Era como se pudesse ouvir todas as palavras que eu guardava, e enquanto eu me sentava ao seu lado e ele gentilmente me puxava para deitar, eu desejei ser transparente aos olhos dele. Fiquei rígida, olhando para o teto, com nossos braços se tocando no meio da cama. Podia sentir sua respiração lenta ao meu lado e essa situação me parecia íntima demais, perigosa demais...

— O que você quer, Axel?

— Não sei. Fala, me diz qualquer coisa.

E foi o que eu fiz. Confessei que não estava totalmente satisfeita com o que havia pintado naqueles dias, embora ele já soubesse disso. Também contei sobre o rápido encontro que tive com Scarlett na inauguração da sala e como tudo isso estava ficando um pouco pesado para mim.

— Lembra que é algo temporário, Leah.

— Eu sei, mas mesmo assim...

Não terminei a frase. Minha pele estava formigando. Estava com o estômago apertado. Respirei fundo e tentei relaxar. Em algum momento, parei de contar os segundos que passava ao lado de Axel e de amaldiçoar o frio na barriga que sentia cada vez que seu braço tocava no meu. Fechei os olhos e tudo o que vi foram cores; tons pastel, claros, suaves...

Pestanejei, confusa.

E então eu o senti. Seu corpo contra o meu, sua mão na minha cintura, seus lábios no meu rosto, sua presença me envolvendo em um abraço quente.

Concentrei-me em respirar quando percebi que estava prendendo a respiração. Depois fiquei ali quieta, muito quieta, me perguntando por que não me levantava e ia embora.

Talvez porque por um instante eu quis viver dentro daquela possibilidade que ambos tínhamos perdido. Não. Que ele tinha jogado fora. E não pude deixar de lembrar que ali dentro, entre os braços dele, eu tinha sido feliz, muito feliz.

Axel se mexeu e eu senti seus dedos agarrando-se com cuidado em minhas costelas. Então entendi, conforme ele parecia traçar sobre a minha camiseta o contorno das letras que um dia ele havia desenhado em minha pele e que eu quis tatuar para sempre: "Let It Be".

— Axel... — sussurrei quase sem voz.

— Deixa acontecer, querida.

E um segundo depois seus lábios encontraram os meus e eu só pude sentir. Como ele uma vez me ensinou, com a mente em branco e o coração aberto, senti sua boca perfeita; sua língua me acariciando; seu estômago vibrando quando deixou escapar um gemido rouco; suas mãos escorregando sob minha camisa e me queimando com cada toque de seus dedos em minha pele, deixando um rastro invisível, mas permanente.

Eu senti tudo. Senti o desejo, o ódio, o amor, a amizade, o mar, a decepção. Senti todas as coisas que Axel tinha sido para mim e vi as emoções transbordando sobre uma tela pintada com uma aquarela aguada que terminava escorrendo para fora da borda.

79

Axel

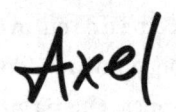

Eu não conseguia pensar. Não conseguia. Não conseguia.

Porque sua boca era um vício.

Porque eu estava fora de controle.

Porque eu a queria tanto... Gemi quando Leah mordeu meu lábio, mas a dor só me excitou mais. Puxei a camiseta dela para cima enquanto respirava fundo.

Ela gemeu alto quando pressionei meu quadril contra a sua coxa e ela percebeu como eu estava duro. Eu precisava... precisava de ar. E estar dentro dela. E transar com ela até ela entender que tinha que me perdoar, que ninguém jamais poderia sentir por ela tudo aquilo que me enchia o peito e me sufocava.

Mas não ia acontecer. Porque antes que eu pudesse continuar arrancando suas roupas, fiquei paralisado ao sentir nos lábios o sabor salgado de suas lágrimas entre beijos e saliva.

— Não faz isso. Não chora agora, caralho.

— Me deixa. Por favor, Axel. Por favor.

Acho que palavras nunca tinham me causado tanta dor, mas parei de abraçá-la e a soltei. Leah levantou soluçando, saiu do meu quarto e soube que ela tinha se trancado no dela quando ouvi uma portada ecoando pelo apartamento inteiro. Meu coração batia agitado e fiquei me perguntando se eu iria fazer o mesmo de sempre, ficar ali sem lutar, sem reagir, deixando os dias passarem por nós como se nada tivesse acontecido.

Eu tinha que ir procurá-la. Ou melhor, eu precisava fazer isso.

80

Leah

Coloquei uma mão trêmula nos lábios e os toquei como se fossem os de uma desconhecida, porque não tinha certeza de quem era a garota que minutos atrás havia gemido sob o corpo de Axel enquanto o mundo se desfazia em beijos e escuridão.

Queria apagar aquela lembrança. Queria guardá-la.

Eu queria... ser outra pessoa. Mais forte. Mais forte.

Axel era algo selvagem, era necessidade, impulso. Mas eu não conseguia parar de pensar em Landon, que era a ternura, a segurança; e eu não podia deixar de compará-lo quando percebia que ia perdê-lo. Que talvez já o tivesse perdido. E apesar do que tínhamos conversado antes de eu vir para Paris, eu não estava pronta para enfrentar isso. Porque eu precisava de um pilar sólido. Porque com Axel eu jamais teria os pés no chão, seria sempre como estar voando; a vertigem, o risco.

Axel abriu a porta sem bater e entrou.

Estava com os olhos brilhando e com uma ferida no lábio. Eu quis pedir para ele ir embora, mas minha voz não saiu. Ele respirava com força e movia-se de um lado para o outro com a mão na nuca. Parou e cravou seus olhos em mim, me atravessando.

— Leah, a gente precisa conversar.

— Não aconteceu nada — murmurei.

Ele se agachou na frente da cama em que eu estava sentada e fechou os olhos como se estivesse fazendo algum tipo de exercício de autocontrole enquanto apoiava a testa na borda de madeira. Quando levantou a cabeça, eu quis morrer ao ver a angústia em cada gesto, em seu olhar.

— Eu tentei... juro que tentei. Mas não dá para continuar assim, fingindo que não estou morrendo por você. Porque eu estou. E cada manhã, quando passo pelo seu quarto, tenho que segurar a vontade de te acordar com beijos, de te abraçar o resto do dia, e à noite... é melhor você não saber o que eu penso. Preciso entender o que tenho que fazer para você me perdoar. Você só... precisa me falar. E eu faço. Seja o que for.

Limpei as lágrimas com o dorso da mão.

— Você fala como se fosse assim supersimples — a minha voz tremia. — Mas é mais, Axel. É muito mais. São anos sem entender nada. É tudo o que está destruído. É tudo o que ainda pode se destruir um pouco mais. E é outra pessoa envolvida.

Um músculo se enrijeceu em sua mandíbula.

— Você está apaixonada por ele?

Eu queria gritar sim, mas não gritei. Porque já havia muitas mentiras e palavras vazias entre nós para acrescentar mais uma. Lembrei daquela música que dançamos juntos no dia em que pensei que Axel finalmente era meu, quando eu ainda era tão iludida a ponto de acreditar que as coisas poderiam ser simples. As notas tristes de "The Night We Met" me envolveram enquanto eu o olhava e percebia que ele não tinha feito a pergunta certa. Porque a questão não era se eu estava ou não apaixonada por Landon, e sim por que eu não queria mais estar apaixonada.

— Com ele tudo é diferente.

— Em quê? Me explica.

— A gente não discute...

— Casais discutem, Leah.

— A gente não se machuca...

Axel se calou bruscamente.

— Caralho, eu nunca quis...
— Eu sei — cortei.
— O que ele te dá, que você não tem comigo?
Foi difícil ser sincera e deixar as palavras saírem.
— Segurança. Confiança — respirei fundo.
— E por acaso você não confia em mim, querida?
— Confiança a gente conquista, Axel.

Ignorei a súplica em seus olhos e precisei desviar o olhar quando a dor encobriu tudo. Eu não queria machucá-lo, mas também não queria mentir, porque essa era a única certeza que eu tinha. Que com Landon eu me sentia protegida. E com Axel era como se tivesse acabado de saltar de um paraquedas. Talvez, por isso, o que eu não disse foram as outras coisas que também pensei naquele momento: que a confiança tinha que ser conquistada, sim, mas que isso era algo que qualquer pessoa poderia conseguir com esforço, boas intenções e honestidade. Mas... o amor? Não, o amor passional, aquele que te faz tremer da cabeça aos pés ou que te faz sentir um frio na barriga com apenas um olhar, esse não pode ser conquistado, porque ele nasce mesmo que você não queira que isso aconteça. Porque o coração vence a razão. Porque não existe uma fórmula secreta que nos impeça de nos apaixonarmos pela pessoa errada, ou por alguém cheio de defeitos, ou que já tenha um parceiro, ou que jamais vai perceber que você existe...

E era disso que eu tinha medo. Muito medo.

Prendi a respiração enquanto Axel se levantava. Estava com um nó na garganta.

— Você não deveria ter perguntado isso.

Apoiou a mão no puxador da porta.

— E o que eu deveria ter perguntado, Leah?
— O que eu quero. Porque... sabe de uma coisa? — Aspirei pelo nariz, sentindo-me tão quebrada, tão vazia, tão perdida... — Você estava certo. Eu deveria mesmo ir para a universidade, sair de Byron Bay e enfrentar as coisas sozinha. Mas fazendo isso, eu percebi que não precisava de você. A vida continuou.

Havia tantas emoções reprimidas em seus olhos...

— E isso me faz ter orgulho de você.
— Mas não deveria. Porque então eu entendi que você não era imprescindível, Axel. Entendi que nada é, que esse tipo de romantismo não existe. E uma parte de mim se perdeu no dia em que apaguei essa ideia da minha cabeça. A ideia de que existem amores idílicos pelos quais vale a pena lutar contra o mundo inteiro. Dito em voz alta soa até ridículo, não é? Acho que porque é ridículo mesmo. Porque, como sempre, você ganha.

Axel hesitou; seu peito nu subia e descia.

— Porra, Leah. Lamento dizer que eu estava errado, então acho que nós dois perdemos. Você, por acreditar em mim e não confiar em você mesma. Eu, por ser um idiota.

Depois saiu do quarto.

E eu tentei respirar, respirar...

81

Leah

Mal nos falamos nos três dias que se seguiram. Se Axel cozinhava, ele me dizia que tinha deixado algo na geladeira. Se eu fosse às compras, perguntava se ele precisava de alguma coisa. A tensão se instalou em todos os cantos, como partículas de poeira. E os silêncios. E os olhares esquivos. O engraçado é que a situação me parecia familiar, porque não era a primeira vez que vivíamos sob o mesmo teto assim, evitando um ao outro e procurando-nos ao mesmo tempo, caminhando em círculos como se estivéssemos esperando por algo.

Uma parte de mim que eu desejava silenciar não parava de lembrar da sensação arrebatadora que me abalou quando senti seus lábios sobre os meus novamente. Tão quentes. Tão ansiosos. Tão selvagens. E eu me sentia culpada por isso, irritada comigo mesma por ficar relembrando.

A outra parte continuava furiosa com ele.

Eu mastiguei por muitos anos o que aconteceu. Mastiguei, mastiguei, mastiguei... mas não digeri. Talvez por isso não conseguia perdoá-lo. Não pelo que ele fez, mas por como ele fez e por quê. Fiquei decepcionada por ele ter sido tão covarde e, sobretudo, por ter tomado uma decisão por mim. Pior ainda, apesar de mim. Por ele me tratar como criança novamente, depois de tudo o que passamos juntos. Porque, no final ele não era o cara sincero pelo qual eu tinha me apaixonado. Por ele ter me decepcionado...

Essa era a palavra. Decepção. Acho que parte da culpa era minha por achar que ele era perfeito, por idealizá-lo desde que me entendo por gente, por me derreter quando via seu sorriso malicioso, seu olhar intenso, seu andar despreocupado... quando na verdade, o mais triste era que Axel se escondia atrás daquele ar sincero e livre para ocultar o fato de que, na realidade, ele sempre teve as mãos atadas. E ele mesmo fez isso; ele as amarrou, se limitou, decidiu que era muito mais fácil ficar na beira do penhasco do que ousar pular. E o pior de tudo é que, se eu soubesse disso desde o início, eu tinha a sensação de que nossa história não teria mudado muito. Porque Axel sempre me atraiu por suas luzes e suas sombras, por sua complexidade e suas contradições.

Tudo o que era em Paris, com mais intensidade.

E eu morria de medo da curiosidade e de cair em tentação.

82

Axel

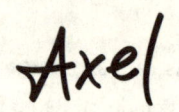

Era uma tortura lenta e dolorosa ter que vê-la o tempo todo. Eu queria chegar até ela, mas não sabia como. Eu queria poder dizer ou fazer algo que não piorasse mais a situação. Eu queria que ela confiasse em mim. E a única coisa que eu fazia era errar e errar e errar.

Naquela noite, quando ela saiu do estúdio e eu a vi descendo as escadas, não pude ignorar as olheiras que escureciam seu olhar.

— Não foi um bom dia?

— É... não muito.

Ficamos em silêncio. Respirei fundo.

— Quer que eu desça até o restaurante chinês e pegue algo para a gente jantar?

— Pode ser.

Não escondi a minha surpresa com a resposta dela, embora já devesse estar acostumado com as esquisitices de Leah. Às vezes ela me olhava como se eu fosse o centro do mundo. Outras, com ódio e decepção. Eu me perguntava como ela conseguia viver ao meu lado sentindo emoções tão extremas e contrárias; ela, que mal conseguia lidar com as mais simples sem deixá-las escapar por entre os dedos.

Desci e voltei logo depois com uma sacola de comida. Deixei-a na mesinha em frente ao sofá enquanto ela trazia copos e guardanapos. Passei para ela os *hashi* antes de abrir as caixas de papelão. Leah pegou a de talharim e provou com um gesto ausente, sentada no tapete com os joelhos puxados até o peito. Fiz o mesmo e me acomodei ao lado dela. Olhamos um para o outro de canto de olho. Havia tantas coisas em seu olhar...

— Não chora, por favor — implorei.

— Eu odeio isso. Odeio estar assim. Odeio te odiar.

— Então não odeie. — Foi quase uma súplica.

— Estou realmente tentando...

Recostei a cabeça na beira do sofá.

— Em algum momento a gente vai ter que conversar.

— E você acha que isso vai resolver tudo?

— Não, mas eu preciso. E a única razão pela qual eu ainda não insisti é porque estou tentando pensar no que você precisa. — Leah apertou os lábios e eu adivinhei o que ela estava pensando. — Você vai dizer que estou um pouco atrasado para isso?

— Por que você me conhece tão bem assim?

— Porque eu te vi nascer, caralho. Não literalmente, graças a Deus. E porque eu tenho alguns anos de vantagem.

Ela me deu um sorriso frágil enquanto enrolava o macarrão nos pauzinhos para depois soltá-los e começar de novo. Estávamos tão próximos que respirávamos o mesmo ar, e tive que me lembrar que beijá-la não seria a melhor ideia.

— Axel, eu tenho medo... — Ela olhou para mim. — Tenho medo de tudo o que sinto, do que venho guardando todos estes anos, essas partes ruins... Você sabe que eu não canalizo bem as emoções, que isso é problema meu, e eu sinto que... sinto que se eu abrir a porta, vou te machucar.

— Eu aguento — sussurrei.

— Mas é que eu te amo. — Estremeci e senti falta de escutar de volta: "Todos vivemos em um submarino amarelo", porque isso era só nosso e era outra forma de expressar nosso amor. — E eu achava que com o tempo os sentimentos se acalmariam e que poderíamos ficar amigos, mas nem sei mais se isso é possível. Porque continua doendo. E continua sendo complicado. E eu continuo sem entender o que penso na maior parte do dia...

— Respira, querida.

Acariciei seu rosto com os dedos, ela fechou os olhos e respirou profundamente. Depois ficamos perdidos em nossos pensamentos até que começamos a jantar em silêncio. Para mim bastava sentir que ela estava ao meu lado e que uma parte dela ainda queria ficar ali comigo, porque eu queria acreditar que isso significava que pelo menos ainda restava algo entre nós. Eu me perguntava se isso poderia ser suficiente, contentar-me com ela fazendo parte da minha vida novamente e nada mais, mas o buraco que eu sentia no peito ficou maior e afastei a ideia.

Levantei ao terminar, para pegar as caixas vazias e jogá-las no lixo. Fiz um chá, abri a janela da sala e me apoiei no parapeito antes de acender um cigarro. Dei uma tragada longa depois de contemplar a cidade adormecida.

— O que está acontecendo ali em cima? — Apontei para o estúdio com a cabeça.

— O que não está acontecendo, né... — me corrigiu. — Não está acontecendo nada.

— É por minha causa? — Traguei rápido.

— Não.

Eu sabia que ela estava mentindo. E eu acho que ela percebeu que eu sabia, porque parou de me olhar e suspirou enquanto passava os dedos nos pelos do tapete.

— Acho que deve ser pelas mudanças. Estava acostumada a trabalhar no meu espaço.

Apaguei o cigarro e alonguei os braços.

— Quer me acompanhar amanhã de manhã?

— Tá bom. — Ela me olhou antes de sorrir.

83

Leah

SUBIR A MONTMARTRE TODAS AS MANHÃS TEVE UM EFEITO MÁGICO EM MIM. Não tanto pelo passeio em si, mas para enfrentar o resto do dia de uma maneira diferente. Canalizar a frustração. Tentar manter a calma. Lá, sentados no alto da cidade após o esforço da subida, Axel e eu deixávamos passar os minutos até o sol se colocar no alto do céu e o dia começar.

Na terceira manhã, Axel me olhou intrigado.

— No que você está pensando?

— Em joaninhas. — Ele levantou uma sobrancelha e eu dei risada enquanto as luzes do amanhecer banhavam os telhados de Paris. — Estava lembrando que, quando era pequena, eu adorava deitar na grama do jardim de casa e ficar horas observando as joaninhas que ficavam rodopiando em volta do tronco de uma árvore. Pensei naquela sensação que te acompanha quando você é pequeno, quando não tem obrigações nem metas nem vive olhando para o relógio. Era bonito. Poder olhar tudo a partir de uma perspectiva de calma. Quem me dera se agora fosse igual. Só consigo pensar que na semana que vem Hans vai querer ver algo e eu não tenho nada que valha a pena mostrar. E, merda, a única coisa que eu tenho vontade de fazer é passar o resto do dia olhando para um monte de joaninhas brincando entre as flores.

Axel sorriu. Sorriu com ternura. Sorriu com amor.

84

Leah

Estava há horas olhando para a tela em branco. Bloqueada, mas ao mesmo tempo com as emoções borbulhando dentro de mim. O problema era que, se eu as deixasse sair, sabia que Axel entenderia exatamente cada traço; se falavam de Landon, de mim, ou, pior ainda, dele mesmo.

Levei um susto quando ele bateu na porta e entrou com uma sacola e um pacote embrulhado, que deixou no meio do estúdio enquanto eu olhava para ele, surpresa.

— O que é isso?

— Não é óbvio? Um presente.

— Mas...

— Vai, abre!

Ajoelhei diante do pacote retangular e uns segundos depois rasguei o embrulho e a fita vermelha brilhante. Sorri. Sorri até minhas bochechas tremerem de alegria e me levantei para abraçá-lo, embora meu corpo gritasse para eu não fazer isso, porque tê-lo tão perto... era complicado; ouvir seu coração bater contra o meu peito, sentir as mãos dele nas minhas costas, seu hálito quente no meu pescoço...

— Obrigada, é lindo!

— Espera, vou colocá-lo.

Axel pegou o toca-discos e o colocou em uma prateleira de madeira que estava cheia de material de trabalho. Era clássico, parecido com o que ele tinha em casa.

— Onde você comprou?

— Em uma loja de segunda mão.

— Mas a gente nem tem discos aqui...

Ele me passou a sacola que ainda estava segurando e foi preparar o aparelho para tocar. Tirei parte da bagunça da mesa e peguei os discos. Pisquei para não chorar, mesmo com o sorriso que tinha surgido em meu rosto. Frank Sinatra, Nirvana, Elvis Presley, Supertramp, Bruce Springsteen, Queen... e Beatles. Sempre os Beatles. Passei os dedos devagar pela capa que tinha um submarino amarelo e estremeci quando notei que ele estava me olhando.

— Por que você fez isso?

— Já te falei. É um presente. Achei que você ia gostar, achei... que te ajudaria a trabalhar. Escuta, Leah — disse sem olhar para mim enquanto pegava um disco e o colocava com cuidado —, se você tiver que pintar algo que acha que eu não vou gostar, não importa, pinte mesmo assim. Alguns artistas pintam coisas externas, paisagens ou rostos, mas você não é assim. Isso não funciona com você. Então, faça valer a sua tatuagem e "deixa acontecer" o que tiver que acontecer. Entendeu? Porque é um problema você reprimir o que sente, afinal, seus quadros se baseiam nisso. Sempre foi assim — concluiu, colocando a agulha.

Começou a tocar "My Way". Estremeci.

— Acho... acho que consigo resolver isso.

— Que bom. — Suspirou e sorriu.

— E você? — perguntei. — Vai conseguir resolver algum dia?

— Do que você está falando?

— Você sabe. Disso. Pintar.

Ele riu sem muito humor e sacudiu a cabeça.

— Já faz tempo que eu me rendi — sussurrou.

E então eu vi como sua expressão mudou ao perceber as próprias palavras, palavras que um dia ele usou também para falar de nós.

— Eu não quis dizer que... É diferente para mim, Leah. Eu adoraria conseguir, mas...

Meu coração acelerou.

— Posso tentar uma coisa?

Axel me olhou desconfiado, mas não ofereceu resistência quando pedi para ele se sentar no banco de madeira em frente à tela. Fiquei atrás dele.

— Relaxa.

— Conheço técnicas mais eficientes...

— Shhhh. Espera um pouco.

— O que você pretende, exatamente?

— Pintar através de você. Ou com você. Não sei.

— Porra, isso não é uma boa ideia.

Segurei-o pelos ombros quando ele tentou se levantar e cedeu novamente depois de suspirar alto. Peguei a paleta e olhei para as cores, ainda úmidas. Qual era a tonalidade de Axel? Vermelho, com certeza. Vermelho intenso. Como as cerejas. Ou um vermelho pôr do sol, mais enigmático. Engoli em seco antes de banhar o pincel.

Estava tão perto que meu corpo tocava em suas costas e o cheiro do cabelo dele me distraía. Peguei sua mão quando ele a fechou em torno ao cabo do pincel. A voz de Frank Sinatra pairava no interior das paredes daquele sótão perdido no meio de Paris, mas durante um segundo perfeito eu senti que estávamos sozinhos em uma cidade fantasma. Axel, eu, as cores, a música, a pele áspera de seus dedos...

— Fecha os olhos, você precisa sentir.

Fiquei comovida ao vê-lo tão indefenso, tão tenso.

— Que demora! — resmungou, inquieto.

— Tem uma frase de Pablo Picasso que diz: "A pintura é mais forte que eu, ela sempre me faz fazer o que ela quer" — sussurrei em seu ouvido. — Bem, é exatamente isso que acontece comigo quando me sento diante de uma tela, e é isso que eu gostaria que acontecesse com você também. Não me diga que você não quer isso, Axel. — Apertei com mais força meus dedos sobre os dele enquanto aproximava sua mão do quadro, orientando-o. Ele continuava com os olhos fechados, respirando devagar. — Acho que seria maravilhoso se você pudesse acordar uma manhã e deixar transbordar tudo o que sente, todas essas emoções que você carrega aí dentro... — Sua mão escorregou sob a minha e traços coloridos mancharam o quadro. Vi neles a contenção, a sobrevivência, o medo. — Sabe? Às vezes eu acho que, em partes, tenho medo de estar perto de você quando isso acontecer. O dia em que você voltar a pegar um pincel por sua própria vontade... o que acha que vai acontecer?

— Caralho, Leah, não faz isso.

— Abre os olhos. Não é bonito?

Eram apenas respingos e linhas vermelhas, algumas com mais pressão do que outras, grossas e finas, seguras e trêmulas, mas todas feitas por suas mãos. Nossas mãos. Axel não disse nada durante um minuto eterno.

— Você está bem? Axel...

— Estou.

Mas não estava. Ele se levantou e soltou o pincel antes de se virar. Me deu um beijo na testa e me deixou sozinha no estúdio.

Então eu já estava com os dedos queimando de desejo de transformar cada batida em uma cor, e cada cor em uma batida que agitaria a tela até ela ganhar vida.

85

Leah

Os dias voltaram a ser cheios de música, pintura e amanheceres compartilhados. Todas as manhãs, ao descer de Montmartre, tomávamos juntos um café com torradas ou uma baguete com manteiga e geleia; depois eu subia para o estúdio e começava a trabalhar, enquanto Axel se encontrava com Hans ou ficava passeando até a hora do almoço.

Ele me deu espaço. Não entrou mais no estúdio e eu me concentrei na tela à minha frente como se não houvesse mais nada ao meu redor. Quando percebi, tinha terminado algo que me deixou satisfeita. Naquele dia, enquanto olhava para a obra acabada e limpava os pincéis tentando organizar as coisas, o telefone tocou.

Tirei a agulha do toca-discos e atendi.

— Como vai tudo, irmãzinha? — me cumprimentou Oliver.

— Tudo bem, agora melhor.

Uns dias atrás eu tinha desabafado com ele, dizendo o quanto me deixava angustiada essa sensação de pintar para outra pessoa e não apenas para mim mesma. Ele me tranquilizou, assegurando que esse era o próximo passo que eu precisava dar.

— Consegui terminar algo decente para a exposição.
— Eu sabia que você ia conseguir.

Sentei no banquinho exausta, pensando que dentro de alguns dias eu estaria novamente em uma sala cheia de pessoas, e esperava não me sentir tão deslocada como da última vez. Dessa vez seriam expostas vinte obras de artistas jovens e promissores, ao menos foi o que eu entendi do que Hans explicou quando almoçamos com ele uns dias atrás.

— Como vão as coisas com Bega?
— Bem, preparando o casamento, ainda falta quase meio ano, mas ela não para. Como vai Axel? Não falo com ele desde a semana passada.
— Como sempre. — Mordi o lábio.
— Vocês... estão tendo problemas? — hesitou.
— Não. Sim. É complicado — admiti.
— Ele te ama. Você sabe disso.
— Por que isso agora?
— Você tem razão, esquece. Não é da minha conta.
— Eu não quis dizer isso, mas...
— Para mim, basta saber que você está bem. Me liga se precisar conversar ou qualquer outra coisa, tá bom? — despediu-se e desligou.

**

Tentei mostrar meu melhor sorriso cada vez que Hans se aproximou para me apresentar a alguém ou a algum visitante que tinha se interessado pela minha obra, apesar de eu não entender quase nada se eles falassem em francês. Além disso, passei boa parte da noite observando Axel, olhando para ele enquanto conversava com William e Scarlett. Talvez eu fosse a única pessoa na sala que conseguia notar seu sorriso fingido, a rigidez de seus ombros debaixo daquela camisa apertada que ele provavelmente estava louco para arrancar. E acho que ele era também o único capaz de ver o que estava escondido nos traços daquele quadro pendurado na parede: o amor, o ódio, as dúvidas, a culpa, a contenção das linhas que mudavam de direção quando parecia que já sabiam para onde estavam indo.

De alguma forma, tudo isso nos conectava.

Como se pudesse ouvir meus pensamentos, ele se virou e me olhou. Ele se aproximou lentamente e estreitou os olhos.

— Como vai a noite? — perguntei.
— Tudo bem. Interessante — respondeu.

— Não precisa mentir para mim.

Axel abafou um sorriso e ajustou o punho da camisa antes de suspirar, olhando em volta e pegando uma bebida de um garçom que passava por perto.

— Nunca fui muito fã de aguentar excessos de ego.

— E tem muito disso por aqui? — Peguei a taça dele.

— Porra, não sei como essas paredes não caem com o peso.

Sorri, mas disfarcei quando vi que Hans se aproximava para nos parabenizar pelos comentários que havia recebido do público e de seus amigos. E não pude deixar de sentir um arrepio de satisfação. Ficamos em silêncio enquanto ele dava mais uma olhada em meu quadro; ele balançou a cabeça quase sem perceber.

— Um trabalho promissor, sim. Boa garota.

Percebi uma pequena mudança na expressão de Axel enquanto Hans se afastava para cumprimentar alguns conhecidos, mas não consegui decifrar seu significado.

86

Axel

JÁ HAVIA ESCURECIDO QUANDO A EXPOSIÇÃO TERMINOU. APESAR DE HANS TER INSISTido para irmos jantar com ele e alguns de seus convidados, fiquei aliviado quando Leah se desculpou dizendo que estava cansada. Então lá estávamos nós, dando um passeio noturno pelas ruas da Cidade Luz, como se entre aquele labirinto de paralelepípedos estivéssemos tentando encontrar a nós mesmos.

— A gente deveria comemorar. Jantar ou sair para beber algo.

— Beleza — respondeu, olhando para os telhados.

— Beleza? Assim, tão fácil? — brinquei.

Leah não respondeu e continuamos caminhando em direção ao apartamento. Um pouco antes de chegarmos, decidimos parar em um lugar meio vintage decorado com painéis de madeira; ao fundo, depois da mesa onde nos sentamos, havia uma máquina de dardos e uma mesa de bilhar que me trouxe boas lembranças das noites que Oliver e eu passamos em Brisbane na nossa época da faculdade.

Pedimos duas cervejas, um prato de massa e outro de legumes.

Ela soltou o cabelo, que estava preso em um coque, e deixou as mechas caírem pelas costas até tocarem sua cintura. Tentei não me distrair muito com o decote do vestido que ela usava naquela noite, apesar de não ter sido uma tarefa fácil. Jantamos falando de trabalho e das próximas semanas. Quando terminamos, pensei que a última coisa que eu queria era voltar àquela casa que estávamos dividindo e vê-la trancar-se em seu quarto. Porque eu não suportava mais passar as noites fingindo que não queria abrir a porta e mostrar a ela que merecíamos uma segunda chance. E eu queria respostas, palavras; nossos problemas não se resolveriam com silêncios.

— Uma partida. — Olhei para o bilhar. — Topa?

— Pode ser, apesar de eu não saber muito bem como é.

Pedimos mais duas cervejas e fomos até a mesa verde. A iluminação era mais fraca naquela parte mais afastada do bar. Coloquei uma moeda depois de passar um taco para ela e pegar outro para mim.

— Uma pergunta por cada bola?

Leah me olhou desconfiada, balançou a cabeça e passou um pouco de giz na ponta do dela antes de me pedir para começar. Dei a ela essa vantagem. Ela se inclinou, apertou um pouco os olhos e bateu forte. Não acertou nenhuma.

— Não teve sorte, querida. Minha vez. — Acertei a bola branca e encaçapei uma. Suspirei pensativo enquanto nos olhávamos, hesitando... hesitando até que mandei à merda aquela voz que sussurrava que não era uma boa ideia fazer as coisas desse jeito. — O que você tem com ele se parece em algo com o que nós tivemos?

Leah abriu os olhos, surpresa.

— Sério mesmo, Axel?

— Você vai responder?

— Você pretende ter essa conversa em frente a uma mesa de bilhar, é sério isso? — Estalou a língua e negou com a cabeça. — Você está louco.

— Prefere perguntas mais fáceis? Tipo, sei lá, você gosta mais de praia ou de montanha? Doce ou salgado? Gato ou cachorro? — Eu vi como ela ficou tensa, mas não quis voltar atrás.

— Tá bom, se é o que você quer... — Ela me olhou. — Não é parecido. É mais real.

Ignorei o golpe que senti no peito.

— Mais real? E por acaso a nossa história foi uma brincadeira?

— Isso é uma segunda pergunta — destacou.

— Caralho. — Me inclinei e meti outra bola.

— "Mais real" no sentido de como devem ser as coisas. Viver isolados em uma casa para ninguém notar como você me olhava não era real. Era um capricho. Uma aventura. Ou pelo menos foi assim que você tratou. Sua vez.

Levei alguns segundos para desviar o olhar daqueles olhos que pareciam me perfurar. Não sei se foi porque minhas mãos estavam tremendo, mas errei e perdi a bola vermelha.

— Sua vez. — Dei um passo para trás.

E, merda, a visão da bunda dela naquele vestido me deixou sem conseguir pensar em qualquer outra coisa. Quando ela se virou com uma careta de satisfação no rosto, eu ainda estava tentando não ficar excitado no meio da conversa mais importante da minha vida.

— Alguma vez você pensou em me procurar?

— Todos os dias.

Leah afastou o olhar. Jogou outra vez. Logo percebi que "apesar de eu não saber muito bem como é" era um blefe. Sorri quando ela encaçapou a segunda bola e confirmou a minha suspeita.

— Por que o quadro ainda continua em cima da sua cama?

— Porque eu olhava para ele às vezes, lembrava daquele dia e não me lembrava bem como eram seus lábios.

— Agora a resposta verdadeira.

— A outra não era mentira.

— Axel... — sussurrou, suplicante.

— Porque eu continuava te amando.

Ela se inclinou sobre a mesa de bilhar e notei como seus joelhos tremiam sobre aqueles saltos que ela detestava usar. Eu quis tirá-los e beijar seus tornozelos, subir pelas pernas até as coxas e arrancar sua calcinha...

— Sua vez. — Ela se afastou.

Para minha satisfação, acertei a bola amarela.

— Se o que você tem com Landon é tão real, por que você não está com ele? — Vi seus olhos umedecerem. — Tudo bem, não precisa responder. Alguns silêncios valem como resposta.

— Vá se foder, Axel.

— Adoraria, querida, adoraria... — Eu tinha me encostado nela por trás para sussurrar em seu ouvido, e deslizei uma mão por sua cintura.

Leah ficou imóvel, apesar de estar tremendo, e eu me obriguei a parar de ser um escroto e me concentrei em acertar a bola branca. Falhei. Senti o movimento dela quando se posicionou para jogar, mas mantive os olhos na mesa, porque a tensão que pairava sobre nós estava me sufocando e meus próprios impulsos estavam ficando fora de controle. Segurei o taco com força quando ela acertou a verde.

Levantei a cabeça diante daquele silêncio denso.

— Não vai perguntar?

— Eu fico por aqui — sussurrou.

— E que graça tem isso?

— E por acaso isso que está acontecendo agora tem alguma graça? — resmungou ofendida, deu meia-volta e se afastou com passos decididos.

Xinguei baixinho, paguei a conta e a segui pela rua. Graças ao salto que ela usava, não demorei para alcançá-la.

— Espera, Leah. Por favor.

Ela continuou até chegar à entrada do nosso apartamento e parou quando percebeu que não estava com as chaves. Fiquei olhando como ela parecia indefesa metida naquele casaco branco, com as bochechas queimando pelo frio da noite. E me senti como anos atrás, quando tudo o que eu desejava era abraçá-la e acalmá-la, mas terminava pressionando-a e puxando aquela corda que ela se esforçava para manter presa e amarrada. Porque, apesar da dor, parte de mim sabia que eu precisava fazer isso. Que com Leah era sempre assim. Era preciso forçá-la a abrir as comportas de seu coração e deixar as emoções saírem em disparada, mesmo correndo o risco de ser arrastado por aquele redemoinho incontrolável.

— Faz a pergunta — implorei.

— Abre a porta, Axel.

— Vai, Leah. Pergunta!

Uma rajada de vento bagunçou seu cabelo.

— Naquela noite, quando eu fui te procurar... — A voz dela falhou quando ela levantou os olhos para procurar os meus. — Eu gritei que não entendia por que você não lutava pelas coisas que amava. Como pela pintura. Como por mim. E então... então, você...

— Disse que talvez eu não as amasse tanto assim.

— E era verdade? — sussurrou baixinho.

Dei um passo em direção a Leah morrendo um pouco por dentro por vê-la assim, tão encolhida em si mesma, esperando por uma resposta que, para mim, sempre foi óbvia; pelo menos, até quando eu fiz o exercício de me colocar na pele dela e entender que há três anos ela esperava por essas palavras, três anos em dúvida, três anos se questionando.

— Eu menti, caralho. Menti.

— E como você pôde estragar tudo desse jeito? O que você tem aqui dentro? — Bateu no meu peito. — Porque eu ainda não sei, Axel. Depois de tanto... e eu não sei.

Abafei a dor de suas palavras com meus lábios. Beijei-a com raiva, com culpa, com o desejo que eu não conseguia mais reprimir, com os dentes, com meu corpo pressionando o dela contra a porta do prédio e suas mãos trêmulas contra meu peito. Eu queria mergulhar nela, fazê-la entender que eu a amava como nunca havia amado ninguém, e que o que eu disse naquele dia estava tão longe da realidade que eu ainda não sabia de onde tinha tirado coragem para dizer aquilo.

De alguma forma eu encaixei a chave na fechadura e a empurrei para dentro sem parar de beijá-la. Minhas mãos tremeram quando segurei seu cabelo enquanto subíamos o primeiro degrau. E o segundo. E o terceiro. E alguns mais, antes de perceber que não íamos conseguir chegar ao último andar.

Eu mal conseguia ver o rosto dela na escuridão. Segurei-a pela nuca e pressionei meus lábios contra os dela com força, mordendo-a, lambendo-a, abandonando qualquer sinal de lucidez.

— Vou te dizer o que eu quero, porque não tem sentido continuar fingindo que consigo ser seu amigo sem esperar nada mais — falei sobre a boca macia. — Quero te dar o primeiro beijo de bom-dia. E quero te comer todas as noites. Quero gozar em cima e dentro de você. Quero ser o único que te toca aqui — disse, enquanto deslizava uma mão entre suas pernas e ela abafava um gemido. — Quero que você grite o meu nome e que morra por mim novamente.

— Axel... — gemeu contra o meu rosto.

Eu ia pedir para ela me confirmar se eu tinha sido claro ou se precisava ser mais específico, mas a verdade é que eu não conseguia mais usar a boca para falar. Eu só conseguia beijá-la, tentar subir mais um degrau... e beijá-la novamente. Levantei o vestido dela e rasguei a meia-calça com um puxão antes de arrancá-la. Leah se segurou no corrimão quando deslizei meus dedos nela, e ela estava úmida, estava... tremendo de desejo tanto quanto eu. Suas mãos encontraram a fivela do meu cinto e eu tive que respirar fundo para não gozar ao sentir o calor da palma da mão dela. Fechei os olhos e a levantei nos braços. Acho que ela pensou que eu a levaria até o apartamento, mas eu não conseguia... não conseguia pensar... não conseguia segurar mais... não conseguia fazer outra coisa que não fosse apertá-la contra a parede da escada com as pernas em volta dos meus quadris.

— Alguém vai nos ver, Axel.

— Dane-se.

Leah mordeu meu pescoço quando eu empurrei com força dentro dela. Abafei um gemido de prazer e dor antes de entrar mais fundo, mais duro, porque eu queria que ela gritasse e parasse de se segurar, que ela pensasse só em mim, em nós dois juntos, em como isso era perfeito. Eu me afundei entre suas pernas de novo, ofegante, louco por ela. Senti como ela cravava as unhas na minha camisa e depois ouvi seus gemidos no meu ouvido, seus dentes na minha pele, sua boca... Aquela boca. Beijei-a, e Leah se agarrou em meus ombros enquanto trepávamos desesperados e eu tentava dizer com beijos que aquilo era mais, muito mais...

Senti que ela se contraiu e então seu corpo estremeceu.

— Olha para mim, querida. Olha para mim, por favor.

Porque eu precisava que ela me olhasse quando terminasse e ela estava quase, só esperando a próxima investida. Ela olhou. Separou seus lábios dos meus e abriu os olhos devagar, me procurando na escuridão. Colei minha testa na dela e respirei seu hálito quente antes de entrar nela de novo, empurrando-a contra a parede, sentindo-a tanto... perdendo-me tanto... Gemi quando gozei com ela, dentro dela, segurando a respiração e com o coração batendo forte contra o dela.

O silêncio nos envolveu. Coloquei-a no chão quando senti que meus braços começavam a falhar e procurei sua boca novamente, mas Leah se afastou. Antes que eu pudesse abotoar minha calça e tentar segurá-la, ela pegou as chaves e subiu as escadas.

— Merda. Espera, Leah. — Mas já era tarde.

87

Leah

EU ME TRANQUEI NO BANHEIRO ANTES DE ABRIR A TORNEIRA DA BANHEIRA. IGNOREI as batidas na porta e a voz suplicante, porque não conseguia enfrentá-lo. Abafei um soluço enquanto me sentava no chão com as costas apoiadas na parede.

— Fala comigo. Me dá uma trégua.

— Não consigo... agora não dá — respondi.

Eu o senti ali, a poucos centímetros de mim, separados por uma parede e por um passado que era um caminho empoeirado e cheio de lembranças e problemas.

— Leah, por favor...

— Eu preciso de um tempo.

Houve um silêncio tenso. Depois, a voz dele:

— Dou meia hora para você se acalmar e depois a gente vai conversar de uma vez por todas. Se você não abrir, juro que derrubo essa porta.

Fiquei encolhida no chão com o barulho da água me acompanhando. Eu sentia como se Axel tivesse acabado de abrir com as mãos aquelas feridas que eu vinha costurando e tentando curar há tanto tempo. E eram feridas cheias. Cheias dele. De mim. De nós.

Comecei a tirar a roupa sem pressa. Peça por peça. Camada por camada. O celular que estava no bolso do casaco caiu no chão e fiquei alguns segundos olhando para ele e decidindo o que fazer. Abaixei para pegá-lo. Respirei fundo, com lágrimas queimando meu rosto, e procurei o nome dele nos contatos. Foram só três palavras, mas demorei um tempo gigantesco para escrevê-las e mais ainda para enviar a mensagem para Landon.

"Não me espere."

Só isso. Sem um "eu te amo" no final ou um "sinto muito", porque eu queria ser contundente e que ele me ouvisse. Eu o conhecia o suficiente para saber que, apesar da conversa que tivemos antes de eu viajar, ele me esperaria. E eu não queria que ele esperasse. Talvez de uma forma egoísta sim, mas enquanto eu entrava na banheira cheia de água quente, entendi que eu nunca poderia amá-lo como ele merecia, de forma louca e plena, e queria que outra pessoa tivesse a oportunidade de fazer isso. Eu nem tive a sensação de tê-lo perdido por Axel ter entrado na história. Parte de mim sabia que o tinha perdido antes mesmo de começar qualquer coisa com ele, porque nunca dei a ele aquela parte mais visceral e impulsiva de mim, nunca entreguei tudo, nunca me joguei em seus braços com os olhos fechados.

Puxei o ar e afundei a cabeça na água. De lá de baixo parecia que o mundo fazia mais sentido, tão desfocado, tão agitado e turvo. Subi e respirei fundo. Tudo estava em silêncio e eu não conseguia parar de olhar minhas pernas e pensar que poucos minutos atrás elas estavam em volta do corpo dele enquanto ele entrava em mim várias vezes e eu... naquele instante eu apenas sentia, sentia Axel por todos os lados, incapaz de pensar em outra coisa ou de parar aquilo, porque uma parte de mim continuava pertencendo a ele.

Na verdade eu não estava me perguntando se tinha me apaixonado por ele outra vez, mas se alguma vez tinha deixado de estar. E isso me assustava.

Ser tão fraca. Perder o controle de novo. Cair. Eu não gostava daquela imagem fraca e frágil.

Saí da banheira quando me cansei de chorar. Coloquei um roupão branco e esfreguei o espelho da pia com o dorso da mão para limpar o vapor. Encontrei meu reflexo. Um reflexo que me assustou, porque se parecia demais com a garota que eu tinha sido anos atrás. Era igual. Tão igual... Como se uma parte de mim tivesse tido medo de mudar e se perder naquela mudança inesperada. E de repente eu precisei disso: me perder para poder me encontrar novamente.

Peguei a tesoura que estava na gaveta de cima, deslizei os dedos por uma mecha longa de cabelo e cortei. Deixei o cabelo na pia antes de pegar a próxima mecha.

Axel bateu na porta.

— Abre, Leah. — Não respondi. Passei a tesoura de novo. — Abre ou eu derrubo.

Talvez porque eu sabia que era bem capaz de ele derrubar mesmo, soltei a tesoura antes de abrir a porta e deixá-lo entrar, apesar de ainda não estar preparada para ter aquela conversa. O problema era que provavelmente eu nunca estaria.

— O que você está fazendo? — Axel olhou para o meu cabelo desigual. — Caralho, Leah, não quero que você fuja de mim, não suporto mais isso...

Ele se aproximou e eu deixei. Fechei os olhos quando ele acariciou meu rosto com a palma da mão e seus lábios tocaram minha testa. Tão íntimo. Tão acolhedor. Desejei viver dentro daquela carícia para sempre. Com o polegar traçou círculos em minha pele e depois sua voz profunda e rouca me sacudiu, despertando-me daquele momento:

— Vamos tentar de novo.

— Não é tão fácil, Axel.

— Por que não? Olha para mim, querida.

E todas as feridas se abriram de uma só vez, uma a uma.

— Porque você destruiu tudo! E me destruiu também!

Dei um passo para trás tremendo, incapaz de olhar para ele.

— Deixa eu consertar as coisas, Leah.

— E por acaso você sabe como fazer isso?

— A única coisa que sei é que a gente se ama.

Olhei para ele, para seu rosto cheio de incertezas: os lábios ainda avermelhados por meus beijos, o pescoço marcado por meus dentes, os olhos daquele azul-escuro do mar profundo, o cabelo que parecia salpicado pela luz do sol e aquele jeito de me olhar que fazia eu me sentir tão transparente, tão vulnerável...

— Axel... Você... você é passado.

— Pois o passado está aqui, merda, bem na sua frente, querendo ser o seu presente. E esse passado sabe que cometeu o pior erro da vida no dia em que te deixou ir embora, e não está disposto a deixar que algo assim aconteça de novo sem lutar por isso. — Segurou meu queixo com os dedos para eu olhar para ele. — Querida, eu sei que fiz merda, mas me dê outra chance.

— Não faz isso — solucei.

— Leah, por favor, quando você foi embora...

— Não! Não é que eu fui embora! Você é que me expulsou da sua vida!

— Eu sei e eu sinto muito, achava que era...

—... o mais fácil para você. O mais cômodo.

— Eu achava que era o melhor para você — me corrigiu, e notei seu queixo contraído. — E eu menti porque não sabia como te afastar de mim, e se eu tivesse dito que na verdade o problema era que eu te amava demais, você nunca teria desistido. E eu queria que você vivesse, Leah. E que depois de viver, você me escolhesse.

— Por que você teve que me dizer que não me amava? Por que você não fez as coisas de qualquer outro maldito jeito? Tipo, sei lá, falar comigo, decidir juntos que daríamos um tempo e que veríamos como resolver tudo depois — gritei. — Mas não. Você me destruiu. Me fez achar que você não se importava comigo e eu realmente acreditei nisso por meses e meses, e agora de repente você me diz que eu era demais para você. Que ironia, né? Porque por coincidência, como todas as outras coisas em sua vida que acabam sendo demais, você me afastou para longe. Como afastou a pintura. Como você afasta tudo, porra!

Axel me segurou quando tentei sair.

— Me solta — gritei, furiosa.

— Essa conversa não acabou.

— Terminou na hora em que eu percebi que você não ia ser sincero. Eu deveria ter entendido há tempos que você nunca seria, que procuraria desculpas...

Algo se agitou em seu rosto, mas ele não me soltou. Me abraçou mais forte contra seu peito e os lábios tocaram minha orelha enquanto ele falava em sussurros, com a voz entrecortada:

— Desculpa por ter sido fraco, Leah. Desculpa por ter sido tão covarde. Juro que ainda é difícil reconhecer quando penso nisso, mas essa é a verdade. Eu quero que seja diferente, estou me esforçando para que isso aconteça, mas você tem razão. Eu não era perfeito, nem antes nem agora. Talvez eu seja culpado por pretender ser, mas a única verdade é que eu sou uma merda de um erro ambulante que passa os dias tentando mudar isso e me arrependendo de todas as coisas que fiz de errado; por ter sido um irmão terrível, um amigo pior ainda e, quanto a você, isso...

Cobri a boca dele com a palma da minha mão.

— Para. Não fala mais nada, por favor.

Funguei pelo nariz antes de abraçá-lo e esconder o rosto em seu peito, cheia de alívio e gratidão, porque precisava que ele admitisse sua covardia e seus erros, precisava saber que ele estava ciente deles, mas não queria que ele continuasse se torturando assim, porque Axel era todas aquelas partes ruins, mas também era muitas outras boas. E o que eu havia dito a ele no primeiro dia em que o deixei entrar em meu estúdio de Brisbane era verdade. Eu o havia odiado, odiado muito, quase tanto quanto tinha sentido saudade.

Ficamos ali abraçados por uma eternidade. Uma eternidade perfeita, porque eu não queria soltá-lo.

— Quero te mostrar um lugar — sussurrou.

— Agora? — Eu me afastei para olhar para ele.

— É. Ou assim que a gente arrumar isso — respondeu, afundando os dedos em meu cabelo e esboçando um sorriso que eu desejei guardar na memória para sempre. — Vem, senta aqui.

Pegou o banquinho e colocou-o na frente da pia antes de me puxar com delicadeza para eu me sentar. Através do espelho, vi quando ele pegou a tesoura.

— Tá brincando, né? — Ri entre lágrimas.

— Você não fez nada muito melhor.

Tentei não me mexer enquanto ele pegava uma mecha de cabelo; ouvi o clique da tesoura antes que o chão ao meu redor começasse a se encher de cabelo loiro.

— Estou só tentando igualar, mas acho que amanhã você vai ter que procurar um cabeleireiro. E conseguir que alguém te entenda, em francês, quando você tentar explicar isso — brincou. Ao terminar, nossos olhares se encontraram através daquele reflexo. Axel deslizou os dedos pela minha nuca e depois me beijou na cabeça. — Está perfeita.

— Sei que você está achando engraçado, mas não é.

Levantei. Ele disfarçou um sorriso.

— Eu estava falando sério — garantiu, e me estendeu a mão, que eu aceitei após uma breve hesitação. — Vamos, antes que o último metrô saia.

88

Leah

Ele era a ponta das estrelas.
Que espetava. Que doía.
Mas em outros dias...
Era a curva da lua,
o sorriso, a boca.
E o calor do sol. E a luz.
Eu percorria todas essas linhas, perdendo-me em seus vértices, estremecendo quando me encontrava nele.

89

Leah

— Onde a gente está indo, Axel? — perguntei enquanto atravessávamos o Sena e nossos passos ressoavam sobre o asfalto da ponte de Arcole.

Não respondeu, apenas andou mais rápido até chegarmos à praça de Notre Dame, em frente à catedral parisiense. Segurou em meus ombros e gentilmente me guiou alguns metros para trás. Senti na pele o frio da noite e estremeci por baixo do casaco.

— O que você está fazendo?

— Fica parada aqui.

Ele se afastou, traçando uma linha reta.

Olhamos um para o outro e, apesar da distância, ouvi quando ele expulsou o ar baixinho antes de colocar os dedos entre as sobrancelhas. Levantou a vista para o céu escuro e olhou para mim novamente. A luz da rua iluminava a inquietação em seu rosto.

— Nós dois sabemos que tivemos momentos ruins, mas quero que você pense em todas as coisas boas que vivemos juntos. Nas coisas que você não renunciaria, apesar daquela parte que não foi boa... — Ele mordeu o lábio inferior, nervoso. — E cada vez que aparecer uma lembrança boa, dê um passo na minha direção.

— Não estou entendendo nada.

— Só faz isso, por favor.

— Isso é esquisito mesmo para você.

— Querida...

— Tá bom.

Cedi ao apelo de sua voz, apesar de não ter muita certeza se aquilo fazia algum sentido, porque, se fosse pelos bons momentos que tive com ele, eu teria corrido em vez de caminhar. Mas talvez Axel não soubesse disso. Talvez ele também tivesse dúvidas e medos. Então fiz o que ele me pediu. Fechei os olhos pensando em nós: no tempo que ele dedicava a mim quando eu era criança e ele tinha coisas melhores a fazer por aí com meu irmão; nas tardes que ele passava pelo meu quarto para ver meus progressos cada vez que ia visitar meu pai; como ele cuidou de mim e me abriu as portas de sua casa; em sua insistência em tentar me fazer despertar; em todas as conversas que tivemos. E no dia em que ele cedeu, quando eu implorei que me desse um beijo enquanto dançávamos "Let It Be", e tudo começou a mudar, a se encher de cores e de felicidade e da pele dele contra a minha...

Como naquele momento, quando percebi que não tinha como dar mais um passo porque ele estava bem na minha frente, me olhando como se o mundo tivesse se reduzido a nós dois.

— Eu poderia ter percorrido uma distância bem mais longa — sussurrei, enquanto passavam pela minha cabeça todas aquelas lembranças que ele tinha deixado em mim.

Axel me deu um sorriso malicioso.

— Eu queria pensar que se você chegasse até mim seria um sinal de que você diria que sim.

— Dizer que sim? — estranhei.

— Olha para os seus pés.

Havia uma pedra circular incrustada no chão e, no centro dela, uma rosa dos ventos de bronze.

— Estamos no quilômetro zero do país e pensei... pensei que seria o lugar perfeito para saber se ainda existe alguma chance de a gente recomeçar também a partir daqui, do zero. Porque eu quero tudo... tudo o que não tivemos. Quero ter um encontro de verdade com você; quero que a gente se conheça novamente, do jeito que estamos agora. O que você acha, Leah?

Eu não disse nada, mas apenas porque estava tentando me convencer de que o Axel que estava na minha frente era o mesmo de sempre. O cara que nunca tinha namorado ninguém a sério, que tinha passado metade da vida olhando para o próprio umbigo e que, quase com total certeza, nunca se imaginou fazendo algo tão ridiculamente romântico e perfeito. Pisquei para segurar as lágrimas ao pensar em como éramos complexos, começando por mim mesma, com nossas ideias inabaláveis que acabavam se despedaçando numa noite qualquer, ou no quanto podíamos nos moldar e mudar, avançar ou retroceder.

— Você quer marcar um encontro comigo?

Axel sorriu e inclinou a cabeça para me olhar.

— Sim, quero. Não é tão estranho assim.

— É uma ideia... desastrosa.

— Eu adoro os desastres quando são com você.

E então, pela primeira vez depois de todos aqueles anos, fiquei na ponta dos pés e puxei a ponta da jaqueta dele para que se aproximasse de mim e eu pudesse beijá-lo. Foi um beijo bonito, sem raiva nem dor. Um beijo que só refletia o presente, sem promessas futuras ou rancores passados. Um beijo que me deixou com vontade de chorar e de rir ao mesmo tempo.

Abril

[PRIMAVERA. PARIS]

# 90

Axel

Um encontro. Eu ia ter um encontro. Nem me lembrava mais como era isso. A única vez que eu tinha feito algo parecido foi no Ensino Médio, quando convidei a garota que eu gostava para jantar só porque tinha a intenção de ficar com ela no banco de trás do meu carro antes de levá-la para casa. Ou no último ano da faculdade, quando dei em cima de uma professora e não me enganei ao pensar que bastava uma conversinha para conseguir levá-la para o meu apartamento um pouco mais tarde.

Mas naquele momento eu não estava pretendendo nada.

Bem, transar com Leah sempre estava nos meus planos. Mas também era algo mais. Eu queria que ela tivesse o que não pôde ter três anos atrás: liberdade; poder andar de mãos dadas pelas ruas ou simplesmente darmos um beijo em frente a uma porta qualquer. Eu queria ser corajoso, abrir-me com ela e entregar tudo o que ela quisesse de mim. Eu queria... não sei, queria tantas coisas que me sentia sobrecarregado e nervoso. Com vontade de devorar o mundo.

**

Apoiei-me no parapeito da janela da sala e peguei o celular enquanto fumava um cigarro. Tinha mensagens de Justin, uma ligação dos meus pais e algumas coisas do trabalho, mas ignorei tudo e procurei o nome de Oliver nos contatos. Ele atendeu no terceiro toque. Conversamos sem muitos detalhes sobre como estavam as coisas, contei como foi a exposição e falei sobre os progressos de Leah.

— Ainda estou chocado por você estar aguentando aí tanto tempo. Você sem mar, em uma cidade imensa. Só vendo para crer. Então, Leah está bem? Feliz?

— Acho que sim. Espero.

— Cuida dela, hein? Dessa vez estou falando sério.

Reprimi um sorriso antes dar outra tragada no cigarro.

— Na verdade, estava ligando para te contar que tenho um encontro com ela hoje à noite. Você tinha razão, eu não fui um amigo legal, menti para você e fiz merda, então pensei muito e cheguei à conclusão de que talvez eu devesse te contar tudo. E para isso preciso voltar a alguns dias atrás, quando eu dei um beijo nela e, apesar de as escadas não serem o lugar mais confortável, acabamos transando ali...

— Caralho, Axel, cala a boca! Puta que pariu.

— É melhor eu filtrar um pouco as informações?

— Sim, quero que você filtre quase tudo. Para mim, basta saber que vocês vão sair essa noite e que agora é sério, que você não vai machucá-la.

— Tá bom. Então é isso.

— Você é muito idiota. — Começou a rir. — Preciso ir, Bega está me esperando para continuar vendo mais uns vinte catálogos de casamento. Uma maravilha.

— Seja forte — me despedi, dando risada.

91

Leah

SCARLETT MEXEU O CAFÉ COM CALMA E ELEGÂNCIA ENQUANTO ME OLHAVA. SEUS olhos, grandes e expressivos, tinham aquele magnetismo que toda ela irradiava. Quando atendi o telefone e ela me disse que Hans tinha lhe passado meu número porque ela queria tomar algo comigo e conversar a sós, fiquei inquieta, mas na verdade o encontro estava sendo bem agradável, embora eu tenha me limitado apenas a ouvir todas as histórias incríveis que ela me contava com o forte sotaque inglês.

— Enfim, essa noite que passamos na Tailândia foi uma das mais bizarras da minha vida, pensei que não sobreviveríamos para contar — disse, entre risadas.

— Vocês já viajaram muito — comentei.

Ela ia contando detalhes de viagens durante cada conversa; de Nova York passando por Dubai, até Tóquio ou Barcelona. Fiquei me perguntando se ela, em algum momento, simplesmente acordaria alguma manhã na casa dela e faria algo sem graça ou normal, como passar o dia largada na cama comendo porcaria ou cozinhar escutando música sem pressa...

— E você? — me perguntou interessada.

— Na verdade, é a primeira vez que saio da Austrália.

— Não se preocupe, tenho certeza de que a partir de agora você vai visitar muitos lugares e conhecer muita gente interessante. Será como abrir os olhos,

Leah. Sabe o que eu mais gosto no meu trabalho? Exatamente isso. Como te disse, não é fácil encontrar um diamante entre as pedras, mas pegá-lo e poli-lo até fazê-lo brilhar de verdade é algo único.

Olhei para ela com curiosidade, porque ainda não tinha uma opinião clara a seu respeito. Às vezes me parecia frívola e superficial, mas eu não conseguia deixar de me sentir atraída por seu sorriso genuíno e seus gestos cheios de segurança.

— Não tenho certeza se eu me adapto...

— Todo mundo se adapta à boa vida, acredite. — Olhou ao redor, observando as pessoas da mesa ao lado desfrutando de sua comida. — Quer ir jantar em outro lugar?

— Sinto muito, mas hoje não posso porque... — "Tenho um encontro" soou tão ridículo que fiquei com vontade de rir, embora também tenha sentido um leve frio na barriga ao pensar nisso; qualquer pessoa que nos conhecesse diria que estávamos loucos — tenho um "compromisso". Mas podemos marcar na semana que vem.

— Perfeito. Eu te ligo.

Scarlett se levantou, pagou a conta e saiu antes de eu terminar de abotoar o casaco e pegar minha bolsa. Já na rua, caminhei sem pressa até o apartamento, contemplando a cidade. Era isso que Axel fazia todos os dias: perder-se naquele labirinto de prédios. Eu, por outro lado, tinha a sensação de que mal tinha visto Paris, sempre tão trancada no estúdio e tão nervosa com tudo o que estava vivendo. Mas naquela noite, quando pensei que tinha um encontro na Cidade do Amor, não pude deixar de sorrir.

92

Axel

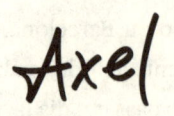

ABRI O ÚLTIMO BOTÃO DA CAMISA QUANDO COMECEI A ME SENTIR SUFOCADO E POR fim decidi que usá-la por dentro da calça era uma idiotice, então ela acabou ficando meio amassada e um pouco mais solta. Olhei-me no espelho da sala. Já estava barbeado, vestido e pronto para sair quando Leah chegou e me olhou de cima a baixo antes de sorrir.

— Desculpa, acabei demorando. Vou me trocar.

— Me avisa se precisar de ajuda para tirar a roupa mais rápido.

Ouvi seu riso suave antes de ela entrar no quarto. Fumei um cigarro enquanto esperava e adorei vê-la vestida com um jeans ajustado e tênis confortáveis. Peguei na mão dela quando saímos do edifício.

— Em que você pensou? — perguntou.

— De verdade? Em nada. Vamos improvisar.

Ela mordeu o lábio divertida e eu simplesmente segui rumo ao lugar que mais gostava na cidade, aquele que depois de tantos amanheceres tinha se tornado um pouco "nosso". Caminhamos pelo Boulevard de Clichy entre as luzes do famoso Moulin Rouge e os bares próximos, que se destacavam sob a cúpula escura do céu. Meu estômago roncou com o cheiro dos crepes dos carrinhos de rua que atraiam os turistas que passeavam por ali, e parei em frente a um deles.

— Você quer jantar em algum lugar chique ou algo assim? Porque podemos ir ao restaurante mais caro da cidade, se você quiser. Ou a algum que tenha tantos garfos na mesa que vamos precisar procurar na internet como utilizá-los. Mas se você não quiser nada disso, podemos simplesmente comprar uns crepes, umas cervejas, subir até Montmartre e comer por ali. Também podemos ir a qualquer outro lugar normal.

Olhei para ela nervoso e ela riu, como se estivesse achando divertido me ver desse jeito. Estava linda naquela noite, com o cabelo curto tocando nos ombros, com os olhos brilhantes e felizes. Como eram antes, naquela época em que ela era tão feliz que o sorriso não cabia em seu rosto.

Ela passou ao meu lado para se aproximar do carrinho.

— Por favor, um *crepe* com *fromage*, *thon* e *oignon* — disse, em um francês meio torto, antes de olhar para mim. — O que você quer? Um de champignon e queijo?

— Sim. E um de Nutella para a gente dividir.

Subimos os quase duzentos degraus e seguimos pela Rue du Mont-Cenis antes de passar pela Sacré-Coeur, a basílica imponente que fica no topo da colina. Acabamos sentando debaixo dela, nos degraus que forram o chão. Sentíamos o cheiro das flores que coloriam o jardim ao lado; havia alguns turistas perto do corrimão e um rapaz tocando violão.

De lá podíamos ver a cidade aos nossos pés. É um daqueles lugares lotados de gente durante o dia, mas vazios ao amanhecer ou no fim da tarde, naqueles momentos em que a mágica parece realmente acontecer e a gente consegue relaxar e apreciar a vista. Dava a sensação de que o tempo parava e os silêncios se tornavam cômodos, quase necessários.

— Toma, esse é o seu.

Leah me passou o crepe e eu o desembrulhei distraído, olhando ao redor e pensando que aquela noite de primavera era perfeita. Eu a vi morder o dela com satisfação e percebi que ela sempre foi assim; nunca precisava de muito para ser feliz, e eu odiei todos os percalços do caminho que nos levaram até aquele momento.

— Em que você está pensando? — Ela me olhou.

— Em você. Que eu acho que você merecia mais.

— Você não acha que eu tenho o suficiente? Estou trabalhando com o que eu mais amo no mundo e nesse momento estou jantando no alto de uma colina com você ao meu lado em Paris. O que mais eu poderia desejar?

— Você é feliz, Leah?

— Sim, por que não seria?

Tentei ignorar o rosto franzido e a boca apertando-se em uma linha fina, mas esses gestos sutis não me passaram despercebidos e ficaram em minha memória. Suspirei e dei uma mordida no meu crepe antes de pegar a garrafa de cerveja e levantá-la na frente dela.

— Um brinde?

— Por esta noite.

Tomei o gole que faltava e peguei a sobremesa do colo dela. Leah riu enquanto mastigava o último pedaço de seu jantar e tentou tirá-lo de mim.

— O que você está fazendo, sua ogra? — reclamei.

— Não ouse acabar com esse crepe em duas mordidas!

— Quem você está achando que eu sou? Estamos em um encontro. E quero te lembrar que a intenção é te conquistar e que, no final da noite, você me deixe chegar na terceira base. Ou é na quarta? Não sei. Que você aceite transar comigo — resumi, e sorri quando vi seu rosto se iluminar.

— Isso não vai acontecer.

— Você só pode estar brincando!

— Não. Isso é um primeiro encontro. — Levantou uma sobrancelha. — E foi você quem quis assim, eu nem tinha cogitado isso.

— Não pensei que seria com todas as consequências.

Tentei colocar a mão entre as pernas dela, e o que consegui foi um empurrão e que ela me arrancasse a sobremesa. Dei risada quando ela mordeu e sujou todo o rosto de Nutella.

— Beijos também estão proibidos?
— Depende da situação.

Sorri, malicioso. Estávamos sentados naquela escadaria, com o braço dela tocando no meu e nossos olhares entrelaçados. E pensei que fazia uma eternidade que não nos divertíamos assim, sem pensar em todos os erros do passado nem no que aconteceria amanhã; estávamos simplesmente ali naquele presente, juntos.

— Acho que essa é a situação perfeita. Eu poderia limpar esse chocolate todo com beijos. Ou você poderia lamber para se limpar e depois deixar eu provar o seu gosto.

Ela começou a rir, com os olhos brilhantes.

— Axel, você não teve muitos encontros, né?
— Você sabe que não. Me dá isso — peguei o crepe dela.

Compartilhamos a sobremesa em silêncio enquanto contemplávamos a silhueta irregular dos telhados sob a luz da lua, e as luzes da cidade brilhavam e iluminavam casas, vidas, momentos. Ao longe víamos a catedral de Notre-Dame e o Palácio dos Inválidos. Eu havia passado as últimas semanas passeando pela cidade e tinha descoberto que o melhor de tudo era que cada cantinho conduzia a outro, a um "a mais" escondido na esquina seguinte. Mas... não era Byron Bay. Nunca seria.

Eu me perguntava se Leah também sentia falta disso.

93

Leah

Suspirei contente enquanto olhava a cúpula escura e quase sem estrelas. Lembrei da nossa casa, de como era diferente de tudo aquilo. Lá o tempo corria diferente também, como se houvesse mais coisas para fazer. Eu sentia isso em algum lugar escondido dentro de mim; as expectativas, a pressa, a pressão. Mas eu ainda não tinha parado para desatar esses nós, porque me assustava e porque, supostamente, estar lá e pintar e participar de todos aqueles eventos era o próximo passo lógico que eu deveria dar. Eu também não queria falar sobre isso com Axel, depois de tudo o que ele estava fazendo por mim.

Estar tão longe do mar, de casa, de toda a sua vida...

— Não se parece em nada com o nosso céu — sussurrei.

— Porque está vazio — respondeu.

Axel se levantou e eu o segui até o muro de pedra que delimitava o mirante. Ele acendeu um cigarro e a fumaça serpenteou por entre a escuridão.

— Você sente saudade de Byron Bay? Do mar?

— Você é o meu mar agora.

— Axel! — Eu ri e sacudi a cabeça. — Estou falando sério.

— Eu também. — Estalou a língua. — Acho que sim. Mas não sei se sentir a falta de algo é uma coisa ruim. Deveria ser o contrário. Serve para te fazer perceber o que você mais quer.

— E você adora a sua casa — lembrei.

— Mais ou menos. Não sei. Não adoro mais como antes.

— Por que não? — Olhei para ele com curiosidade.

— Você sabe. Porque eu comprei aquela casa quando me apaixonei pela ideia do que eu poderia fazer lá dentro, mas nunca cheguei a fazê-lo. Eu me imaginava pintando naquelas paredes e sendo feliz ali e tendo de tudo. Mas estou começando a achar que entre o que desejamos e o que realmente acontece, ou o que somos capazes de fazer, existe uma grande diferença. É como se num primeiro momento você se olhasse em um espelho no qual você fica fantástico com a luz certa, e se deixasse deslumbrar por aquela imagem que nem sequer é real.

— Você pode mudar isso. Logo mais a gente vai voltar.

Um mês. Em um mês a bolsa terminaria e voltaríamos para a Austrália. Eu não queria pensar muito no prazo porque não tinha certeza do que faríamos então. Ali, em Paris, parecia que vivíamos em uma bolha na qual, mais uma vez, eu olhava encantada para o cara que tinha jurado que nunca mais amaria; na qual ele parecia determinado a me provar que havia mudado, que não queria voltar a ser um covarde. E me assustava a ideia de que aquilo poderia explodir diante de qualquer mudança.

Axel estreitou os olhos e olhou para mim.

— Me conta algo seu que eu não saiba.

Fiquei pensando um pouco.

— Meu Deus... — Comecei a rir.

— O que foi? — perguntou.

— Não consigo pensar em nada que você não saiba a meu respeito e não sei se isso é bom ou terrível. Acho que você estava até no dia em que caiu o meu primeiro dente.

— Claro que estava, como eu não estaria? — Franziu a testa com um gesto divertido enquanto pisava na bituca. — Você ficou horas chorando. E ficava muito fofinha quando sorria.

Eu ri de novo e, ao olhar em volta, percebi que estávamos sozinhos. Não havia mais turistas e o moço que tocava violão uns minutos atrás havia desaparecido. Suspirei e lembrei de algo que fez meu estômago encolher. Olhei para Axel.

— Tem algo sim que você não sabe. Nos meus primeiros meses em Brisbane, peguei o hábito de colocar o fone de ouvido e caminhar sem rumo pela cidade ouvindo Beatles. Em um desses dias cheguei a um mercado de rua cheio de barracas com coisas curiosas. E, não sei por quê, juro que fiquei horas em dúvida, mas acabei comprando uma concha. Às vezes, quando ia dormir, eu ficava escutando o mar porque me fazia lembrar de você.

Axel respirou fundo sem tirar os olhos de mim, levantou a mão lentamente e acariciou meu rosto. Fechei os olhos. Depois senti seus dedos em meu cabelo, seu corpo cada vez mais próximo ao meu, sua respiração quente em meus lábios.

— Devo ser o cara mais idiota do mundo por ter deixado escapar uma garota que tinha gosto de morango, que pintava emoções e que ouvia o mar dentro de uma concha. — Isso me fez sorrir. — E não consigo parar de pensar em todos os beijos que não te dei ao longo desses anos.

Sua boca tocou a minha devagar, macia.

Foi um beijo intenso e profundo; me segurei em seus ombros quando senti meus joelhos tremerem, e Axel me abraçou como se quisesse me proteger do frio e de tudo o que nos rodeava, isolando-nos naquele contato úmido e doce. Eu sentia que ele estava se segurando, freando o desejo e o impulso selvagem que aquele beijo tinha despertado, e eu gostei disso, de estar simplesmente nos descobrindo com a boca ali, no alto da cidade, sem segundas intenções. Ficamos assim por tanto tempo que, quando nos separamos, me senti de novo como uma adolescente, com os lábios avermelhados e as bochechas pegando fogo.

— Vamos para casa — pedi.

Demos as mãos e começamos a voltar para casa. Quase não conversamos. De vez em quando Axel parava em um canto qualquer e voltávamos a nos devorar com a boca antes de retomar o passo e continuar o caminho. Quando chegamos ao apartamento, tirei a jaqueta e deixei-a no braço do sofá.

— Gostou do encontro?

— Muito. — Sorri.

— O suficiente para marcar o segundo? — Fiz que sim com a cabeça e ele se aproximou depois de pendurar as chaves perto da porta. Acolheu meu rosto em suas mãos e beijou a ponta do meu nariz antes de tocar meus lábios. — E o suficiente para dormir comigo esta noite? — murmurou, e eu tentei controlar o frio na barriga que senti.

— Não tanto assim — brinquei.

— Vamos, querida. Só dormir. Juro.

— Outro dia, talvez. Boa noite.

— Não vai ser boa sem você — resmungou.

Disfarcei um sorriso e me meti na cama depois de vestir um pijama longo de algodão. Fiquei olhando para o teto e lembrando da noite que tínhamos passado juntos. Quando estávamos bem, estar com ele era sempre assim: simples e divertido, confortável e fácil, excitante e diferente de todo o resto. Respirei fundo e me virei na cama. E logo depois me virei de novo. E depois de meia hora percebi que não ia conseguir dormir, pelo menos se não parasse de pensar em como o quarto dele estava próximo do meu e na voz rouca me pedindo para dormirmos juntos...

Não sei que horas eram quando saí da cama.

Fui na ponta dos pés até seu quarto e entrei sem bater. Minhas pernas tremiam, mas continuei até chegar à cama e me deitei ao lado dele. Prendi a respiração quando ele se mexeu, abraçando minha cintura e me apertando contra seu peito. Fechei os olhos. Senti sua respiração pausada na minha nuca e me concentrei naquele som perfeito antes de adormecer dentro daquele abraço.

94

Axel

Leah não estava em casa quando voltei do supermercado. Enquanto guardava a compra na geladeira, lembrei que naquele dia ela se encontraria com Scarlett e outros artistas para falar sobre a exposição que estavam organizando para o próximo fim de semana em uma pequena galeria. E, não sei por qual razão, subi até o estúdio para dar uma olhada no que ela estava fazendo. Nas primeiras semanas ela esteve tão sufocada que tentei intervir o mínimo possível e dar-lhe espaço.

Observei a obra em que ela estava trabalhando.

Era diferente, mas eu gostei. Uma rua solitária de Paris, com os beirais e os telhados dos edifícios derretendo como se fossem feitos de água, e a neve salpicando cada canto, em contraste com aquela sensação de calor e pouca solidez.

Já estava preparando o jantar quando ela chegou. Deixou em um canto a maleta e os cadernos que tinha levado, entrou na cozinha e se sentou em um dos banquinhos enquanto eu cortava alguns legumes. Perguntei como tinha sido o dia.

— Foi ótimo — admitiu. — É uma galeria diferente, mais autêntica, sabe? Gostei da ideia de expor lá. Vai ser só um quadro, mas acho que ele vai se destacar porque quase todos os outros artistas têm obras mais modernas, mais minimalistas. E Scarlett diz que talvez passem por lá algumas pessoas importantes, dessas que ficam de olho nas novidades, para o caso de aparecer alguém que lhes chame a atenção. Vem, quero te mostrar o quadro.

— Eu já fui até o estúdio.

— E o que você achou? — Segurou a respiração.

— É bom. É caótico. Ele transmite.

95

Leah

Naquela manhã Axel tinha acordado com dor de cabeça e, após muita insistência, ele me escutou, tomou um comprimido e voltou para a cama um pouco mais. Então subi até Montmartre sozinha pela primeira vez, em silêncio, muito consciente de cada passo que dava, porque estava me perguntando se todo o mundo deveria seguir sempre em uma determinada direção e se era isso que eu estava fazendo quando pintava: conduzir-me em cada traço. O problema era que eu ainda não sabia para onde queria ir. Parte de mim começava a sentir uma pontinha de orgulho cada vez que Scarlett me garantia que, se eu me deixasse guiar, eu poderia ir longe. E outra parte só queria ir para casa, colocar um vinil no fim da tarde e pintar descalça na varanda enquanto o céu se tingia daquele tom avermelhado que me lembrava Axel.

Era tão contraditório...

Sentei na escadaria enquanto a cidade amanhecia e pensei que, talvez, se desde o princípio eu tivesse clareza do que queria para o futuro, naquele momento eu não me sentiria tão desconfortável na minha própria pele.

Estava com o celular nas mãos e decidi ligar para ele. Landon atendeu no quarto toque e, depois do cumprimento inicial, houve um silêncio desconfortável que rapidamente tentei quebrar.

— Eu só... queria saber como você estava.

— Bem — suspirou. — Terminando o trabalho final.

Tomei fôlego. Landon não havia respondido à minha mensagem de uns dias atrás, mas eu realmente não esperava que ele respondesse. Desde aquela noite eu havia pensado muito nele, em nós e em como as coisas aconteceram. Começar a organizar a confusão de sentimentos que eu mesma havia criado não estava sendo uma tarefa fácil, mas valia a pena tentar. E Landon era uma das peças-chave.

— Eu sinto muito — sussurrei baixinho.

— Não faz isso, Leah. A gente já tinha conversado antes de você viajar. Deixamos as coisas claras.

— É que eu não consigo parar de pensar que nada disso foi justo para você. E não é por causa de Axel, juro. É por mim. Eu não deveria ter te segurado por tanto tempo só porque precisava de você e não conseguia te deixar ir embora...

— Nós dois precisávamos um do outro, Leah.

— Não é verdade. — Fechei os olhos.

— É sim. Você precisava de alguém em quem se segurar e eu precisava segurar você. Eu sabia desde o início que você nunca o esqueceria, mas ainda assim valia a pena o que tínhamos, eu gostava de me sentir útil para você, e de como tudo era fácil...

— Talvez até demais — sussurrei.

— Provavelmente sim.

Ficamos em silêncio por tanto tempo que pensei que Landon havia desligado, mas não, ele continuava lá, respirando do outro lado da linha.

— Parece que estou vendo o sol nascendo com você, apesar de você estar longe. Estou no topo da colina e você não imagina como é bonito aqui, quando a cidade começa a acordar e a se encher de barulho. Aqui é sempre barulhento, na verdade. É estranho. Como um murmúrio que nunca para.

— A gente vai se ver quando você voltar?

— Sempre que você quiser.

— Então até breve, Leah.

Fiquei ali um pouco mais depois de desligar, pensando na sorte que tive em cruzar o caminho de Landon naquela noite. Talvez nem toda história seja para ser um "para sempre", mas nem por isso o caminho percorrido vale menos a pena. Eu gostava da ideia de guardar tudo o que tínhamos dado um ao outro antes de tocar o fundo vazio de uma gaveta em que já não havia muito o que salvar.

96

Leah

Estava com dor nas bochechas de tanto sorrir cada vez que alguém se aproximava do meu quadro. Tentei ser agradável com cada visitante, mesmo sem entender quase nada do que me diziam, exceto quando Hans ou Scarlett apareciam para se encarregar da situação e me dar uma ajuda com o idioma.

Fiquei observando os outros artistas. Todos pareciam muito confortáveis em sua própria pele, orgulhosos, tranquilos. Obriguei-me a parar de mexer os pés e a manter as costas eretas. Quando olhei para cima, me deparei com uns olhos azuis-escuros que observavam tudo desde um canto da sala. Axel parecia tão desconfortável com aquele terno apertado, tão contido, tão pouco *ele mesmo*...

A parte de mim que ainda queria caminhar descalça e pintar sem pensar quis ir até ele e sussurrar em seu ouvido qualquer bobeira que só nós dois entenderíamos. A outra parte reprimiu aquele impulso e esboçou um sorriso ainda maior quando William, o marido de Scarlett, veio me cumprimentar e me perguntar como eu estava passando a tarde.

Axel

Foi um alívio quando a exposição finalmente terminou e saímos dali. Estava cada vez mais difícil disfarçar para todo mundo que, na verdade, eu queria ir embora o mais rápido possível. Estava ficando cansado de ter que manter conversas pouco interessantes e de tentar ser tão correto o tempo todo, enquanto quase todos ali pareciam estar atuando em um filme de baixo orçamento e distribuindo elogios pouco sinceros.

— Está tudo bem? — Leah pegou na minha mão enquanto caminhávamos procurando algum lugar para jantar. — Você parecia desconfortável lá dentro.

— É porque eu estava mesmo.

— Por quê?

— Você consegue ficar confortável com eles?

— Não sei. Sim, às vezes sim.

Não respondi. Não sabia o que responder. Continuei caminhando até que vimos um lugar que parecia agradável e nos sentamos em uma mesa. Serviram as bebidas.

— Vai, me conta o que está acontecendo — pediu.

— Não sei bem. É uma sensação estranha, intuitiva, como quando algo não te passa uma boa impressão, sabe? E a maioria dessas pessoas me transmite isso. Mas esquece. É o nosso segundo encontro e em menos de três semanas vamos para casa, então vamos curtir a noite.

Leah sorriu, mas foi um sorriso trêmulo. Percebi que ela estava escondendo algo, mas preferi deixar para lá em vez de ficar remoendo o assunto, porque de certa forma eu entendia o fato de ela estar um pouco deslumbrada. E eu queria que ela aproveitasse o momento, se isso a deixava feliz.

Pedimos o jantar e a tensão se dissipou.

— Onde a gente vai essa noite?

— Dessa vez sim tenho algo planejado.

— Uau, você planejando algo?

— Sim, e é melhor a gente jantar rápido ou então vamos nos atrasar.

Meia hora depois eu a vi sorrir quando chegamos à porta de um pequeno cinema parisiense abaixo da fachada clássica de um edifício. Peguei na mão dela, comprei dois ingressos e pipoca, e entramos em uma sala semivazia que me fez lembrar aquelas dos filmes europeus, com seus amplos assentos marrons e pouca iluminação.

Leah parecia entusiasmada quando apareceram as primeiras cenas de O Menino, um filme mudo. Respirei satisfeito, coloquei um punhado de pipoca na boca e me inclinei para sussurrar em seu ouvido.

— Então é isso que fazem os casais normais. Têm encontros assim, no cinema. Interessante. Pouco prático, mas nada é perfeito...

— Pouco prático? — Leah levantou uma sobrancelha.

— É, a não ser que a moça esteja usando saia.

Ela riu antes de me dar uma cotovelada.

Tentei me concentrar no filme e mantive os olhos fixos na tela até que notei Leah se mexendo ao meu lado. E então senti os lábios dela no meu pescoço. Prendi a respiração. Virei a cabeça para alcançar sua boca e ela gemeu baixinho quando lambi seu lábio inferior. Nos mordemos. Nos beijamos. Nos procuramos uma e outra vez na escuridão daquele cinema, até que senti sua mão me acariciando por cima da calça e tive que fazer o maior esforço da minha vida para manter a sanidade e não arrancar as roupas dela ali mesmo.

— Querida... isso vai ter consequências.

— Eu sei. — Sorriu com a boca em cima da minha.

— Caralho, e o que a gente ainda está fazendo aqui?

Levantei da poltrona e puxei-a, enquanto ela ria baixinho. Fomos aos tropeços até o apartamento, parando em cada esquina para nos beijarmos ou para eu sussurrar em seu ouvido que ela estava me deixando louco por se mostrar assim novamente, tão impulsiva, tão selvagem, tão ligada em mim.

Respirei fundo depois de passar pela entrada do prédio.

— Você tem um minuto para subir, ou então os vizinhos vão ter mais um espetáculo grátis, porque juro que não estou aguentando mais. Um, dois... — Fui atrás dela enquanto sua risada vibrante ecoava pelas escadas. — Três — murmurei, no instante em que ela encaixou a chave na fechadura de casa.

A porta se fechou com uma batida seca e minhas mãos se perderam no corpo dela um segundo depois. Leah arqueou as costas e eu procurei o botão de seu jeans enquanto chupava seu pescoço, marcando-a, deixando um traço meu em sua pele...

Arranquei sua camiseta com um puxão brusco antes de baixar sua calça. Meus olhos se perderam naquele corpo nu, coberto apenas pelo conjunto preto de lingerie. Notei como tremia, mas ela não se mexeu; ela me deixou olhá-la e me fez... querer pintá-la assim, algo só para mim que ninguém jamais poderia ver. Desabotoei os primeiros botões da minha camisa, porque senti que estava ficando sem ar, mas não cheguei a tirar o resto da roupa.

— Tira a roupa — pedi, com um gemido.

— Você não vai tirar a sua?

— Depois. — Engoli em seco.

Vi um sinal de vulnerabilidade em seu olhar antes que ela movesse os braços para desabotoar o sutiã. Deixou-o cair no chão e umedeci os lábios enquanto meus olhos se perdiam naquela imagem perfeita e ela tirava o restante da roupa. Dei um passo até ela, seguido de outro e outro mais. Cobri o peito dela com uma mão. Leah estremeceu. Eu me inclinei para capturar aquele tremor em sua boca, beijando-a enquanto a percorria com as mãos, tão lentamente que meus dedos doíam com o desejo de deslizá-los por sua pele, por toda parte, por cada curva e cada linha de seu corpo nu.

Desci devagar por seu pescoço, segui pelo arco do ombro e então deslizei a língua em seus seios, parando ali quando a ouvi ofegar, até que me virei para o lado para encontrar aquelas três palavras que eu mesmo havia traçado anos atrás. Beijei aquela lembrança. E então continuei descendo, percorrendo sua barriga com os lábios, mordendo e lambendo e saboreando-a como há muito tempo eu queria fazer. Desenhando-a com a boca.

Ajoelhei diante dela ainda vestido, com a camisa amassada e tão duro que a calça estava começando a me machucar. Mas eu só conseguia olhar para ela de lá de baixo. E adorar seu olhar turvo, aquoso e cheio de tanto... cheio de tudo o que um dia tivemos e que ainda continuava vivo...

Acariciei suas pernas suavemente.

— Você gosta disso? De me ver assim de joelhos na sua frente? Sabendo que você poderia me fazer passar a vida inteira assim, se quisesse...

A respiração de Leah se acelerou. Adorei que ela se sentisse poderosa, que ela soubesse que estava no controle. Sorri malicioso antes de subir lentamente por sua coxa até me perder entre as pernas. E então beijei-a ali. Estava úmida, trêmula, com desejo. Seus dedos se enredaram em meu cabelo quando ela precisou marcar o ritmo e eu a deixei fazer isso, porque eu gostava dela assim, exigente e atrevida. Eu a percorri com a língua, eu a fodi com os dedos. E no final lambi mais devagar, atrasando o momento até que ela gemeu meu nome e agarrei suas coxas com força quando senti que ela ia gozar e suas pernas começaram a estremecer. Continuei até arrancar dela o último gemido, até memorizar seu sabor e perceber que ela precisava que eu me levantasse e a abraçasse para segurá-la. Apertei-a com força contra meu peito.

— O seu gosto é melhor do que eu me lembrava.

— Porra, Axel.

— Espero que isso seja uma ordem e não só uma expressão, porque te juro que faltava pouco para eu gozar sem sequer me tocar e eu preciso... você não imagina quanto eu preciso de você...

98

Leah

MEU CORAÇÃO BATIA COM TANTA FORÇA QUE EU CONSEGUIA OUVIR MINHAS próprias palpitações enquanto o puxava para o quarto e desabotoava os botões de sua camisa. Arranquei-a pelos ombros antes de pegar o cinto e deslizar as mãos pelas calças dele, acariciando sua ereção enquanto passávamos pela porta.

Fiquei sem fôlego quando finalmente o vi nu diante de mim, depois de tanto tempo... Tão perfeito, com a pele ainda bronzeada que parecia gritar para que minhas mãos o tocassem. Eu o empurrei para deitar na cama e ele se deixou cair com os braços apoiados no colchão, me olhando com tanto desejo que estremeci com a intensidade do gesto enquanto subia por seu corpo, até que nossos sexos se tocaram.

Fechei os olhos. Era uma mistura de dor e amor. Porque eu precisava tanto dele dentro de mim que a espera era dolorosa, mas ao mesmo tempo eu queria retardá-la o máximo possível para senti-lo mais, mais e mais. Mas Axel parecia não pensar assim.

Ele se sentou com as costas apoiadas na cabeceira de madeira e me abraçou pela cintura para me levantar e se colocar entre minhas pernas antes de começar a deslizar dentro de mim. Passei os braços por seu pescoço enquanto o sentia entrando em mim, com nossos olhares entrelaçados e os músculos contraídos, com seus dedos cravados em meus quadris e os meus acariciando seu cabelo.

Ele gemeu quando entrou com força até o fundo e apertou os dentes. Vi quando prendeu a respiração.

— Caralho, querida, caralho...

— Deixa eu fazer... — implorei — por favor.

A respiração de Axel ficou entrecortada quando comecei a me mexer em cima dele, fazendo um amor lento, sem pressa. Porque eu não queria que aquilo terminasse jamais, porque aquele instante era perfeito e eu queria saboreá-lo; degustar a sensação de tê-lo assim: meu. Me olhando apaixonado como eu tinha olhado para ele a vida inteira, me dizendo tantas coisas sem precisar de palavras e me deixando no controle sem hesitar ou tentar se esconder. Corajoso com os sentimentos, por me deixar ver cada gesto de prazer em seu rosto, os olhos embaçados, a boca buscando a minha cada vez que eu balançava contra seu corpo e nos uníamos de novo.

Senti quando ele estremeceu e respondi com um movimento mais rápido, mais profundo. Eu queria... queria entregar tudo. Axel respirou forte quando sussurrei em seu ouvido que queria senti-lo gozando, e suas mãos agarraram meus quadris com força conforme o ritmo aumentava. Procurei sua boca no meio daquele turbilhão de sensações: de prazer, de suor, de pele com pele, do grunhido rouco que escapou de seus lábios quando ele terminou enquanto me abraçava, do silêncio que se fez no quarto e que nos envolveu.

**

Axel acabou de ensaboar meu cabelo e abriu o chuveiro para tirar a espuma. Senti seus lábios quentes na minha testa enquanto a água quente caía sobre nós.

— O que eu te falei outro dia era sério, Leah. Quero te dar bom-dia com um beijo todos os dias. E transar com você todas as noites. Quero gozar em cima e dentro de você. Quero que você grite meu nome e que morra por mim outra vez. Tudo isso. Quero poder ter isso com você. Quero que a gente seja um casal de verdade.

Sorri contra o peito dele e respirei fundo antes de olhá-lo.

— Todos vivemos em um submarino amarelo.

Axel riu antes de sussurrar a mesma coisa no meu ouvido, cantando para mim o refrão da nossa música, cantando para mim todos aqueles "eu te amo".

99

Axel

Estranhei quando percebi que o outro lado da cama estava vazio. Não era comum eu dormir até tão tarde, com os raios de sol já entrando no quarto. Mas na noite passada fomos dormir quase ao amanhecer, conversando, transando e olhando-nos como se tudo finalmente tivesse se encaixado e as coisas tivessem voltado a ser como sempre deveriam ter sido.

Saí da cama, fui ao banheiro e passei pela cozinha. Fiz um café e preparei uma tigela de aveia e leite. Coloquei uma colherada na boca e olhei para as escadas que levavam ao estúdio. Deixei a comida de lado antes de subir e abrir a porta, com a intenção de abraçá-la e convencê-la a descer comigo e passar um tempo juntos antes de ela começar a trabalhar, mas quando cheguei, encontrei-a sentada no chão com os joelhos encostados no peito e os olhos cheios de lágrimas.

— O que aconteceu? — Eu me ajoelhei ao lado dela.

— Queria ver as fotos da exposição... — respondeu soluçando antes de me passar o celular. — Mas acabei vendo isso. Sei que o que eu faço não é perfeito... mas a maneira como escreveram faz parecer que é ainda pior.

Li o artigo que ela me mostrou, publicado em uma revista digital inglesa pouco conhecida e que falava sobre a exposição inaugurada no dia anterior. Havia comentários sobre várias obras, mas o que se referia à de Leah era particularmente malicioso: "Medíocre, carente de criatividade e de coerência, quase uma mostra de ignorância".

Segurei seu rosto para forçá-la a olhar para mim. Tentei sorrir para amenizar a situação.

— E daí, querida? É só uma opinião.

— Mas eu acho... acho que ele tem razão.

— Eu gostei. Minha opinião não conta?

— Você não é objetivo. — Soluçou.

— Claro que sou. Lembra dos primeiros quadros que você pintou quando chegamos em Paris? Eu disse que você poderia fazer muito melhor. E não aceitei todas as obras para a exposição de Brisbane, porque algumas não foram o suficiente, então confie em mim. Por que se importar tanto com a opinião do cara que escreveu isso?

— Porque doeu — gemeu baixinho.

— Então não deixe que façam isso com você.

— Você não entende... porque não sabe como é se despir diante do mundo inteiro, criar algo e depois te pisotearem. É pessoal. É algo meu.

— É um trabalho — lembrei.

Levantei e procurei entre os discos de vinil algum dos Beatles, e "Hey Jude" começou a tocar enquanto eu me deitava ao lado dela e a puxava para deitar-se também. Leah me abraçou no piso de madeira, mais calma, e eu dei um beijo em sua cabeça.

— Isso ia acontecer algum dia, sabia? Melhor agora do que mais tarde. Você vai superar, como superou tudo o que já te aconteceu. Algumas pessoas vão pagar para ter seus quadros, enquanto outras vão achar que eles não transmitem nada. Mas o que importa é como você se sente, entende? Você tem que estar satisfeita com seu trabalho, nunca mostre um quadro que não te faça sentir orgulhosa, porque então, se você for criticada, vai doer de verdade. E quando voltarmos para casa faremos as coisas do nosso jeito. Você vai pintar na varanda de casa ou no seu estúdio, onde preferir; iremos a pequenas feiras, a lugares onde você realmente queira estar.

— Por acaso você está arrependido dessa viagem?

— Não, está sendo um bom empurrão e você vai conseguir validar seu estágio. Olha, hoje você recebeu sua primeira crítica negativa, isso já significa despertar o interesse de alguém, e você ganhou em experiência, em perceber o que você quer. Concorda?

Ela fez que sim com a cabeça, mas não disse nada.

E eu senti um estranho aperto no peito.

100

Leah

A CASA DE HANS PARECIA DE OUTRA ÉPOCA, COM MÓVEIS CLÁSSICOS DE MADEIRA escura, tetos altos e papel de parede. Enquanto caminhava até a sala de jantar principal, olhei para o chão e vi que havia tapetes em todos os cômodos. A mesa já estava posta quando chegamos; Hans havia nos convidado para jantar com outros amigos dele: William, Scarlett e três americanos que haviam acabado de chegar a Paris e que dirigiam uma pequena galeria em Nova York.

— Sentem-se — disse sorridente apontando para a mesa.

Nós nos acomodamos e Scarlett, que estava em frente, piscou para mim antes de se virar para a garota encarregada do buffet e perguntar se em vez de vinho tinto poderiam trazer-lhe uma taça de branco. Depois sorriu confortavelmente enquanto Hans nos apresentava a Tom, Ryder e Michael.

O primeiro prato foi confit de pato, então Axel foi direto para o segundo, um *vichyssoise*. Apesar do contratempo inicial, notei como ele tentava arduamente fingir que um jantar formal como aquele era seu plano ideal para uma sexta-feira à noite. Ele conseguia ser encantador quando queria, logo todos estavam rindo de suas piadas e Hans o olhava satisfeito cada vez que ele tornava a noite mais agradável. Eu tentava ignorar o quanto estava nervosa ao seu lado, sabendo que toda aquela simpatia era falsa, mas eu não podia culpá-lo.

— Você está muito quieta hoje, Leah, aconteceu alguma coisa? — Scarlett me olhou daquele jeito fixo e direto que me deixava um pouco nervosa. — Você não leu o artigo naquela revista... como se chamava, William? — perguntou ao marido.

— É uma revista inglesa, foi você quem deu as credenciais.

— É verdade, vou falar com eles. — Bateu os dedos na toalha de mesa. — Hans e eu comentávamos sobre isso uns dias atrás e ele foi desnecessariamente cruel. Mas vendo o lado positivo, tivemos uma ideia. Conta para ela, Hans.

Senti a mão de Axel tocando a minha por baixo da mesa e aquele gesto tão pequeno me acalmou naquele momento tenso, porque odiei ser o centro das atenções, odiei sentir a comida se revirando no meu estômago e o silêncio que precedeu as palavras de Hans.

— Pensamos que seria interessante para a sua carreira reconduzir algumas coisas.

— Por exemplo? — interveio Axel.

— O trabalho dela é muito disperso — Scarlett esclareceu. — Leah é boa e pode criar uma grande obra, mas atualmente o mercado está pedindo uma arte bem específica. Algo mais moderno, mais ousado. Poderíamos chegar a um acordo para uma série específica de obras com alguma de formato grande.

— Uma série de obras? Mas nós vamos embora em duas semanas. — Axel franziu o cenho.

— Não se você tiver pensado na minha oferta — Scarlett me olhou.

Assim que entendeu o que significava aquilo, Axel soltou minha mão de uma vez só. Eu ainda não tinha dito uma só palavra, sentia como se algo estivesse entalado na minha garganta e não estava em condições de responder. Eu sabia que tinha agido mal, que ele nunca deveria ficar sabendo de algo assim através de outra pessoa. Consegui me recompor em meio àquele mar de dúvidas e culpa que tomou conta de mim.

— A gente pode falar sobre isso em outro momento? — pedi.

— Claro, aproveitemos o jantar. — Hans olhou para Axel. — O que achou da *vichyssoise*?

— Deliciosa — respondeu seco, e acho que não fui a única que percebeu o tom duro de sua voz, mas os demais convidados decidiram não dar importância.

O resto da noite se resumiu a uma sucessão de histórias interessantes e silêncios de minha parte enquanto eu balançava a cabeça e tentava parecer animada. Quando chegou a hora de ir embora, nos levantamos e pedi licença para ir ao banheiro antes de buscar meu casaco. Eu me distraí um pouco além da conta lavando as mãos e me olhando naquele espelho ovalado que devia custar uma fortuna, enquanto me perguntava quem era a garota que me devolvia o reflexo e ouvia na minha cabeça as palavras de Scarlett: "Ela é boa e pode criar uma grande obra". Era um elogio e uma pequena punhalada ao mesmo tempo, doce e amargo.

Ainda estava me despedindo de todos quando Axel já tinha entrado no elevador. Ele segurou a porta para me deixar entrar e apertou o primeiro botão sem olhar para mim. Eu queria dizer algo, algo que fosse suficiente para ele me entender, mas não sabia o quê, porque nem eu mesma tinha certeza do que estava pensando.

Começamos a caminhar em silêncio. Estava frio.

— Desculpa por não ter te contado antes — disse quando encontrei coragem. — Mas é que eu não sabia... não encontrei o momento adequado...

— O momento adequado? Porra, Leah, nós moramos juntos.

Axel parou no meio de uma rua qualquer e colocou uma mão no pescoço enquanto bufava, nervoso. Respirou fundo antes de olhar para mim.

— Então me conta agora. Conta o que ela te disse.

Engoli em seco e lambi os lábios, inquieta.

— Que eu não preciso ir embora quando terminar a bolsa. Scarlett me propôs ficar mais um pouco se quiser continuar trabalhando com eles, porque ela pode conseguir um espaço para mim na galeria.

— E é isso que você quer?

Era exatamente a última pergunta que eu gostaria que ele me fizesse e também a mais necessária, a que representava tudo e que eu ainda não sabia responder.

— Não sei... — sussurrei.

Axel esfregou o rosto, angustiado.

— Então me avise quando você souber, porque, caralho, supõe-se que estamos juntos nisso. E eu estou aqui, Leah, do outro lado do mundo com você. Eu mereço saber.

Ele começou a andar, mas minha voz freou seus passos.

— Eu não queria pedir para você se sacrificar por mim!

— Você está brincando? Eu não vou embora daqui sem você.

Meu lábio inferior estremeceu e eu o abracei, abracei aquelas palavras e tudo o que elas representavam, rezando para que Axel não se afastasse. E ele não se afastou. Seus braços me rodearam protegendo-me do frio, e então eu me acalmei ao sentir seus lábios na minha cabeça, macios e familiares.

101

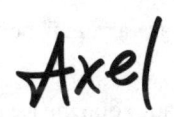

Axel

Estava fumando e pensando mais do que o normal há alguns dias, o que não me ajudava a ter menos dores de cabeça. Nem a diminuir o nervoso. E por mais que eu tentasse fingir que não era assim, sabia que as coisas não estavam bem. Que não era normal Leah fechar-se no estúdio por tantas horas para pintar quadros que, para mim, nem pareciam dela. Que lhe restava pouco tempo para tomar uma decisão. Que eu me sentia frustrado por não a entender.

Mas eu não conseguia dizer a ela o que estava pensando de verdade, porque não queria discutir e porque tinha medo de que algo assim nos afastasse de novo. E, de alguma forma, eu estava sendo covarde outra vez, mas ao contrário; não para afastá-la de mim, mas para evitar perdê-la.

Acendi outro cigarro no momento em que Leah saiu do estúdio. Observei ela descer as escadas com um gesto ausente e pensei que eu tinha que fazer algo, precisava mudar aquilo.

— Troca de roupa, vamos dar uma volta por aí.

— Agora? Estou exausta — sussurrou.

— Vamos, você está deixando de conhecer a cidade.

Leah hesitou, mas sabia que eu estava certo, então dez minutos depois estava pronta e saímos juntos do apartamento. Já havia anoitecido. Pegamos o metrô e logo ela pareceu esquecer os demônios que havia deixado no estúdio e voltou a sorrir para cada bobagem que dizíamos, ou por ouvir as pessoas falando em francês e imaginar o que estavam dizendo, fazendo nossas próprias suposições.

— Escondi o corpo no freezer no porão — falou, encenando a conversa quando o homem à nossa frente disse algo à mulher ao lado dele.

— Ao lado das ervilhas e do peru? Ótimo, você estragou o jantar de Natal — continuou Leah segurando uma gargalhada, exatamente quando a senhora que ela estava imitando enrugou a testa, como se estivesse realmente indignada por encontrar um cadáver junto com a comida.

— Merda! É a nossa parada! — Levantei e puxei-a para sair correndo, com o tempo exato antes de fecharem as portas.

Caminhamos tranquilos quando saímos da estação. A Torre Eiffel brilhava iluminada sob o céu escuro e nos aproximamos dela em silêncio, curtindo o passeio. Paramos perto do pequeno carrossel que havia ao lado e me inclinei para dar-lhe um beijo lento e para arrumar bem seu cachecol, porque à noite fazia frio.

Leah me olhou fixamente, tanto que me assustou.

— O que foi? Em que você está pensando?

— Que quando estou com você, está tudo bem.

— E quando não estamos juntos? — perguntei.

— Aí eu não tenho certeza.

Respirei fundo porque não sabia o que dizer a ela, mas eu não gostava disso, porque significava que algo estava errado. Havia poucas pessoas ao redor quando a peguei pela mão e a conduzi ao carrossel, que não estava mais funcionando àquela hora. Leah subiu em um dos cavalinhos e sorriu para mim de um jeito que me deixou com um aperto no peito. Apoiou o rosto na cabeça do animal e eu afundei os dedos em seu cabelo curto.

— Quero que você fale comigo. Que você me explique o que está acontecendo para eu poder te ajudar. É disso que se trata, Leah, enfrentar as coisas juntos...

— Esse é um dos problemas — admitiu em sussurros.

— Qual? — Passei uma mecha do cabelo dela para trás de sua orelha.

— Que eu tenho muitas dúvidas, que não sei o que sinto e nem por que isso acontece comigo. Eu achava que não me importava com a opinião das pessoas sobre os meus quadros, mas eu me importo sim. Achava que eu estava acima disso tudo, mas não estou. Sinto que isso me deixa angustiada e me bloqueia, mas ao mesmo tempo não consigo dar um passo atrás, como se precisasse provar que sou capaz, que sou boa nisso...

Tentei ignorar o fato de que saber que ela se sentia assim doía em mim quase mais do que nela. E eu não podia fazer nada a respeito, porque eu não era exatamente um exemplo a ser levado em consideração.

— E o que isso tem a ver com a gente?

— É que eu não quero precisar de você de novo como precisei anos atrás, Axel, nem te arrastar para o meu caos, nem deixar que isso interfira na nossa relação. Mas você está aqui por mim e isso... isso não é uma bobagem que eu posso ignorar no momento de tomar uma decisão.

— Para mim está tudo bem o que você decidir.

— Esse é o problema — respondeu, triste.

Sufoquei um suspiro e a beijei para impedir que ela continuasse falando, porque eu tinha a sensação de que não importava o que dissesse; estávamos em um beco sem saída e, naquela noite, não íamos consertar nada. Naquela noite... na verdade eu só queria dar uma volta com ela e fazê-la relaxar e parar de pensar no trabalho.

— Vem, vamos ser apenas dois turistas.

Caminhei até a Torre Eiffel e esperei no meio da esplanada até ela chegar. Peguei o celular para tentar tirar uma foto nossa e, rindo, acabei agarrando Leah para levantá-la um pouco e assim conseguir enquadrar os dois com a paisagem ao fundo. Depois passeamos pelas margens do Sena, com o famoso monumento iluminado à nossa direita, desfrutando o silêncio da noite. Leah subiu no muro de pedra que contornava a calçada e eu me coloquei entre suas pernas para beijá-la até me cansar.

— Aonde você quer ir?

— A qualquer lugar. Ou a nenhum. — Sorri contra seus lábios. — Sabe o que significa a palavra *flâneur*? É a arte de passear sem pressa pelas ruas de Paris, sem objetivo, sem rumo. Essa noite deveríamos ser dois *flâneurs* — disse, com uma pronúncia engraçada.

— Gostei.

Foi o que fizemos até o início da madrugada. Percorremos ruas sem nome e lugares por onde provavelmente nunca mais voltaríamos a passar, até que chegamos em casa e terminamos na cama. Eu a deitei de barriga para baixo e me afundei nela com força, beijando as pintas de suas costas enquanto entrava; e seus dedos se agarraram aos lençóis quando ela se soltou e seus gemidos me fizeram perder o rumo. Então nos abraçamos em silêncio na penumbra do quarto até que o sono venceu a vontade que tínhamos de olharmos um para o outro.

102

Leah

Scarlett pegou um vestido no armário e o passou para mim.

— Este deve servir, embora teria sido muito mais fácil ter ido às compras. Você é muito teimosa; como diriam os franceses, *têtue*. Agora você já sabe o que significa, caso escute por aí — disse, resoluta. — Você tem sapatos?

Fiz que sim com a cabeça e Scarlett deixou escapar um suspiro cansado. Ela tinha nos convidado para uma festa no fim de semana seguinte no hotel onde estava hospedada. Mas meu primeiro impulso foi recusar o convite porque, em primeiro lugar, eu sabia que Axel odiaria e, em segundo, eu não tinha nada para vestir. Quando ela me perguntou que razões eu tinha para não aceitar, a única coisa que me ocorreu foi essa última. Ela insistiu para irmos às compras juntas, de pronto não aceitei. Mas escapar de sua firme vontade de me emprestar um vestido foi missão impossível. Scarlett era tão convincente e persuasiva quando queria que eu não tinha ideia de como seu marido conseguia manter qualquer tipo de independência.

Olhei para a enorme suíte em que estávamos. Tinha uma sala de estar, dois banheiros e um closet. Mais que um quarto de hotel, era como um pequeno apartamento. Ela me indicou o sofá com a cabeça, para eu me sentar.

— Vou pedir um café — disse, antes de chamar o serviço de quarto. Quando voltou a se sentar, cravou seus olhos em mim. — Você tem pensado na minha proposta?

— Sim, estou pensando — respondi, nervosa.

— Se o que te preocupa é esse seu representante, Axel, lembre-se que ele é apenas um intermediário e que você, na verdade, assinou um contrato com Hans e não com ele. Muitas vezes esses papéis se confundem, mas a única coisa que importa é o trabalho que você faz para a galeria dele, e você tem sorte de Hans não ser dono de apenas uma.

— O problema não é ele — respondi.

Não gostei de ela ter envolvido Axel em minha decisão. Não queria que nada disso refletisse nele.

Scarlett levantou-se para abrir a porta quando chamaram do serviço de quarto e trouxeram o café, que serviram em xícaras individuais. Quando saíram, ela retomou a conversa.

— Não pense que eu coloco dentro do meu quarto qualquer garota jovem que esteja começando a se destacar. Se você está aqui, é porque eu realmente vejo algo a mais em você, algo grande. Mas antes de decidir trilhar certos caminhos, a gente precisa estar disposto a cumprir algumas normas.

— E o que exatamente eu devo fazer?

— Espera. — Foi até a escrivaninha e tirou de uma gaveta uma pasta grossa e escura, que deixou em cima da mesa. Deu um gole em seu café, tranquila e serena como sempre, e depois a abriu. — Isto é o que o mercado está pedindo no momento.

Eram fotografias de quadros. Quase todos de traços grossos, sem muitos contrastes ou detalhes. Parecidos com aquele que ela tinha me mostrado com orgulho quando a conheci na inauguração. Por sorte, naquele dia eu não disse a ela o que realmente pensava sobre a obra: que lhe faltava alma e emoção. Afastei aquela lembrança quando me dei conta de que já havia feito algo semelhante antes, especialmente quando eu me deixava levar apenas pelas cores e procurava um alívio rápido. Pensei que não deveria ser tão difícil repetir algo que eu já conhecia.

— Talvez... talvez eu consiga fazer algo assim.

— Talvez, não. Eu tenho certeza de que você consegue. Se eu não pensasse isso, Leah, eu tenho muitos outros artistas esperando uma oportunidade assim. Mas eu quero que seja você.

Eu gostava e repelia em partes iguais aquilo que suas palavras me faziam sentir: satisfação e desconforto, orgulho e nervosismo. Tudo misturado.

— Mas eu não sei se o tempo...

— Qual seria o problema em ficar algumas semanas a mais? Você sabe que, por parte de Hans, não há nenhum problema com o apartamento.

Mordi o lábio inferior, indecisa.

**

Axel estava cozinhando quando voltei, e a casa inteira estava com um cheiro tão bom que meu estômago roncou imediatamente. Entrei na cozinha e fiquei na ponta dos pés para alcançar seus lábios. Tocava música suave que vinha do andar de cima e imaginei que ele tinha ligado o toca-discos.

— Como foi lá? Tudo bem?

— Sim. Olha. — Tirei da sacola o vestido, que era de um tecido muito fino na cor *champagne*, com um decote que deixava as costas descobertas. — Gosta?

— Eu gosto quando você está pelada.

— Axel... — reclamei, sorrindo.

— Tá bom, beleza, também aceito um biquíni de vez em quando. — Dei risada e ele deu uma olhada no vestido que eu ainda estava segurando no alto. — Com certeza você vai ficar linda nele.

— Você levou seu terno para a lavanderia?

— Não, eu deveria ter levado?

— Sim, mas não tem problema, ainda faltam vários dias.

Tomei um ducha rápida e, quando saí, a pequena mesa já estava posta e o jantar servido. Axel abriu uma garrafa de vinho e se sentou no chão sobre o tapete. Eu me acomodei ao lado dele, pensando que aquilo era perfeito. Quando estava com ele, me sentia de novo como anos atrás, dentro da bolha que uma vez criamos na casa dele; só nós dois, como se isso bastasse. O problema era todo o resto.

Não conversamos muito enquanto jantávamos, embora de vez em quando ele me fizesse brincar de tentar adivinhar quais eram os ingredientes de cada prato que eu provava. Eu não tinha um paladar muito refinado, então não costumava acertar, mas eu gostava quando depois ele me explicava a elaboração de suas receitas.

Quando terminamos, levei os pratos para a cozinha.

Peguei a taça de vinho quando voltei e sentei de novo ao lado dele. Tomei um gole. E depois outro. Axel levantou uma sobrancelha enquanto me olhava.

— Vai, fala logo, ou você vai acabar ficando bêbada.

— É complicado... — Respirei fundo. — Eu disse a Scarlett que ia pensar, mas não acho que seja tão horrível a ideia de ficarmos aqui mais algumas semanas.

— Para fazer aquela espécie de encomenda?

Concordei com a cabeça e Axel soltou um suspiro antes de tomar em um só gole o vinho que restava em sua taça. Por um momento, achei que se ele dissesse que iria embora, eu... também iria. E esse pensamento me assustou. Foi como se uma flecha tivesse me perfurado e eu desejasse arrancá-la pela raiz. Porque percebi que ainda tinha medo de fazer as coisas sozinha, que precisava sempre de alguém ao meu lado.

— Então não se fala mais nisso. A gente fica.

Ele me deu um beijo e eu respirei fundo, aliviada.

Mas também senti uma sensação amarga no estômago. Aquela sensação que aparece quando você percebe que é mais fraca do que pensava, que algo dentro de você continua falhando. E lembrei das palavras que Axel havia dito semanas atrás no alto de Montmartre em nosso primeiro encontro: "É como se num primeiro momento você se olhasse em um espelho no qual você fica fantástico com a luz certa, e se deixasse deslumbrar por aquela imagem que nem sequer é real".

103

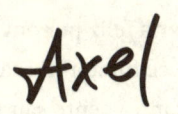

Axel

OLIVER ATENDEU NO TERCEIRO TOQUE E EU RESPIREI FUNDO.

— Precisamos conversar — disse, sem rodeios.

— Leah está bem? — perguntou, preocupado.

— Não sei, acho que sim. Quero acreditar que sim. Você tem falado com ela? Ela te disse que quer que a gente fique aqui algumas semanas mais?

— Não, cacete, não me disse nada.

Coloquei-o a par dos últimos acontecimentos. Falei sobre Scarlett, que com certeza a última coisa que me transmitia era confiança; para mim ela era completamente vazia, um invólucro bonito que deslumbrava apenas nos primeiros cinco minutos. Mas Leah parecia impressionada cada vez que a via abrir a boca.

E por fim ela mesma, Leah, e aquela faceta que ela estava começando a mostrar naquelas semanas: o ego, a vaidade.

— Que estranho. Isso não é típico dela.

— O que me preocupa é que ela não sabe o que quer — expliquei. — Eu entenderia se ela dissesse que isso é o que busca há anos, que ela quer um futuro assim, mas ela não tem ideia do que está tentando encontrar, e isso é... perigoso.

Acendi um cigarro. Não parava de pensar nesse assunto. Eu queria entendê-la e não estava conseguindo. E, em teoria, tudo consiste nisso, não? Em cumplicidade, em colocar-se no lugar da pessoa com quem você quer dividir sua vida.

— Então deixe-a cair — respondeu Oliver.

— Como? Mas que porra...?

— Volte para casa. Acredite, eu levei anos para aceitar que ela não era mais criança e que eu não podia controlá-la como gostaria. Quando a deixei em Brisbane depois de tudo o que havia acontecido com você... fiquei paranoico por meses, juro, porque achava que ela era responsabilidade minha e me sentia um merda por tê-la deixado sozinha, sabendo que ela estava péssima e que dormia chorando todas as noites.

— Porra, Oliver, nem me lembre disso.

— Se você quiser ficar em Paris, fique, mas assuma essa decisão.

— Você não entende. — Dei outro trago longo.

— Então tenta me explicar.

— Estamos juntos. E eu não pretendo deixá-la de novo.

Houve um silêncio antes que ele começasse a rir.

— Nunca pensei que eu ficaria feliz por ouvir algo assim.

— Que merda é essa que você fumou? Eu também quero.

— Talvez quando você voltar e a gente sair por aí — brincou, antes de ficar sério. — E quanto à Leah... Vou tentar falar com ela. É engraçado, né? Meu pai sempre se preocupou com o contrário. Lembro de ouvi-lo dizer uma vez que ele tinha medo de que ela ficasse tão focada em pintar que talvez não quisesse nem pisar em uma feira de arte ou se desapegar de seus quadros para vendê-los. No dia do acidente... eles estavam indo para uma galeria em Brisbane e ele estava há dias tentando convencê-la. E agora, olha só...

Apaguei o cigarro, ainda pensativo e inquieto.

— Deixa, não fala nada com ela. Eu resolvo isso, não quero que vocês tenham problemas.

— Beleza. Você está bem? — perguntou.

— Estou, se não levarmos em conta que ando com vontade de colocar sua irmã em uma mala, pegar o primeiro avião e voltar para casa, para a nossa vida.

Depois de tantos anos, de tantos problemas... tenho a sensação de que estamos mais longe do que nunca do lugar onde deveríamos estar neste momento.

104

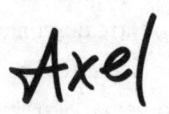

Axel

— Você acredita em destino, Leah?
— Depende — suspirou, pensativa.
— Depende de quê? — Olhei para ela, atento.
— Do dia. Às vezes acredito, às vezes não.
— E você acha que estamos destinados a ficarmos juntos?
— Você está perguntando isso a sério? — Leah riu.
— Talvez existam coisas que a gente não possa escolher porque já escolheram por nós.
— Falando assim é bonito. — Sorriu. — Eu adoro isso. Ficar horas na cama com você só conversando. Ou te olhando. Ou te tocando.
— Isso de tocar me interessa. Quero detalhes — sussurrei. Ela deu uma gargalhada antes de me abraçar.

105

Axel

A verdade é que ela estava maravilhosa naquele vestido. Ele deixava suas costas totalmente descobertas, mas meu único pensamento se resumia a arrancá-lo, algo complicado considerando que estávamos entre dezenas de pessoas que conversavam e riam ao nosso redor. Só me restava comer e beber para tentar tornar a festa mais suportável, mas era complicado. Primeiro porque eu não parava de pensar em como seria fantástico se eu e Leah estivéssemos em casa, na nossa casa de verdade, deitados na varanda e olhando para as estrelas, pensando talvez em ir a alguma feira de arte mais simples no fim de semana seguinte ou preparar algo para a galeria da cidade. Segundo porque percebi que, talvez, quem estivesse errado durante todo aquele tempo poderia ser eu. Talvez Leah quisesse aquilo. Talvez ela desejasse noites assim, entre desconhecidos com sorrisos falsos.

Olhei para ela. Parecia estar bastante à vontade. Ou pelo menos era o que eu diria se não a conhecesse tão bem e não tivesse percebido a rigidez de suas costas, a tensão que ela parecia carregar nos ombros e aquele nervosismo que se apoderava dela toda vez que cumprimentava Scarlett, como se sua presença intimidadora a fizesse sentir-se inferior ou a deslumbrasse.

Fiquei um pouco para trás enquanto elas conversavam.

Dei uma volta observando as pessoas vestidas com suas melhores roupas, como se fossem presentes de Natal. Era ilusão, tudo naquela festa parecia ser feito de papel machê e a autenticidade era visível por sua ausência. Para mim nem parecia real, porque cada vez que eu olhava para aquelas pessoas eu só via cascas vazias. E eu não queria que Leah estivesse entre elas. Havia exceções, sim, como em qualquer lugar, mas a atmosfera rarefeita me sufocava, as aparências, as conversas banais. Eu tinha passado meia hora ouvindo um grupo de convidados comentando se a cor malva estava na moda de novo ou não, e senti que minha cabeça acabaria explodindo.

Peguei uma bebida e saí da sala. O burburinho ficou para trás quando me afastei e comecei a subir as escadas do hotel até o último andar. Cheguei à cobertura.

Havia um vento fresco, mas agradável. Respirei fundo. Acendi um cigarro sem pressa, contemplando a vida que vibrava lá embaixo enquanto eu estava em uma festa onde não conseguia me encontrar. Me assustou pensar que esse poderia ser o problema: que estávamos procurando coisas diferentes, depois de tudo o que tínhamos passado para voltar a caminhar juntos...

Senti Leah atrás de mim. Virei a cabeça.

— O que você está fazendo aqui? — Dei um trago.

— Eu vi quando você saiu.

— Então você não conseguia tirar os olhos de mim — brinquei, levantando uma sobrancelha enquanto ela apoiava os braços no parapeito. — Na próxima vez me avisa e eu não saio de perto de você.

Sorriu timidamente, mas nem a minha tentativa de quebrar o gelo conseguiu mascarar a névoa que pairava sobre aquela noite. Tínhamos Paris a nossos pés, mas eu sentia exatamente o contrário, como se estivéssemos aos pés daquela cidade, percorrendo becos sem saída.

— Odeio te ver assim. Queria que tudo fosse mais fácil.

— É fácil. E eu estou bem — menti. — Vem cá.

Abracei-a por trás e apoiei o queixo em seu pescoço enquanto ela suspirava.

— Eu me sinto mais perdida do que nunca justamente no momento em que eu deveria ter me encontrado. Às vezes eu gostaria de nunca ter vindo a Paris.

— Não fala assim. E as coisas boas? — Subi a mão pela cintura dela e acariciei a pele descoberta pelo decote do vestido. — Quando a gente entrar no avião e voltar para casa, uma das minhas prioridades é que a gente fique trancado no quarto por vários dias. Podemos sair de vez em quando se houver boas ondas ou se ficarmos sem comida, mas não mais que isso. No resto do tempo seremos só você, eu e a minha cama. Nossa cama — acrescentei, porque soava melhor.

Eu a vi sorrir e mordi de leve sua bochecha enquanto descia mais a mão até colocá-la entre suas pernas. Pensei que ela protestaria, mas ela apenas se curvou contra mim e eu sussurrei para ela relaxar e me deixar brincar um pouco, porque isso me parecia o melhor plano do mundo para ignorar que, a apenas alguns andares de distância, havia uma festa na qual eu não queria estar. E desejei que ela sentisse exatamente o mesmo.

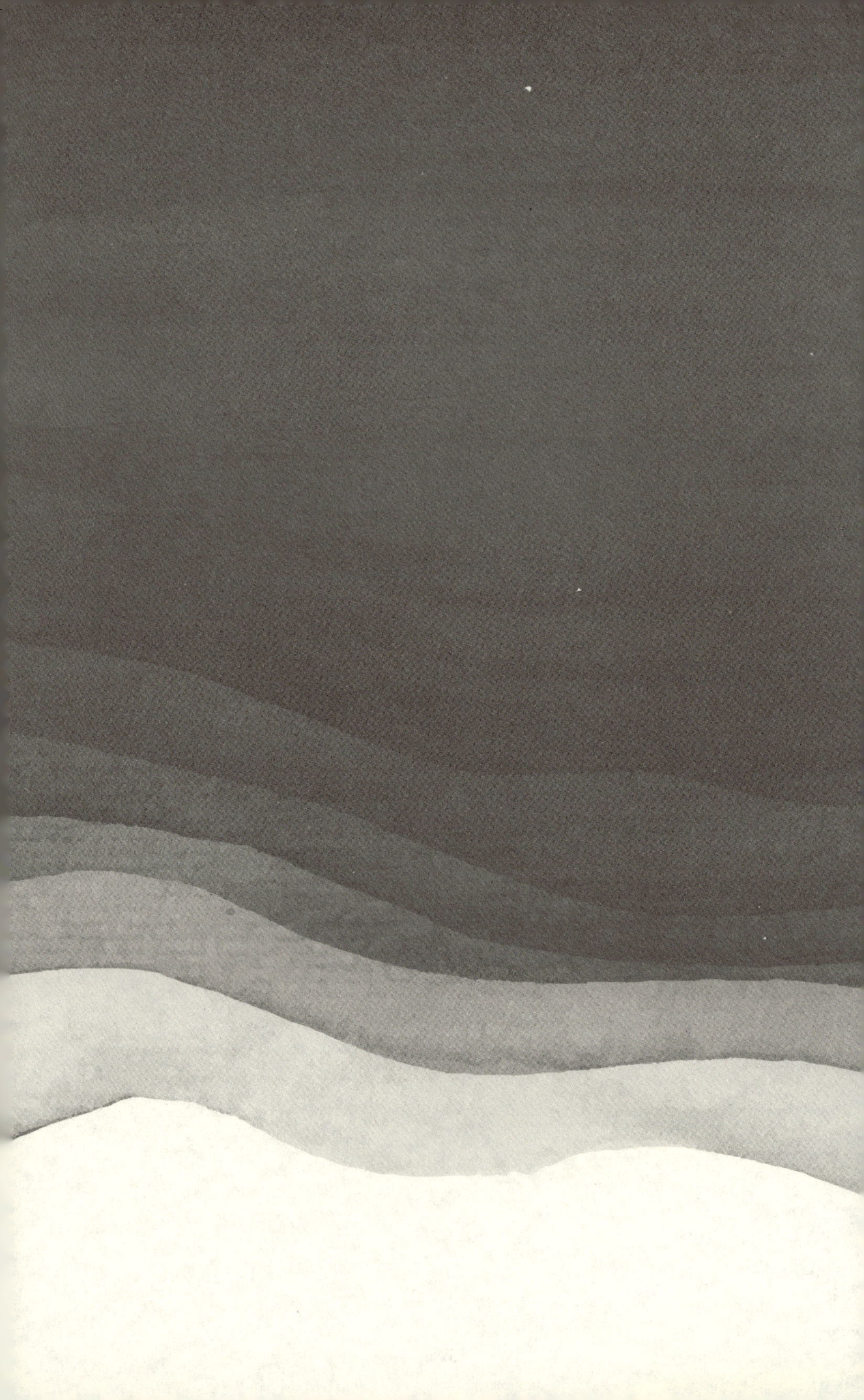

Maio

(PRIMAVERA. PARIS)

106

Leah

Dei uns passos para trás para ver melhor a obra quase terminada. A luz do entardecer entrava no estúdio e iluminava a tela cheia de traços de tons frios e distantes, bem como Scarlett me havia pedido. Estava feliz por ter conseguido. Ali estava a prova de que eu era capaz de fazer algo a que me propus, e senti uma estranha satisfação antes de começar a limpar os pincéis.

Axel entrou no estúdio. Olhou para o quadro.

— O que acha? — perguntei.

— Gostei — mentiu; pude ver em seus olhos.

Tentei ignorar que me magoava não o ver tão entusiasmado quanto eu esperava. Nunca havia me preocupado tanto com o fato de gostarem ou não de mim, nunca havia me sentido tão exposta, tão vulnerável e tão frágil. Mas era como se com cada quadro eu me abrisse mais e mais, de forma que qualquer um pudesse ver, através da minha pele, até os meus ossos.

O dilema era que eu não conseguia parar e não queria voltar atrás. Ficava apavorada com a ideia de correr de novo para os braços de Axel como fiz quando perdi meus pais e precisei me agarrar a ele para que ele me salvasse. Eu era grata a ele por isso, seria grata pelo resto da vida, mas tinha que aprender a abraçar a mim mesma antes de terminar nos braços de outra pessoa implorando para entrarmos no próximo avião para sairmos dali. Eu tinha a sensação de que Paris me dava uma certa independência, longe de tudo o que eu conhecia, como se fosse um novo começo.

Axel colocou um disco de vinil e se aproximou cantando e fazendo palhaçadas enquanto tocava "All You Need Is Love". Acabei rindo e aceitando sua mão quando ele quis dançar, até que, entre beijos, risadas e cócegas, acabamos no piso de madeira do estúdio, ofegantes e olhando-nos divertidos.

— Você está maluco — sussurrei.

— E você também.

Ele se deitou em cima de mim e segurou minhas mãos por cima da minha cabeça. Curvei as costas para alcançá-lo, mas ele se afastou um pouco e sua boca tocou a minha em uma carícia tão suave que mal foi um beijo. Ele lambeu os lábios quando se afastou, e eu achei o gesto tão sexy que quase implorei para que ele tirasse logo a minha roupa.

— Eu quero saber uma coisa — murmurou. — Aquilo que você disse na primeira vez que nos beijamos, que você já não pensava no amor como algo idílico, você ainda pensa assim?

— Não, mas eu acho que é diferente.

— Melhor ou pior? — insistiu.

— Melhor. Mais humano.

— Você quer dizer... com mais erros?

— Mais ou menos isso. — Sorri, porque gostava que nos entendêssemos; adoraria que fosse assim com todo o resto, mas claro que isso era impossível, já que nem eu mesma me entendia. — Agora acho que o amor é mais intenso, mais real, mas também tem suas partes amargas. Nada é perfeito. A perfeição não seria tão viciante.

— Então quer dizer que eu sou viciante...

Sorri e mordi sua boca antes de começar a tirar sua camiseta. Depois me veio a lembrança de vê-lo o tempo todo descalço e usando apenas calção de banho, e senti saudade daquele ar despreocupado que há tempos não via no rosto dele. Pensei que, se eu tivesse que desenhá-lo, não me lembraria mais das nuances exatas; mas ao invés de tentar resgatar o pouco que me restava de memória, afastei aquela imagem para longe, enterrei-a como enterrei meus dedos na pele nua de suas costas enquanto sentia como ele deslizava dentro de mim, encaixando-se em meus quadris antes de se afastar para entrar de novo cada vez mais forte e mais duro até chegar ao auge com um gemido que se perdeu em sua boca.

Ficamos abraçados, repletos pelo momento. Suas mãos deslizaram gentilmente pelas minhas bochechas, como se estivessem emoldurando meu rosto, como se tentassem criar uma pintura viva. Ainda estava com a garganta seca quando falei:

— O que você faria se tivesse que me desenhar?

Axel me olhou durante um segundo interminável e depois se levantou e vestiu a cueca e a calça jeans, mas sem se preocupar em abotoá-la. Ainda no chão, me apoiei nos cotovelos para ver o que ele estava fazendo, surpresa ao perceber que ele estava procurando algumas tintas no meio do material.

Ele se ajoelhou entre as minhas pernas.

— Não se mexa — pediu com a voz rouca.

— Sério que você vai fazer isso? Vai pintar?

— Algo... algo pequeno... — Desviou o olhar. — Só a primeira ideia que me passou pela cabeça. Tenta não se mexer.

Prendi a respiração enquanto Axel enchia um pincel fino com tinta azul e segurava meu braço no chão, ao lado das costas. Ele o virou, deixando à vista a palma da minha mão e passando a ponta de seus dedos pelo meu pulso, bem onde batem as pulsações. Depois deslizou o pincel sobre a minha pele, e só depois de ter percorrido vários centímetros é que percebi que ele estava seguindo os contornos das minhas veias, procurando-as sob a pele pálida e traçando-as com o pincel até o meu antebraço.

Eu me mantive imóvel, embora sem conseguir deixar de tremer quando ele repassou a mesma linha com tinta vermelha, misturando-as pelo caminho, subindo até o ombro, até a clavícula, e descendo um pouco mais.

Jogou o pincel de lado e manchou as próprias mãos com tinta vermelha. E naquele exato momento começaram a tocar as primeiras notas de "Yellow Submarine", o som do mar ao fundo, a voz entoando aquela letra infantil que falava da cidade onde nascemos, de um homem que falava com o mar, de submarinos amarelos...

— Sabia que na verdade o coração está no centro do peito? É que a ponta está virada para a esquerda e dizem que desse lado dá para ouvi-lo melhor. Mas o seu está bem aqui. — Seus dedos manchados de tinta desenharam a forma cônica do coração tão delicadamente que fiquei com vontade de chorar sem saber por quê. — E eu amo senti-lo batendo contra a minha pele e pensar que ele é um pouco meu também.

Naquele dia, enquanto nos desenhávamos, compreendi que existem palavras que são como beijos e que existem olhares que são como palavras. Com Axel era sempre assim. Às vezes ele falava comigo e eu o sentia na pele, às vezes ele me olhava e eu quase podia ouvir o que ele estava pensando, e às vezes... ele me beijava sem me beijar. Como no dia em que ele pintou um coração em cima de outro, seguindo meus batimentos alucinados.

107

Axel

Tínhamos adormecido no sofá e estávamos ali quando tocou o celular e Leah se levantou para atendê-lo enquanto disfarçava um bocejo. Afundei a cabeça nas almofadas, pelo menos até quando ela voltou, pulando e gritando e se jogando em cima de mim.

Levantei devagar, ainda sonolento.

— Venderam o quadro, Axel! Venderam! Eu o entreguei há poucos dias e ele já tem um dono, dá para acreditar? Nem vão poder colocá-lo na próxima exposição, mas Scarlett diz que não poderia ser uma notícia melhor, então...

— O quadro que ela te encomendou? — perguntei.

— Claro, qual outro seria?

— Sei lá, eles ainda estão com aquele de Paris se derretendo.

Leah franziu a testa como se não gostasse do título que eu tinha acabado de dar à obra, porque na verdade eu não me lembrava se ela tinha dado algum.

— E acho que vão ficar com ele para sempre.

— Por quê?

— Esse não vai ser vendido nunca.

Fui atrás dela quando ela foi até a cozinha e coloquei água no fogo para fazer um chá. Encurralei-a contra o balcão porque tinha a necessidade de tocá-la o tempo todo e também porque queria uma resposta sincera e clara para a pergunta que ia fazer:

— Então é isso, está feito, você conseguiu o que queria. Isso significa que vamos voltar já para Byron Bay? — Ela me olhou de um jeito que me partiu a alma. — Porra, Leah!

Soltei-a. Fechei os olhos e tentei me acalmar. Mas não consegui. Apaguei o fogo.

— Scarlett diz que seria bobagem ir embora agora depois do que acabou de acontecer, porque nem ela esperava isso. Não estou falando de muito mais tempo, mas talvez algumas semanas, para ver como as coisas avançam...

— Ver como avançam... para quê?

— Para tomar decisões. Sei lá! — Colocou as mãos na cabeça e me olhou frustrada.

— Que idiotice! O que você quer, afinal?

— Quero fazer coisas. Quero ser melhor!

— Melhor para quem? — repliquei.

— Para todos esses idiotas!

— Você está se ouvindo? Leah, caralho!

— Por que você não me entende?

— Porque nem você mesma se entende! Porque se você se ouvisse, perceberia que o que está dizendo não faz o menor sentido. Se eles são uns idiotas, o que importa o que pensam? Você pretende se adaptar ao que eles esperam? É isso? Olha para mim.

— Eu não quero discutir com você... — sussurrou.

Merda. Eu também não queria discutir com ela, não queria... mas ela estava dificultando demais as coisas. Era como se tivesse perdido a perspectiva ou estivesse em um daqueles momentos na vida em que não se consegue distinguir o que é verdadeiramente importante do que não é. De dentro, às vezes as coisas ficam confusas. Mas para mim, que olhava de fora, tudo era tão claro que me doía vê-la naquela espiral de dúvidas e desejos.

Leah me abraçou. Mas naquele dia, pela primeira vez, não pude retribuir seu abraço, porque eu não a reconhecia. Porque, ironicamente, quando finalmente pensei que ela era minha, ela estava sendo exatamente o contrário. Não era ela, não era minha, nem dela mesma. Não sabia quem era.

Axel

"Deixe-a cair", Oliver tinha dito.

O problema era que eu não conseguia esquecer a conversa que tivemos naquela madrugada que passamos caminhando pelas ruas de Byron Bay e terminamos sentados nos balanços de um parque. Antes de decidir embarcar nessa viagem, ela me perguntou se eu a seguraria caso ela caísse em Paris. E eu prometi que estaria sempre ao lado dela.

109

Leah

Eu sentia que estava fazendo algo, mas não tinha certeza se esse algo era bom ou ruim. Parecia melhor do que nada, preenchia uma parte de mim que até então eu nem sabia que estava vazia. Em um site de arte publicaram um artigo, encabeçado pela fotografia de um de meus quadros, sobre o surgimento de alguns artistas ainda desconhecidos. Em algum momento no meio daquelas semanas que passei trancada no estúdio, percebi que não me importava o reconhecimento, o que me importava eram as minhas obras. Queria que gostassem delas. Que, quando as vissem, girassem a cabeça com interesse, ou que Scarlett sorrisse satisfeita. Precisava sentir que entendiam o que eu estava tentando expressar. De certa forma, era como mandar uma mensagem dentro de uma garrafa e cruzar os dedos para que, depois de atravessar o mar aberto, alguém conseguisse ver algo nítido entre aquelas letras manchadas.

Eu trabalhava desde a hora que me levantava até a hora que ia para a cama. E quando ia para a cama, me aconchegava contra o corpo quente de Axel e tentava ignorar sua cara fechada, a tensão nos braços que me rodeavam e os silêncios cada vez mais intensos.

Queria falar com ele, mas não sabia como.

Queria dizer a ele que não pretendia ficar para sempre em Paris, mas que naquele momento eu sentia que precisava estar ali, que se me esforçasse o suficiente encontraria o que quer que estivesse procurando. Queria dizer isso e também que eu odiava segurá-lo ali comigo, ver como ele se apagava a cada dia enquanto fumava ausente, apoiado no parapeito da janela olhando para a cidade que parecia sussurrar o tempo todo. Queria...

Queria que as coisas fossem diferentes.

Mas parte de mim não parava de pensar que se eu cedesse, se eu fosse embora mesmo sem ter certeza do que estava fazendo, seria como colocar Axel mais uma vez num pedestal, no centro do meu mundo, pronta para girar em torno dele novamente. E eu gostava da relação que tínhamos, aquela sensação de que estávamos os dois no mesmo nível, olhando-nos de igual para igual, independentemente da idade ou de tudo o que tínhamos passado. Apenas nós. Uma tela em branco. Prontos para pintar a história que desejássemos viver a partir de então.

110

Axel

— Tem certeza de que quer ir? — Leah me olhou, insegura.

— Claro. Não é para tanto. Ou sim. Mas acho que consigo suportar.

Dei um beijo na testa dela para tentar apagar aquela expressão franzida e saímos. As noites estavam começando a esquentar e nesse dia finalmente pude deixar a jaqueta em casa. Foi um alívio, uma dessas pequenas vitórias que me aproximavam mais da minha vida de antes. Leah concordou distraída quando comentei isso, apenas pegou na minha mão enquanto caminhávamos em direção ao restaurante onde acontecia um jantar da galeria, com a presença de mais alguns artistas e vários amigos dos sócios.

Chegamos cedo, então nos sentamos em uma das extremidades, em frente a Scarlett e William, que nos cumprimentaram com a habitual atitude arrogante, mas Leah aparentemente não percebeu e apenas sorriu timidamente. Hans também não demorou em aparecer, e logo os demais convidados foram chegando. Para minha sorte, um artista chamado Gaspard sentou-se à minha esquerda; era uma das poucas pessoas interessantes com quem havia cruzado nos últimos meses, pelo menos eu não tinha vontade de ficar surdo cada vez que conversávamos. Então concentrei-me em conversar com ele, apesar de seu inglês ser um pouco limitado, e tentei manter as aparências. A situação com Leah estava tensa nos últimos dias e eu queria mostrar a ela que, independentemente do que acontecesse, seguiríamos em frente. Juntos.

Não sei como, terminei falando com ele sobre Byron Bay.

— Esse lugar parece diferente — disse Gaspard com interesse.

— E é mesmo — interveio Hans. — Não tem nada a ver com isso aqui, lá as coisas funcionam de outra maneira. Provavelmente você iria gostar de lá.

— Eu te ligo se resolver aparecer por lá qualquer dia — comentou Gaspard, olhando para mim.

"Isso se eu não estiver aqui ainda", pensei, mas deixei essas palavras na ponta da língua. Peguei o prato de *ratatouille* enquanto as vozes dos convidados ficavam mais altas e eu tentava ignorar as costas retas e tensas de Leah. Lembrei dela descalça, deitada no chão, sorridente e com o cabelo emaranhado. Deixei o garfo de lado para beber um gole longo de vinho. Queria pedir algo mais forte. Algo que me embriagasse um pouco.

— Atualmente o mercado exige uma resposta imediata — apontou Scarlett, enquanto vários jovens artistas a olhavam com interesse. — É uma pena, claro, mas exige-se produtividade. Não é algo que nós procuramos, mas sim o cliente, que, no fim das contas, é sempre a peça-chave de qualquer negócio. Tudo gira em torno dele.

— Tudo está indo muito rápido — comentou um garoto.

— Temos que nos adaptar às circunstâncias.

— Ou mudá-las — intervim, sem conseguir me conter.

Ao meu lado, vi Leah apertar o cabo do garfo.

— O que você sugere que seja feito?

— Não sugiro nada — esclareci. — Você tem razão quando diz que o cliente acaba sendo quem manda. Sempre. Mas acho que às vezes ele não sabe o que quer, até ver. Trata-se de não dar a ele apenas aquilo está procurando, mas algo a mais, algo que o surpreenda.

— Interessante perspectiva. — Hans concordou com a cabeça.

— Isso funciona na galeria de Byron Bay, pelo visto, mas as coisas aqui são um pouco diferentes. Não temos muita margem para cometer erros — suspirou Scarlett, limpando a boca com um guardanapo. — Surpreender o cliente implica correr riscos.

— Arriscar-se deveria ser um requisito fundamental nesse trabalho — repliquei secamente.

A conversa foi interrompida pelo garçom, que deixou uma bandeja de doces em cima da mesa antes de começar a recolher os pratos vazios do jantar. Agradeci a trégua porque não estava certo de que conseguiria me conter por muito mais tempo sem insinuar que o que ela fazia não tinha valor. Ainda pensativo, peguei uma *chouquette* polvilhada de açúcar e coloquei-a na boca.

Eu não era tão imbecil e idealista para não entender a perspectiva de Scarlett. E em partes eu dava razão a ela porque, às vezes, como ela mesma dizia, o mercado exigia certas coisas e era necessário cumprir um mínimo. Havia artistas talentosos, mas sem um estilo próprio, que precisavam ser guiados para darem o melhor de si. Mas também havia outros como Leah, que despejavam a personalidade na tela e não sabiam fazer de outra forma para conseguir bons resultados, porque o resultado seria algo forçado, neutro, pouco autêntico. Eu acreditava que artistas desse tipo precisavam ter um acompanhamento, sim, mas não deveriam ser empurrados. Eram dois conceitos muito diferentes. Uma coisa era ir ao lado deles, ajudá-los a melhorar, a aprimorar os pontos fortes. E outra coisa era ficar atrás deles, dando tapinhas nas costas para marcar a direção de seus passos.

Estava convencido de que ambas as atitudes poderiam ser combinadas e que não eram conceitos opostos, era necessário apenas estudar cada caso de forma pessoal. Era mais trabalhoso, é verdade, porque nem todos podiam vender-se da mesma maneira, mas o resultado valia a pena. Isso era o que eu mais gostava do trabalho que comecei a desenvolver na galeria de Byron Bay: procurar, encontrar, decidir onde cada artista se encaixava melhor, destacar as peculiaridades e tentar corrigir os erros. Isso implicava tempo, claro. Um estudo. Interesse. Era muito mais fácil pedir que todos fizessem a mesma obra e ignorar todo o resto, mas eu não conseguia imaginar nada mais vazio do que isso, sendo que o mais gratificante era encontrar o encaixe perfeito para cada um e ajudá-los a chegar lá. Pensei na careta de desgosto que Sam faria se ouvisse aquilo, ela que mimava tanto e cuidava de cada detalhe de seu trabalho.

Aguentei o resto da noite graças aos dois drinques que pedi depois da sobremesa. Quando Leah se levantou e começou a se despedir de todos, fui atrás dela, encantado. Ao sair do restaurante, caminhamos para casa envolvidos em um silêncio cheio de angústia.

Ela foi direto até a cozinha, pegou no armário uma garrafa de licor e serviu-se em um copo. Notei que sua mão tremia quando deu um longo gole. Ela me encarou enquanto a tensão pairava ao nosso redor. Era densa. Era asfixiante. Eu tinha a sensação de que até mesmo respirar era arriscado.

— Hum, você não bebeu nada durante o jantar. — Peguei a garrafa dela e dei um gole direto no gargalo. Lambi os lábios antes de olhar para ela. — Por acaso você estava com medo do que eles pensariam? Isso não é bem-visto na alta sociedade?

— Vá à merda. — Pestanejou. — Não... Eu não...

— Não se desculpe — respondi, pegando outro copo.

Fui até a sala enquanto ela me seguia. E não é que eu não queria que ela se desculpasse porque estava bravo, mas porque na verdade eu merecia. Eu tentei procurá-la e puxar a corda, porque quando caminhávamos juntos na rua, tive vontade de sacudi-la pelos ombros para que ela acordasse de uma vez por todas.

— Eu falei para você não ir ao jantar.

— Como se isso fosse consertar alguma coisa — quase cuspi.

Não sei se era por causa do álcool, que me deixava sem filtro, ou porque estava cansado de não poder ser feliz ao lado dela, de sempre haver um obstáculo no caminho que nos impedia de avançar. Eu me sentei no chão da sala e bebi e pensei... pensei em tudo o que estávamos perdendo e em todo o tempo que já havíamos transformado em pó. E quando isso me sufocou, bebi mais. Leah não estava por perto e achei melhor assim, porque talvez o licor falasse por mim, mas pela primeira vez em toda a minha vida, eu não queria vê-la. Só por alguns minutos... apenas alguns minutos para esquecer o que era ruim e lembrar de todas as coisas boas que tínhamos juntos.

"Deixe-a cair."

Saboreei aquelas palavras de Oliver por um momento, mas logo balancei a cabeça e as afastei, embora eu não parasse de repeti-las mentalmente nas últimas semanas.

Terminei o que restava no copo.

E depois do último gole, senti a presença de Leah atrás de mim. Levantei e me virei para encará-la, mas fiquei paralisado. Ela estava nua na minha frente, olhando-me firmemente com os olhos vidrados e nada mais, nada que se interpusesse entre nós dois. Prendi a respiração ao me lembrar da primeira vez em que a vi daquele jeito, na noite em que tudo começou, quando voltamos do Bluesfest e eu a encontrei nua no meio da minha sala; só que naquela época ela era mais menina e mais inocente, mais vulnerável e mais minha, mesmo que eu não soubesse disso.

Pensei que, se eu pudesse voltar àquele momento, faria tudo diferente. Na minha imaginação, nunca teríamos chegado àquela situação, porque eu teria ensinado a Leah o quanto o sucesso está próximo do fracasso, que são duas ruas que frequentemente se cruzam e seguem na mesma direção. Na minha imaginação, eu ainda a veria pintando apenas o que sentisse e eu continuaria mergulhando naquilo e vivendo através de seus traços. Na minha imaginação, estaríamos juntos há mais de três anos e ela estaria nua na areia da praia e não em um apartamento em Paris, com o barulho dos carros ao fundo e o murmúrio da cidade.

— Você não vai dizer nada? — sussurrou.

— Este... não é o melhor momento...

Leah pestanejou, surpresa, e me olhou magoada.

— Você está me rejeitando? — Levantou a voz. — Olha para mim, Axel.

Engoli, forçando-me a encará-la novamente, porque aquilo me machucava tanto quanto a ela. Ou talvez mais, se pensava que ainda estávamos naquele ponto.

— Não estou rejeitando você. Eu rejeito a ideia de transar com você como se você fosse uma qualquer, que é a única coisa que eu conseguiria fazer neste momento.

Leah estava com os olhos úmidos, cheios de fúria. Fui rápido e peguei sua mão antes que ela pudesse tocar meu rosto. Segurei seu pulso enquanto cerrava os dentes e me forçava a respirar fundo para me acalmar. Então a soltei.

— Você não deveria beber, já que não consegue controlar o que faz, caralho.

— Você está me machucando de propósito... — Sua voz foi um gemido cheio de angústia que me deixou sem ar.

— Eu não quero te machucar. Você mesma está fazendo isso, e eu não entendo o porquê. Eu até tento me colocar no seu lugar, mas é complicado, cada vez mais complicado...

Leah pegou uma toalha branca no banheiro e a enrolou no corpo, mordendo o lábio inferior com hesitação. Quando olhou para mim, vi algo novo em seus olhos, algo que eu não conhecia. A raiva, sua luta interna, o medo, o ego.

— Talvez seja complicado porque você nunca tentou. Talvez você não saiba, mas sonhos às vezes exigem sacrifícios. Nem tudo é fácil, Axel. A gente não recebe as coisas de mão beijada. Mas acho que não há necessidade de pensar nisso quando você pode deixar em cima de um armário tudo aquilo que te exija um mínimo de esforço.

Meu coração disparou.

— E ser fiel consigo mesmo, Leah?

— O que você quer dizer com isso? — Ela ficou rígida.

— O que você já sabe. Que nada disso te representa. Que não é o que você quer.

— E o que você sabe sobre isso? — Fez uma careta. — Estou cansada de você me dizer o que eu quero, estou cansada de você tomar decisões por mim! E não é a primeira vez que você faz isso — gritou, e eu sabia que ela estava se referindo à noite em que decidi o futuro de nós dois, mas aquilo era diferente, aquilo... não tinha nada a ver. — Eu me sinto uma marionete em suas mãos! E eu sabia que, se você ficasse, acabaria fazendo isso, tentaria manipular tudo segundo a sua vontade.

Levei a mão ao peito inconscientemente, porque, porra, aquilo foi... um soco. Respirei fundo, esforçando-me para encontrar as palavras.

— Você não entende que me destrói o coração te ver se transformando em alguém que você não é?

— E você não entende que eu não sei mais quem eu sou? Passei por tantas fases nos últimos anos que nem me reconheço mais cada vez que me olho no espelho! Está feliz, Axel?

— Não, merda, óbvio que não!

Voltamos à estaca zero, dando voltas ao redor desse círculo cheio de ideias confusas do qual não conseguiríamos sair. Coloquei a mão na nuca e fui até a cozinha para pegar o pouco que restava na garrafa. Quando voltei para a sala de jantar, ela estava sentada no chão, com as costas na parede e o corpo coberto pela toalha branca. Estava com as bochechas cheias de lágrimas e olhando para as próprias pernas nuas. Eu me contive para não ceder novamente, para não ir abraçá-la e fingir que estava tudo certo. Então me sentei perto dela, na parede ao lado, e nossos olhares se cruzaram no silêncio da noite.

Não sei por quanto tempo ficamos assim. Apenas olhando um para o outro. Apenas tentando entender o que estava acontecendo. Apenas transformando o silêncio em dor e a dor em mágoas.

Estava exausto porque sentia que, por mais que tentasse, nunca conseguiria reparar o que havia feito de errado anos atrás, nunca conseguiria nos levar de volta àqueles dias de céu estrelado e música que eu tanto sentia falta. Eu não podia apagar aqueles três anos. Não podia preencher com lembranças que não existiam os espaços vazios que Leah estava agora tentando preencher com algo que eu já sabia que não seria suficiente.

— A gente não pode continuar assim.

— Eu sei — repliquei.

Esfreguei o rosto. Ela soluçou.

— Eu não posso continuar assim — esclareceu. — Não com você aqui.

— O que você está tentando me dizer?

Fungou pelo nariz e me olhou.

— Que, se você me ama, você vai embora.

Meu primeiro pensamento foi que eu tinha entendido errado, porque ela não poderia estar me dizendo aquilo assim, depois de tudo o que tínhamos passado, das dificuldades que tínhamos superado, depois de tanto tempo, caralho, depois de tanta dor...

— Você não está falando sério, Leah. Não brinque com isso.

— Eu preciso que você volte para casa, Axel. — Ela estava com as bochechas molhadas e os olhos cheios de lágrimas, e eu... eu estava morrendo naquele momento, tentando entender o que estava acontecendo. — Eu preciso... me encontrar. Saber o que eu quero. Não posso ficar com você assim, te arrastando, te machucando. Também não posso esperar que você fique de fora sem opinar, porque está claro que você não vai fazer isso.

Eu tinha um buraco no peito.

— Você quer mesmo terminar tudo?

— Eu só te peço um pouco de tempo.

— Não me peça isso, caralho! — Levantei irritado e respirando agitado, porque a única coisa que eu conseguia ver era que tudo estava desmoronando sem motivo. — Pense bem e tome uma decisão. Não é tão difícil assim. Não pode ser tão difícil assim.

— Axel... — Ela me olhou suplicante, tremendo.

— Não, porra, não. Não vou embora e te deixar aqui sozinha.

— Eu preciso que você faça isso. Eu não sou mais criança. Quero tomar minhas próprias decisões sem Oliver, sem você, sem ninguém. Tenho a sensação de que passei a vida inteira dependendo dos outros. Tenho essa sensação e não consigo me livrar dela. E quero provar para mim mesma que posso...

— Provar para você mesma ou para eles? — repliquei.

Leah me olhou como se eu tivesse acabado de destruí-la, e eu me senti um lixo, então me ajoelhei ao lado dela e a abracei. Ela tentou se soltar, mas abracei-a com tanta força que ela acabou fazendo o mesmo e se agarrou a mim, chorando contra meu peito pelo que pareceu uma eternidade. Escondi o rosto em seu pescoço, respirando-a.

— Você sabe o que está me pedindo, querida? — sussurrei em seu ouvido, com o coração disparado. — Está me pedindo para ir embora de novo como um covarde e te deixar aqui; está pedindo para eu me afastar, sendo que eu prometi que não te deixaria cair. Isso é pedir demais, Leah...

— Você me disse que faria qualquer coisa por mim.

— Porra, Leah, qualquer coisa que não fosse falhar com você outra vez e me sentir como me senti naquela época. E eu sei que fiz merda e que fui o culpado por ter dado tudo errado; acho que por isso nunca te contei como foi para mim, porque eu sentia que não tinha esse direito. Que eu me arrependi todos os dias; que imaginei mil vezes como as coisas seriam agora se eu tivesse tomado outra decisão; que na verdade eu não queria que nenhum filho da puta tocasse em você; e que eu morria ao pensar que eu mesmo pedi para você conhecer outras pessoas. Você não entende... não entende o quanto dói abrir mão de algo que você ama tanto porque você não é capaz de fazer de outro jeito.

Falou com a voz embargada e se afastou para me olhar:

— Esse é o problema, Axel. A gente não está mais se entendendo.

— Acho que pelo menos uma vez estamos de acordo.

Leah rompeu o contato visual quando se levantou, segurando a toalha no peito. Estava com os olhos avermelhados, e o cabelo despenteado tocava seus ombros nus. Ela abaixou a cabeça antes de murmurar que ia se vestir e saiu da sala. Ouvi a porta do quarto dela se fechar. Meu Deus. Eu odiava... odiava mais do que tudo no mundo quando ela fazia isso. Porque me trazia lembranças. Odiava naquela época e odiava agora também. E talvez tenha sido por isso, ou pelo licor que ainda me queimava a garganta, ou pelo fato de eu ter me aberto para ela naquela noite e não ter mais nada a oferecer, ou por estar ciente de que ela estava escapando por entre meus dedos, mas caminhei pelo corredor e fui direto para o quarto dela.

111

Leah

Estava só com a camiseta do pijama e calcinha quando Axel entrou sem bater na porta. Foi quase estranho vê-lo ali, porque desde aquela noite em que escapei no meio da madrugada para dormir com ele, eu não tinha dormido mais nesse quarto.

— O que você quer agora? — consegui dizer.

— A gente não terminou ainda, Leah.

— Eu já disse tudo o que tinha para dizer...

— O cacete. Não disse, não disse. — Deu um passo em minha direção, pegou no meu rosto e me beijou.

Fechei os olhos, envolvida pelo cheiro dele e pelo sabor viciante de seus lábios. Ele arrancou minha calcinha pelas coxas, com força, antes de me puxar para a cama.

— Por que você está fazendo isso?

— O quê? — Olhei para ele e vi sua expressão fechada, a rigidez de seus dedos cada vez que me acariciava, a frustração que se via em seu rosto. — Axel...

— Fala. Admite que você nunca vai me perdoar.

Senti quando ele se afundou dentro de mim, nossos quadris se encaixando, e pestanejei quando senti os olhos úmidos. Ele me penetrou com força.

— Eu entendo, tá? Eu te entendo. Você queria se vingar. Queria fazer comigo o mesmo que eu fiz com você, porque eu te afastei de mim quando tudo parecia estar bem, porque eu quis que você fosse embora...

Nenhuma dor se aproximava à que senti naquele momento. Nenhuma. Porque nada foi parecido com aquilo, ter Axel me fodendo com raiva, com decepção, com a amargura deixada pelos beijos com gosto de despedida e erros passados.

Eu o abracei enquanto ele continuava empurrando dentro de mim. Abracei forte, como se meus braços ao redor dele pudessem fazê-lo entender o quanto ele estava errado.

— Eu jamais me vingaria de você — sussurrei. — Nunca, Axel.

Parou, ainda ofegante. Estava com os olhos vidrados. Segurei sua nuca e o beijei carinhosamente enquanto sentia seu coração batendo agitado contra a minha outra mão, apoiada em seu peito nu.

— Caralho, querida, caralho...

— Isso é sobre mim, Axel. Eu te perdoei há muito tempo, porque por mais que eu dissesse a mim mesma que conseguia separar partes de você, aceitando algumas e ficando com raiva de outras, isso não era verdade. — Sorri entre lágrimas, sentindo-me transparente de novo diante dele. — Eu poderia dizer que me apaixonei por você outra vez, mas acho que estaria mentindo para mim mesma e que isso é apenas o que eu gostaria de acreditar, mas se eu parar para pensar... Não tenho certeza se em algum momento eu deixei de estar, Axel. Sinto que esses três anos foram apenas um intervalo. Porque você continuava aparecendo no seguinte traço, e no próximo e no próximo... Sempre. Eu não sei o que é estar sozinha, você entende isso? Não sei o que é, não tenho certeza se posso conseguir e tenho medo de não ser capaz de provar, porque então viverei eternamente com essa dúvida. Não quero me vingar de você. Não quero te machucar. Não quero nada disso.

Eu nunca tinha visto Axel tão menino e tão indefeso como quando ele finalmente compreendeu que não podia me dar o que eu queria. Rodamos na cama e então fui eu que fiquei por cima, procurando-o, encontrando-o. Axel me olhava com tanta intensidade enquanto eu me movia sobre ele, que o ar ficou preso em minha garganta e minhas mãos em seu peito tremiam. Fizemos amor nos olhando, dizendo tantas coisas entre cada toque e cada respiração, que os beijos que nos roubamos depois foram de alívio, quando não restava mais nada a acrescentar e o vazio tornou-se quase libertador.

Eu o abracei ao terminar. Fiquei deitada em cima dele, ouvindo as batidas descompassadas de seu coração e segurando as lágrimas. Sua voz rouca me acariciou.

— Eu te amo mais que tudo.

— Eu também te amo — sussurrei.

— Mil submarinos amarelos.

— Milhões de submarinos.

Leah

A cama ainda estava com o cheiro dele quando acordei de manhã, antes de sentir o aroma de café fresco. Antes de entrar na sala, fiquei parada na porta olhando-o em silêncio, sem que ele me visse. Axel estava fumando em frente à janela, com o rosto um pouco contraído e algumas marcas no pescoço deixadas por meus lábios na noite anterior. Não sei por que, mas retive aquela imagem: os dedos flexionados na estrutura de madeira, a luz do sol refletindo no vidro e os olhos fixos no céu de um novo dia.

Aproximei-me dele na ponta dos pés e o abracei por trás. Ele mal se mexeu, mas apertou a minha mão que estava em sua barriga. Beijei a pele de suas costas antes de soltá-lo para ir pegar um café. Depois me vesti depressa porque tinha que estar na galeria em apenas meia hora e já estava atrasada, então me despedi com um sussurro: "'Falamos depois", ao que ele respondeu roubando-me um longo beijo.

Acho que era a rotina de todas as manhãs.

Mas quando algo quebra essa rotina, os pequenos gestos ficam em sua memória. Qualquer detalhe. Como no dia do acidente, quando perdi meus pais; o olhar divertido de meu pai pelo espelho retrovisor, "Here Comes the Sun" tocando ao fundo antes de parar bruscamente, ou a paisagem desfocada que se desenhava através da janela. Não damos importância a esses detalhes até pensarmos que pode ser a última vez que os vemos, e então eles adquirem outro valor. Como o beijo que Axel me deu naquela manhã, a firmeza de seus dedos em minha cintura, o sussurro rouco de sua voz desejando-me um bom dia e o sorriso que ele me deu antes de eu sair, mas que não alcançou seus olhos.

Porque, quando voltei à noite, encontrei apenas vazio.

As coisas dele não estavam mais lá. Axel tinha ido embora.

113

Axel

Afastá-la de mim anos atrás foi doloroso.

Afastar-me dela agora era uma tortura.

Não conseguia parar de pensar que a situação era um pouco semelhante, que talvez eu não estivesse lutando o suficiente, me esforçando o necessário. Mas então eu me lembrava do desespero em sua voz, que ela tinha implorado por isso. Pelo menos dessa vez eu queria deixá-la escolher, confiar nela, dar-lhe espaço para que, se ela caísse, aprendesse a se levantar sozinha, sem ajuda. Mas pensar nisso me matava por dentro.

Mantive o olhar fixo na janela ovalada do avião por horas, incapaz de dormir um pouco ou de parar de pensar nela. Tinha ligado para Oliver ainda em Paris antes de sair daquele apartamento em que havíamos vivido tantas coisas, porque precisava confirmar que ele estava de acordo com a minha decisão e que eu não tinha ficado louco, mas principalmente para que ele se encarregasse de cuidar dela à distância e ligasse para ela todos os dias.

Quando pousamos, caminhei feito um robô pelo aeroporto de Brisbane até a esteira de bagagens. Esperei, ausente, tão concentrado na confusão da minha cabeça, que não teria me importado se as malas tivessem demorado horas para sair.

E então senti um tapinha familiar nas minhas costas.

Me virei. Meu pai estava lá, me olhando com um sorriso eterno e complacente. Senti um calor no peito quando ouvi a voz de Justin ao lado dele, mas eu estava tão surpreso que mal percebi o que eles estavam dizendo. Apenas me deixei envolver pelos braços do meu pai e fechei os olhos, respirando fundo, muito fundo...

Um pensamento bobo me passou pela cabeça. A lembrança de quando você é criança e qualquer coisa pode ser consertada com um abraço do seu pai, quando você ainda não cresceu o suficiente e ainda o vê como um herói capaz de resolver qualquer coisa quase em um piscar de olhos. Como a vida era fácil naquela época. Tão simples...

Separei-me dele. Olhei para o meu irmão mais velho.

— Que diabos vocês estão fazendo aqui?

— Nossa, você parecia tão mansinho quando te vi chegar...

— Vá à merda, Justin — disse, mas puxei-o para perto de mim e baguncei seu cabelo. — Espera, acho que estou vendo as minhas malas. — Aproximei-me da esteira.

Depois de sair do aeroporto, eles me ajudaram a colocar a bagagem no carro e perguntei se poderiam esperar um minuto porque eu precisava fumar um cigarro. Então lá estávamos nós três, sob um céu azul e sem nuvens que há muito tempo eu não via.

— Então Oliver avisou vocês... — comentei.

— Você tem sorte, esse garoto parece disposto a te perdoar e acho que ele se preocupa com você, não importa o que você faça. Se você estava procurando um amigo para a vida inteira, é ele — disse meu pai.

— Mas não se esqueça que nós também somos amigos — lembrou Justin e, pela primeira vez em semanas, não pude deixar de sorrir.

Um sorriso de verdade. Passei a mão por seu ombro para puxá-lo em minha direção enquanto dava uma última tragada no cigarro.

— Vamos — disse, abrindo a porta do carro.

Justin passou pelo meu lado.

— Olha, Axel, e se você estiver precisando chorar...

— Uma palavra mais e você estará morto.

Sentei no banco de trás e vi meu pai disfarçando um sorriso antes de arrumar os óculos sobre o nariz. No início eles tentaram puxar conversa, mas logo perceberam que eu tinha que fazer o maior esforço para responder cada pergunta que me faziam, então, por fim, me deixaram quieto. Talvez porque me conheciam bem demais e sabiam que eu precisava de um tempo para digerir tudo o que estava acontecendo.

Contemplei a paisagem conforme nos afastávamos da cidade e a vegetação passava a cobrir tudo. Pensei que finalmente estava voltando para casa. Só que eu não tinha certeza se conseguiria chamá-la de casa se Leah não estivesse lá.

Junho

(VERÃO. PARIS)

(INVERNO. AUSTRÁLIA)

114

Leah

Na primeira noite que passei sozinha naquele apartamento vazio, estive prestes a abrir a mala, colocar minhas coisas dentro e pegar o próximo avião. Ir atrás de Axel. Dizer a ele que eu estava errada, que nada daquilo fazia sentido. Mas eu não fiz isso. O que fiz foi ficar acordada a noite inteira e terminar me metendo na cama dele quando estava quase amanhecendo, porque os lençóis ainda estavam com o cheiro dele. Eu sempre associava o cheiro dele ao mar e ao rastro de sal que ficava na pele, ao sol e à luz bonita do verão.

Fiz isso por uma semana: tentar trabalhar durante o dia, trancada entre as paredes daquele estúdio que às vezes parecia cair sobre mim, para depois passar as noites pensando nele: nas últimas horas que tínhamos passado juntos, nos amando, fazendo um esforço para nos entendermos entre tantas dúvidas e silêncios.

Depois daqueles primeiros dias em que eu tinha me tornado de novo a garota emotiva e vulnerável que eu não queria ser, tomei uma decisão e, uma noite, ao descer do estúdio, tirei os lençóis da cama dele antes de ceder à tentação de me deitar sobre eles. Coloquei-os na lavadora. Sentei em frente ao eletrodoméstico com as pernas cruzadas, no chão, contemplando o último rastro dele girando e girando até parar. Parou. Quando abri a porta, o cheiro de amaciante entrou pelo meu nariz e foi uma mistura de alívio e de vontade de chorar, porque não podia ser saudável que eu sentisse tanto a falta dele...

Aos poucos comecei a me concentrar mais no trabalho. Ter Scarlett atrás de mim, interessando-se por cada passo que eu dava, serviu para me obrigar a levantar cedo todas as manhãs. Fiz algumas coisas que ela pediu, dois quadros semelhantes aos anteriores. Também terminei outro, algo meu, mas não mostrei a ela porque tive a sensação de que ela não iria gostar.

Oliver me ligava todas as tardes. Geralmente falávamos de coisas sem muita importância, de como estava a vida, o trabalho, comentávamos sobre as notícias do dia ou qualquer bobagem nossa, mas no fundo eu morria de vontade de perguntar a ele se Axel estava bem.

— Me conta o que você fez hoje — pediu.

Abri a embalagem de um pirulito e suspirei.

— Almocei com alguns colegas da galeria depois de ter passado a manhã inteira lá falando sobre a exposição do próximo fim de semana; acho que você sabe como é: organizar tudo, dar os últimos retoques...

— Você está contente, então?

Odiava quando ele me perguntava isso, porque me obrigava a pensar, e eu não queria ficar remoendo demais esse assunto. Porque quando eu fazia isso e não encontrava as respostas que eu acreditava estar procurando, acabava ficando mais frustrada ainda.

— Acho que sim — respondi.

— Tem mais alguma coisa que te preocupe?

Lambi o pirulito, distraída.

— Eles comentaram que talvez seja bom eu fazer aulas de francês.

— Isso parece algo mais sério. O que você pretende fazer?

— Ainda não decidi.

— Também não te vejo pulando de alegria.

— Pois é. — Mordi o pirulito até quebrá-lo.

— E como está na cozinha? — perguntou, porque eu comia no restaurante universitário quando morava na residência estudantil e não precisava me preocupar com isso.

— Horrível. Vou morrer de fome qualquer dia desses.

— Você está brincando, né? — preocupou-se.

— Claro que sim! Estou bem, tonto.

— Tá bom. A gente se fala amanhã. Cuide-se.

— Você também, Oliver.

Desliguei e fiquei sentada no sofá, imóvel, até anoitecer. Acho que nunca antes estive tão consciente de quão sozinha eu estava. Olhei para o celular e pensei que era quase irônico ter tirado da minha vida a única pessoa em quem eu confiava o suficiente para compartilhar um sentimento assim tão íntimo. Larguei o telefone na mesinha de canto, me joguei em cima das almofadas e cravei os olhos no teto antes de fechá-los e respirar fundo.

Axel

Voltei à minha rotina. Ficava tantas horas no mar que, quando voltava para casa, já era quase meio-dia e eu acabava comendo qualquer coisa que beliscava na geladeira. Eu ia à galeria só quando era realmente necessário, mas Sam fazia de tudo para me manter ocupado. Era bom, porque conseguir pensar em qualquer outra coisa durante algumas horas por dia tinha se tornado um alívio. O resto do tempo eu me limitava a me torturar, a pensar e a beber mais do que deveria.

Minha mãe apareceu em casa em um sábado pela manhã, sem avisar, exatamente a última coisa que eu precisava. Abri caminho para deixá-la entrar e peguei as sacolas de compras que ela trazia.

— O que é isso tudo, mãe? — reclamei.

— Sopa. E frutas. E verduras. Comida de verdade, Axel — disse, enquanto abria a geladeira e analisava com os olhos cada uma das prateleiras. — Quanto tempo faz que você não se alimenta direito? Você está mais magro. E parece um náufrago. Vá se barbear, pelo amor de Deus, ou eu mesma faço isso, e já te aviso que eu não tenho muita firmeza no pulso. Nem muita paciência, aliás. Por que você ainda está aí parado?

— Mãe, o meu humor não está muito bom hoje, é sério.

— Faça o que eu te disse — resmungou.

Revirei os olhos, mas dei meia-volta e fui para o banheiro. Peguei uma lâmina de barbear e, quando terminei, fiquei alguns segundos olhando para minha imagem no espelho, perguntando-me quem era aquele cara, o que restava de tudo o que eu acreditava ser antes de Leah mudar diante de meus olhos. E não pensei nisso de uma forma ruim. Simplesmente porque algumas pessoas chegam até você para revirar tudo, para abrir as gavetas cheias de medos e te forçar a ser alguém melhor, mais humano, mais real.

Ouvi algumas batidas na porta.

— Vai demorar quanto tempo mais?

Abri e olhei para ela, mal-humorado.

— Que inferno, mãe. Me deixa respirar.

— Eu já deixei você respirar demais nesses anos todos. Minha culpa por não ter percebido algumas coisas, e acredite, cada um de nós carrega seu fardo. Vai, termina e venha se sentar, o almoço está pronto.

Eu me joguei no velho sofá e aceitei a tigela de sopa de pacote que ela me ofereceu. Minha mãe se sentou na poltrona em frente, pegou uma colher e começou a comer em silêncio.

Olhei para ela e sorri.

— O que você está achando tão engraçado?

— Nada. — Balancei a cabeça.

— Responde ou eu volto amanhã.

Era uma ameaça real.

— Eu acho engraçado pensar que provavelmente você é a única pessoa na cidade que compra essa sopa que tem gosto de... bem, eu não sei qual é o gosto, esse é o problema. Qual é a sua obsessão por elas? Eu lembro... — Senti um nó na garganta, mas me forcei a continuar. — Eu lembro que Leah sempre ria quando você fazia a compra para nós.

Minha mãe pestanejou, emocionada.

— Eu deveria ter percebido o quanto você a amava, mas foi difícil assimilar porque isso nunca teria passado pela minha cabeça.

— Nem pela minha. — Dei risada.

Eu ri porque, caramba, como a vida era irônica, né? Acabar louco por uma pessoa que viveu anos atrás de mim e que eu nunca havia notado. E terminar ao contrário. Apaixonado. Atrás dela. Desejando que ela se lembrasse que eu estaria aqui, se algum dia decidisse voltar.

— Ela vai voltar, Axel — disse, um pouco insegura, acho que porque era a primeira vez que minha mãe e eu conversávamos sobre algo sério assim, a sós.

— Tenho certeza que voltará.

Acompanhei-a até a cozinha e enxaguei os pratos que ela me entregava depois de ensaboá-los. Fiquei tenso ao lado dela, esperando uma resposta que eu precisava mas que, no fundo, sabia que ela não poderia me dar. Porque somente Leah sabia.

— Por que você tem tanta certeza?

— Porque é ela, filho. O lugar dela é aqui. Só que, às vezes, a gente não consegue se encontrar nem dentro de si mesmo, e Leah passou por muita coisa nos últimos anos. Ela está um pouco perdida. Nem sempre caminhamos em linha reta, às vezes caminhamos em círculos e é difícil perceber isso se você olha apenas para frente, entende? É uma questão de perspectiva. Se ela pudesse ver de cima, com certeza entenderia melhor.

— Acho que preciso de um cigarro.

Saí para a varanda e fiquei ali pensando nas palavras da minha mãe. Ela tinha razão. O problema era que eu estava frustrado por não ter sido capaz de ajudar Leah a ver as coisas da maneira correta, embora parte de mim estivesse começando a entender que talvez fosse necessário que ela mesma fizesse isso. Para conhecer a si mesma. Para descobrir o que ela realmente queria e aprender a se levantar depois de cada queda. E para sentir na própria pele a solidão, a nostalgia, o peso dos erros.

— Veste alguma roupa mais apropriada — disse minha mãe, atrás de mim.

— Mais apropriada? O que você quer agora?

— Hoje à tarde vai ter uma feira e combinei com seu irmão, Emily e seu pai para nos encontrarmos lá logo mais, então não demore muito. Os gêmeos estavam loucos para te ver e eu disse a eles que você iria. Por que você não experimenta aquela camisa que eu te dei no Natal?

— Cacete, mãe, não, nada de camisas — rosnei.

— Você vai ficar todo enrugado se continuar franzindo a testa desse jeito.

Estalei a língua porque sabia que aquilo era uma cilada completa, mas no fim me obriguei a tomar um banho e me arrumar. Meia hora depois eu estava passeando com minha família em uma feirinha cheia de produtos e objetos artesanais, com um clima festivo que foi crescendo conforme anoitecia e eu sentia que as coisas começavam a se encaixar, porque pela primeira vez, apenas durante algumas horas, eu não me arrependi de ter ido embora, apesar de ter deixado para trás a pessoa que eu mais amava no mundo.

116

Leah

Eu nunca tinha pintado tanto. Ou, pelo menos, não daquela forma. Porque não era a mesma sensação que eu tinha quando me trancava em meu pequeno sótão em Brisbane e me deixava levar pelos pincéis até de madrugada. Era outra sensação, mais estranha, mais pesada. Em algum momento, que não consigo determinar, segurar o pincel deixou de ser libertador e passou a ser uma obrigação. Quis pensar que aquilo era mais real, mais maduro porque, afinal, tratava-se de trabalho, algo sério, mas eu não conseguia me livrar daquele desconforto que, a cada dia, parecia se estabelecer com mais força em cada canto do meu estúdio.

Comecei a sair para passear com mais frequência. Talvez porque precisava me distrair quando sentia sufocada pelo apartamento vazio e pelo peso dos pincéis em minhas mãos. Aprendi a valorizar o que Axel descobriu quase assim que colocou os pés em Paris: o quão bonito era caminhar por suas ruas sem destino certo, simplesmente dando um passo atrás do outro e depois outro mais. Às vezes eu tinha a esperança de encontrar a resposta para todas as minhas perguntas na próxima esquina; outras vezes simplesmente não pensava em nada, deixava a mente em branco e continuava caminhando sem parar.

Pintar deixou de ser um alívio libertador.

Os elogios perderam o brilho.

Meu sorriso também.

117

Leah

Eu me perguntava se era possível chegar a esquecer-se de si mesma. Não prestar atenção em si. Não se olhar no espelho. Não parar para pensar no que você realmente quer e, mais importante, por que quer. Em algumas semanas os dias pareciam tão amontoados que eu mal tinha tempo de taxá-los no calendário, e a vida seguia mais rápido do que eu podia acompanhar, então eu me perdia nisso: em todas as coisas que eu tinha que fazer, em obrigações reais e em outras que acabei me impondo em algum momento que já nem me lembrava mais.

E então você deixa de ser você. Torna-se outra pessoa. Igual, mas com diferentes metas, expectativas, sonhos... "Mas quem eu quero ser?", eu repetia para mim mesma.

118

Leah

Estava em uma festa naquele mesmo hotel em que, um dia, Axel subiu até a cobertura para fugir de um mundo que ele não entendia. Lembro que pouco antes de ele ir embora, eu disse a ele que quando estávamos juntos eu era feliz, apesar de tudo. E talvez esse tenha sido o sinal que eu precisava para perceber que aquele não era o meu lugar, porque, quando Axel partiu, isso foi tudo o que restou: os vestidos, as festas, conhecer pessoas novas com quem eu não voltaria a conversar no dia seguinte e tentar ser legal com todo mundo. Não que houvesse algo de errado com isso, mas simplesmente não era para mim. Não me satisfazia. O vazio que eu tentava preencher continuava lá, cada vez mais presente e mais profundo, como se estivesse ficando cada vez maior.

Tentei me esforçar para aproveitar o jantar, mas sentia um nó no estômago que nem duas taças de vinho conseguiram desatar. A maioria das pessoas naquela noite falavam francês; eu tinha pensado muito na ideia de fazer aulas, mas parte de mim já sabia que não ficaria tempo suficiente para conseguir grandes progressos. Depois de várias semanas sozinha, pintando mais do que nunca, recebendo tapinhas nas costas e melhores críticas, eu não me sentia mais completa ou mais satisfeita, apenas infeliz e apática.

Quando o jantar terminou, depois de conversar um pouco com alguns conhecidos na galeria, me afastei da multidão e subi as escadas até a cobertura. Engoli em seco e caminhei lentamente até o local exato onde, há um mês, eu estava com ele, com suas mãos passeando por debaixo do meu vestido enquanto ele mordia minha bochecha com um jeito brincalhão e me fazia rir, sussurrando bobagens em meu ouvido.

Apoiei as mãos no parapeito e contemplei a cidade.

As luzes formavam constelações lá embaixo. Umedeci os lábios ao pensar em como seria bonito registrar aquela imagem em uma tela: Paris, à noite, as vidas que pulsavam entre as ruas e os postes de luz, as pontes, o chão de paralelepípedos. Fechei os olhos enquanto o ar quente de início do verão soprava leve. Imaginei as pinceladas suaves, os tons escuros, o brilho das luzes, as sombras da tinta úmida...

Suspirei e dei um passo para trás.

Voltei para a festa, embora soubesse que, se não voltasse, ninguém sentiria minha falta. E isso foi uma luz, um flash que me iluminou enquanto eu circulava entre rostos desconhecidos e mesas cheias de bebidas.

— Onde você se meteu? — Scarlett me puxou pelo braço.

— Precisava tomar um pouco de ar.

— Vem, quero te apresentar uma amiga.

Claire Sullyvan era uma inglesa que dirigia uma pequena galeria em Londres e que eu achei muito simpática. Tinha um olhar amável, um sorriso tímido, e não parecia se sentir diminuída diante da presença de Scarlett. Calada ao lado de Claire enquanto Scarlett falava sobre meus avanços e tudo o que havia alcançado desde que cheguei a Paris, eu me perguntava por quê, desde o início, aquela mulher havia me causado tanto fascínio. Não que não fosse fascinante, ela tinha uma presença avassaladora, mas me fazia sentir... menos. Ser querida por ela havia se tornado mais valioso para mim do que ser querida por Axel ou por aquelas pessoas anônimas de Byron Bay que, um dia, durante uma exposição que foi realmente minha, quiseram gastar dinheiro em uma de minhas obras. Eu deveria ter ficado deslumbrada por eles e não por alguém que eu nunca conseguiria conquistar, porque ela não gostava do meu estilo nem da forma como eu me expressava através da pintura. Não gostava da minha forma de registrar e de transbordar minhas emoções.

Por que eu me importava tanto com a aceitação e o reconhecimento dela? Por que às vezes dedicamos mais esforço às pessoas que não merecem do que àquelas que merecem e que estão bem na nossa frente?

Sentia que o chão tremia sob meus pés.

— Você está bem, linda? — Claire me olhou preocupada.

— Sim, desculpem, eu só fiquei um pouco enjoada.

— Vem, senta aqui. — Claire me acompanhou até uma cadeira e Scarlett saiu para pegar um copo de água gelada. — Sua cara não está boa, tem certeza de que está bem?

Fiz que sim, mas não, eu não estava bem.

Porque alguns golpes você não vê chegando, especialmente quando é você mesmo quem está batendo, e não consegue pará-los.

— Toma, bebe um pouco.

Peguei o copo. Scarlett se sentou ao meu lado e, quando Claire se retirou um pouco depois para procurar o marido, notei que ela batia os saltos no chão, impaciente.

— Não dá para dizer que você tenha causado uma primeira impressão fascinante nela, mas vou tentar consertar isso. Estou tentando convencê-la a colocar algumas obras nossas em destaque em sua galeria. Não é muito grande, mas tem prestígio. É uma boa publicidade. Depois de amanhã ela vai visitar o depósito e, se tudo correr bem, na próxima semana ela nos dará uma resposta afirmativa. — Continuei calada olhando para a sala. — Isso não te deixa feliz? — Levantou uma sobrancelha.

— Sim, claro que sim — menti.

— Pois não parece.

Reprimi um suspiro. Eu conhecia Scarlett o suficiente para saber que ela não estava brava, apenas sentia falta de seu momento de glória, aquele em que eu me desmanchava em sorrisos para agradecê-la. Era como uma criança brincando de algo que sabia fazer bem.

Virei a cabeça na direção dela com curiosidade.

— Você nunca se cansa disso? — perguntei.

— De quê? Das festas, de morar em um hotel...? Claro que não.

Naquela festa eu me despedi de Scarlett, mas ela só soube disso algum tempo depois, quando enviei uma mensagem a Hans para encontrá-lo e explicar que eu estava indo embora, porque eu devia isso a ele, e uma parte de mim sabia que ele entenderia.

Naquela noite voltei a pintar algo que vinha de dentro, enchendo de cores as emoções que fervilhavam ansiosas para sair: uma tela escura cheia de luzes de uma cidade da qual eu começava a me despedir. Mas eu gostei. De cada traço, de cada segundo.

Quando faltava pouco para amanhecer, sentei na sala daquela casa que agora parecia tão grande sem ele e peguei a tigela cheia de morangos que eu tinha acabado de tirar da geladeira. Segurei um deles no ar e sorri com tristeza ao pensar que parecia um coração um pouco deformado e que, se Axel estivesse ali comigo, eu teria dito isso a ele sorrindo, antes de colocá-lo na minha boca e depois beijá-lo com aquele sabor que ele tanto gostava.

119

Leah

Li em algum lugar uma frase que dizia que às vezes é preciso cair, porque o mundo é diferente visto do chão. E se você estiver lá embaixo e quiser se mexer, a única opção é se levantar. Nem sempre há um gatilho específico que te faça reagir, mas às vezes o golpe faz com que você abra os olhos. E o véu que havia diante de seus olhos desaparece. Você começa a enxergar. A ver tudo de maneira diferente. As cores que antes estavam apagadas ganham força e vida. Você desperta. Ganha impulso. E se levanta.

E, de alguma forma, volta a se sentir você mesmo.

120

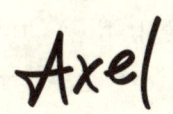

Axel

Minhas mãos tremiam enquanto eu apoiava a escada no armário. E depois subi, degrau por degrau, com um nó na garganta e uma sensação de necessidade que achava que nunca mais sentiria novamente. A bolsa de lona em que eu havia guardado todo o material estava cheia de poeira, mas trouxe-a para baixo e a deixei no chão, no meio da sala. Sentei ali mesmo enquanto um vinil de Elvis Presley dava voltas na vitrola e abri o zíper da bolsa, perguntando-me como era possível eu ter demorado tantos anos para fazer algo tão simples.

Suspirei e preparei um chá, embora estivesse com vontade de algo muito mais forte. Voltei para lá, com a música como única companhia.

Peguei algumas tintas. Muitas estavam secas.

Peguei um tubo que ainda estava lacrado e apertei-o com tanta força que a tinta amarela escorreu pelo chão de madeira. Fiquei olhando para aquela mancha por tanto tempo que, no final, sem saber o que fazer, fui para a cama.

Dez minutos depois, levantei novamente. Esfreguei o rosto e me ajoelhei diante da gota de tinta amarela. Não sei por que, mas essa cor me lembrava o sorriso dela, o cabelo enrolado, os cílios e o sol. Acariciei a mancha com a ponta do dedo e a espalhei lentamente pelo chão, cobrindo a madeira, percorrendo os veios que desapareciam sob a camada de cor...

Meu coração bateu tão forte que pensei que sairia do peito.

E senti meu sangue correndo pelas veias, porque sabia que algo havia mudado.

121

Leah

ÀS VEZES O TEMPO PASSA TÃO RÁPIDO QUE VOCÊ MAL SE DÁ CONTA DELE, E ÀS vezes acontece exatamente o contrário. A última semana que passei em Paris foi tranquila e a vivi com a sensação de que os minutos haviam se transformado em horas.

Quando não estava pintando a primeira coisa que me viesse à cabeça, eu continuava com o hábito de passear. De manhã eu subia até Montmartre, como costumava fazer com Axel. Sentava-me na escada e pensava em tudo e em nada; em nosso primeiro encontro lá, em como a cidade era bonita sob seu céu prateado, em como meu pai teria adorado passear por aquelas ruas e em como eu ficava triste por saber que isso jamais aconteceria. Curiosamente, naqueles dias cheios de solidão e silêncio, pensei em meus pais mais do que nunca. Talvez porque eles sempre seriam aquele ninho onde eu poderia me aconchegar quando uma tempestade caísse lá fora, ou talvez porque eu sempre me perguntava se eles estariam decepcionados comigo, se pudessem me ver de algum lugar.

Podia até parecer algo bobo, mas mesmo que não estivessem, eu queria que eles se sentissem orgulhosos de mim, queria demonstrar-lhes que eles tinham feito um bom trabalho, que foram os melhores pais do mundo.

E eu tinha falhado. Com eles, mas principalmente comigo mesma.

Acho que só tomamos consciência de quem realmente somos depois de cair e chegar ao fundo do poço. No final, descobri que eu também tinha meus demônios: meu orgulho, minha vaidade. Coisas sobre mim mesma que eu não conhecia, porque estavam adormecidas dentro de mim. Coisas pelas quais eu não gostaria de me deixar levar novamente. Pensar em Axel tendo a coragem de encarar seus sentimentos de frente e sem medo, quando nem eu acreditava mais nele, me deu forças. Porque todos podemos aprender a passar por cima de nossos erros e deixá-los para trás.

Então eu me obriguei a refletir sobre mim mesma, por mais que doesse, porque não é nada agradável olhar-se no espelho e não encontrar ali a imagem que você gostaria, mas sim a que você ainda é, aquela que tenta deixar para trás.

E aceitei que há anos eu precisava de alguém ao meu lado. Primeiro foi Axel. Depois, quando tudo terminou, agarrei-me a Landon para não cair. E depois Axel reapareceu na minha vida, lembrando-me de como era mágico viver rodeada de cores.

Eu nunca estive realmente sozinha.

Nisso eu tinha inveja de Axel, porque ele parecia desfrutar da solidão e não tinha a necessidade de estar sempre ao lado de outra pessoa. Quando isso acontecia era simplesmente porque ele queria, não por ele sentir-se sufocado com a ideia de estender os braços e não encontrar nenhum pilar em que se apoiar. Eu desejava ser isso para ele. Livre. Não queria precisar dele, queria escolhê-lo. E quando essa ideia começou a se formar na minha cabeça durante passeios e noites no estúdio, eu entendi aquilo que Axel tinha me falado uma vez: "Queria que você vivesse, Leah. E que depois de viver, me escolhesse". Não é que eu concordasse com as decisões que ele tinha tomado, mas eu estava começando a entendê-lo. Estava começando a me colocar no lugar dele no momento em que ele estava mais longe. E gostei de senti-lo assim tão perto, apesar de tudo.

**

Em um dos meus últimos dias em Paris, literalmente tropecei em uma loja de discos de vinil e outros itens de segunda mão. Estava caminhando distraída com o fone nos ouvidos e não vi a pequena placa no meio da calçada que anunciava preços especiais para compras de mais de três discos. Entrei sem saber por quê, assim como não sabia por que passava o dia andando de um lado para o outro; simplesmente me deu vontade.

Fiquei lá por um bom tempo olhando algumas capas, títulos e grupos que me traziam lembranças. Peguei alguns que a minha mãe gostava e que eu não ouvia há séculos, e quando já estava indo para o balcão pagar, vi um que conhecia bem: *Yellow Submarine*, com aquela capa colorida tão atípica.

Senti um impulso. Algo me puxando. Comprei-o.

E depois fui direto à agência dos correios mais próxima. Fiz isso com um passo apressado, com aquela necessidade selvagem e intensa que há tempos eu não sentia. Gostei de me sentir novamente como anos atrás, quando era mais menina e não parava para pensar nem dois segundos antes de fazer alguma coisa, apesar dos tropeços que isso implicava.

Depois voltei para casa respirando tranquila. Feliz. Cozinhei pela primeira vez depois de muito tempo, coloquei música e curti a solidão. Curti de verdade, sem me sentir triste ou infeliz. Comi a lasanha assim que a tirei do forno, com o queijo gratinado quase borbulhando. E quando me deitei no sofá e fechei os olhos, a peça do quebra-cabeça que eu procurava há tanto tempo apareceu de repente, quase que por magia.

Estava há meses perguntando-me quem eu era, procurando respostas atrás de portas vazias, esperando me encontrar. O problema era que eu não tinha parado para pensar que o que importava de verdade não era isso, mas sim descobrir quem eu queria ser.

E uma pergunta errada muda tudo.

122

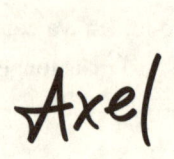

Axel

— ONTEM CHEGOU UM PACOTE PARA VOCÊ — DISSE JUSTIN.

Olhei surpreso para o meu irmão e ele encolheu os ombros antes de entrar no depósito da cafeteria. Voltou um minuto depois com uma caixa nas mãos, era fina e estava embrulhada em papel bolha, dentro sacola da empresa de transporte.

— Não tem nada escrito no remetente — resmunguei.

— Imagino que deva ter muita gente querendo te matar, porque você desperta esse sentimento instintivo nos seres humanos, mas estou tão curioso que não me importo em correr o risco de ser um pacote bomba. Vai, abre logo!

Franzi a cara para o meu irmão e rosnei como um animal antes de rasgar o embrulho e soltar o papel bolha. E então senti meu estômago virar do avesso. Sorri feito um idiota como há muito não sorria, enquanto meu coração disparava.

— Um disco dos Beatles? *Yellow Submarine*? Quem te mandou isso?

— Leah — sussurrei, enquanto acariciava a capa.

— E o que significa isso? — Ele me olhou, confuso.

Levantei a cabeça sem parar de sorrir. Feliz. Radiante.

— Que eu sou sortudo pra caralho. E ela ainda me ama.

Julho

[INVERNO. AUSTRÁLIA]

123

Axel

Eu não conseguia parar. Era impossível. Acordava pensando em cores e ia dormir cheio de tinta dos pés à cabeça; na roupa, na pele, nas mãos manchadas...

E quando segurava o pincel, eu simplesmente estava ali, absorto no próximo traço, concentrado no que estava fazendo sem pensar em mais nada, nem mesmo nela. Foi libertador. Encontrar-me naquelas sensações que pensei que nunca mais experimentaria. Pintar. Apenas estar presente, com os olhos fixos na ponta fina do pincel que ia contornando bordas e preenchendo-as com cores, arredondando cantos, salpicando a monotonia.

O tempo começou a correr mais rápido.

E enquanto os dias passavam, eu deixei tudo colorido.

124

Leah

Fiquei tentada a trocar minha passagem e pegar um voo que fosse para Sydney. Imaginei como seria agradável encontrar meu irmão me esperando no aeroporto e abraçá-lo com todas as minhas forças para sentir seu cheiro familiar, seu calor. E então pararíamos em qualquer *fast food* e comeríamos algo para colocar o papo em dia, depois eu iria para o apartamento dele e ficaria lá alguns dias com ele e Bega, protegida por seus sorrisos carinhosos e boas conversas.

Seria bom, mas não fiz isso. Não troquei a passagem.

Eu precisava aprender a parar de me jogar nos braços de outra pessoa toda vez que a vida me deixava na mão. Pela primeira vez, eu queria abraçar a mim mesma.

Assim, cheguei a Brisbane em uma tarde chuvosa no início de julho. Eu havia passado quatro meses fora da Austrália, mas tinha a sensação de estar longe de casa há meia vida. Ensopada e arrastando minha mala, entrei no ônibus e olhei pela janela aquelas ruas onde tinha vivido por três anos. Mas só então eu percebi que, de certa forma, eu tinha vivido estagnada, ainda dentro de uma carapaça, carregando nas costas uma mochila cheia de mágoas, rancores e medos.

Meu quarto na residência estava exatamente como eu o havia deixado. Abri as janelas para deixar entrar um pouco de ar fresco e tirei as roupas da mala para pendurá-las no guarda-roupa, enquanto uma sensação estranha me invadia porque, de repente, percebi que Axel estava tão perto e, ao mesmo tempo, tão longe...

Fiquei imaginando o que ele estaria fazendo naquele momento e sorri ao imaginá-lo descalço em seu pedaço de mar, com areia grudada na pele e o sol suave de inverno refletindo em seus cabelos. Tão ele, como eu sempre gostei. Diferente.

Liguei para Oliver para avisar que eu tinha chegado bem.

— Fico feliz por ter você em casa de novo — disse.

— Nós temos várias "casas". — Sorri.

— E nenhuma onde deveríamos — replicou.

— Talvez algum dia, quem sabe...

— O que você vai fazer agora? — perguntou.

— Ainda está cedo, vou até o estúdio, tenho que pegar umas coisas que deixei lá e quero aproveitar o espaço, já que daqui um mês termina a minha bolsa. — Franzi o cenho. — Espera um pouco, Oliver, que estão batendo na porta.

Afastei o telefone do ouvido e abri depois de perguntar quem era e não obter nenhuma resposta. Pisquei os olhos confusa, tentando entender a cena. Meu irmão sorriu antes de entrar e me dar um abraço tão forte que me deixou sem fôlego.

— Queria ter ido te buscar no aeroporto, mas não deu tempo — sussurrou em meu ouvido e se afastou para me olhar. Passou a mão em meu cabelo. — Belo corte. Você está linda, irmãzinha. — E me abraçou novamente.

— Como assim...? O que você está fazendo aqui?

— Eu tinha que ir a Byron Bay, então esperei você voltar para conciliar as datas. Vou para lá amanhã cedo, então temos algumas horas para aproveitar hoje.

Ele me ajudou a arrumar algumas coisas até esvaziar as malas e depois demos uma volta pela cidade. Terminamos sentados em um banco de uma praça, sob o céu que começava a escurecer. Eu mexia nas mangas do moletom fino que havia colocado enquanto tentava ser honesta com Oliver, embora não fosse fácil.

— Sei que errei, que deixei aquilo tudo confundir minha cabeça, mas, ao mesmo tempo, continuo achando que precisava que ele se afastasse de mim. E sinto tanto a falta dele que chega a doer, mas eu tinha que aprender a ficar sozinha comigo mesma. — Suspirei fundo e olhei para meu irmão com o canto do olho. — Você vai rir. Ou ficar com raiva, não sei. Mas quando você apareceu, eu voltei a me sentir... pequena. Porque eu tive vontade de ir para Sydney te ver, mas não fiz isso para tentar provar a mim mesma que eu poderia suportar a ideia de não desejar um abraço quando chegasse aqui.

Oliver enrugou a testa e sacudiu a cabeça.

— Não faça isso. Não precisa ser oito ou oitenta. Entendo o que você está dizendo e concordo que é bom você aprender a resolver seus problemas sem ter que se apoiar sempre em outras pessoas. Mas às vezes você pode fazer isso, Leah. Não significa que você precisa fazer tudo sozinha. Sou seu irmão e vou estender a mão para você sempre que me pedir. É assim que funcionam as relações: dar e receber. Não é ruim, isso não é ruim.

— Mas é efêmero. E perigoso.

— Não se você olhar pela perspectiva correta. Eu não preciso da Bega para viver, muito menos do Axel ou dos Nguyen. Vivi durante anos sem todos eles e, veja só, aqui estou eu. Eu pude resolver meus problemas sozinho, embora teria sido bom ter recebido um pouco de ajuda, o que não é o mesmo que depender dessa ajuda. Eu não preciso deles — repetiu —, mas quero tê-los em minha vida. É uma escolha. Você também não precisava me ver hoje, isso está claro, mas estou aqui e espero que seja para melhor.

Eu o abracei, sorrindo, e decidi aproveitar a companhia dele durante as horas que nos restavam. Por isso insisti em convidá-lo para jantar com as economias que me restavam, por mais que ele protestasse e tentasse pagar a conta, flertando com a garçonete para que ela aceitasse seu dinheiro. Ele me olhou mal-humorado quando não conseguiu.

— Por que você é tão teimosa?

— Por que você também é?

— Devem ser os genes.

Dei risada e, quando nos trouxeram o recibo, vi que a garçonete tinha anotado atrás seu nome e o número de telefone. Levantei uma sobrancelha enquanto caminhávamos pela rua e uma garoa fina caía sobre nós. Nenhum de nós pareceu se importar.

— Olha só, você ainda sabe paquerar.

— São os anos de experiência.

— Acho que prefiro não pensar sobre o que você e Axel faziam quando moravam aqui na época da faculdade. — Apontei, amassando o papel para jogá-lo no lixo.

— É melhor mesmo, acredite! — Soltou uma gargalhada.

— Isso não é engraçado! — Dei um empurrão nele.

— O que você quer que eu diga? — Esboçou um sorriso nostálgico antes de ficar sério, sem deixar de caminhar sob a chuva. — Não podemos mudar o que fomos, mas podemos decidir quem queremos ser. Lembro que já comentei isso com Axel, que a gente acha que nunca vai acontecer, mas de repente, no dia em que menos se espera, aparece alguém que vai virar seu mundo de cabeça para baixo. Acho que eu estava tão focado em mim mesmo que não percebi que estava acontecendo exatamente isso com ele. — Estalou a língua.

— Vem cá, irmãzinha.

Oliver passou o braço pelos meus ombros e me aconchegou a seu lado até chegarmos à entrada da residência. Ele havia pensado em ir para um hotel, mas insisti para que dormisse comigo no dormitório e ele aceitou. Colocamos alguns cobertores no chão e acabamos ali deitados, falando da vida, de nossos pais, daqueles dias que deveríamos ter valorizado mais e que agora lembrávamos tanto.

— A mamãe adorava aquela música do Supertramp, como era o nome?

— "The Logical Song", eu comprei o disco há pouco tempo — disse.

— Você dançava essa música na cozinha com ela.

— Eu era muito pequena, quase não me lembro mais.

— Eu também esqueci algumas coisas. — Suspirou olhando para o teto do quarto, iluminado apenas pelas lâmpadas da rua. O som da chuva nos fazia companhia. — Mas eu lembro que na nossa casa sempre tinha música.

— E cores. Muitas cores — acrescentei.

— Sim, cores para todos os lados.

— Amanhã você precisa madrugar.

— Sim, vamos tentar dormir.

— Boa noite, Oliver.

— Boa noite, irmãzinha.

Axel

Não foi simples pedir para Oliver vir a Byron Bay por um dia, mas era uma situação delicada e, embora eu pudesse não ter contado nada para ele, eu queria que ele estivesse presente.

Combinamos de almoçar em um pequeno restaurante à beira-mar e, quando terminou a taça de piña colada, já no meio da tarde, contei a ele o que queria que fizéssemos naquela noite. A princípio ficou confuso, mas quando contei os detalhes e expliquei que meu pai e Justin nos ajudariam, ele sorriu de orelha a orelha.

E assim fizemos. Seguimos em frente com o plano.

Quando anoiteceu, fomos buscá-los. Primeiro fui buscar o meu pai e depois paramos o carro em frente à casa de Justin. Oliver caiu na gargalhada quando o viu se aproximando vestido de preto da cabeça aos pés. Ele entrou e se sentou no banco de trás.

— De que vocês estão rindo? — resmungou.

— De nada. A gente só não achou que você fosse levar tão a sério — disse.

— Só faltou uma balaclava para completar o disfarce — zombou Oliver.

— Eu acho que você tá daora, filho. — Meu pai sorriu para ele.

— Vocês queriam o quê? Que eu viesse de roupa fosforescente? — queixou-se.

— Eu pagaria para ver isso. — Dei risada e ele me deu um tapão. — Ei, eu estou dirigindo! Pai, fala alguma coisa!

— Alguma coisa — respondeu, fazendo graça.

Sorri e balancei a cabeça enquanto dirigia pelas ruas silenciosas e pouco movimentadas àquela hora da noite. Diminuí a velocidade quando chegamos ao nosso destino e contornei a antiga casa dos Jones para deixar o carro nos fundos, atrás do muro que delimitava a área arborizada. Ficamos em silêncio quando puxei o freio de mão e nenhum dos quatro se mexeu durante alguns segundos.

— Acho que a gente precisa descer — disse.

— Me passa uma lanterna — pediu Oliver ao sair do carro e fechar a porta, tentando não fazer muito barulho.

Fomos atrás dele. Tive uma sensação estranha quando me lembrei da noite em que fui até lá com Leah; o arrepio que senti quando a segurei pela cintura para subir o muro que deixávamos para trás, a mão dela apertando a minha enquanto caminhávamos pela grama, o abraço quente e intenso que demos no meio daquele estúdio cheio de poeira e tinta...

Tentei parar de pensar nela, mas em vão.

Leah estava ao meu lado em cada passo que eu dava, quando abrimos a porta da frente e quando passamos pela sala com os móveis cobertos por lençóis. Ela estava lá quando subimos as escadas e quando examinamos cada cômodo em busca daquelas lembranças que havia chegado a hora de recuperar; porque era compreensível que para os novos donos aquilo não significasse nada e que eles pensassem em reduzir tudo a escombros junto com as paredes que ainda estavam em pé e que logo deixariam de existir. Mas, para nós, aqueles objetos e fotografias antigas eram momentos, instantes, sorrisos. Eram vida.

Não sem alguma dificuldade, passamos por cima do muro mochilas cheias e quadros que estavam há muito tempo abandonados na escuridão. Justin se encarregava de analisar cada passo que dávamos e pedia para baixarmos a voz a cada cinco minutos. Meu pai estava empolgado com a ideia de fazer algo ilegal escondido da minha mãe. E Oliver... Oliver mal conseguia falar, enquanto ia recolhendo pedaços da vida de sua família.

Na última viagem para dentro da casa fomos apenas eu e ele, enquanto meu pai e meu irmão colocavam o saque no porta-malas do carro. Entramos e conferimos cada cômodo uma última vez, acompanhados pelo feixe de luz da lanterna.

— Você está bem? — Segurei-o pelo ombro.

— Sim. Obrigado por isso, Axel.

— Não agradeça a mim, isso foi ideia da sua irmã. Ela me pediu para vir aqui uns meses atrás, pouco antes de irmos a Paris. Eu... sei lá, nem tinha passado pela minha cabeça que vocês não tinham levado tudo embora quando tudo aconteceu.

— Impossível, com Leah tão mal, com o apartamento minúsculo que alugamos... — Suspirou e passou a mão na nuca. — Tive que pegar só o mais importante. E não era o melhor momento. Acho que parte de mim não quis levar tudo isso na época porque ainda doía muito. Juro que às vezes ainda me surpreende ter conseguido seguir em frente.

Eu o entendi, sem que ele dissesse mais nada.

Porque a morte é assim, ela te pega desprevenido, te sacode e vai embora, te deixando com um sentimento de dor e vazio tão intenso que, naquele momento, você não consegue nem pensar nas pessoas que se foram. É um escudo protetor, a única maneira de continuar sua caminhada como se não tivesse acabado de acontecer algo que tenha feito tremer o chão que você pisa. Mas depois o tempo passa: dias, meses, anos. Você pisca os olhos e percebe que já se passaram quatro anos desde que tudo mudou. E, em uma tarde qualquer, enquanto está ouvindo música, pintando ou tomando uma ducha, você é surpreendido por uma daquelas lembranças que antes eram tão dolorosas, mas que agora, de repente, são apenas... bonitas.

Sim, isso, bonitas. Cheias de luz. De nostalgia.

O sofrimento troca de pele e perde intensidade.

E as cores fortes dão lugar a outras mais suaves.

— Mesmo que tenha sido ideia de Leah, obrigado por isso, cacete.

Oliver me deu um tapinha nas costas que me reconfortou.

Dei uma última olhada naquela sala onde passamos tantas tardes com Rose e Douglas, com meus pais, meu irmão e Leah crescendo ao meu redor, sem que eu soubesse que ela se tornaria o amor da minha vida.

Quase ao sair, olhei para uma das paredes e vi um quadro dela, um dos primeiros que ela fez e que chamou a atenção do amigo da família que os convidou para visitar a galeria de Brisbane para onde estavam indo na manhã do acidente. Passei a lanterna para Oliver.

— Segura aqui.

Arrastei o sofá até encostá-lo na parede e subi no encosto para alcançar a moldura.

— Você está tentando se matar? — perguntou Oliver movimentando a lanterna.

— Isso é um puta ato de amor pela sua irmã, você podia me dar uma mãozinha.

— Vou te dar um conselho — disse, rindo, enquanto subia ao meu lado. — Não tente ser romântico, você fica ridículo. É melhor ser você mesmo.

— Muito engraçado — resmunguei, pegando o quadro.

Oliver me ajudou a segurá-lo enquanto descíamos. Saímos da casa rindo e pensei que, se Douglas nos visse naquele momento, ficaria feliz. Esperei enquanto Oliver se virou uma última vez no gramado para se despedir e então pulamos o muro juntos, depois de passar o quadro para o meu pai.

Entramos no carro. O silêncio foi reconfortante.

— Valeu a pena. — Oliver sorriu, feliz.

Devolvi o sorriso e pisei no acelerador.

126

Leah

Nos dias seguintes pensei muito na conversa que tive com meu irmão sobre querer uma coisa, mas não precisar dela. Quando digeri aquilo, quando percebi que era o que estava fazendo com Axel pouco a pouco, comecei a apreciar mais a solidão, os passeios ao entardecer com os fones de ouvido escutando música, pensando em Axel e nesse "nós" que parecia cada vez mais próximo.

E conforme fui precisando dele cada vez menos...

... comecei a amá-lo cada vez mais.

Saboreei sua ausência. Valorizei-a. Sentia na pele a falta dele.

Aprendi a me sentir bem com o que eu tinha. Aprendi a levantar cedo todas as manhãs com uma cara boa, mesmo que não fosse tão fácil. Aprendi a apreciar cada café da manhã na cafeteria da esquina, enquanto esfarelava com os dedos o bolinho de framboesa e olhava pela janela as pessoas que passavam na calçada em frente. Aprendi a apreciar o tempo que passava no estúdio com os pincéis e as partículas de poeira que entravam pela janela quando o sol se punha ao entardecer. Aprendi que sucesso e fracasso são duas coisas que andam de mãos dadas e que não podem se separar. E aprendi a dormir todas as noites sem chorar, mas com um friozinho na barriga quando me lembrava da sensação das mãos dele me tocando, de seus lábios cobrindo minha boca, da voz rouca em meu ouvido... Ele, simplesmente ele.

E voltei a sentir aquele formigamento nos dedos que me impelia a pintar, voltei a sentir que a única coisa que eu queria fazer era aquilo, apreciar o percurso vibrante de cada traço sem pensar no destino final ou no que os outros achariam do resultado.

E um sorriso começou a dançar em meus lábios.

127

Leah

A CADA MANHÃ EU ME LEVANTAVA MAIS PRÓXIMA DE AXEL. DE ENTENDÊ-LO. POR FIM compreendi que, às vezes, a distância entre se apegar a uma pessoa e afastá-la de você é tão pequena que é difícil perceber a linha que separa as duas coisas, porque tememos o que amamos, a fragilidade, a imprevisibilidade.

Percebi que já fazia tanto tempo que eu o havia perdoado que nem me lembrava mais da sensação de estar brava com ele. Às vezes ficava brava comigo mesma, mas dia após dia a raiva e a decepção iam se dissipando e ficando para trás, deixando um rastro que não me atingia mais. Porque eu caminhava mais rápido, mais segura.

Uma semana antes de ter que esvaziar o estúdio e deixá-lo para sempre, meus passos me levaram por conta própria a um destino diferente. Eu caminhava sem pressa pela cidade, ouvindo música, e só percebi onde estava ao chegar em frente àquela porta. Estava em Brisbane havia quase um mês, mas tinha evitado chegar perto daquele endereço.

Respirei fundo, pensativa. Não sei quanto tempo fiquei ali plantada olhando o meu próprio reflexo no vidro, mas quando um morador saiu puxando a guia de um cachorro e eu segurei a porta para ele, não a fechei novamente. Entrei. Subi as escadas. E então toquei a campainha com o coração batendo acelerado no peito.

Landon abriu a porta e pestanejou, surpreso.

— Leah... — Ouvir a voz dele me fez sorrir.

— Desculpa aparecer sem avisar, mas...

— Landon? — Uma garota o chamou.

Ele se virou e disse algo que não cheguei a ouvir.

— Desculpa. Eu não queria incomodar...

— Não vai incomodar, entra. — Ele me segurou pelo braço antes que eu pudesse dar meia-volta e me acompanhou até a cozinha.

Uma garota morena com o cabelo preso em um rabo de cavalo me olhou um pouco surpresa, enquanto deixava de lado o mixer com o qual, aparentemente, tentava fazer um suco.

— Sarah, essa é a Leah.

— Oi, prazer em te conhecer. — Ela sorriu.

— Igualmente. Precisa de ajuda?

Ela deu uma olhada para o mixer e ficou vermelha.

— Acho que eu o quebrei — disse, sem graça.

— Nossa, um mixer e um micro-ondas em duas semanas — brincou Landon, com os olhos brilhantes quando ela fez um biquinho para ele. — Acho melhor eu pensar um pouco antes de te convidar para um quarto encontro.

Sarah deu um soquinho no braço dele e revirou os olhos.

— Talvez seja melhor eu voltar outra hora — comecei a dizer, mas ela balançou a cabeça.

— Eu já estava de saída. Ainda mais depois de não ter dado muito certo a tentativa de preparar um suco para o lanche da tarde. — Ela tinha uma risada estridente que seria irritante em qualquer outra pessoa, mas nela soava carinhosa e contagiante.

— Te ligo mais tarde. — De canto de olho, vi Landon se despedindo dela na porta com um beijo rápido nos lábios.

Suspirei contente.

— Ela parece ser um amor — disse.

— Ela é sim — ele respondeu, sorrindo.

— Vocês combinam. Estão namorando sério?

— Sim, acho que sim. Um passo de cada vez.

Não disse a ele que, às vezes, os menores passos são os que mudam tudo, porque ele já sabia disso. Landon e eu nos olhamos em silêncio por alguns segundos, até que ele se aproximou e me puxou contra seu peito. Foi um abraço bonito, cheio de carinho e de todas as coisas boas que havíamos compartilhado. E percebi que ele estava certo naquela conversa que tivemos ao telefone quando eu estava no alto de Montmartre. Nós precisávamos um do outro. Talvez eu mais, talvez ele menos, mas não tínhamos sido totalmente livres enquanto estávamos juntos.

— Fico contente por você estar aqui — ele confessou.

— Eu também. — Sorri, nostálgica.

— Pensei em te ligar várias vezes.

— E por que não ligou?

— Porque eu sabia que era você quem deveria fazer isso.

Concordei com ele e o abracei outra vez.

— Quero te mostrar uma coisa, Landon.

Ele me seguiu gentilmente quando pedi para ele pegar um casaco fino, pois havia esfriado um pouco naquele dia. Saímos do prédio e caminhamos em silêncio por quinze ou vinte minutos. Landon não disse nada nem mesmo quando coloquei a chave na fechadura da velha porta do prédio que levava ao meu sótão, aquele refúgio em que eu havia me escondido por tantos meses, tempos atrás, quando eu achava que tinha crescido... sem ter crescido.

— Tem certeza? — Ele me olhou hesitante antes de subir as escadas.

— Tenho. — Puxei a manga de sua jaqueta para animá-lo.

Quando chegamos ao último andar, abri a porta e o convidei a entrar. Ele olhava tudo com interesse, seus olhos iam de um lado para o outro, observando os quadros que eu havia pintado naquelas semanas, a bagunça no chão porque eu tinha deixado cair uma paleta de tintas no dia anterior, aquele espaço tão meu.

— Sinto muito por não ter deixado você entrar antes no meu mundo. A culpa foi minha. Queria que você soubesse que... que você foi ótimo.

Landon me olhou e suspirou.

— Obrigado por isso. Não precisava.

— Precisava, sim. Você era meu amigo, você merecia. — Me aproximei dele e sorrimos. — Vem, escolhe um, o que mais te transmita algo. Quero que você tenha um quadro meu. Uma boa lembrança — acrescentei, nervosa, enquanto Landon voltava a observar as obras.

Ele escolheu um dos meus favoritos. E eu gostei disso; que, embora ele não conseguisse interpretar os quadros tão bem quanto Axel sempre fazia, eles pudessem, sim, transmitir sensações a ele.

Depois ficamos ali sentados o resto da tarde, com as costas apoiadas na parede de madeira e os joelhos dobrados contra o peito. Landon me falou do trabalho final que ele já tinha entregado (aquele que eu pretendia começar a fazer em algum momento não muito distante), da noite em que ele conheceu Sarah no karaoke depois de um jantar com amigos da faculdade e de como foi divertido o primeiro encontro deles. E eu contei a ele tudo o que havia passado nos últimos meses: os altos e baixos, as quedas, os dias em que havia chorado e aqueles em que percebi que ainda estava apaixonada.

— E agora? — perguntou, olhando para mim.

— Agora acho que é o momento de voltar para casa.

— É engraçado, mas, embora às vezes eu quisesse, nunca consegui odiar Axel. Acho que era porque ele te olhava... te olhava do jeito que você olha para as coisas que sabe que não pode ter, mas que deseja de todo o coração.

Prendi a respiração. Fazia tanto tempo que eu não falava sobre ele com alguém, que ouvir outra pessoa dizer seu nome me fez estremecer.

Axel. Aquelas quatro letras que significavam tudo.

— Promete que não vamos ficar de novo tanto tempo sem nos falarmos — me pediu, olhando-me com carinho.

— Prometo. — Sorri e apoiei a cabeça em seu ombro.

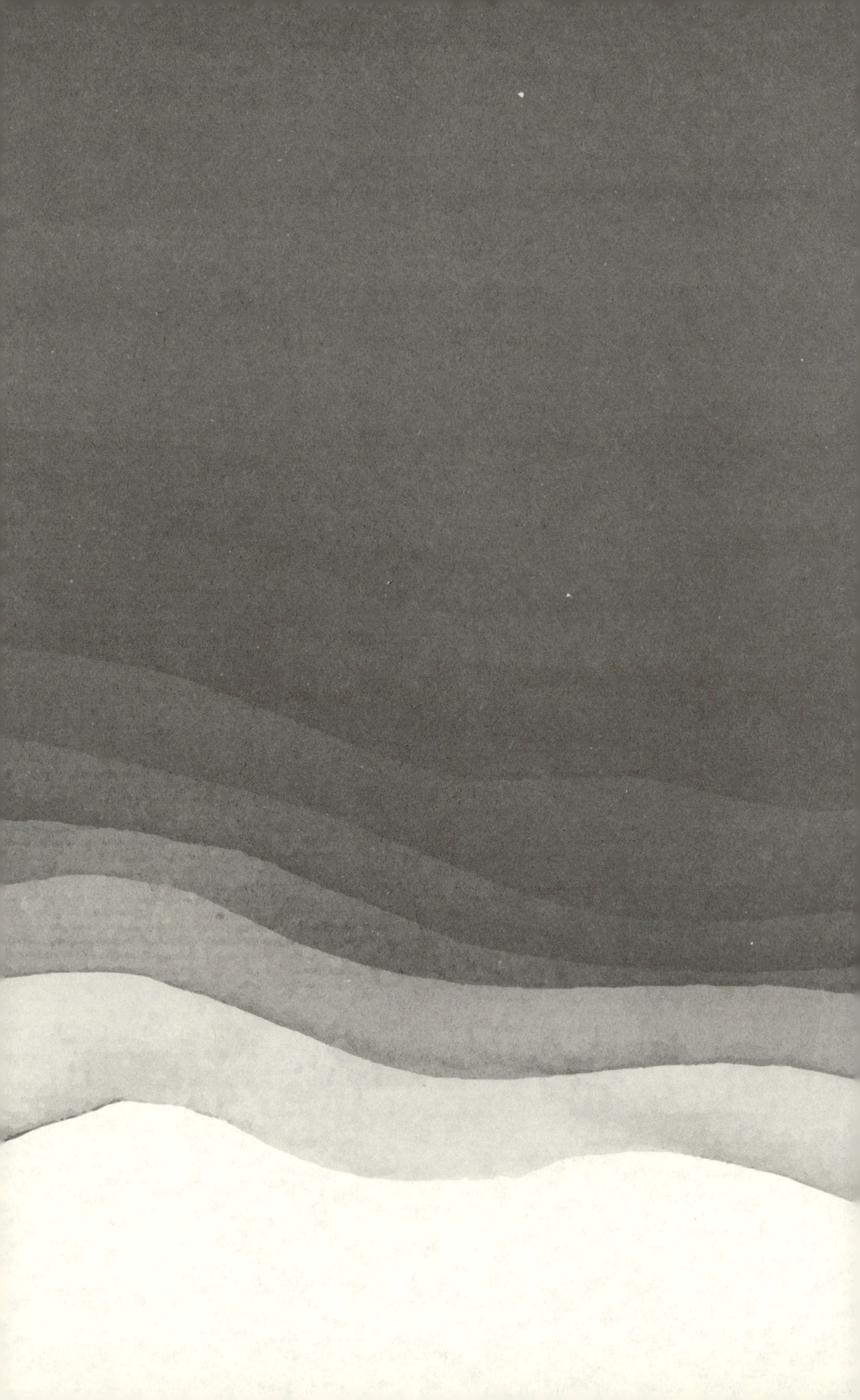

Agosto

[INVERNO. AUSTRÁLIA]

128

Leah

Acho que nem toda história é uma linha reta, algumas são como estradas sinuosas e, às vezes, você não sabe o que vai encontrar ao fazer a próxima curva. Alguns trechos são mais complicados, aqueles em que é difícil caminhar, quando você se machuca e tem que carregar o fardo de seus pedaços nas mãos. Mas tudo passa. Você aprende a seguir em frente e a aparar as arestas dos erros que te sobrecarregam. Aprende também a se desapegar daquilo que um dia foi importante para você e que agora não é mais. Aprende que cicatrizes são histórias e que, às vezes, você não precisa se esforçar para escondê-las, mas sim ter a coragem de mostrá-las com orgulho, tanto as que continuam doendo quanto as que você já superou.

Naquele dia eu fiz isso. Enquanto dava um passo após o outro pelo caminho que levava àquela casa em que havíamos vivido tantas coisas, não me escondi. Simplesmente caminhei tranquila, observando tudo ao meu redor, os galhos das árvores que faziam sombra no cascalho e a grama úmida que crescia na beira do caminho.

Quando avistei a casa de madeira, com a trepadeira selvagem crescendo em uma das laterais, comecei a sentir um frio na barriga. E avancei mais rápido. Tanto que me contive para não correr. Ao chegar à porta, tive vontade de vomitar de tanto nervoso. Prendi a respiração e toquei a campainha. Esperei alguns minutos que me pareceram uma eternidade, com a decepção tomando conta de mim, até que percebi que Axel não estava em casa.

De certo modo, eu havia imaginado aquele momento um milhão de vezes em minha cabeça nos últimos dias. E era sempre... perfeito. A campainha tocava. Ele abria a porta. Eu me jogava em seus braços porque a necessidade de tocá-lo era mais forte do que qualquer outro pensamento. E eu procurava seus lábios. Eu procurava... alívio.

Mas isso não aconteceu. Então, fiz o que já havia feito tantas vezes antes: dei a volta na casa tentando não tropeçar nos arbustos que cresciam ao redor e nas árvores que quase batiam nas janelas. Xinguei entre dentes a ideia idiota de ter colocado um vestido em vez de algo mais prático, mas esqueci tudo quando cheguei à varanda e as lembranças voltaram com força.

Repletas de magia. De estrelas. De música.

Então vi o azul. E o vermelho. E o violeta. E meus joelhos estremeceram. Engoli em seco com o coração batendo tão forte que, inconscientemente, coloquei a mão no peito. Havia tubos de tinta vazios no chão; usados, vividos, sentidos.

Entrei na casa. Ou melhor, a casa entrou em mim.

Porque quando abri a porta da varanda e dei um passo à frente, senti o chão começar a girar sob meus pés e as paredes cheias de tinta me abraçaram com força. Segurei no batente para não cair e soltei um soluço que me deixou sem ar.

Fiquei paralisada, tentando entender cada traço e cada desenho, cada linha cheia de vida. Porque tudo era cor. Tudo. Axel havia pintado tudo com as mãos: as paredes, pedaços do piso, as pernas das cadeiras e os bancos da cozinha; a prancha de surfe encostada na parede e o baú onde ele guardava os discos de vinil.

Ele pintou tudo. Sem nenhuma tela.

Sorri entre lágrimas ao lembrar do que ele me disse uma vez: que tinha comprado aquela casa porque se apaixonou pela ideia do que poderia fazer dentro dela. E, no final, foi o que ele fez. Literalmente. Encheu-a de tinta à sua maneira, procurando cada borda, cada superfície sem cor, cada tábua do assoalho que ainda não havia tocado com a ponta do pincel.

Tentei separar as cores e as linhas que percorriam as paredes até que comecei a ver detalhes da nossa história registrados ali: aqueles lábios perto de uma quina, uma carícia delicada, estrelas cintilantes salpicando a noite, dois corpos entrelaçados de desejo formando o tronco de uma árvore com folhas pálidas, o mar, as ondas engolindo pedaços de culpa sob a luz de um sol ameno que me fez lembrar o cheiro do verão.

Deixei a bolsa cair no chão. E me movi pela sala apalpando os desenhos secos, os relevos irregulares, sentindo nos dedos as vezes em que ele havia pintado por cima do que se podia ver, sentindo... tentando senti-lo em cada traço. Toquei no batente da porta daquele que tinha sido o meu quarto, ali onde todas as noites eu sonhava em entrar sorrateiramente no quarto dele para roubar um beijo e fazer com que ele parasse de me enxergar como uma criança. Era um desenho étnico, bonito e colorido.

Quando abri a porta, fiquei paralisada.

Na parede maior, a que ficava ao lado da cama, ele pintou um enorme e brilhante submarino amarelo. Era lindo. Especial. Com janelas redondas, no meio de um oceano azul cheio de estrelas-do-mar, peixes de olhos grandes e um polvo que se agarrava com seus tentáculos lilás à cauda do submarino. Os traços daquele desenho não eram como os da sala. Eram suaves e delicados, com linhas menos acentuadas que pareciam deslizar sem esforço pela parede.

Eu continuava imóvel na soleira da porta quando o senti atrás de mim. Eu me virei. Devagar. Bem devagar. Tentando fazer com que meus joelhos parassem de tremer.

Axel estava ali, no meio da sala, usando apenas um calção de banho ainda molhado. Seu peito subia e descia a cada respiração, enquanto seus olhos continuavam fixos nos meus, ardentes, intensos, cheios de tanto...

Eu queria dizer alguma coisa. No caminho de Brisbane para lá, eu tinha pensado em um discurso que era mais como uma declaração de intenções, mas todas as palavras desapareceram e eu fiquei vazia, tremendo e olhando para ele.

Axel deu um passo à frente, mas parou, como se estivesse com medo de estragar aquele momento, romper o fio invisível que parecia nos conectar. Minha boca ficou seca. Eu me senti feliz, radiante e nervosa ao mesmo tempo. E desajeitada, muito desajeitada. Talvez por isso eu tenha perguntado a primeira bobagem que me veio à cabeça, porque eu precisava quebrar o silêncio:

— Por que você pintou isso?

— Porque esse é o quarto dos filhos que vou ter com você.

Ele falou sério, como se fosse algo óbvio e estivéssemos ali perdendo tempo nos olhando, com todos aqueles metros de distância nos separando. Dei um passo em direção a ele e sorri entre lágrimas ao lembrar da noite em que ele me levou ao quilômetro zero de Paris, quando caminhei até ele sem hesitar enquanto me lembrava de todas as coisas boas que havíamos passado juntos, uma vida inteira.

— E o que você faria se eu não voltasse?

— Não faço a menor ideia. — Ele respirou fundo.

Parei na frente dele, deixando apenas alguns centímetros entre sua boca e a minha, respirando-o e sentindo aquele cheiro de mar de que eu tinha sentido tanta falta. Eu não conseguia parar de chorar, mas, pela primeira vez em muito tempo, não era de tristeza. Era de alívio. De alegria. Por saber que eu tinha muita sorte. Por sentir meu coração batendo forte. Pelo desejo de tocá-lo. E beijá-lo. Beijá-lo até me cansar.

Ele umedeceu os lábios. Estava tão perto que eu quase pude sentir a carícia nos meus e me lembrar de como era o rastro molhado de sua língua, sua respiração quente soprando suavemente em mim. Nós nos olhamos. Nos olhamos por uma eternidade, com a tensão entre nós aumentando. Axel deixou uma de suas mãos escorregar até minha cintura, e eu olhei para aqueles dedos que pareciam ter chegado até ali porque precisavam ter certeza de que aquilo era real, de que eu estava diante dele e que nossos corpos ainda reagiam até mesmo a um simples toque, quase casual. Levantei a cabeça e mergulhei em seu olhar azul, no oceano.

— Você voltou a pintar. — Engoli em seco.

Axel sorriu, diante do meu patético comentário.

— É o que parece. — Olhou para a minha boca.

— E por que você fez isso? Me conta...

— Porque fiquei com medo de esquecer tudo o que eu tinha dentro de mim, e eram muitas, muitas coisas... E você sabe que não sou bom com palavras, mas o que você está vendo aqui é tudo o que somos juntos. — Sua voz rouca era como aquela carícia da qual eu estava sentindo falta havia tanto tempo. — Somos os amanheceres na praia e o barulho do mar, somos as noites estreladas na varanda, o desejo de nos despirmos, nossas músicas, o vermelho do pôr do sol e todos os traços que fiz pensando em você. Somos essas paredes que te rodeiam, somos o que vivemos. E também tudo o que ainda está por vir.

— Axel... — Solucei mais forte.

— Não chora, por favor. — Ele me apertou contra seu peito e senti que finalmente estava em casa, que tudo o que eu queria estava na minha frente e que eu podia escolhê-lo sem precisar dele; depois de viver, depois de me encontrar, depois de entender quem eu queria ser.

Afastei-me dele, limpando os olhos.

— Eu tinha pensado em um discurso...

— Querida, eu não consigo esperar mais.

—... mas eu preciso te beijar.

— Porra, ainda bem! — resmungou, enquanto seus dedos tocavam a barra do meu vestido, e então pressionou sua boca na minha e eu me derreti em seus braços, naquela casa cheia de tinta, de histórias e cicatrizes que Axel havia decorado com cores vibrantes.

Fechei os olhos, beijando-o lentamente com um sorriso.

E então sim. Então fomos nos transformando em telas em branco. Mas um branco cheio de reflexos de todas as cores que vieram antes e que fomos descobrindo e deixando para trás pouco a pouco. Um branco alaranjado. Um branco azulado. Um branco amarelado. Um branco esverdeado...

Um branco diferente. Único. Nosso.

Epílogo

[EM UM PEDAÇO DE MAR, AO ENTARDECER]

Ele está deitado na prancha de surfe, observando como se reflete na água a luz dourada do sol que está prestes a desaparecer no horizonte. De repente se lembra daquele dia, anos atrás, quando, naquele mesmo pedaço de mar, ele se perguntou se era feliz e sentiu uma ponta de dúvida se agitar dentro dele, poucos minutos antes de seu melhor amigo lhe pedir um favor que mudaria sua vida para sempre.

Agora sabe que a felicidade é caprichosa e complicada. Mas também é um risco, uma busca, é aprender a saltar...

E ele saltou há muito tempo. Ele pensa nisso enquanto sai da água e caminha a passos lentos em direção à casa de madeira que se destaca entre algumas palmeiras e a hera que tenta subir pelo telhado. Então ele a vê. E abre um sorriso. Ela levanta o olhar.

De dentro vem o ritmo alegre de "Twist and Shout".

Eles se olham enquanto ele sobe os degraus da varanda. Ele para ao lado dela e observa os traços intrincados na tela cheia de cores daquele pôr do sol distorcido que é tão ela, tão dela, tão caótico e sincero. Ele não diz nada porque não precisa dizer nada, apenas sorri com orgulho antes de entrar em casa.

Ela segue seus movimentos até ele desaparecer.

Então ela começa a fechar as tintas e a limpar os pincéis, enquanto a luz alaranjada parece se despedir do dia. Logo depois, ela ouve Axel na cozinha preparando o jantar. Certa vez, há muito tempo, Leah pensou em como era triste só ter consciência de como certos momentos da vida eram especiais quando eles já haviam passado, armazenando-os na memória. Agora tenta saboreá-los no momento em que acontecem. Agora se empenha em estar nesse presente que, um dia, ele lhe ensinou a viver. E é perfeito. É bonito. Mesmo com as partes amargas, com os dias em que as sombras vencem, com o bom e o ruim. Com ele. Com a família que ela escolheu. E olhando para trás apenas para tomar impulso e lembrar daqueles que se foram, mas que ainda permanecem próximos. Sem dor. Com um sorriso nostálgico que às vezes lhe escapa dos lábios.

Algumas horas depois, deitados juntos na rede, com as mãos dele abraçando-a, eles relembram alguns desses momentos. E falam de pintura, de sonhos que ainda não foram realizados, do futuro desconhecido que eles não sabem o que lhes trará, da magia do imprevisível. Do desejo de mais. Do próprio desejo. E voltam a ser música. Estrelas cintilantes. Cores que brilham. E ele tem cheiro de mar, como ela eternamente se lembrava dele. E ela tem o cabelo emaranhado, como ele a desenhou um dia qualquer só porque teve vontade.

E eles simplesmente são. Eles deixaram acontecer. Ele suspira e toca a orelha dela com os lábios.

— Estou pensando em submarinos.
— O nosso submarino amarelo.

Agradecimentos

Alguns projetos demoram um pouco para encontrar seu lugar, mas, quando finalmente acontecem, eles surgem envoltos pelo carinho de todas as pessoas que contribuíram com seu grãozinho de areia e o fizeram crescer pouco a pouco. Acho que é justo começar pela casa que abriu as portas para esta duologia: agradeço o entusiasmo e a confiança da equipe de marketing e comunicação; a Raquel, David e Lola, minha editora.

Ao meu agente, Pablo Álvarez, que foi a primeira pessoa que apostou na história de Axel e Leah e que se propôs a deixá-los nas melhores mãos (e conseguiu).

Às leitoras que me ajudaram a melhorar esses romances: Inés (sua sinceridade é sempre necessária), Dunia, Lorena, Elena e minha querida Bea.

A Nerea, que, mesmo quando ainda não sabíamos onde esse projeto terminaria, não hesitou em fazer parte dele com suas ilustrações e seu talento.

A María Martínez, por continuar ao meu lado. A Neïra, Saray e Abril, obrigada por tanto.

A Daniel, o melhor amigo que eu poderia desejar.

A minha família. E à minha mãe, por sempre me ler.

E a J, que, com seu apoio, torna possível que eu continue escrevendo e perdendo a noção do tempo em frente às teclas do computador. E porque, quando olho para ele, só consigo ouvir repetidamente "todos vivemos em um submarino amarelo".

Editora Planeta Brasil | 20 ANOS

Acreditamos nos livros

Este livro foi composto em Freight Text Pro
e impresso pela Gráfica Santa Marta para a
Editora Planeta do Brasil em janeiro de 2024.